조선을 구한 이순신

전함 12척의 비밀

박영희 지음

圖書
出版 明文堂

프롤로그

태산같이 무거운 삶을 역사의 제단에 바치고,
깃털처럼 가볍게 생을 마감한 이순신의
숭고한 삶에 이 글을 바친다!

이순신은 침몰하는 조선을 구하기 위해 꿈속에서 신을 만나 계시를 얻고, 나는 꿈속에서 이순신의 꿈을 꾼다. 꿈은 신과 영웅을 만나는 가교 역할을 한다. 나는 오늘도 꿈을 꾼다. 이순신을 만나는 꿈을…….

420여 년 전 이 땅에 전쟁이 휩쓸고 지나갔다. 7년의 기나긴 전쟁은 조선 8도를 초토화시키고 궁궐과 민가뿐만 아니라, 수많은 문화재도 불타거나 탈취 당했다. 죄 없는 조선의 백성들은 전쟁터로 내몰려 가정은 해체되고 가족들은 죽어나갔다. 그나마 살아있는 사람들마저도 일본군의 노예나 포로로 끌려가고 당시 조선의 임금과 조정대신들 그리고 양반들은 살아남았다.

정유년(1598) 11월 19일 노량해전에서 이순신은 퇴각하는 일본군을 격파하는 대승을 거두고 임진왜란은 종결된다. 임진왜란은 이순신으로서는 승리한 전쟁이었지만, 조선은 패배한 전쟁이었다.

또한 일본의 입장에서 도요토미 히데요시는 패배한 전쟁이었지만, 일본은 승리한 전쟁이었다.

역사에 만약은 없지만, 조선이 승리한 전쟁이 되기 위해서는 개전 초 일본군이 조선 땅에 상륙하기 전에 우수한 전투함과 월등한 화력으로 격멸했다면 전쟁은 조기에 끝나버렸을 것이다.

일본군이 부산포에 상륙했을 때, 경상우수영의 모든 진(鎭)과 성(城)의 창고에서 잠자고 있던 화포들을 꺼내 진지와 성곽에 배치하여 화력전으로 적의 공격을 막아냈다면 전쟁은 6개월 이내에 막을 내릴 수도 있었다.

그리고 일본군이 상륙하여 부산을 점령하고 진격을 개시할 때, 문경새재에 매복군을 배치하고 강력한 화포와 신기전, 비격진천뢰 등 조선의 첨단무기를 활용하여 적을 고착시키고, 조선의 모든 병력을 동원하여 그들을 앞뒤에서 협공해 격파했더라면⋯⋯.

또한 일본군이 평양성에서 철수할 때 그들의 퇴로를 차단하고 요충지마다 병력을 배치하여 곳곳에서 기습을 통해 적의 주력을 격멸시켰다면 전쟁의 양상은 달라졌지 않았을까?

도요토미 히데요시가 죽고 일본군이 경상도 연안에 집결해 있을 때 조선의 모든 병력을 동원해 일본군을 포위하고 해상퇴로를 봉쇄함으로써 전쟁은 조선의 승리로 끝났을 수도 있었을 것이다. 그랬다면 40년 후 청 태종에게 항복하는 치욕의 역사도, 300년 후 일본에 나라를 빼앗기는 비극의 역사 또한 없었으리라.

역사는 반복된다. 우리가 역사를 공부하는 가장 큰 이유는 다시는 아픈 역사, 치욕스런 역사, 잘못된 역사를 기록하지 않고 동일한 전철을 밟지 않기 위해서다.

역사를 배우지 않고, 역사를 잃은 민족은 결코 더 나은 미래로 나아갈 수 없고, 더 나은 역사를 기록할 수도 없다. 영국의 역사학자 E. H 카(Edward Hallet Carr, 1892~1982)는 그의 저서 《역사란 무엇인가?(What is History?)》에서 역사란 "현재와 과거의 대화"이며 "오직 현재의 눈을 통해서만 우리는 비로소 과거를 볼 수 있고, 과거를 이해할 수 있다."고 했다.

결국 역사는 과거의 기록으로 끝나는 것이 아니고, 이 시대를 살아가는 우리 모두에게 과거를 통해 오늘을 바라보라는 준엄한 경고라고 생각한다.

오늘 우리가 사는 이날이 바로 훗날 우리의 역사가 되고, 이렇게 쌓인 역사의 승패와 결과가 그 민족의 흥망성쇠와 직결되어 왔다. 수천 년의 찬란한 역사가 하루아침에 무너지고, 민족은 도탄에 빠지고 백성들은 정복한 나라의 노예가 되었다. 그리고 정복당한 나라의 역사는 정복한 나라의 전리품이 될 수밖에 없었고, 그들은 지구상에서 영원히 사라지고 말았다.

적자생존의 역사를 지탱해준 강력한 힘은 결국 그 나라의 국방대비태세에 달려있다.

7년간의 임진왜란은 조선의 전 국토가 전쟁터로 변하고, 전쟁에 대비하지 않은 조선은 임금이 먼저 도망가고, 수도 한성은 20일 만에 적의 말발굽에 짓밟히고 말았다. 당시 선조와 조정대신들은 비겁했으며, 장수들은 나약했고, 관군은 무력했다.

적과 사생결단으로 싸워서 나라와 백성을 지키겠다는 장수와 관군보다 내 한 목숨 살기 위해 도망가는 사람들이 더 많았고 그 피해는 고스란히 힘없는 백성들에게로 돌아갔다. 전쟁이 장기화되면서 마침내 굶주린 백성들은 목숨을 부지하기 위해 인육을 먹는 사람들까지 생겨나는 처참한 생지옥이 전개되었다.

그러나 하늘은 조선을 버리지 않았다. 연전연패하는 육군과 달리 바다에서는 이순신의 수군이 연전연승하면서 일본군의 보급로를 차단하고 전쟁의 흐름을 바꿔놓았다. 육지에서는 도망가기 바쁜 관군을 대신하여 의병과 승병들이 들고 일어나 적을 공격하고, 기습하면서 전쟁의 양상은 시간이 지나면서 조선에게 유리한 국면으로 점차 바뀌어 갔다.

조정의 지원도 받지 못하고, 국왕으로부터 신뢰도 받지 못한 이순신은 해전에서 연이은 승리에도 불구하고 전쟁의 와중에 파직되고 구속되어 죽음의 문턱에서 어렵게 살아난다. 그리고 다시 삼도수군통제사로 재임명 받은 그는 병력과 전투물자 확보, 흩어진 전선(戰船)을 찾는 등 조선수군 재건에 사력을 다하고 있는 중에, 선조로부터 수군을 폐지하고 육군에 편입하여 싸우라는 청천벽력 같은 교지를 받는다.

그러나 이순신은 수군 폐지의 불가함과 함께 「**아직도 신에게는 열두 척의 전선이 있습니다**」라는 장계를 올린다. 그렇다면 "아직도 신에게는 열두 척의 전선이 있다."는 이순신의 피맺힌 장계는 과연 단순한 숫자상의 전선(戰船)만을 지칭하였을까? 결코 그렇지 않았을 것이다. 단지 열두 척의 배가 아닌 이순신 자신만이 알고 있고, 자신만이 가지고 있는 유형무형의 자산들이었을 것이다. 이순신의 전함 12척의 비밀을 파헤쳐보자

불굴의 의지와 대의(大義)를 추구한 공직자의 자세, 나라가 위급할 때 국가를 위해 초개와 같이 목숨을 던져 나라를 구할 올바른 국가관과 사생관을 견지한 이순신의 삶의 자세를 통해 우리 자신의 삶을 한번 되돌아보고, 이 시대를 살아가는 주인공으로서 국가의 번영과 튼튼한 안보를 위해 새롭게 결의를 다졌으면 하는 바람에서 용기 내어 이 글을 쓴다.

본서의 출판을 맡아주신 명문당 김동구 사장님과 자료협조에 많은 도움을 주신 현충사 윤인수 학예사님, 순천향대학교 이순신 연구소장 제장명 교수님, 간호사관학교 한내국 교수님, 고향 친구 박상욱, 윤창우님께도 감사드린다. 그리고 이 글을 쓰도록 많은 조언과 영감을 주고 교정을 해준 아내 한면화 여사에게 감사하고, 열심히 살아가고 있는 사랑하는 시저, 누리, 라온, 세온이와 일본에서 아름답게 살고 있는 상호, 미리내에게도 고마운 마음을 전한다.

화천 광덕산 기슭에서 靑山 朴永熙

"수군 재건이 어려우면 수군을 폐하고 지상군으로 싸워라!"

— 〈선조의 교지〉 1597. 8. 15 —

"지금 신에게는 아직 열두 척의 전선이 있습니다(今臣戰船 尙有十二)."

— 〈이순신의 장계〉 1597. 8. 15 —

차 례

제1부. 하늘의 뜻을 따르다! (天)

하늘의 뜻을 따르다! (天)

예로부터 '경천애인(敬天愛人)'의 정신은 우리 전통사상의 연원(淵源)이다. "하늘을 숭배(경외)하고 인간을 사랑하라." 하늘을 경외하라는 경천의 의미와 뜻은 온 우주 어디에나 펼쳐 있는 기본이치, 또는 바른 이치 같은 것이라고 생각했다. 그것이 내면화된 것이 바로 양심이다. 그래서 늘 하늘에 부끄럽지 않게 살려고 노력했고 그것이 바로 경천(敬天)의 정신이다.

애인(愛人)은 홍익인간(弘益人間)이라고 하여 널리 인간을 이롭게 하는 정신, 즉 단군의 건국이념이다. 먼저 나를 낮추고 겸손한 자세로 세상의 모든 것을 다 사랑하고 공경한다는 뜻이다. 그래서 예로부터 선비들은 경천애인의 태도를 정치가의 기본 자질로 삼았다.

그러나 고대 중국인들의 의식을 살펴보면 천(天)의 명칭과 인식이 다르게 호칭되고 있었다는 것을 알 수 있다. 숭배의 대상인 하늘을 은나라 때는 '제(帝)' 주(周)나라 때는 '천(天)'으로 불렀다. 그러나 두 단어 모두 하늘을 인격적, 주제적 존재로 인간의 길흉화복을 주관한다고 믿었으며, 모두 같은 의미로 사용되었다.

천(天)은 천공(天空), 황천(皇天), 상천(上天) 등으로 불리며 높은 곳에 존재한다는 의미로 쓰인다. 현대의 중문 성경(中文聖經)

에는 천(天) 대신 상제(上帝) 혹은 신(神)으로 표현하고 있다.

성경 〈마태복음〉에서도 하느님은 우주만물과 인간의 창조주요, 주재자로 인식하고 있으며, 창조는 하느님만의 절대 주권적 행위이며 인간이 흉내 낼 수 없다고 하였다.

한나라 때 동중서(董仲舒)는, "우리가 설정한 삶의 도리는 바로 우리가 살고 있는 이 천(天)에 준거해서 마련된 것이다. 그러므로 만일 우리의 삶의 준거인 천(天)이 변하지 않는다면 그 도리도 역시 바꿀 수 없다."고 하였다. 공자는 천(天)을 "인간에게 사명을 부여하며, 천(天)의 명(命)을 실현하기 위해 자기 힘을 다할 때 참된 인간이 될 수 있다."고 하였다.

또한 이순신은 《난중일기》에 어머니에 대한 호칭을 '천지(天只)'라고 기록하고 있다. 이 말의 뜻을 풀이해 보면, 어머니는 자신의 하늘이며, 자기 머리 위에 있는 크고 넓은 하늘로 지칭하는 것만 보아도 어머니에 대한 공경심과 효심의 척도를 헤아려 볼 수 있다.

1부에서는 이처럼 하늘을 공경하고 경외하는 이순신의 삶 속에서 '국가와 백성을 위한 대의(大義)'와 '효를 통해 파생된 덕(德)의 리더십' 그리고 '하나뿐인 부하들의 생명을 지켜내면서 거둔 전장의 승리'와 '어머니의 유언을 지켜드리는 효심'을 살펴보자.

그리고 이러한 이순신의 하늘을 경외하고 공경하는 삶의 자세에서 하늘의 뜻에 순응하고 실천하는 모습을 통해 참된 인간 이순신의 진면목을 들여다보자.

전함 1

제1장. 국가와 백성을 위한 대의(大義)

"잠시 비가 내렸다, ……나라의 정세를 생각하니, 위태롭기가 마치 아침이슬과 같다. 안으로는 정책을 결정할 기둥 같은 인재가 없고, 밖으로는 나라를 바로잡을 주춧돌 같은 인물이 없으니, 장차 나라의 앞일이 어떻게 될 것인지 걱정이다. 마음이 어지러워 잠들지 못하고 밤새 뒤척였다."

— 《난중일기》 1595(을미년). 7. 1. —

1. 임진왜란 발발

〈조선의 정세〉

조선은 개국 이후 성종 때까지 약 1백여 년 동안 왕조창업에 동참했던 개국공신과 그 자손들, 그리고 세조(1455~1468년)의 집권을 도왔던 공신집단과 그 자손들로 형성된 훈구파(勳舊派) 세력이 통치 집단의 근간이 되었다.

이들 훈구세력의 협력에 의하여 조선은 왕조 초기에 안정적인 지배체계를 확립하고, 문화와 과학 등 다방면에서 국가의 융성을 이룩할 수 있었다. 그러나 '고인 물은 썩는다!'는 진리대로 왕조의 안정기반이 구축되고 점차 시간이 지나자, 직권을 남용하는 등 국가안정 기반에 서서히 금이 가기 시작하였다.

이런 와중에 그동안 꾸준히 성장해 온 사림세력이 성리학(性理學)의 도학사상을 제반 사회질서의 가치기준으로 설정해야 한다고 주장함에 따라 기존 훈구세력과 마찰이 생긴다.

이렇게 발생한 마찰은 성종이 훈구세력을 견제하기 위한 방편으로 사림들을 청요직(淸要職)인 사헌부, 사간원, 홍문관의 삼사 계통에 등용하면서 이들의 갈등은 수면 위로 떠오르게 된다.

조선시대에는 과거 급제자들 가운데서도 수재들만을 위하여 청요직이라는 특별승진 코스를 두고 있었다. 4품 이하의 하위직은 450일 만에 한 품계씩 오르도록 되어 있고. 4품 이상의 고위직은

900일을 채워야 한 품계를 오를 수가 있었다. 이럴 경우 종9품에서 정3품까지 13품계를 오르자면 산술적으로도 20여 년 가까운 세월이 소요되지만, 실제로는 큰 실수 없이 30년은 봉직해야 겨우 당상관을 바라볼 수 있었다.

그러므로 과거급제자라 할지라도 3분의 2이상이 당상관에 오르지 못하고 관직생활을 마감할 수밖에 없는 것이 현실이었다. 그런데 청요직이란 특별승진 코스에 들어서면 근무 연수와 상관없이 자리가 비면 우선적으로 승진하였기 때문에 남들보다 빠른 속도로 승진할 수 있었다. 더구나 국가의 중요 정책결정에 깊숙이 관여하는 재상(宰相 ; 의정부 삼정승, 2찬성, 6판서, 한성판윤 등 12자리)이 되려면 청요직을 거치지 않고는 거의 불가능하였다.

그러자 훈구세력이 연산군시절, 무오·갑자 양대 사화를 일으켜 사림들에게 타격을 가함으로써 조선 정국을 혼돈의 도가니에 빠뜨린다. 그 후 반정(1506년)으로 왕위에 오른 중종은 양대 사화로 문란해진 사회기강을 바로잡고, 새로운 정치질서를 확립하기 위해 다시 사림파 인사들을 기용하여 개혁정치를 단행한다.

그러자 기존의 훈구세력들은 그들의 권위와 이권을 위협하는 급진적인 개혁을 못마땅하게 여겼으며, 결국 중종 14년(1519)에 보복적인 정쟁(政爭)인 기묘사화를 일으켜 또 한 차례 신진세력에게 타격을 가한다.

불과 20여 년 동안 세 번에 걸친 사화로 인해 조선 중기는 정치, 경제, 사회 등 여러 방면에서 큰 혼란을 겪게 된다.

이러한 혼란으로 인해 신분제도가 붕괴되고 군역(軍役)이 불균형하게 부과되었고, 권세가들은 직권을 이용하여 토지를 확대하는 등 폐단이 속출하였다. 또한 공납제도(公納制度)의 문란으로 인하여 농민의 부담이 가중되는 등 사회의 기본질서가 뒤흔들리게 되었다.

이런 혼란의 와중에도 조정은 왕위계승을 둘러싼 왕실 척신(戚臣)들의 정권쟁탈전인 을사사화(1545년)에 또다시 휘말리게 되었으며, 사림들도 그들 내부에서 상호 대립하는 새로운 정쟁양상이 벌어지게 된다. 그러다가 명종이 어머니의 대리정치에서 벗어나 직접 왕권을 행사할 수 있게 되자, 외척세력들이 제거되고, 명종의 개혁의지를 뒷받침할 새로운 사림세력이 대거 등용되었으며, 명종의 뒤를 이은 선조 때에는 신진 사림세력들에 의한 새로운 지배체제가 형성되었다.

조정의 지배세력이 된 사림세력은 다시 신·구세력으로 양분되고, 자파의 인물을 정계의 요직에 진출시킬 수 있는 인사권의 장악을 둘러싸고 서로 대립함으로써 조선의 조정은 외부로 눈을 돌릴 수 있는 여유가 없었고, 국론 통일에도 큰 장애를 가져왔다.

⟨명나라의 정세⟩

명제국은 태조 주원장(朱元璋)이 1368년에 나라를 세운 이래 집권한 성조 영락제(永樂帝, 재위 1403~1424) 때에 이르러 전성기를 맞이한다. 그러나 영락제 사후 국력이 쇠퇴하여 제6대 영종(英宗,

재위 1436~1449, 1457~1464) 때의 토목의 변(土木之變, 1449)을 고비로 대외적인 위신이 크게 실추되었다.

토목의 변은 15세기 초부터 세력이 강성해지기 시작한 몽고족의 일부인 오이라트(Oirat)를 토벌하기 위하여 1449년에 영종이 직접 50만 대군을 이끌고 친정하다가 오히려 명군이 패하여 황제가 포로가 된 사건이다.

이 사건은 명나라의 국가적 위신을 크게 손상시켰을 뿐만 아니라, 영종이 귀환한 후에 궐위 기간 동안 황제의 직무를 대행하였던 경제(景帝)와의 사이에 서로 내분을 일으키게 되자, 이에 편승한 환관들의 정치개입으로 명나라 조정의 정치기강이 무너지게 된다.

16세기에 들어와서는 명제국은 무종(武宗, 재위 1505~1521)의 방탕한 사생활로 인해 사치와 유흥이 극에 달하고, 광신적인 라마교(Lama敎)에 대한 집착 등으로 인해 제반 정무는 환관들의 손에 의해 좌우됨으로써 국내정치는 혼란이 극에 달한다.

1521년 무종의 뒤를 이어 즉위한 세종(世宗, 재위 1521~1566)의 강력한 개혁정책으로 그동안 잘못된 정치를 일소하고 인사제도를 대대적으로 쇄신하여 명나라의 정치는 새로운 개혁의 장을 마련하는 듯하였다. 그러나 이러한 대대적인 개혁정책은 당시 보수귀족 세력들에게 불이익을 가져다주는 조치들이 많아지다 보니 그들의 불만이 고조되고, 이로 인해 신진개혁세력과 보수세력의 치열한 정쟁을 불러일으켜 정치적 혼란만 가중시키고 개혁은 실패하고 만다.

이처럼 세종시대의 내정 혼란과, 같은 시기에 일본의 집권세력인 무로마치(室町) 막부가 몰락하고 일본 국내도 전국시대의 혼란에 휩쓸리게 되어 왜구에 대한 막부의 통제력이 약화된다. 당시 왜구의 잦은 침입은 명제국의 존망을 위협할 정도로 큰 영향을 미친다.

왜구가 명나라 연안지역에 자주 출몰하여 명의 안정을 위협하자, 명나라는 왜구의 방어에 국력을 집중하게 된다. 이 시기에 북방 몽고족의 침입도 자주 발생하여, 이런 잦은 북로남왜(北虜南倭)의 폐해가 명의 쇠퇴를 지속적으로 가속화시키고 있었다.

세종 사후, 목종(穆宗, 재위 1566~ 1572)의 뒤를 이어 제위에 오른 신종(神宗, 재위 1573~1619)은 즉위 초, 명신 장거정(張居正)을 재상으로 발탁하여 과감한 개혁정치를 시행함으로써 정치, 경제, 국방 등 모

「만력(萬曆)의 치(治)」를 이룬 명 신종

든 분야에 있어서 괄목할 만한 성과를 거두어 이른바 〈만력(萬曆)

의 치(治)〉를 이룬다.

명제국은 신종의 개혁정치에 의하여 변방의 방어시설을 대대적으로 보강하는 등 국방의 안정을 도모하였다. 그러나 개혁의 주역이었던 장거정이 갑자기 사망한 만력 10년(1582) 이후부터 신종이 정치에 권태를 느껴 정사는 멀리하고 연일 사치와 방탕을 일삼게 되자 황실의 지출 규모가 증대하여 국고가 텅 비게 되었다. 그동안 건전한 정치풍토를 보이던 명나라 조정의 정치 또한 퇴폐적 경향으로 치닫게 된다. 또 다시 환관들이 정국의 주도권을 장악하고 국정을 전횡하는가 하면, 관료 상호간에 파당을 만들어 동림(東林)·비동림(非東林)으로 서로 심각한 반목현상을 보이게 됨으로써 명나라 정국은 더 이상 돌이킬 수 없는 혼미상태에 빠지고 만다.

〈일본의 정세〉

일본은 1392년(조선 태조 1년)에 무로마치 막부의 제3대 쇼군(將軍)이었던 아시카가 요시미쓰(足利義滿)가 남북조의 분열현상을 종식시킨다. 그리고 일본 전국의 지배권을 장악한 이후 봉건제도를 발전시켜 지방의 슈고다이묘(守護大命) 집단의 세력이 신장됨으로써 지방분권의 정치가 발전한다.

15세기 중엽에는 무로마치 막부의 봉건영주 세력에 대한 쇼군의 통제력이 약화되자 지방의 봉건영주인 슈고다이묘들의 분열을 초래하는 계기가 된다. 〈오닌(應仁)의 난(亂)〉을 고비로 1467년

무로마치 막부가 사실상 몰락하고 일본은 그로부터 1백여 년에 걸쳐 전국 각지에서 군웅이 할거하는 이른바 전국시대(戰國時代)가 열리게 된다.

이러한 전국시대의 혼란을 틈타 지방의 토착 호족출신의 신흥 무사집단이 등장하고, 이들은 구세력인 슈고다이묘 집단을 무력으로 꺾고 스스로 무로마치 막부의 지배에서 벗어나 반독립국가로서 점차 자립태세를 갖추어 나간다.

무력으로 대호족(大豪族)의 지위를 확보한 센고쿠 다이묘(戰國大命)들은 부국강병을 목표로 삼고 이를 달성하기 위하여 집단별로 서로 강력한 무력집단인 가신단(家臣團)을 적극 육성하여 세력 확장을 꾀한다. 일본은 바야흐로 천하를 통일하여 전국의 영주들을 호령해 보고자 하는 야망을 가진 사람들이 속속 나타나게 된다.

대표적인 인물로 센고쿠 다이묘가 된 오다 노부나가(織田信長)는 1568년에 실권을 장악한 뒤 모든 적대세력을 타도하고 전국통일의 꿈을 실현시키고자 하였다. 그러나 오다는 1582년 전국통일 사업을 추진하던 중 자신의 부장 아케치 미스히데(明智光秀)에게 피살당하고 만다. 당시 오다의 부장이었던 도요토미 히데요시(豊臣秀吉)가 주군을 죽인 아케치를 응징한다. 그리고 오다의 후계자로서 오사카(大阪)를 중심으로 통일 사업을 적극 추진하여 1590년에 드디어 일본 전국을 통일하게 된다.

2. 히데요시의 이(利)

1585년, 도요토미는 일본의 전국통일 사업을 추진하던 과정에서 간바쿠(關白)가 되었으며, 그 이듬해에는 다조다이진(太政大臣)의 지위에 올라 천황의 권위를 빌어 일본 전국을 통치하게 된다. 도요토미는 상공업을 집중 육성하고, 전국의 토지조사를 실시 후 경작제도를 개선하는 등 개혁정치를 추진하여 실권을 장악한 지 10년이 채 못 되는 짧은 기간에 일본 최고실력자로 성장한다.

그러나 그는 가난한 농민 출신에서 일본 최고 권력자로 급부상한 까닭에 다른 센고쿠 다이묘(戰國大命)들처럼 뿌리 깊은 전통을 가진 강력한 가신(家臣) 집단이 없었다. 그러다 보니 그의 통일정권은 여타 다이묘 세력들을 일시적으로 통합시켜 놓은 연합정권

도요토미 히데요시

에 불과하였다. 도요토미는 그의 정권기반의 취약점을 해소하기 위한 방안으로, 봉건적 지배구조를 재편, 강력한 다이묘 집단들의 세력을 약화시키는 방안을 강구하게 된다.

그 일환으로 자신의 정치기반을 공고히 하기 위한 대규모 해외 원정사업을 추진한다. 대규모 해외원정사업에 봉건다이묘들의 무력집단을 대거 동원하여, 그들 자체의 전투력을 소멸시킴으로써 자신의 정치적 토대는 강화시키는 반면 다이묘 세력들의 무력은 약화시키려고 획책한다.

이러한 그의 책략은 정복지역의 광대한 영토를 다이묘 세력에게 재분배하여 준다는 당근을 주어 그들을 해외로 내몰기 위한 명분을 제공한다. 그리고 그들의 영지 확장욕구를 충족시켜 주어 다이묘 세력들로부터 광범위한 지지기반을 확보하려는 의도가 함께 내포되어 있었다.

도요토미 히데요시는 명나라와 조선을 정복하여 일본영토에 편입시키겠다고 허황된 망상을 주장한다. 임진왜란이 발발하기 5년 전인 1587년(선조 20년) 쓰시마 도주 소 요시시게(宗義調)를 통해 조선의 국왕을 입조시키라는 황당한 지시를 한다. 그동안 조선과의 무역을 자신들의 주 생계수단으로 삼고 있던 쓰시마 도주는 조선과 일본의 평화관계를 유지시키기 위해 도요토미의 주장은 은폐시키고, 조선에 통신사를 파견해줄 것을 요청한다.

그러나 조선은 일본과의 관계가 국가이익에 아무런 도움이 되지 않는다고 판단하여 이를 거절한다. 그러자 일본은 그 이듬해인 1588년에 국사(國使)를 파견해 조선통신사의 파견을 재차 요구하였으나 거절당한다. 파견단이 부산 왜관을 통해 복귀하면서 "조선이 통신사 파견을 거절하였으므로 일본이 전쟁을 일으킬 가능성이 있다."고 밝힌다.

이 보고를 받은 조선 조정은 도요토미가 "조선과의 전쟁도 불사하겠다."는 의사를 알게 된다. 그 후 일본은 왜구의 앞잡이가 된 조선인과 그동안 피랍된 조선인을 자진해서 송환한다. 이런 와중에 일본의 동태를 파악하기 위해 선조 23년(1590) 정사 황윤길(黃允吉, 서인)과 부사 김성일(金誠一, 동인)을 통신사로 파견한다.

이때 일본 측과 조선의 중재 역할을 담당한 쓰시마 도주와 고니시 유키나가(小西行長)는 조선이 통신사를 파견한다는 것은 '조선이 곧 일본에 항복할 것'이라는 의미라며 도요토미를 기만한다. 도요토미는 보고를 받고 명나라를 정벌한다는 계획을 발표하고 명나라 정벌에 조선이 선봉에 나서 줄 것을 요구한다.

그 이듬해(1591년) 파견되었던 조선통신사 일행이 복귀하자, 정사 황윤길의 곧 전쟁이 발발할 것이라는 보고와, 전쟁은 일어나지 않을 것이라는 부사 김성일의 상반된 보고로 조정은 논란에 휩싸인다. 당파에 미치는 이해득실만 따지다가 결국 일본이 조선을 침공할 하등의 '명분'이 없다며 전쟁은 일어나지 않을 것이라는 부사 김성일의 의견이 채택된다.

당시 조정의 권력은 동인이 잡고 있었으며 부사 김성일은 동인이었다. 이에 따라 조선은 남해안 일부지역에 성을 구축하는 데 그치고 만다. 단 1%의 전쟁 징후만 있어도 전쟁을 준비해야 하는 것이 제대로 된 국가의 올바른 국방 대비태세다. 그러나 당시 이런 조선 조정의 분위기는 국가적으로 총체적인 대책을 수립하지 못한 채 임진왜란을 맞이하게 된다. 로마의 명장 베제티우스의 "평화를 원하거든 전쟁에 대비하라."는 경구가 그 어느 때보다 절절하게 가슴을 친다.

1593년 연초부터 벌어진 조명연합군에 패하여 평양성에서 일본군이 철수하고, 벽제관전투에서 패배한 명나라 군, 그리고 행주산성에서 조선군에게 대패한 일본군, 조선을 포함한 세 나라 모두 식량 부족과 전염병 등의 창궐로 인해 더 이상 전쟁을 이어갈 수 없었다.

결국 명나라와 일본은 1593년(계사년) 두 번째 시기인 강화교섭에 들어간다. 명나라와 일본과의 강화교섭이 막바지로 치닫고 있던 1596년 7월 18일 일본열도에 강진(진도 7.0)이 발생하여 교토는 물론 도요토미가 있는 오사카성도 무사하지 못했다. 지진은 무려 열흘이나 계속되어 깔려죽은 사람만 수만 명이 되었다고 한다. 그리고 8월에는 100년 만에 대홍수가 발생해 사람들은 먹을 것이 없어서 사람이 사람을 잡아먹는 아비규환의 생지옥이 펼쳐졌다.

도요토미의 정치적 기반인 오사카와 교토 사람들 사이에서 이러한 자연재해가 그의 탓으로 돌리는 분위기가 팽배해진다. "지진은 앞으로 병란(兵亂)이 일어나 왕과 장수를 망하게 하는 징조."라거나 "도요토미의 목숨 줄이 얼마 남지 않았다."는 말들이 나돌았다.

그러자 도요토미는 민심을 돌릴 새로운 탈출구가 필요했다. 1596년(병신년) 겨울 도요토미는 자신에게 쏟아지는 비난을 외부로 돌리기 위해 조선재침을 결정한다. 결국 자연재해라는 일본의 위기상황을 극복하기 위해 명분도 없는 전쟁을 또 다시 일으키게 된 것이다. 바다 건너 일본에서 일어난 지진 때문에 벌어진 정유재란으로 인해 수많은 조선 사람들이 죽어갔다.

3. 이순신의 의(義)

이순신은 32살의 늦은 나이에 무과에 급제하여 벼슬길에 나선 후 노량해전에서 순국하기까지 22년간 군 생활을 하였다. 그러나 그 중에서도 1583년 부친의 3년 상을 치른 기간을 제외하면 정확히 19년의 군복무를 한 셈이다. 그 19년 동안 무려 세 번의 파직과 두 번의 백의종군을 하는 파란만장한 군 생활이었다. 그러나 이런 가혹한 시련과 힘든 여건 하에서도 오로지 주어진 임무에 묵묵히 최선을 다했던 무인으로서 인간 이순신의 면모를 살펴보기로 하자.

〈최초 부임지 건원보 권관 시절〉

최초 근무지 발령은 과거시험 합격 후 10개월이 지난 1576년 12월에 함경도 삼수고을에 위치한 동구비보(童仇非堡) 권관(權管, 종9품, 오늘날의 소위)으로 명령을 받았다. 이곳은 산간오지로 조선시대 일등 귀양지로 이름 난 곳이다. 혹자는 이순신의 첫 부임지가 오지 중의 오지인 함경도 삼수갑산(三水甲山) 동구비보 권관으로 발령 난 것이 이순신의 뒤를 봐주는 사람이 없었기 때문이라고 말하는 사람도 있다.

그러나 최초 부임 시부터 보이지 않는 손에 의해 좋은 자리, 편한 자리에 보직 받았다면 우리가 아는 이순신은 탄생하지 않았을 것이다. 예나 지금이나 장교로 임관되어서 가는 최초의 보직은 격오지(隔奧地)에 근무하는 것이 당연한 것이며, 훗날 뒤돌아보면 오히려 이런 격오지 근무가 본인의 군 생활에 득이 되는 경우가 많다.

최초 부임지는 가장 하위 말단 부대에서 병사들과 함께 근무하면서 임무의 소중함과 국가안보의 최전선에서 근무한다는 자긍심과 보람을 느끼고 근무할 수 있다. 아마 이순신도 동구비보에서 병사들과 함께 동고동락하면서 그들의 고충과 애환을 알고 그들의 세계에 동참할 수가 있었다.

그 무렵 함경도 감사로 이후백(李後白, 1520~1578)이 새로 부임해 왔다. 이후백은 본관이 연안이고, 호는 청련(靑蓮)으로 1520년(중종 15)에 태어나 1555년(명종 10)에 36세의 늦은 나이에 과거에 급제하였으며, 벼슬은 호조판서, 이조판서를 거쳐 대제학에까지 이르렀다. 함경감사 이후백은 함경도 각 진을 순행하면서 진의 경계준비 상태와 장수들의 활쏘기 실력을 점검하였는데, 변방 장수들 중 벌을 받지 않은 자가 그리 많지 않았다고 한다. 특히 그는 장수들을 벌을 줄 때 곤장을 잘 때려 '곤장감사'라는 별명을 얻었다.

그러다 보니 변방의 모든 장수들이 그를 두려워하였으나, 이순신이 지휘하는 동구비보의 진에 와서는 매우 만족해하며 칭찬을 아끼지 않았다. 이순신이 감사에게, "사또의 형벌이 너무 엄해서 변방 장수들이 손발 둘 곳을 모릅니다."라고 하자, 감사는 웃으면서, "그대 말이 옳다, 그러나 난들 어찌 옳고 그른 것을 가리지 않겠느냐."하면서 순시를 마쳤다.

당시 이후백 감사는 이순신보다 나이도 25살이나 많고, 무과에 급제하여 벼슬길에 나온 지 20년이 넘는 대선배였지만 이순신의 능력과 인품을 높게 평가하였다. 직급이 낮은 초급장교와 함경도를 책임지고 있는 최고사령관과 어떻게 이렇게 자연스럽게 대화가 되고 교감이 될까. 하지만 국경선 최전방에서 만난 두 사람은 신분상의 차이는 있을 수 있겠지만, 국경을 수비하는 책임자로서 공동목표를 갖고 있기 때문에 서로간의 의견이 일치되어 쉽게 교감이 가능했을 것이다.

특히 이순신은 할아버지와 아버지에 대한 효심이 뛰어나 어른을 공경하는 모습이 평소 몸에 배어 있었다. 그리고 장인이자 스승인 방진과 함께 10여 년 동안 과거시험 준비를 위해 함께 생활하면서 익힌 예절은 자연스럽게 표출되어 윗사람을 모시는 데에서도 그대로 나타나게 되었다.

《맹자》양혜왕 상편에, "자기 집 노인을 공경하여 그 마음이 다른 집 노인을 공경하는 데까지 미치게 하고, 자기 집 어린이를 사랑하여 그 마음이 다른 집 어린이를 사랑하는 데까지 미치게 한다. 이렇게 마음을 쓴다면 천하를 쉽게 다스릴 수 있다."고 하였다.

이순신의 바로 이런 모습과 몸에 밴 자세가 자연스럽게 나타난 것으로 보인다. 또한 그는 초임지로 부임한 초급간부지만, 이미 문과공부를 통해 사서삼경을 공부했고, 뛰어난 활솜씨와 자녀를 셋이나 둔 아버지로서 권위와 문무를 겸비한 자세가 이후백 감사에게는 여타 다른 장수들과 비교해 봐도 성숙되고 노련한 모습으로 비쳤던 것이다.

〈훈련원 봉사로 영전〉

이순신은 최전방 함경도 삼수갑산 오지에서 무사히 권관임무를 마치고 선조 12년(1579) 2월 서울에 있는 훈련원 봉사(奉事, 종8품)로 영전된다. 훈련원 봉사 직책은 무과시험을 준비하거나 관리들의 승진을 관리하는 역할로서, 요즘으로 말하자면 인사행정 업무를 수행하는 직책이다. 본인의 역량에 따라 견문을 넓히고 업무수행 능력도 키우고 주변 사람들과 인간관계도 키울 수 있는 좋은 기회였다.

이순신이 근무하는 훈련원은 병조(오늘날의 국방부)의 예하 소속으로 병조의 통제를 받는 하급기관이다. 그러다 보니 상급기관인 병조의 지시나 눈치를 볼 수밖에 없는 부서이다. 당시의 병조 좌랑(兵曹佐郎, 정4~6품) 서익(徐益)은 실세 중에 실세였다.

그는 서인(西人)의 인물로 갑과시험에서 율곡 이이에 이어 차석(갑과 2등)으로 문과에 합격한 인재였다. 자신의 개인적인 인사 청탁이었는지, 서인을 위한 청탁이었는지는 모르지만 본인이 원하는 인물을 승진시키려고 이순신에게 지시를 한 것 같다. 《이충무공 전서》에 나오는 내용을 한번 살펴보자.

"병부랑(서익)이 자기와 친근한 자를 순서를 뛰어 참군(參軍, 정7품)으로 올리려 하자, 공은 담당관으로서 허락하지 않으며 '아래에 있는 자를 건너뛰어 올리면 당연히 승진할 사람이 승진하지 못하게 되는 일이라 공평하지 못할 뿐더러 또 법규도 고칠 수가 없는 것이오.'라고 하였다. 병부랑이 위력으로 강요했으나 공은 끝내 고집하고 듣지 않으니, 병부랑이 크게 성이 났지만 감히 마음대로 올리지 못하니……"

결국 이 일은 이순신의 의지대로 처리되었다. 그러나 서익은 자신의 지시를 듣지 않은 것에 대해 매우 분개하고 이순신을 미워하게 된다. 하지만 이 사건으로 인해 이순신은 최소한 두 가지 교훈을 얻게 된다. 하나는 현실에서 규정과 원칙대로 근무한다는 것이 얼마나 어려운 일인지를 배웠고, 그리고 또 하나는 이로 인해 병조좌랑 서익의 미움을 받아 군 생활이 순탄치 않게 된 것이다.

결국 이순신은 훈련원 봉사의 직책을 1년도 못 채우고 8개월 만에 보직 해임되고 만다. 그 직책에서 무엇 때문에 8개월 만에 교체되었는지 어디에도 그 이유가 언급된 것은 없지만, 그 배경을 누구라도 쉽게 유추해 볼 수 있다.

오늘날 군대에서도 최소 1년 단위로 업무를 수행하는 보직을 1년 미만으로 끝냈을 때는 훗날 진급이나 보직을 검토할 때 본인에게 불리하게 평가된다. 따라서 불가피하게 1년 미만으로 보직을 끝냈을 때는 반드시 재보직 승인사유를 건의하여 승인을 받아야 불이익을 받지 않게 된다. 그러나 당시는 이런 제도가 있었는지 모르겠으나, 이순신은 훈련원 봉사라는 중요 보직을 8개월 만에 끝내는 수모를 겪는다.

《경국대전(經國大典)》에도 말단 봉사 직책을 맡으면 2년 임기를 채운 뒤 보직을 바꾸도록 규정되어 있다. 그런데도 임기를 1년도 채우지 못하고 전출된 것은 누가 보아도 보복성 좌천인사였다.

4. 군 생활

〈발포만호에서 첫 번째 파직〉

충청도 병마절도사 군관으로 근무한 지 9개월 만인 1580년(선조 13년) 7월에 전라좌도 수군만호인 발포만호(鉢浦萬戶, 종4품)

로 영전한다. 이순신이 만호로 부임한 발포는 전라남도 고흥군 도화면 발포리 968번지로 고흥반도 남쪽 끝에 위치한 곳이다. 그 주변에는 지금은 항공우주기지가 설치된 나로도가 있고, 크고 작은 섬들 80여 개가 산재해 있는 곳이다.

그는 발포만호로 부임하자, 해안과 주변의 지형과 섬들까지 확인하면서 배가 드나드는 시설과 성곽을 정비하고 보강하며, 적의 침입에 대비해 철저하게 준비해 나갔다. 그러나 주변에서는 그의 무인으로서의 자질과 인품은 도외시하고, 충청 병마절도사의 일개 군관에서 일약 수군만호로 영전한 것을 시샘한 사람들이 더 많았던 것 같다. 그러다 보니 그를 비방하는 터무니없는 말들이 전라감사 손식(孫軾)의 귀에까지 들어갔다.

당시 조선사회는 숭문천무(崇文賤武) 사상이 지배하는 세상이 되어 지방 수령과 목민관들은 대다수가 문과에 급제한 문인들로 채워져 있었고, 손식 또한 문인 출신으로 전라도관찰사의 임무를 수행하고 있었지만, 군사에 대해서는 문외한이었다.

이순신이 발포만호로 부임한 지 얼마 되지 않아 전라도 관찰사인 손식은 흥양현(지금의 고흥군청 자리)에 들러 발포에 있는 이순신을 불러올린다.

부름을 받은 이순신에게 관찰사는 발포진의 진서(陣書)에 대해 강독하게 한다. 그러자 막힘없이 발포진의 방어 배치와 주변 지형, 방어계획까지 상세히 설명을 하자, 다음은 진도(陣圖)를 그리게 한다. 순신은 붓을 들고 종이 위에 발포진의 지형과 물길, 그리고 진의 배치 등의 발포진도를 상세히 그려내자, 그 모습을 한참 지켜보던 전라도관찰사 손식은 "어쩌면 이렇게 정밀하게 잘 그리는가?" 하면서 이순신의 조상을 물어보고는 "내가 처음에 알지 못했던 것이 매우 유감이오." 하고 말하며 정중하게 대했다고 한다.

이 이야기를 통해 볼 때 주변에서 수없이 많은 중상모략과 비방하는 말을 듣고 진서강독과 진도를 그리게 해 잘못하면 질책을 주려고 생각하였으나, 뛰어난 실력과 해박한 식견에 관찰사가 감탄한 것이다. 이 일로 인해 관찰사는 그의 능력을 진정으로 인정하는 계기가 된다. 그러나 이런 일들을 겪고 나서도 발포만호로 근무하는 동안 난처한 일들이 계속 이어진다.

그의 직속상관인 전라좌도 수군절도사 성박(成鎛)이 발포만호의 객사 뜰에 있는 오동나무를 베어오라고 부하들을 내려 보냈다. 평소 풍류를 좋아하던 절도사 성박은 그 오동나무를 베어다가 거문고를 만들려고 했던 것 같다. 순신은 기가 막혀 심부름 온 절도사의 부하들을 꾸짖었다.

"이 나무는 나라의 물건이라 사사로운 일에 쓸 수 없는 것이다. 또한 이처럼 오랫동안 자란 나무를 하루아침에 베어버릴 수는 없다." 라고 이야기하여 절도사의 부하들을 그냥 돌려보냈다.

빈손으로 돌아온 부하들로부터 보고를 받은 절도사 성박은 자신의 뜻을 관철하지 못하자 그에게 원한을 품게 된다. 현재 발포만호의 객사가 있던 그 자리에는 이순신이 근무했던 곳을 기리기 위한 비석과 오동나무 한 그루가 자라고 있다. 물론 오동나무는 그때의 나무는 아니지만 당시의 풍경과 정황을 알게 하기 위해 지금도 관리하고 있다.

그리고 2014년 고흥군에서는 청렴한 이순신의 공직자의 자세를 본받기 위해 그가 부임해 근무했던 발포수군만호 관아지역에 1580년을 기리기 위해 1,580개의 박석(바닥돌)과 6,237개의 바닥돌로 장식된 청렴광장을 조성했다.

고흥군 도화면 발포리에 있는 '이순신 오동나무 청렴일화비' (고흥군청)

성박의 뒤를 이어 전라좌수영 지역의 수군절도사로 오게 된 이용(李溶)은 전임 절도사 성박으로부터 오동나무에 대한 이야기를 들었다. 그리고는 전임 절도사의 지시를 거부한 이순신에 대해 좋지 않은 선입견을 갖게 된다.

부임한 뒤 이순신을 벌주기 위해 전라좌수영 예하 5개 포구를 불시에 점검하였고, 다른 네 곳은 결원자가 많았는 데 비해 발포진은 결원자가 세 사람뿐이었다. 그러나 이를 빌미로 장계를 올려 이순신을 죄 줄 것을 청하려고 하였다. 이때 이순신은 절도사 이용의 의도를 알아채고 다른 네 곳의 결원 명단을 확보해두었다.

이 사실을 알게 된 이용의 군관들이 이용에게 "발포의 결원자가 가장 적고 발포만호는 네 곳의 결원 명단을 갖고 있으니 지금 장계를 올린다면 뒷날 후회할 일이 생길 수도 있습니다."라고 하여 발포만호 이순신을 처벌하기 위해 올리려고 했던 장계는 중지된다.

당시에는 1년에 두 차례씩 6개월마다 지방관과 변방 장수들에 대한 인사고과를 실시하여 연말에 왕에게 보고하는 것이 법제화되어 있었다. 전라좌수영도 1580년 연말에 장수들의 정기 인사고과를 위해 모인 감사와 수사는 이순신을 최하 점수를 주려고 논의하고 있었다. 이때 전라도관찰사 보좌관으로 참석한 도사(都事, 종5품) 신분인 중봉(重峰) 조헌(趙憲)이 이순신을 거든다.

"이순신이 군사를 거느리는 법이 이 도에서 최고라는 말을 들어 왔는데, 다른 여러 진(陣)을 모두 아래에 둘망정 이모(李某)에게 하(下)를 줄 수는 없소." 하고 주장하는 바람에 이순신은 인사고과에서 꼴찌를 면할 수 있었다. 조헌은 강직한 성품과 굳은 기개로 임진왜란 초기에 의병을 일으켜 금산전투에서 부하들과 함께 장렬히 산화한 인물이다.

그러나 이순신의 발포만호 근무시절은 결코 평탄치가 않았다. 만호로 부임한 이순신은 병사들의 훈련과, 진과 성곽을 보수하는 등 어느 누구보다 성실히 임무를 수행하고 있었다.

선조 15년(1582) 1월에 과거 훈련원 봉사시절에 악연을 맺은 서익이 군기경차관(軍器敬差官)으로 검열을 나와 이순신이 무기관리를 소홀히 하였다고 징계하여 파직시킨다. 이처럼 억울하게 발포만호에서의 보직해임은 이순신의 군 생활 중 첫 번째 파직이었다. 그러나 이곳 발포에서 1580년 7월부터 1582년 1월까지 약 1년 6개월 동안의 근무경험은 훗날 전라좌수사로, 그리고 삼도수군통제사 근무에 매우 큰 도움이 되었다.

〈건원보 권관 시절〉

함경남도 병마절도사의 군관으로 발탁되었지만, 이순신은 이 직책에서 오래 근무하지 못하고 그 해 10월에 함경북도 경원군에 있는 건원보 권관(종9품)이 되었다. 이런 갑작스런 보직이동을 살펴볼 때 당시에 북방 국경선의 경계는 여진족들의 잦은 침입으로 국경이 안정되지 못한 상태였다.

건원보(乾原堡)는 최전방 지역으로 함경북도 경원(慶源)에서 남쪽으로 40여 리 떨어진 곳이다. 이 지역 주변에는 여진족들이 살고 있었고, 그들은 수시로 국경을 넘어와 곡식과 말과 소 등의 가축을 약탈하거나 조선의 백성들을 잡아다가 노비로 삼았다.

건원보 권관으로 부임한 이순신은 부임하자마자 이들을 토벌하기로 마음먹고 오랑캐 우두머리인 우울기내를 잡을 계책을 수립한다. 우울기내를 유인하여 생포하기로 결정하고, 우울기내가 부하들을 이끌고 쳐들어오자 그들이 침투해 들어오는 길목 좌우측에 병사들을 매복시켜 놓고 기다리고 있다가 침투한 우울기내를 사로잡는 전과를 올린다. 큰 공을 세운 이순신이 전과를 상급부대인 함경북도 병마절도사 김우서(金禹瑞)에게 보고했다. 그러나 절도사는 공을 세운 이순신에게 상을 주기는커녕 오히려 처벌을 지시한다.

당시 병마절도사 김우서는 이순신이 자신에게 보고도 하지 않고 함부로 작전을 벌였다는 내용의 장계를 올린다. 이때 조정에서는 상을 내리려다가 병마절도사의 장계를 보고 포상을 취소했다고 한다.

그런데 《선조실록》 17권에 보면 당시 우울기내를 잡은 공로로 북병사와 그의 군관에게 후한 상이 내려졌다는 기록이 있다. 《선조실록》대로 포상이 주어졌다면 이순신의 공을 상관인 함경북도 병마절도사 김우서가 가로챈 것이다. 참으로 어처구니없는 일이며 당시 조선사회 관리들의 근무행태와 그들의 도덕적 수준을 가늠해 볼 수 있는 사안이다.

〈첫 번째 백의종군 조산보만호 시절〉

이순신은 부친의 삼년상을 마친 선조 19년(1586년) 1월에 사복시 주부(司僕侍 主簿, 종6품 궁궐의 말 관리책임자)로 임명된다. 그러나 사복시 주부의 자리로 부임한 지 16일 만에 함경도 두만강 부근 조산보 만호(造山堡 萬戶)로 천거된다. 당시 조산보 만호가 공석으로 조정에서는 오랑캐들의 침입이 잦은 이 지역의 책임자로 많은 사람들 가운데 그동안 두 차례나 함경도 국경에서 근무했던 경험과 능력들을 고려해서 이순신이 발탁된 것이다.

선조 20년(1587) 8월에는 녹둔도(鹿屯島) 둔전관(屯田官)의 임무도 함께 수행하게 되었다. 둔전이란 군인들이 군량을 마련하기 위하여 주변 경작지에 직접 농사를 지어 스스로 식량을 조달하는 방법으로 농사짓는 땅이나 농사짓는 일을 말한다.

녹둔도는 조산보에서 동쪽으로 20리 정도 떨어진 곳에 위치한 외딴 섬으로 수비 군사가 적어 이순신은 병마절도사 이일(李鎰)에게 병사를 늘려달라고 수차례 건의하였으나 병력을 증원해 주지 않았다.

녹둔도가 조산보에서 20리(8km) 정도 떨어져 있었으니, 도보로 이동시 약 1시간 30여 분 정도 걸리는 거리다. 이 정도 시간이라면 기병으로 무장한 여진족들이 불시에 국경선을 침투해 약탈을 자행 후 유유히 사라질 수 있는 멀지 않은 거리다. 병력 증원이 이루어지지 않자 이순신은 목책을 설치해 경계시설을 보강하고, 병사 10여 명을 보내 경계임무를 부여하고, 시간이 나면 백성들의 농사일을 도와주도록 하였다.

함경도 녹둔도 근무시절 여진족을 토벌하는 이순신(십경도 현충사 제공)

이순신은 이런 경계문제를 놓고 고민하고 나름대로 대비책을 강구하였으나, 그 해 9월 우려한 대로 적이 국경선을 넘어 침략해 들어왔다. 이 해는 풍년이 들어 농사를 지은 농민들은 기뻐하면서도 한편으로는 곡식을 탐낸 적의 약탈을 걱정하고 있었다. 마침 그 날은 녹둔도 지역의 둔전이 풍년이란 소식을 듣고 경흥부사 이경록(李慶祿)이 둔전시찰을 나왔다.

이른 아침 짙은 안개가 깔려있는 둔전지역을 이순신과 경흥부사는 농민들의 추수하는 모습을 함께 둘러보고 있었다. 마침 그 시각 녹둔도 지역에 풍년이 든 것을 알고 호시탐탐 기회를 노리고 있던 오랑캐들이 쳐들어왔다. 그 때 마을사람들은 추수하러 가고 마을은 텅 비어 있었으며 고작 경계병 10여 명만 남아 지키고 있었다.

마을을 지키던 군사들은 적을 맞아 용감하게 싸웠으나 수적 열세를 극복하지 못하고, 적의 기세에 밀려 마을은 쑥대밭이 되고 말았다. 들에서 추수를 거들고 있다가 뜻밖의 보고를 받은 이순신은 이운룡 등 날랜 장수들과 함께 마을로 달려갔다. 노략질하고 도주하는 적을 공격하여 적의 장수들을 사살하고 끌려가던 백성 60여 명을 구해냈다.

그리고 이 전투에서 부사 이경록도 오랑캐의 목을 셋이나 베고, 이몽서도 참호를 뛰어 넘어오는 적장을 사살했다. 이순신도 적의 우두머리를 사살하고 백성들은 구했지만 본인도 왼쪽 넓적다리에 화살을 맞는 부상을 당했다.

이런 상황이 되자 북병사 이일은 자신의 책임을 면하기 위해 이순신을 구속하고 심문했다. 당시 북병사 이일의 군관이었던 선거이(宣居怡)는 이순신과 과거시험 합격 동기이며 서로 친했던 관계로 심문을 받기 위해 들어오는 이순신에게 술이나 한잔 마시고 마음을 가라앉히고 들어가라고 권유했다. 하지만 이순신은 "죽고 사는 것이 천명인데 술은 마셔서 무엇 하겠소." 하며 담담하게 심문장으로 들어갔다.

북병사 이일은, "이번 전투는 패전으로 인정하고 패전에 대한 책임을 지겠다."는 심문서를 받으려고 했다. 이에 이순신은 거부하며, "이미 여러 차례 병력 증원을 요청하였으나 북병사가 들어주지 않았소. 여러 번 보낸 공문서 초안이 내게 있으니 조정이 이를 알면 그 죄가 나에게만 있지 않을 것이오. 그리고 침입한 적을 추격하여 포로로 끌려가던 우리 백성 60여 명을 구해 왔는데, 이것이 어찌 패전이란 말이오?" 하고 당당하게 항의했다.

이렇게 되자 북병사 이일도 이순신을 함부로 처벌할 수 없게 되었다. 결국 이 사건은 조정에까지 보고되었고, 선조는 이 전투가 단순한 패전이 아니므로 이순신으로 하여금 백의종군(白衣從軍)하여 공을 세우라는 판결을 내렸다.

이렇게 해서 이순신은 생애 두 번째로 파직되고 첫 번째 백의종군을 하게 된다. 그 해 겨울 신립(申立) 등과 함께 여진족 토벌전인 시전부락 전투에 참여하여 전공을 세우고 복직하게 된다.

그러나 이순신이 여진족의 침략에 맞서 싸워 지켰던 녹둔도는

1860년(철종 11) 청(淸)나라와 러시아의 베이징조약 체결로 러시아 영토가 되어버린 것을 1889년(고종 26)에야 비로소 청나라 측에 항의 이의 반환을 요구하였으나 실현되지 않았다. 1984년 11월 북한과 소련 당국자 간에 평양에서 국경문제에 관한 회담을 열어 관심을 끌었으나 미해결인 채로 끝났으며, 1990년에는 직접 서울 주재 러시아 공사에게 섬의 반환을 요구하였으나, 역시 실효를 거두지 못하였다.

〈임진왜란 발발 개황〉

1592년(임진년) 4월 13일 오전 8시경 일본군 선봉대 1군 18,000명을 태운 700여 척의 대 선단이 쓰시마(對馬島)의 이즈하라(嚴原) 항을 출발한다. 그리고 그날 오후 4~5시경 부산 앞바다에 모습을 드러냄으로써 임진왜란이 발발한다.

하룻밤을 바다에서 보낸 일본군은 이튿날 아침 해안에 상륙하여 부산진성과 다대포진을 공격하여 해두보(海頭堡)를 확보한다. 그리고 다음날인 15일 아침 6시경에 동래성을 공격하여 함락시킨다. 일본군의 제1군(고니시 군)이 부산을 점령하고 양산에서 밀양으로 진출하고 있을 무렵인 4월 18일에는 가토 기요마사가(加藤淸正)가 지휘하는 제2군 22,800명이 부산에 상륙하였다.

그리고 4월 19일에는 구로다 나카마사(黑田長政)가 지휘하는 제3군 11,000명이 낙동강 하구를 따라 죽도(竹島, 김해 남쪽 10리)에 상륙한다. 일본군 제2군과 3군은 고니시 유키나가의 1군의 진출로를 따르지 않고, 2군은 부산에서 동북쪽으로 진격하여 19일에는 언양을 점령하고, 21일에는 경주로 진격한다. 그리고 제3군은 죽도에 상륙한 그날 곧바로 김해성으로 진출한다. 제2군과 3군의 진출로에 있던 경주성과 김해성은 제대로 싸워 보지도 않고 조선 관군이 도망가 버려 성은 무혈점령 당한다.

조선 조정은 17일에서야 경상좌수사 박홍(朴泓)의 장계가 도착하여 일본군이 침입하였다는 사실을 비로소 알게 된다. 그러나 당시 조정에서는 '일본이 명나라와 외교관계가 단절된 것에 대해 불만을 품고 조선에 그 분풀이를 하는 것'이라고 판단하여 일본의 침략을 대수롭지 않게 여기고 제1선에서 능히 그들을 물리칠 수 있다고 낙관 하였다.

그리고 4월 17일 조정으로부터 중로군의 일본군을 막는 임무를 부여받은 순변사 이일(李鎰)은 23일에 상주에 도착한다. 이일은 일본군 제1군이 이미 상주 남쪽 선산까지 진출한 것을 알지 못하고, 부근의 백성 800여 명을 모아 상주 북천 변에서 군사훈련을 실시하다가 4월 25일 아침 적의 기습을 받아 대항도 제대로 해보지 못하고 최고 지휘관인 이일만 도주하고 나머지는 전멸당하다.

조정에서는 4월 20일에 남쪽의 전투지역과 수도 한성과의 거리가 너무 멀어 상황파악도 곤란하고 적시 적절한 대응도 어렵다고 판단하여 국왕의 대권을 위임할 도체찰사(都體察使)로 류성룡(柳成龍)을, 그리고 체찰부사(體察副使)로 병조판서 김응남을 임명한다. 그리고 도체찰사보다 실병 지휘가 가능한 무관출신으로 당대 조선 최고의 무관으로 정평이 난 신립(申砬)을 삼도순변사(三道巡邊使)로, 전 의주목사 김여물(金汝岉)을 종사관으로 임명하여 일본 1군의 진출을 차단하도록 남쪽으로 내려보낸다.

신립은 종사관 김여물과 함께 도성을 떠나 남하하면서 군사를 모아 8,000여 명의 병력을 이끌고 26일에 충주 남쪽의 단월역(丹月驛)에 진영을 설치한다. 이때 일본군 제1군(고니시 군)은 조령(새재) 남쪽 문경에 도착하였다. 신립은 충주목사 이종장(李宗長)과 종사관 김여물과 휘하 장령들과 함께 조령의 지형정찰을 나선다. 지형정찰을 마친 후 김여물은 다음과 같은 의견을 제시한다. 당시 《난중잡록》(1592. 4. 27.)에 기록된 내용을 살펴보자.

"적은 대 병력이므로 작은 병력을 가지고 정면으로 맞서는 것은 불리합니다. 적이 통과할 험지(險地)에 복병을 배치하여 좌우에서 협격하도록 해야 합니다. 그렇지 않으면 한성으로 물러나서 한성을 지키는 것이 좋을 것 같습니다."

충주목사 이종장도 김여물의 의견에 동감한다.

"지형이 험한 지역을 아군이 먼저 점령하여 방어하는 것이 상책입니다. 조령의 험준한 지형을 이용하여 주변에 기치(旗幟)를 많이 세우고, 연기와 불을 피워 적을 기만하면서 기병(奇兵)을 써서 적을 제압하도록 하는 것이 좋을 것 같습니다."

그러나 신립은 이들의 의견을 수용하지 않고 자신의 주장을 강력히 피력한다.

"그렇지 않다. 적은 보병이고 우리는 기병이다. 적을 개활지로 끌어내서 철기(鐵騎)로 무찌르면 승리할 수 있다. 그리고 지금 적이 조령 밑에까지 와 있다는데, 우리가 조령으로 진출하다가 만약 적이 먼저 조령에 도착되어 있다면 어떻게 되겠는가? 아군은 훈련 상태가 미숙한 신병들이므로 사지(死地)에 빠져야만 투지를 발휘할 것이다. 그러므로 배수진(背水陣)을 쳐야 한다."

신립 장군

신립은 조령 방어를 포기하고, 27일 밤을 충주성에서 보낸다. 그리고 그 이튿날 전 병력을 탄금대(彈琴臺)로 이동시켜 남한강(南漢江)과 달천(達川)이 합류하는 중간지대의 저습지에 배수진을 친다.

일본 1군은 문경에서 하루를 묵은 뒤 27일 새벽에 문경을 출발하여 하루 종일 조령을 넘어 28일 정오 무렵에 단월역에 도착한다. 그리고 그날 충주성에 진입하기 위해 북상하다가 탄금대의 신립군과 접전을 벌인다. 조총으로 무장한 15,000여 명의 일본군과 8,000여 명의 조선군은 일진일퇴를 거듭하였으나, 병력과 무기 면에서 열세였고, 전투지역이 습기가 많은 농지와 초지였기 때문에 기병의 특성인 기동성을 발휘하지 못하고 전투개시 한나절 만에 신립의 8,000 군사가 전멸당하는 비극을 초래하고 만다.

이일이 상주에서 패하고, 가장 믿었던 신립마저 패하자 선조는 30일 새벽 김명원(金命元)과 이양원(李陽元)에게 한강 및 도성의 방어를 맡기고 1백여 명의 수행원을 대동하여 북행길에 오른다. 그리고 일본의 1군과 2군은 5월 3일에 각각 동대문과 남대문을 통과하여 텅 빈 도성을 무혈 입성한다.

부산 앞바다에 일본군이 나타난 지 정확히 20일 만에 조선의 수도가 함락된 것이다. 그리고 6월 15일 두 달 만에 평양성까지 함락된다. 2군의 가토 군은 그들의 진출로인 함경도로 진로를 돌려 금천(金川)—이천(利川)—곡산(谷山)을 경유 6월 초순에 노리령(老里嶺)을 넘어 함경도의 법동(法洞)까지 진출한다. 6월 17일에는 함경도 남단의 안변을 점령하고 1개월 만에 함경남도 전역을 석권하고 마천령을 넘어 함경북도까지 장악한다.

그러나 파죽지세로 밀고 올라갔던 일본군의 발목을 잡는 일이 발생한다. 5월 7일 옥포해전을 시작으로 조선수군이 일본수군을 격파하면서부터 일본군의 보급로가 차단되면서 전쟁은 새로운 국면으로 접어든다. 수군의 승리 결과는 조선 조정과 모든 조선 백성들에게 희망을 안겨주었고, 전국에서 의병들이 들불처럼 일어나 일본군의 후방진지와 보급로를 타격하기 시작한다.

시간이 지나면서 일본군의 보급에 문제가 생기다 보니 군량미도 문제였지만 전투지속 능력을 보장해 줄 탄약도 문제가 되었다. 그리고 가장 큰 문제는 개전 초 일본군의 복장은 얇은 여름옷을 입고 출전했으나, 겨울로 접어들면서 일본보다 더 추운 한반도의 추위와 특히 북쪽 함경도지방의 혹한은 견뎌내기 힘든 상황으로 돌변한다.

전쟁이 시작된 1년 후부터 전투는 점차 소강상태로 접어들었고, 농사지을 시기를 놓친 조선의 농토는 점차 황무지로 변해갔으며 백성들의 삶은 점차 피폐해져 갔다. 지원군으로 출정한 명나라는 내란으로 어려움을 겪고 있었으며, 명분 때문에 억지로 출전한 탓에 속히 전쟁을 끝내고 복귀하고 싶은 생각이 가득하였다.

1593년 연초부터 평양성전투, 벽제관전투, 그리고 행주산성 전투 등에서 대규모 전투가 벌어졌지만 세 나라는 군량부족과 전염병 등의 창궐로 인한 병력손실로 더 이상 전쟁을 이어갈 수 없었다.

〈삼도수군통제사 파직과 구속, 그리고 두 번째 백의종군〉

임진왜란이 발발한 지 2년여가 지나고 전쟁은 소강상태로 접어들었다. 특히 명나라의 경략(經略)*으로 온 유정(劉綎)은 선조 26년(1593) 8월부터 왜군과의 강화회담을 빌미로 왜군을 공격하지 말도록 조선군에게 압력을 넣고 있었다. 그러나 선조는 그동안 패배만 거듭했던 육군보다 개전 초부터 연전연승했던 수군에게 거는 기대가 매우 컸다.

선조는 수군이 삼도수군통제영의 본부를 한산도로 옮기고 난 이후부터 이순신의 수군에 거는 기대치는 더욱 커졌다. 그러나 적의 동태와 바다의 날씨 등을 고려해 출동 일정을 심사숙고하고 있는 이순신의 태도가 선조가 보기에는 우유부단한 모습으로 비쳐 매우 못마땅했다. 그동안 해전에서 거둔 승리로 그를 신뢰했던 마음은 사라지고 남해안에 포진하고 있는 왜군을 섬멸하지 않는 것에 대한 불만을 드러내놓고 토로하였다.

당시 선조는 밀지(密旨)를 보내 이순신을 질책했다.

*경략(經略) ; 침략하여 점령한 지방이나 나라를 다스림.

"비가 조금 내렸다. 새벽에 밀지(密旨)가 들어왔는데, '수군과 육군의 여러 장수들이 팔짱만 끼고 서로 바라보면서 한 가지라도 계책을 세워 적을 치려고 하지 않는다.'고 했지만, 3년 동안 해상에 근무하고 있으면서 절대로 그러지 않았다. 여러 장수들과 맹세하여 목숨 걸고 원수를 갚을 뜻으로 하루하루 보내고 있었지만, 다만 적이 험하고 견고한 방어대책을 갖추고 굳게 지키고 있기 때문에 가볍게 나아가지 않을 뿐이다. 더욱이 '나를 알고 적을 알아야 백 번 싸워도 위태하지 않다(知彼知己 百戰不殆).'고 하지 않았던가! 하루 종일 거센 바람이 불었다. 초저녁에 촛불을 밝히고 홀로 앉아 스스로 생각하니 나랏일이 위태롭건만 안으로 해결할 계책이 없으니, 이를 어찌하리오. 밤 10시경에 흥양현 감이 혼자 있음을 알고 들어와서 자정까지 이야기하다가 헤어졌다."

— 《난중일기》 1594(계사년). 9. 3. —

선조가 전방 장수들을 불신하고 있는 것에 대한 자신의 심경을 밝히면서 그동안 목숨 걸고 싸울 각오에 대한 소감을 피력하고, 적을 함부로 소탕하지 못한 이유를 일기에 기록하고 있다.

또한 위태로운 처지에 빠진 나랏일에 대한 해결방안과 구체적인 계획이 없는 것에 대한 안타까움도 함께 토로하고 있다. 더군다나 개전 초기부터 함께 싸웠던 원균이, '이순신이 출전하지 않고 머뭇거린다.'고 조정에 보고한 내용을 가지고 잠 못 이루는 괴로운 심경을 적고 있다.

당시 그의 입장에서는 매우 곤혹스러운 상황이 계속 이어지고 있었다. 선조의 조선수군에 대한 기대와 출정 요구, 원균의 계속되는 모함과 이간질, 명나라의 화친에 따른 전투회피 종용, 왜군의 전투회피 등으로 참으로 어려운 시기를 보내고 있었다.

이런 주변 상황의 압박 속에서 그 해 9월 말 그는 수군을 출전시키기로 결심한다. 그가 거느린 조선수군은 9월 29일부터 10월 8일까지 흉도(胸島, 고개도의 옛 이름, 거제도의 작은 섬) → 장문포 → 칠천량 → 외줄포 → 한산도를 오가며 왜군을 공격했다. 그러나 적은 싸우려는 의지가 없어 뚜렷한 성과가 없는 출전이 되고 말았다.

특히 그 가운데서도 아쉬운 것은 왜적이 근거지에서 꿈쩍도 하지 않자 그 해 10월 4일에는 의병장 곽재우, 김덕령 등과 함께 수륙병진작전을 시도했지만, 이 또한 큰 성과 없이 끝나고 말았다.

이러한 선조의 해상시위 전략은 해가 바뀌어도 계속 요구되었다. 당시 이런 선조의 요구는 전라도 병마절도사로 새로 부임한 원균이 올린 보고서가 발단이 되었다.

원래 원균은 이순신과의 불화 때문에 육군의 병마절도사로 보직을 옮겼지만, 해상의 방위전략에 대한 자신의 의견을 조정에 건의하였다. 그리고 자신에게 수군을 맡겨주면 왜군을 소탕하겠다는 의지를 밝히자, 선조는 이에 마다할 이유가 없었다. 원균이 올린 장계를 긍정적으로 평가한 선조는 이순신 대신 원균에게 삼도 수군통제사를 맡길 것을 고려하게 된다.

또한 조정에서는 일본을 다녀온 황신(黃愼)과 왜군의 정보에 의해 도원수 권율(權慄)을 한산도로 보내 이순신에게 일본 본토에서 조선으로 출정하는 카토 기요마사의 함대를 요격하라는 출전 명령을 내렸다. 그러나 이순신은 당시 이러한 정보는 불확실한 정보라는 것과, 파도가 높고 바다가 험해 배를 출동시킬 수 없다는 이유로 출전하지 않는다.

이 일로 인해 이순신을 보는 조정 대신들의 시각이 바뀌기 시작하고, 선조도 이순신을 매우 못마땅하게 여기게 된다. 결국 조정 대신들은 이순신이 명령을 어겨, 왜군 함대를 격파하고 카토 키요마사(加藤淸正)를 잡을 수 있는 절호의 기회를 놓쳤다는 책임을 물었다. 그리고 그 죄로 이순신을 삼도수군통제사에서 파직하고 옥에 가두었다.

이순신을 삼도수군통제사에서 물러나게 한 것은 선조와 조정 대신들의 합작품이지만 그 이면을 들여다보면 왜군의 반간계에 당한 것이다.

반간계 음모는 고니시 유키나가(小西行長)의 지휘 하에 있는 대마도주 소 요시토시(宗義智)와 요시라(要矢羅)가 주도해서 꾸민 사건으로, 고니시 유키나가와 카토 키요마사의 갈등관계를 이용해 이순신을 제거하기 위한 이중간첩 작전을 펼친 것이다.

대마도에서 출발해 바닷길을 건너오는 가토를 잡으라는 조정의 출동지시를 받은 이순신은 적으로부터 나온 정보를 그대로 믿을 수가 없었다. 그리고 부산해역 밖은 항해하기도 쉽지 않았고, 설령 출동한다 하더라도 정박할 항구도 없어서 우리 함대의 기동이 노출되면 오히려 적에게 기습을 당할 수밖에 없어 신중한 태도를 보인다.

이런 여러 가지 이유로 왜군을 공격하지 않자, 선조는 "한산도의 장수는 편안히 누워서 어떻게 해야 할 줄을 모른다."라고 질책하면서, "우리나라는 끝났다."라고 불편한 심기를 드러냈다. 그리고 1월 27일 조정회의에서 윤두수가 이순신을 삼도수군통제사에서 파직시키고 원균을 수사로 재기용해야 한다고 또다시 건의하자, 선조는 "지금은 가토의 목을 베어온다 하더라도 이순신의 죄는 결코 용서할 수 없다고 강한 불만을 토로한다. 결국 이 사건으로 인해 이순신은 삼도수군통제사에서 파직된다.

임진왜란 당초 조선수군이 재해권을 장악함으로써 왜군의 전략은 막대한 지장을 초래하였다. 곡창지대인 전라도를 장악하지 못했고 보급이 끊겼으며 더구나 이여송(李如松)이 이끄는 명(明)나라 군사와 조선군이 연합하여 공격한 평양성 전투에서 패하고 남쪽으로 후퇴하지 않을 수 없었다.

제해권을 장악하게 된 것은 옥포해전 등 수많은 전투에서 일본군에 승리를 거둔 이순신의 공이 컸다. 이순신은 옥포해전 후 종2품 가선대부(嘉善大夫)로 승진했고, 당포와 한산대첩의 공로로 정2품 정헌대부(正憲大夫)가 되었다. 그리고 계사년(1593) 가을, 그의 나이 49세 때 삼도수군통제사(三道水軍統制使)로 임명되었다.

평소 철저한 준비와 적의 동태를 정확히 파악하여 매 전투마다 승리하여 남해의 제해권을 장악한다. 삼도수군통제사로서 전투가 소강상태일 때는 전함을 보수하거나 건조하고 장졸들이 먹고 싸울 전투식량 확보와 전투물자 확보 등 치밀한 계획과 추진력으로 한산도의 수군은 막강한 전투력을 보유하고 있었다. 다만 전투가 끝날 때마다 전과를 조정에 보고하는 문제로 원균과 마찰이 많았다.

군의 선배이고 나이도 많았던 원균은 이순신에 대한 편파적 대우에 경상우수영 장수들이 불만을 터뜨리자, 이순신을 찾아가 폭언을 하는 등 이순신을 모함하고 비방하였다. 이에 이순신은 조정에 장계를 올려 지휘에 어려움이 많으니 원균을 해임시켜 달라고 요청하였다. 조정에서는 경쟁상대인 원균 문제를 논의한 결과 충청병사로 전출시켰다.

이순신이 삼도수군통제사로 한산도에서 머문 약 3년 7개월 동안 전쟁은 강화교섭 등으로 인해 교착상태에 빠지고 말았다. 해상권을 빼앗긴 왜군은 보급을 제대로 받지 못하는 상태에서 전국 각지에서 일어난 의병의 기습공격에 막대한 피해를 입어 부산포에 집결한 채 꼼짝도 하지 못했다.

이순신은 부산포와 대마도를 잇는 해상로를 완전히 차단하기 위해서 한산도에 군량을 마련하고, 무기 제작과 전함을 건조하며 군사를 조련하였다. 다음에 벌어질 전투준비를 단단히 하고 적의 움직임을 주시하고 있었다.

왜군도 마찬가지였다. 삼나무로 만든 얇은 일본군 전함으로는 송판으로 두껍게 만든 조선의 판옥선을 상대할 수 없다는 것을 알고 튼튼한 배를 만들었고 해안에 병력을 배치하여 조선수군의 움직임을 면밀히 관찰하였다. 또 지형을 잘 모르는 곳에서 싸우기보다는 지형을 잘 아는 부산포로 조선수군을 유인하여 싸울 준비를 철저히 하였다. 그것은 바로 요시라(要時羅)라는 일본인 첩자의 반간계(反間計)였다.

정유재란이 일어난 1597년 왜장 고니시 유키나가(小西行長)는 첩자 요시라를 경상좌병사 김응서에게 보내 자신의 라이벌인 가토 기요마사가 어느 날 부산포를 거쳐 일본으로 가는데 조선수군이 지키고 있다가 공격하면 그를 잡아 죽일 수 있다고 알려주었다. 김응서는 도원수 권율에게 보고했고 권율이 이를 조정에 보고하자, 조정은 이순신에게 전함을 이끌고 나가 공격하라는 명령을 내린 것이다.

그러나 적의 간계(奸計)라는 것을 간파한 이순신은 움직이지 않았다. 이에 선조는 왕명을 어겼다고 하여 이순신을 서울로 압송하였고, 대신 원균이 이순신의 뒤를 이어 수군을 지휘하게 되었다. 결국 칠전량 전투에서 왜군에 대패하여 배설(裵楔)이 지휘한 12척의 전함만이 탈출에 성공하였다.

이 전투로 인해 막강한 조선수군은 하루아침에 전멸되어 버렸고, 전라우수사 이억기(李億祺), 충청수사 최호(崔湖) 등이 전사하였다. 이후, 이순신이 백의종군하게 되는데, 이러한 일련의 사태는 바로 고니시(小西)의 첩자 요시라의 반간계, 즉 이간책에 의한 것이었다.

선조 30년(1597) 2월 6일 조정은 이순신 체포령을 내리는 동시에 원균을 삼도수군통제사 겸 전라좌도 수군절도사로 임명한다. 한산도 앞바다에서 체포된 이순신은 1597년 2월 26일 함거에 실려 한양으로 압송되었고, 3월 4일에 의금부에 구속된다. 선조는 3월

13일 우부승지 김홍미(金弘微)에게 〈비망기(備忘記)〉로 교지를 내렸는데 그 비망기에서 선조가 말한 이순신의 죄는 4가지로 다음과 같다.

첫째, 조정을 속이고 임금을 업신여긴 죄(欺罔朝廷 無君之罪).
둘째, 적을 쫓아 공격하지 않아 나라를 등진 죄(縱賊不討 負國之罪).
셋째, 남의 공을 가로채고 남을 모함한 죄(奪人之功 陷人於罪).
넷째, 임금이 불러도 오지 않은 한없이 방자한 죄(無非縱恣 無忌憚之罪).

그리고 선조는 "이렇게 허다한 죄상이 있고서는 법으로 용서할 수 없으니 율(律)을 상고해서 죽여야 마땅하다. 신하로서 임금을 속인 자는 반드시 죽이고 용서하지 않는 것이므로 지금 형벌을 끝까지 시행해서 실정을 캐어내려 하는데, 어떻게 처리할 것인지 대신들에게 하문하라."고 지시했다.
이 지시로 볼 때 이미 선조는 이미 이순신을 죽이기로 결심했던 것이다.

5. 의(義)가 이긴 전쟁

이순신은 군왕 선조로부터 불신을 받아 삼도수군통제사에서 파

왕명을 어긴 죄로 서울로 압송되는 이순신(십경도十景圖* 현충사 제공)

직되어 의금부에 수감된 후 고문을 당한다. 선조는 신하로서 임금을 속인 자는 반드시 죽이고 용서하지 않을 것이라고 하였다. 그러나 선조는 국왕으로서 의로움보다는 자신의 안위와 왕권 강화를 위해 자신의 사익에 더 충실하였다.

반면 이순신은 군 생활 내내 상급자들로부터 많은 핍박과 정의롭지 못한 지시를 거절하고 힘들게 의로운 군 생활을 하였다. 그 결과 죽음의 문턱에서도 수많은 사람들의 도움으로 어렵게 살아나게 된다. 삼도수군통제사로 재임명된 이후에는 오로지 국가와 백성을 살리기 위해 자신의 목숨을 건 전쟁을 치러낸다.

임진왜란 당시 패배할 기미가 짙어진 왜군은 화의가 진행되고 있음을 기화로 본국으로 돌아가기 시작했다. 그러나 화의가 결렬되자, 도요토미 히데요시는 일본 땅에서 일어난 지진과 홍수로 인해 민심이 혼란스러워지고 자신의 정치적 입지가 불안하게 되자, 악화된 민심의 관심을 외부로 돌리기 위해 다시 대군을 이끌고 정유년(1597)에 조선을 침입하였다. 이를 정유재란(丁酉再亂)이라 한다.

그러나 이순신은 7년간 조선을 초토화시키고 조선 백성을 살육한 일본군을 물리치기 위해 필사즉생(必死則生)의 자세로 수군과 함께 백성들의 지지와 호응을 얻어 도요토미가 일으킨 전쟁을 종결시킨다.

이 땅에서 벌어진 7년간의 임진왜란 시 조선의 국왕인 선조는 국난을 극복할 총체적인 능력이 부족하였으며, 주인이 아닌 객으로서 방관자의 모습을 보여주었다. 진정한 조선의 주인은 백성들과 의병들이었으며 그 중심에 이순신이 있었다. 그리고 그들은 자기 땅을 침범한 일본군을 몰아낸다.

이처럼 진정한 군자인 이순신은 의(義)를 추구했고, 소인들인 선조와 도요토미 히데요시는 이(利)를 추구하다 망했다. 역사는 이를 정확히 말해주고 있다.

〈군자는 의(義)를 추구하고 소인은 이(利)를 추구한다〉

2011년 문화체육관광부와 성균관에서 발행한 《선비정신》이란 책에서 〈선비의 실천하는 삶의 모습 일곱 가지〉를 내세우고 있다.

첫째. 선비는 유교를 배우고 이를 실천하며 자신을 완성해 나간 사람이다.

둘째. 선비는 현실의 모순을 극복하고 개혁을 위해 살신성인하는 사람이다. 따라서 선비는 반드시 잘못된 것을 못 본 체하지 않고 목숨을 바쳐서라도 해결하려고 하는 사람이다.

셋째. 선비는 벼슬하지 않아도 비판정신을 가지고 자신의 책임을 다하는 사람이다.

넷째. 선비는 도덕을 최우선으로 삼고 실천하는 사람이다.

다섯째. 선비는 청렴결백한 사람이다.

여섯째. 선비는 어질고 지식이 있는 사람이다.

일곱째. 선비는 이익보다 정의를 실현하는 견리사의(見利思義)

정신의 소유자다.

견리사의(見利思義)는 《논어》 헌문(憲問)편에 있는 말로, "눈 앞에 이로움을 보면 의를 생각하고, 나라가 위급할 때는 목숨을 바치며, 오래된 약속일지라도 평소 그 말을 잊지 않으면 또한 성 인이라 할 것이다(見利思義 見危授命 久要不忘平生之言 亦可以爲 成人矣)."라고 한 말에서, "이로움을 보면 반드시 의로움을 생각 해야 한다."는 말이다.

당시 국왕 선조와 조정 대신들과 관료들은 선비정신에 입각하 여 군자로서 도리인 오직 국가와 백성을 위해 의(義)를 추구했어 야 했다. 그러나 선조로부터 대신들, 그리고 지방의 수령들까지 백성들의 안위와 보호는 뒷전이고, 오직 자신의 목숨에 연연하여 제 살 길 찾기에 바빴다. 이러한 그들의 잘못된 처신과 행태는 조 선을 7년간의 긴 전쟁의 늪으로 내몰았고, 그리고 힘없고 불쌍한 백성들만 사지로 내몰렸다.

일본군이 평양까지 북상하는 것을 지켜보고 있던 명나라는 혹 시 북경까지 올라오지 않을까 하는 위협을 느낀다. 그리고 먼저 명나라가 협상테이블에 조선을 분할해 통치하자는 안을 일본에 제시한다. 조선을 반으로 나누어 일본에 넘겨주고, 임금은 교체한 다는 구상안이다.

당시 그들이 구상한 조선 분할은 대략 한강을 중심으로 하여 남쪽지방인 전라, 경상, 충청, 경기남부지역은 일본에 할양하고,

북쪽지방인 함경, 황해, 평안, 강원도지역은 명나라가 직접 통치하는 방안이었다. 그리고 그 협상 테이블에 조선은 없었다.

420여 년이 지난 오늘날, 그들이 바라는 대로 한반도는 남북으로 갈리어 지구상에서 유일한 분단국가가 되어 있다. 그들의 선견지명인가? 아니면 우리의 무능인가?

모든 것은 우리의 힘이 약했기 때문에 생겼고, 그 비극의 씨앗은 이미 400년 전에 뿌려졌던 것이다. 그리고 오늘 우리는 분단의 시나리오가 현실이 된 아픈 역사를 살아가고 있다.

공자는 《논어》 이인편에서, "군자는 의(義)에 밝고 소인은 이익(利)에 밝다(君子喩於義 小人喩於利)."고 했다. 그렇다면 군자(君子)는 어떤 사람인가? 군자는, 유덕자(有德者 ; 학식과 덕행이 높은 사람)와 유위자(有位者 ; 높은 관직에 있는 사람)를 이르는 말로, 중국 주(周)나라 때부터 써 온 말이며, 유위자를 군자라고 하는 것은, 옛날에는 학덕이 있는 훌륭한 사람이 벼슬을 얻어 정치하는 것으로 되어 있었기 때문이다.

따라서 조선시대 높은 관직에 올라 국가의 녹을 먹고 살았던 관료들은 모두 군자라고 볼 수 있다. 그리고 그들 모두는 사서삼경을 공부한 선비들이었다. 군자는 모두 선비이고, 진정한 선비는 개인의 안일보다는 국가의 안녕과 평화를 위해 헌신해야 한다. 그러나 당시에는 의(義)에 밝은 진정한 군자는 찾아보기가 힘들고, 이(利)에 밝은 소인들만 차고 넘쳤던 것이다.

왜 조선은 의에 밝은 진정한 선비는 찾기가 힘들고 이(利)에 밝은 소인들만 넘쳐나고 있을까? 그렇다면 우리가 사는 오늘의 현실은 과연 어떤 모습일까?

6. 정의(正義)의 리더십

이순신의 효를 통한 덕(德)의 리더십이 내면적인 리더십이라고 본다면 그의 외면적인 리더십은 충(忠)을 통한 정의의 리더십이라고 볼 수 있다. 정의(正義)란 용어는 국어사전에 '올바른 도리 또는 바른 의의'라고 기술되어 있다. 모든 일들을 행할 때 그 일을 올바르게 행하는 것이 정의라고 볼 수 있다. 마이클 샌델(Michael J. Sandel)은 그의 책 《정의란 무엇인가?(Justice)》에서, "아리스토텔레스는 정의란, 사람들에게 그들이 마땅히 받아야 할 몫을 주는 것"이라고 하였고, 《충경》 천지신명편에서는 "충이란 중(中)이니 지극히 공평하고 사사로움이 없는 것이다(忠者中也 至公無私)."라고 하였다.

아리스토텔레스가 말한 "사람이 마땅히 받아야 할 것을 주는 것"이라고 한 말의 함축된 의미는 인간이 인간으로 태어나서 마땅히 받아야 할 인간의 권리인 행복하고 즐거운 삶을 사는 것이라고 본다. 그렇다면 그들의 행복한 삶을 위해서는 본인도 이를 추구할 권리와 의무도 있겠지만, 나라를 통치하는 위정자들과 지도자들도 백성들의 행복한 삶의 가치추구를 위해 노력해야 한다.

그렇게 하기 위해서는 《충경》에서 말한 "지극히 공평하고 사사로움이 없는 것이다."라고 하는 공평성과 사사로움이 없는 지도자의 모습은 의(義)에 밝아야 한다. 이러한 의로움의 리더십은 바로 올바른 도리, 바른 의의를 찾는 '정의의 리더십'이라고 볼 수 있다.

이순신의 사사로움이 없고 공정한 처사는 매 전투가 끝날 때마다 부하들의 전과를 일일이 기록하여 단 한 사람도 수훈에서 누락되는 일이 없도록 했고, 군령을 어긴 병사는 엄하게 처벌했다. 그리고 군사들 간에 수훈 차가 생기지 않도록 출정할 때마다 전투 진용을 바꾸어 부하들에게 공을 세울 기회를 골고루 제공하였다.

그리고 전투가 끝난 후에는 노획한 물품들 중에 중요한 품목들은 목록을 작성하여 조정에 보고하고 올려보냈다. 그러나 일반 생활용품들은 활쏘기나 씨름 등을 시켜 우수자에게 포상하거나 공정하게 분배하여 불평불만이 없도록 나눠주었다. 결국 그의 이러한 공정성은 부하들의 사기를 높이고 전투력을 배양시키는 데 매우 긍정적인 요소로 나타났다.

이는 대의를 추구하고 사사로움이 없이 바르고 떳떳하기 때문에 리더가 힘과 권위를 가질 수 있고, 영향력과 파급효과는 매우 클 것이다. 그러나 조직의 리더가 대의를 추구하지 않고 개인의 이익만 추구하거나 그 방법이 올바르고 정의롭지 못하다면 나라가 망할 것이고, 기업과 조직은 스스로 자멸할 수밖에 없을 것이다.

우리는 역사에서 국가와 기업들의 흥망성쇠를 살펴보면서 교훈을 배운다. 정의의 리더십이 필요한 이유는 국가나 조직이 더 단단해지고 나은 미래를 준비하기 위해서이다.

*십경도(十景圖) ; 이순신의 생애에서 가장 특이할 만한 부분 10가지를 그림으로 묘사한 것으로, 정창섭 문학진 교수의 작품이다. 이 그림들은 현충사 본전 안 벽면에 걸려 있다.

전함 2

제2장. 효를 통한 덕의 리더십

"이순신의 효행은 덕으로 표출되어, 그의 덕을 추종하는 사람들이 북극성을 향해 모여드는 은하수처럼 수많은 추종자들의 지지와 호응을 얻었다." ― 본문 중에서 ―

1. 임금에 대한 충정

국왕 선조에 대한 이순신의 충성된 마음이 담겨있는 선조 25년 (1592) 8월에 일기초(日記草)로 써진 글을 한번 살펴보자.

"……한 모퉁이의 외로운 신하가 북쪽을 바라보며 길이 애통해하니, 간담이 찢어지는 듯합니다. ……종사(宗社)와 도성(都城)도 보전할 수 없게 되어 이에 대해 말하고 생각하노라면 애통한 마음은 불에 타고 칼에 베이는 것 같습니다."

임진왜란이 발발한 1592년 선조가 도성을 떠나 북행하면서 겪는 온갖 고초를 듣고 '불에 타고 칼에 베이는 것' 같은 고통스런 심정을 토로하면서 이순신의 국왕 선조에 대한 걱정과 안타까워하는 솔직한 마음과 충성스런 마음이 그대로 담겨있다.

"맑음, ……밤기운이 몹시 차가워 잠을 이루지 못하였다. 나라를 근심하는 마음이 조금도 놓이지 않아 홀로 배의 창문 아래 앉아 있으니 많은 생각들이 일어난다." —《난중일기》1593(계사년). 7. 1. —

전쟁이 일어난 지 1년이 지났건만 적은 평양과 함경도까지 진출해 있고, 전황은 크게 변한 것이 없으며, 한양 도성은 아직도 수복되지 못하고, 국왕은 변방을 떠돌고 있으니, 이순신으로서는 참으로 안타깝고 걱정된 자신의 심경을 피력하고 있다.

그리고 부산포 해전이 끝난 1594년 10월 30일 친구 강응황에게 보낸 편지에, "……왜적의 우두머리가 재차 움직여 어지러운 세상이 된 가운데 근심 우(憂) 한 글자만 생각났습니다. 다행히 별장(別將) 최균(崔均)과 최강(崔堈)의 힘을 입어 웅천(熊川, 경남 진해)의 적을 크게 이기고, 또 바다에 떠있는 적장을 사로잡으니 마음이 통쾌하지 않겠습니까. 밤낮으로 기원하는 것은 우리 임금의 수레를 서울에 돌아오게 하는 것입니다. 나머지는 근무가 어지럽고 심히 바빠 이만 줄입니다." (〈의병장 최균 가문 소장〉)

벗을 아끼는 마음과 더불어 혼란스러운 전장 상황에 놓일수록 자신의 의무와 책임을 잊지 않고 최선을 다하는 이순신의 국왕 선조에 대한 안타까움과 함께 충정이 묻어나는 글이다.

이순신은 이런 서신뿐만 아니라, 평소 그의 일기에도 나라와 국왕 선조를 염려하고 걱정하는 마음을 자주 기록하고 있다.

"맑음, 촛불을 밝히고 홀로 앉아 나랏일을 생각하니 눈물이 흐른다. 또 병드신 팔순의 어머니를 생각하며 뜬눈으로 밤을 새웠다."

— 《난중일기》 1595(을미년). 1. 1. —

을미년 설날 밤에 잠들지 못하고 여러 가지로 복잡한 나라의 앞날을 생각하니 마음이 답답했다. 전쟁은 아직도 끝나지 않았고, 명나라와 일본군은 협상한다고 시간만 질질 끌고 있으니 나라의 앞날과 백성들이 당하고 있는 고통이 참으로 답답해 눈물이 날 수밖에 없었을 것이고, 더욱이 병드신 어머니를 생각하니 밤잠을 이루지 못하고 밤을 새운 인간적인 고뇌를 일기에 쓰고 있다.

"저녁에 흐리더니 밤새 비가 퍼부었다. 사직의 위엄과 영험에 힘입어 겨우 조그마한 공로를 세웠을 뿐인데, 임금의 총애와 영광이 분에 넘쳤다. 장수의 몸으로 티끌만한 공로도 세우지 못했으며, 입으로는 교서를 외고 있으면서도, 얼굴에는 군사들에 대한 부끄러움만 있을 뿐이다." ─《난중일기》1595(을미년). 5. 29. ─

전쟁이 발발한 지 4년이 경과되었지만 아직도 적은 물러나지 않고 있으니, 그동안 세운 자신의 공로도 하찮아 보이고, 임금으로부터 받은 '총애와 영광이 분에 넘친다.'고 기록하고 있다. 또한 자신이 장수로서 삼도수군통제사의 직책을 맡고 있으나, 크게 공을 이룬 것도 없어서 국왕과 군사들을 볼 낯이 없다는 자신의 심정을 기록하고 있다. 당시는 명나라와 일본이 협상이 진행 중이어서 전투도 없이 대기하고 있는 상태이니 전방 지휘관으로서는 참으로 답답했을 것이다.

"……만일 서쪽의 적이 급한데 남쪽의 적까지 증원된다면 임금이 어디로 가시겠는지를 되풀이하면서 걱정하다가 할 말을 잇지 못했다." ─《난중일기》1596(병신년). 1. 12. ─

전쟁 중에도 임금 선조에 대한 걱정과 고단함을 염려하는 이순신의 충정의 마음이 참으로 안타까워 보인다. 이처럼 임진왜란이 발발한 1592년부터 삼도수군통제사에서 파직된 1597년 2월까지는 국왕 선조에 대한 충성심과 함께 나라를 걱정하는 마음이 일기에 자주 등장한다.

2. 망궐례

망궐례(望闕禮)는 멀리 변방에 나가 있는 지방관들이 매월 초하루와 보름, 그리고 중추절, 동지 때에 왕과 왕비의 생일 및 명절날에 전패(殿牌), 즉 전(殿)자를 새긴 나무패를 모셔놓고 숙배를 올리는 예로서, 당시에는 어떻게 보면 군왕에 대한 충성을 맹세하는 의미도 포함되었다고 볼 수 있다. 오늘날 군의 지휘관들이나 멀리 해외에 지사를 두고 있는 회사 주재원들 중 책임자가 매일 보고를 하는 것과 같다고 볼 수 있다.

이순신의 일기를 살펴보면 매월 초하루와 보름, 그리고 한가위, 동지 등 명절에는 가능하면 군왕 선조에 대한 망궐례 의식을 행한 기록들이 보인다.

"흐렸으나 비는 내리지 않았다. 새벽에 망궐례(望闕禮)를 올렸다."
— 《난중일기》 1592(임진년). 1. 15. —

"가랑비가 약간 내리다가 늦게 갰다. 새벽에 망궐례를 올렸다. 선창으로 나가서 쓸 만한 널빤지를 고르는데, 마침 방천 속에 조어 떼가 밀려 들어와 그물을 쳐서 2천 마리를 잡으니 참으로 장쾌하다."

— 《난중일기》 1592(임진년). 2. 1. —

"맑음. 새벽에 망궐례를 올렸다."

— 《난중일기》 1596(병신년). 3. 1. —

"새벽에 비가 내려 망궐례를 올리지 못했다."

— 《난중일기》 1596(병신년). 7. 15. —

"맑음. 새벽에 망궐례를 올렸다. 충청 우후, 금갑도 만호, 목포만호, 사도첨사, 녹도만호도 와서 함께 올렸다."

— 《난중일기》 1596(병신년). 8. 1. —

《난중일기》 (순천향 대학교 이순신 연구소)

이런 기록들이 이순신의 일기에 총 24번이나 적혀 있다. 《난중일기》 57개월의 일기에서 모두 빠짐없이 기록했다면 매월 1일과 15일 두 번씩만 기록했다고 보면 114번 기록되어야 하고, 중추절과 동짓날 등을 기록했다면 14번이 추가되어 총 124회의 기록이 있어야 한다. 그러나 전투 중일 때나 공무가 바쁜 날은 시행 못해 약 5%정도 지켜진 것 같으나 1592년부터 1596년까지는 전투나 부대의 시급한 업무 때문에 시행하지 못한 것을 고려하더라도 최소 1년에 4~5회 정도는 망궐례를 행한 기록이 보인다.

그러나 1597년 2월 삼도수군통제사에서 파직되고, 구속, 고문당한 후 풀려나 백의종군 후 다시 삼도수군통제사로 보직된 1597년과 1598년에는 단 한 차례도 기록된 것이 보이지 않는다.

물론 삼도수군통제사로 재임명 받고 나서 명량해전까지는 수군을 재건하기 위해 정신없이 바빴을 수도 있다. 그러나 그 기간에도 꾸준히 일기는 기록되고 있었고, 그 기록은 1598년 무술년 11월 17일 노량해전 출동하기 전날까지 적혀 있다. 기록된 것만 놓고 보면 이순신은 삼도수군통제사로 재임명 받고 난 후에는 단 한 차례도 망궐례를 시행하지 않았다.

그렇다면 이순신의 忠은 실종되고 만 것인지? 아니면 스스로 포기한 것일까? 그것은 忠의 실종이나 포기가 아니고 忠의 대상이 국왕에서 백성으로 바뀌었으며 이순신의 忠은 이 사건을 계기로 군왕 한 사람에 대한 협의의 忠에서 백성을 향한 광의의 忠으로 영역이 확장되었다고 볼 수 있다.

3. 버려진 장수

선조는 자신의 목숨을 보존하기 위해 조선의 도성 한양에서도 절대 성을 떠나지 않을 것이라고 종친들과 백성들 앞에서 호언장담해 놓고 몽진(蒙塵)길에 올랐다. 하지만 선조는 자기 한 목숨 부지하기 위해 야반도주를 한 것이다. 그리고 평양까지 도주한 선조는 평양성에서도 백성들과 조정대신들에게 평양성은 반드시 사수하겠다고 공표해 놓고 또다시 도망쳤다.

백성들은 돌보지 않고 오로지 자신의 목숨만 소중하고 귀하게 여긴 선조의 비겁하고 국왕답지 못한 행태는 백성들을 폭도로 돌변하게 하였으며, 민심은 선조에게 등을 돌렸다. 혼자 살겠다고 도망가 버린 주인 없는 조선은 죄 없는 백성들만 7년간의 아비규환의 전쟁터로 내몰리고 말았다.

그런데 자신의 목숨은 이처럼 소중하고 귀하게 생각한 선조는 장수들의 목숨은 매우 가볍게 생각했다.

선조 16년(1583) 2월 하순, 조선에 복종하며 그동안 국경의 울타리 역할을 했던 여진족의 대추장 니탕개가 1만여 명의 대병력을 이끌고 반란을 일으켰다. 그것도 함경도에서 가장 큰 성(城)인 경원진성을 불시에 공격했다.

당시 성에 주둔하고 있던 조선군에 비해 무려 아홉 배나 많은 여진족의 공격을 받아 성의 일부가 함락되었으나, 한 나절 만에 피탈된 성은 다시 회복된다. 당시 상황은 여진족의 불시 기습공격과 중과부적의 월등한 병력 차이 때문에 어쩔 수 없는 급박한 상황이 벌어졌으나 경원부사 김수(金璲)의 활약과 뒤늦게 도착한 구원군의 도움으로 상황은 종결되었다.

그날 있었던 전란은 선조가 등극한 이후 최초로 벌어진 외침(外侵)이었다. 그런데 이 외침에 대한 선조의 후속조치는 모든 사람들의 상상을 초월한 것이었다. 경원성 일부를 함락당한 죄를 물어, "경원부사 김수와 판관 양사의를 즉각 체포하여 군진 앞에서 처형하라!"고 명령했던 것이다.

불시에 대규모 적군이 쳐들어와 아군의 핵심 진지를 유린하여 그 후속조치도 필요하고, 앞으로도 호전적인 여진족을 몰아내기 위해서는 단 한 명의 군사도 필요한 시점이었다. 그런데 육군에서 가장 유능하고 충성스러운 장수와 그의 부장을 처형하라니 참으로 기가 막힌 일이다.

당시 비변사에서는 이 사건을 막아보려고 선조에게 그 부당함을 건의하고 다시 한 번 선처해 달라고 호소했으나, 선조는 장수들을 처형하라는 지시를 거두어들이지 않았다. 그렇게 변방에서 부하들과 함께 악전고투 끝에 적을 물리쳤던 경원부사 김수와 그의 부장 양사의는 부하들이 보는 앞에서 목이 잘렸다.

선조는 '패배한 무장은 사형'이라는 원칙을 세워놓고 강력하게 시행하면 부대를 지휘하는 장수들과 병사들까지 목숨을 걸고 싸울 것이라는 판단을 했던 것 같다. 이렇게 시작된 선조의 41년 치세 동안 수많은 무장들이 죽어나갔다. 이 사건이 발발한 지 4년 후인 선조 20년(1587) 2월 남해안에 왜적이 침공하여 아군에게 큰 피해를 준 사건이 발생했을 때도 선조는 전라좌수사 신암을 처형했다. 이순신이 전라좌수사로 부임하기 3년 전의 일이었다.

이러한 선조의 무장 죽이기는 계속해서 이어진다. 임진왜란이 발발한 그 해 5월 7일 대궐을 버리고 도망간 선조는 한강 방어선을 지키라고 도원수로 김명원, 부원수에 신각을, 그리고 한양 수비는 우의정 이양원을 임명했다. 김명원과 이양원은 문관이었고, 부원수 신각은 무관으로서 전장에서 잔뼈가 굵은 장수였다.

일본군은 한양을 공략하기 위해 부산포에 상륙한 이후 전투다운 전투 한번 치르지 않고 한양까지 하루에 30~35km의 행군속도로 이동했다. 일본군은 조선에 상륙한 이후 부산에서의 전투와 상주, 탄금대 등에서 전투를 치렀지만 모두 다 한나절 만에 무너진 오합지졸의 조선군의 모습을 겪어봤기 때문에 그들의 사기는 하늘을 찔렀다.

파죽지세로 몰려오는 일본군을 바라보며 도원수 김명원은 싸워볼 생각도 않고 퇴각을 결정한다. 이로 인해 결사항전을 외치던 부원수 신각의 부대와 한양의 수비를 맡았던 이양원의 부대도 흩어지고 말았다. 그리고 그들은 경기도 양주에서 함경남병사 이혼(李渾)이 지휘하는 부대와 만난다.

5월 16일, 세 지휘관이 이끄는 조선군은 양주와 파주를 잇는 해유령 고개에서 일본군의 선발대와 전투가 벌어진다. 그리고 이 전투에서 일본군 70여 명을 물리치고 육전에서 최초의 승리를 거둔다. 사흘 뒤 승전보를 평양으로 보내고 포상을 기다리던 이들 앞에 조정에서 보낸 선전관이 도착한다. 포상을 기대하던 그들 앞에서 선전관은 어명(御命)을 읽었다.

"비겁한 장수 신각의 목을 쳐라!"

부대원들 앞에서 신각의 목이 잘려 나갔다. 아무런 항변이나 해명할 시간도 없이 순식간에 벌어진 일이었다. 적의 기세를 보고 싸움조차 해보지 않고 달아난 한강 방어선 도원수 김명원이, "무단이탈한 신각의 행방을 알 수 없다."고 조정에 보고한 탓이다.

해유령전투 전적비(양주시청 제공)

선전관이 남쪽으로 출발한 직후 신각이 올린 전승보고서와 함께 일본군의 수급 70여 급이 도착했다. 조정에서는 또 다른 선전관을 급파했으나, 부하들 앞에서 이미 목이 잘린 신각의 억울한 죽음과 명예는 모두 사라지고 난 후였다. 땅에 떨어진 부대의 사기와 함께 신각의 붉은 피만 해유령 고개를 적시고 말았다. 그러나 허위보고한 김명원의 처벌에 대한 언급은 역사의 기록 어디에서도 찾아볼 수 없었다.

조선군은 외부로부터의 적이 아닌 내부의 적에 의해 이렇게 무너져 가고 있었다. 그것도 국왕의 손에 의해서, 그리고 그 국왕의 목숨을 살리기 위해서 싸우다가 죽어갔다. 선조는 이후에도 아무런 죄도 없는 의병장 김덕령도 이몽학 모반사건에 연루시켜 죽인다. 전쟁이 끝난 후 의병장으로 혁혁한 전공을 세운 곽재우 또한 선무공신(宣武功臣)에 포함시켜 주지 않았다.

임진왜란이 끝난 뒤 전란의 과정에서 공을 세운 신하들에 대한 논공행상을 둘러싼 논의가 시작되었다. 호성공신(扈聖功臣)과 선무공신(宣武功臣), 그리고 이몽학의 난 토벌에 공을 세운 5명을 청난공신(清難功臣)으로 구분해 녹훈이 이루어졌다. 《조선왕조실록》에는 당시 궁궐에서 실시되었던 의식의 절차가 자세히 묘사되어 있다.

선무공신은 왜군 정벌에 공을 세운 장수들과 명나라 군대에 군량 공급을 담당한 사신들을 대상으로 했는데, 호성공신, 청난공신과 마찬가지로 그 공에 따라 1등과 2등, 3등으로 나누어 녹훈했다.

그리고 모두 군(君)으로 봉해졌다.

　모두 18인이 선무공신으로 봉해졌는데, 1등에는 임진왜란에서 육군과 해군을 이끈 이순신(李舜臣)·권율(權慄)·원균(元均) 3인의 장수가 선정되었다. 이들은 관작과 품계가 3단계 올랐다.

　그러나 공신의 선정을 둘러싸고 조정 안에서 당파간의 대립이 벌어지면서 당시에도 선무공신의 선정이 지나치게 축소되었을 뿐 아니라 실제의 전공과도 무관하게 이루어졌다는 비판이 제기되었다. 초기에는 곽재우(郭再祐)·우치적(禹致績)·배흥립(裵興立) 등도 왜군정벌에 큰 공을 세운 것으로 인정되었으나, 논의과정에서 이들은 녹훈 대상에서 제외되었다. 이들 이외에도 의병을 이끌었던 정인홍(鄭仁弘)·김면(金沔) 등이 모두 제외되었고, 일부 인물은 공이 없는데도 유력인사의 추천으로 공신에 포함되었다는 비판을 받기도 했다.

　이처럼 선무공신의 선정을 둘러싸고 논란이 계속되자, 조정은 선무공신 책봉에서 빠진 9,060명을 선무공신과 마찬가지로 1등, 2등, 3등으로 구분해 선무원종공신(宣武原從功臣)으로 봉했다.

　이렇듯 임진왜란 7년 동안 나라를 위해 피를 뿌리고 죽어갔던 무장들의 후손들과 조정으로부터 아무런 공도 인정받지 못한 무장들은 나라를 구하고도 초야로 숨어들 수밖에 없었다. 그러나 도성을 버리고 백성을 지켜주지 못한 비겁한 국왕 선조는 전쟁이 끝나고 나서도 10년간 통치를 더 하고 천수를 누리며 살다 갔다.

4. 한산도가

이순신이 보성에서 머문 기간은 1597년 8월 9일부터 8월 17일까지 9일간이며 그가 보성으로 들어간 것은 어사 임몽정(任蒙正)을 만나기 위해서였다. 이곳에서 9일간 머무르면서 백성들의 비참한 삶과 죽음을 목격하면서 그의 생각도 많이 바뀌었을 것이다. 무엇을 위해 그동안 목숨을 버리고 싸워야 했는지? 누구를 위해 목숨을 버리고 싸워야 했는지? 회의감과 함께 의문이 생겼을 수도 있으리라.

지난 5년간 부하들과 함께 생사고락을 같이하면서 남해바다를 지켜냈고 조선을 구해냈지만, 반역자로 몰려 의금부에 구속되고, 혹독한 심문을 받다가 죽기 직전에 어렵게 풀려나 백의종군했던 지난 일들이 주마등처럼 스쳐갔다. 그리고 그동안 금과옥조로 여겼던 국왕 선조에 대한 충의 개념도 다시 한 번 생각해 보는 계기가 되었다.

그 결과가 바로 삼도수군통제사로 재임명 받은 뒤 매월 초하루와 보름에 실시했던 선조에 대한 충성의식인 망궐례의 기록이 단한 차례도 없다. 삼도수군통제사에서 파직되기 이전에는 거의 빠짐없이 매월 초하루와 보름에 망궐례를 행한 기록이 일기에 자세히 기록된 것과 비교된다.

혹자들은 이를 근거로 이순신의 군왕 선조에 대한 충이 사라졌다고 한다.

　보성은 이순신의 장인이자 무예 스승인 방진(方震)이 한때 군수로 근무했던 곳이다. 그러나 당시 그의 심정은 참으로 착잡하고 복잡했을 것이다. 8월 3일 삼도수군통제사의 임명교지를 받고 지금까지 약 2주간의 시간이 흘렀지만, 수군재건에 대한 확실한 성과가 없었다.

　게다가 남해안을 따라오면서 보았던 지방관아들의 전쟁대비 태세는 어느 곳 하나 제대로 되어 있지 못하고 있었고, 백성들은 모두 피난을 떠나버려 마을은 황량한 폐허로 변해 버렸으니 참으로 답답하고 안타까운 심정이었을 것이다. 이런 시점에서 국왕 선조가 보낸 유서(諭書)에는, "수군을 폐지하고 육군에 편입해서 싸우라."는 것이었다. 수군 재건을 위해 지금까지 동분서주하는 통제사에게 힘을 실어주지는 못할망정 수군을 폐지하라는 선조의 유서는 이순신에게는 참으로 가슴 아프고 가혹한 지시였다.

　"비가 계속 오다가 늦게 맑게 갰다. 식후에 열선루(列仙樓)에 나가 앉아 있으니, 선전관 박천봉(朴天鳳)이 유지를 가지고 왔다. 그것은 8월 7일에 성첩한 공문이었다. 영상(류성룡)은 경기지방으로 나가 순행 중이라고 하니, 곧바로 잘 받았다는 장계를 썼다. 보성의 군기를 검열하여 네 마리 말에 나누어 실었다. 저녁에 밝은 달이 수루 위를 비추니 심회가 매우 편치 않았다." ― 《난중일기》 1597(정유년). 8. 15. ―

이날 밤, 순신은 보성 열선루(列仙樓)에 올라 편치 않은 마음을 시를 지어 읊는다. 〈한산도가(閑山島歌)〉를 통해 이순신의 심정을 살펴보자.

한산섬 둘블근 밤의
수루에 혼자 안자 큰 칼 녀픠 츠고
기픈 시름 ᄒᆞᆫ는 적의
어듸셔 일성호가는 남의 애를 긋느니

寒山島 月明夜	한산도 월명야
上戍樓 撫大刀	상수루 무대도
深愁時 何處	심수시 하처
一聲羌笛 更添愁	일성강적 갱첨수

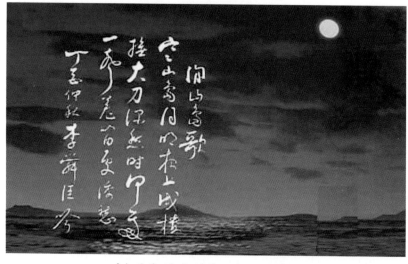

이순신의 친필 한산도가(KBS 제공)

그 동안 이 시를 삼도수군통제영이 있던 한산도(閑山島)에서 지은 시로 알려져 있지만, 사실은 그곳이 아니라, 정유재란 시 다시 삼도수군통제사로 임명받아 한산도가 아닌 보성에 있었던 누각 '열선루'였다. 그 근거는 2009년에 친필 한시 원문이 발견되었기 때문이다. 서지학자 이종학은 원문에 충실하게 해석하여, "수루에 혼자 앉아"도 "수루에 올라"라고 해야 하며, "큰 칼 옆에 차고"도 "큰 칼 어루만지며"로 바꿔야 한다고 주장하고 있다.

그러나 우리가 중요하게 생각할 것은 시를 통해 당시 이순신의 심정을 살펴보는 것이다. 시의 제목도 한산도(閑山島)라는 지명이 아니라 한가하다는 뜻을 담고 있는 한산도가(閑山島歌)다. 물론 '한(閑)'의 글자의 의미에도 한가할 한으로 표시하고 있다. 그러나 이전에는 그 한자의 의미보다는 한산도라는 지명에 의미를 둔 것이 확실하다. 그렇다면 왜 제목에 한산도(閑山島)라는 글을 썼으며, 시 첫머리에 사용된 한산도(寒山島)의 글자는 제목과 다르게 찰 한(寒)자를 썼을까 궁금하다.

제목에 사용된 한가할 한(閑)자는 그 시를 썼던 날이 8월 15일로 1년 중 가장 달이 밝은 8월 한가위의 보름달이다. 그래서 한가할 한(閑)자를 쓸 때 보름달을 보고 시를 지었으니 당연히 한(閑)자를 선택했을 것이고, 그 상황이 결코 한가할 시점이 아닌데도 한가하다는 글귀를 택한 것은 비록 수군을 재건해야 하고, 일본군이 뒤를 쫓고 있는 급박한 시점이기는 하나, 병력도 없고, 배도 없

이순신의 한산도 시절(십경도 현충사 제공)

으니 현재로서는 무엇 하나 스스로 할 수 있는 상황이 아니다 보니 한가하다는 표현을 썼을 것이다.

그리고 시의 첫머리의 한산도(寒山島)는 찰 한(寒)자를 택했다. 8월 중순이면 계절적으로 남쪽지방에서는 폭염이 기승을 부릴 시기다. 그렇다면 여기서 이순신이 선택한 찰 한(寒)자의 의미는 계절의 변화를 뜻한 것이 아니라, 삼도수군통제사로 임명 받은 지약 2주가 지났는데도 병력 수습이나 전투함 확보, 그리고 군량미 확보 등 그 무엇 하나 이루어지지 못한 현 시점이 무척 힘들고, 어려운 시기라는 뜻으로 '마음이 무척 춥다'는 자신의 내면상태를 표현하고 있는 것으로 유추해 볼 수 있다.

5. 덕으로 얻은 민심

이순신이 백의종군 길에 나서 권율(權慄)의 진(陣)으로 찾아가고 있을 당시, 일기에 기록된 내용이다.

"아침에 종들이 고을 사람들의 밥을 얻어먹었다는 말을 듣고 종들을 매 때리고 밥 지은 쌀을 돌려주었다."
— 《난중일기》 1597(정유년). 6. 3. —

이순신은 어머니의 장례도 치르지 못하고 백의종군 길에 나서는 심정이 참으로 비통했고 마음도 매우 착잡했을 것이다. 그런

중에 종들이 백성들에게 민폐를 끼쳤다고 생각하여 종들을 매질하고 밥값으로 쌀을 되돌려준다. 전쟁 중이라 일반 백성들은 한 끼 식사를 준비하는 것도 무척 어려운 시기였기 때문에 종들에게 백성들에게 일체 민폐를 끼치지 말라고 교육해 왔다. 그런데 자신의 지시를 어기고 백성들에게 누를 끼친 종들을 체벌하고 있는 것이다. 국가의 녹을 먹는 관리들이 어떤 자세로 백성을 대하고 근무해야 하는지 행동으로 보여준 사례다.

공자는 《논어》 공야장편에서 자산(子産 ; 춘추시대 정나라의 정치가)을 평해 군자의 4가지 도(有君子之道四)에 대해 말했다. "행동이 공손하고, 윗사람 섬김에 공경하고, 백성 다스림에 은혜로워야 하고, 백성 부림에 의로워야 한다(其行己也恭 其事上也敬 其養民也惠 其使民也義)."

이순신은 평소 효성스런 마음과 자세로 부모를 모셔 항상 행동거지가 공손하고, 부모공경의 자세가 생활화되어 있어 윗사람에게 공경한 자세를 견지하였다. 정읍현감과 전라좌수사 그리고 삼도수군통제사로 근무하면서 항상 백성에 대한 측은지심의 마음으로 그들의 애로사항과 고충을 들어 해결해 주는 그의 근무 자세는 백성들에게 은혜롭게 비쳐졌을 것이다.

〈목숨 걸고 동참한 백성들〉

이순신은 1597년 8월 3일 선조로부터 임명교지를 받는다. 그에게는 수군을 재건하여 일본군에게 조선수군의 존재를 알려야 하고 다시 남해안의 제해권을 빼앗아 와야 하는 절체절명의 과업이 주어진 것이다. 그런 와중에 선조는 8월 15일 수군재건을 도와주어야 할 조정의 그 어떤 조치도 취하지 않고 수군재건이 어려우면 육전에 와서 싸우라는 지시를 내린다.

이때 이순신은 선조와 조정의 지시에 대한 서운함을 담아 장계를 올린다. "신에게는 아직 열두 척의 전선이 있습니다. 죽을힘을 다하여 막아 싸우겠습니다(今臣戰船尙有十二. 出死力拒戰)."고 하면서 수군의 역할과 중요성을 강조한다. 그리고 불과 43일 만에 수군을 재건하여 명량에서 대승을 거두고 조선수군의 존재를 알리고 제해권을 장악하는 계기를 만든다.

《사호집(沙湖集)》과 《호남절의록(湖南節義錄)》에 보면 명량해전에서 전투가 본격적으로 시작되자 후방에 대기하고 있던 100여 척의 피난선 가운데 장흥 출신의 의병 마하수(馬河秀)와 함께 많은 백성들이 전투현장에 뛰어든다. 그는 4명의 아들들까지 함께 이끌고 싸우다가 적의 총탄에 맞아 전사한다. 위험하니 적을 피하라는 수군지휘부의 지시에도 아랑곳하지 않고 화살과 활 등 전투물자를 운반하는 노무자 역할을 자진하여 수행한다.

특히 전북 고창 출신인 오익창(吳益昌)은 조선수군과 일본수군의 전투 소식을 듣고 주변의 여러 섬들로 피하려던 피난민들과 사대부들까지 설득해 100여 척의 피난선단을 구성해 조선수군의 뒤를 받쳐주는 후방 보급기지 역할을 자청한다.

그는 조선수군의 전투선과 피난선단을 부지런히 오가며 밥과 동과(冬瓜) 등을 전달했는데, 동과는 박과에 속한 식물로 그 속을 파서 먹으면 갈증을 해소시켜 주었고, 피난선에서 제공한 솜이불을 물에 적셔 수군 전함 뱃전에 걸어두어 일본군의 소총탄을 막아주는 방탄 역할을 하게 하였다. 한 마디로 명량해전은 조선수군과 백성들이 한 몸이 되어 함께 싸운 전투였다.

〈명량해전 승리에 대한 선조의 반응〉

명량해전의 승리는 1597년 2월 정유재란 발발 이후 조선수군이 거둔 최초의 승리로 정유재란의 흐름을 완전히 바꾼 전투였다.

명량의 승리는 수군에게만 영향을 준 것이 아니고 육전에서도 다시 싸워 승리할 수 있다는 희망을 북돋아주었고 승리에 대한 확신을 심어주었다. 그리고 영호남 백성들에게도 희망을 안겨주었다. 그러다 보니 각지의 의병들과 승병들도 다시 들고 일어나 일본군과 맞서 싸우기 시작하였다. 그리고 그 여파는 조선군에게만 미친 것이 아니라 그동안 불구경하듯 방관자의 자세로 소극적이었던 명나라 군에게도 적극적으로 일본군과의 싸움에 나서도록 하는 동기를 부여해 주었다.

특히 명나라로서는 일본수군이 서해를 북상해 자국 본토를 공격할 수도 있는 기회를 차단시켰으니, 그 공로는 참으로 컸다고 볼 수 있다. 그동안 조선군에 대해 인색한 평가를 내렸던 명나라 장수들도 이순신의 명량해전 승리를 높이 평가하며 조선수군을 달리 보게 되었다.

그러나 가장 기뻐해야 할 조선의 국왕 선조의 반응은 의외로 싸늘했다. 이순신이 명량해전의 승리를 보고한 장계를 올렸는데도 아무런 반응을 보이지 않는다. 《선조실록》에 보면 이순신의 공을 높이 평가한 명나라 장수 양호(楊鎬)가 개인적으로 이순신에게 은자(銀子)와 비단을 상으로 주자, 선조는 양호에게 이렇게 말한다.

"통제사 이순신이 사소한 왜적을 잡은 것은 그의 직분에 마땅한 일이며 큰 공이 있는 것도 아닌데, 대인이 은단(銀段)으로 상주고 표창하여 가상히 여기시니 과인은 마음이 불편합니다."

부하의 공을 인정해 주지 못한 이런 선조의 모습은 국왕으로서 자질이 부족한 인물이란 것을 다시 한 번 생각하게 한다. 선조는 명량해전이 끝난 지 두 달 후에야 이순신에게 겨우 은자 20냥을 하사한다.

정유재란 발발 전 가토 기요마사의 도해(渡海) 정보를 알려준 이중첩자 요시라에게는 정3품 당상관의 벼슬에다 은자 80냥을 하사한 통 큰(?) 선조였다.

'득질탄지(得蛭呑之)'라는 말이 있다. '거머리를 삼키다(呑蛭)'라는 뜻이다. 왕충(王充)의 《논형(論衡)》 복허(福虛)편에 거머리를 삼킨 왕의 이야기가 나온다.

중국 전국시대 초(楚)나라 혜왕(惠王) 때의 일이다. 한식(寒食) 날 아침, 왕이 찬 음식을 먹기 위해 수라상의 미나리무침을 집어 막 입으로 가져가려는데 거머리가 산 채로 붙어 있었다. 원래 찰거머리는 한번 붙으면 잘 떨어지지 않는다. 왕은 잠시 주춤하다가 그냥 꿀꺽 삼켜버렸다.

누군가가 본다면 요리사는 물론이고 음식을 감독하는 관리마저 심한 벌을 받을 것이 자명한 일이다. 그런데 밥을 먹은 지 두어 시간이 흐른 후 왕은 배를 움켜쥐고 먹었던 음식을 토하고 난리가 났는데, 그때 삼켰던 거머리도 함께 나왔다. 그런데 신기한 것은 거머리가 내장의 맹독을 다 빨아서 왕의 지병이 말끔히 나았다는 것이다.

영윤(令尹, 재상)이 왕에게 거머리를 그대로 삼킨 이유를 묻자, 왕은, 작은 일로 신하들을 다치게 하고 싶지 않았다고 했다. 그러자 영윤도 "하늘의 도는 지극히 공평하여 누구라고 더 친절히 대하는 일이 없고 다만 항상 착한 사람에게만 친절을 베풉니다(天道無親 常與善人)." 하며 왕의 덕이 왕을 살리고 부하를 살리게 하였다는 일화이다. 덕(德)의 정치의 일면을 보여주고 있다.

《논어》 위정편(爲政編)에서 공자는, "백성을 인도하는 데 정치가 제도로써 하고, 백성을 가지런히 하는 데 형벌로써 한다면 백성은 모면하려고 하지만, 부끄러움을 모른다. 그러니 백성을 인도하는 데 덕(德)으로써 하고 백성을 가지런히 하는 데 예(禮)로써 한다면 백성은 부끄러움을 알고 바로잡힐 수 있을 것이다."

덕이란 무엇인가? 도덕적 윤리적 이상실현을 위한 사려 깊은 인간의 성품을 말한다. 덕이란 글자를 살펴보면, 직(直)과 심(心)을 합친 덕(悳)이 밖에서는 사람이 바람직하고, 안에서는 나에게 얻어지는 것이라 했다. 덕은 인간수양을 통해서 나타난다고 한다.

《명심보감(明心寶鑑)》 계선편(繼善編)은 끊임없이 선(善)을 이어가라는 의미의 글이다. 일은 행하기는 쉬워도 선을 행하려면 이처럼 많은 노력이 필요하다. 선은 남을 위해서라기보다 결국 자신을 위하는 것이라고 깨닫고 힘써 행해야 할 것이다. 이 선행의 기본이 인(仁)이고 그것이 덕(德)으로 나타난다.

진정한 정치는 거머리를 삼키는 자세로 나라를 위하여 청렴, 신중, 근면하게 덕으로써 실천하고, 어질고 착한 마음과 행동을 보인다면 어버이처럼 존경받는 지도자로서 기억될 것이다. 덕의 반대말은 악(惡)과 같다. 덕이 없는 지도자는 악인이다. 본인이 아무리 위대하다고 외쳐도 백성들 마음속에 어떻게 각인될지 아무도 예측할 수 없다.

명량해전을 승리한 이순신에 대한 선조의 자세는 과연 덕의 지도자인지 악의 지도자인지는 이미 역사의 평가를 받고 있다. 이런 선조의 치졸한 모습을 보고 과연 이순신은 어떤 생각을 했을까? 이미 이순신의 충은 국왕 선조에 대한 협의의 충이 아니라 백성에 대한 광의의 충으로 확장된 것은 어떻게 보면 당연한 결과란 생각이 든다.

〈백성들이 바라본 이순신의 공, 선조의 죄〉

1597년 2월 26일, 국왕 선조는 이순신을 한산도에서 보직 해임시키고 체포하여 한양으로 압송한다. 1월 27일 선조와 대신들이 가진 두 차례 조정회의는 이순신의 무능을 성토하는 비판의 장이나 다름없었다. 이 회의에서도 이순신의 무능함과 부정직성, 그리고 사악함 등에 대한 온갖 종류의 비난이 난무했고, 상대적으로 원균의 용맹성과 유능함을 칭송한다.

이들 조정 대신들의 눈에는 자기들의 당리당략을 위해 나라와 백성은 보이지 않고 오직 이순신을 제거해야 하는 명분과 이유만 축적하고 있었던 것이다. 그리고 자기들의 권력유지를 위한 무능한 선조의 의견에 동조했다는 것이다.

첩자 요시라의 말대로 가토 기요마사가 바다를 건너 조선에 상륙했다는 보고를 받은 조정은 이순신의 출전명령 거부 문제가 일파만파로 확대되어 갔다. 그리고 이순신을 성토하는 것은 가토의 문제뿐만 아니라, 수군의 전진배치를 적극 수용하지 않은 것이 가장 큰 성토 이유였다.

《손자병법》 지형편에 있는 말이다. "싸움의 조건이 필승의 조건을 갖췄을 경우, 임금이 싸우지 말라 해도 반드시 싸우는 것이 가하며, 싸움의 조건이 이길 수 없을 조건이라면 임금이 반드시 싸우라 했더라도 싸우지 않는다(戰道必勝 主曰無戰 必戰可也. 戰道不勝 主曰必戰 無戰可也)."

한 마디로 전장의 상황파악은 현장 지휘관이 가장 잘 알고 있으니, 현장지휘관의 책임 하에 결정하고 그 승패에 대해 책임을 지라는 것이다.

비단 이러한 문제는 전장에 나가 있는 군 지휘관들에게만 해당되는 이야기가 아니라 산업 현장이나 기업의 CEO들에게도 똑같이 적용될 것이다. 그러나 선조는 이런 것을 염두에 두고 리더십을 발휘할 임금이 못 되었던 것 같다. 《선조실록》을 통해 당시 선조의 마음을 한번 살펴보자.

"이순신이 조정을 기망한 것은 임금을 무시한 죄이고, 적을 놓아주어 치지 않은 것은 나라를 저버린 죄이며, 심지어 남의 공을 가로채 남을 모함하기까지 한 죄이다. 이렇게 허다한 죄상이 있고서는 법에 있어서는 용서할 수 없는 것이니 율(律)을 상고하여 죽여야 마땅하다. 신하로서 임금을 속인 자는 반드시 죽이고 용서하지 않는 것이므로 지금 형벌을 끝까지 시행하여 실정을 캐어내려 하는데 어떻게 처리할 것인지 대신들에게 하문하라."

— 《선조실록》 선조 30년 3월 13일 —

이 실록을 살펴보면 선조는 이미 이순신을 죽이기로 결심한 것 같다. 왕조시대에 가장 큰 죄는 임금을 무시한 죄, 방자한 죄가 가장 큰 죄라고 볼 수 있다. 선조는 그동안 이순신이 '무장으로서 조정을 경멸한 마음'을 가지고 있었다고 지적한다. 한마디로 괘씸죄에 걸린 것이다.

당시 선조가 이순신을 삼도수군통제사에서 파직시키고 옥에 가둔 4가지 죄명은 '조정을 속이고 임금을 업신여긴 죄, 적을 쫓아 공격하지 않고 나라를 등진 죄, 남의 공을 가로채고 모함한 죄, 그리고 임금이 불러도 오지 않는 한없이 방자한 죄' 4가지였다.

그러나 당시 백성들이 바라본 이순신은 죄가 아닌 다음과 같은 10가지 공으로 요약할 수 있다.

① 1591(신묘년)년 2월부터 전라좌수영의 수군 최고지휘관으로 부임하여 1년 2개월 동안 철저한 전쟁준비로 전라좌수영을 남해를 지키는 불침항모로 만든 공.

② 임진왜란 발발 하루 전 거북선을 만들어 시험 사격한 공.

③ 호남의 곡창지대를 수호하여 조선이 전쟁을 치를 수 있도록 군량을 지원한 공.

④ 일본군의 보급로를 차단시켜 일본군이 평양성에서 물러나게 한 공.

⑤ 섬을 비우는 공도정책(空島政策)을 폐기하여 도서와 해안 주변의 백성들이 농사짓고 고기 잡으면서 살 수 있도록 구제해 준 공.

⑥ 조선 500년 역사에서 처음이자 마지막으로 왕이 아닌 일개

장수가 전쟁 중에 한산도에서 무과시험을 치러 인재를 선발한 공.

⑦ 수군의 건재로 왜군에게 협조했던 사람들이 돌아서고, 전국에서 의병들이 들불처럼 일어나게 한 공.

⑧ 7년 동안 남해바다의 제해권을 장악하여 조선의 바다를 지킨 공.

⑨ 육군과 국왕마저 도망간 판국에 유일하게 이순신 수군만이 연전연승하여 백성들에게 희망을 안겨준 공.

⑩ 임진왜란이 발발한 1592년 4월부터 1598년 11월까지 23전 23승을 올린 공 10가지다.

그러나 조선의 백성들과 역사가 바라본 국왕 선조의 죄는……

① 국왕이 백성을 버리고 의주로 도망간 죄.

② 국가와 백성을 위한 치적은 없고 오직 자신의 권력 유지에만 40년 7개월간을 허비한 죄.

③ 이순신이 6년간 남해의 차가운 해풍과 거친 파도를 극복하고, 밤낮으로 육성한 조선수군 함대를 괴멸시킨 죄.

④ 이순신과 조선수군이 지킨 남해바다의 제해권과 한산도의 삼도수군통제영을 일본군에게 넘겨준 죄.

⑤ 정유재란 시 황석산성, 남원성 전투에서 조선군과 성 안의 양민을 몰살시킨 죄.

⑥ 이몽학의 난을 이유로 무고한 의병대장 김덕령을 죽인 죄.

⑦ 확실한 후임자로 광해군을 선정해 주지 않아 반정으로 등극한 인조가 청 태종에게 나라를 들어 항복하게 한 죄.

⑧ 조선 도공을 일본에 빼앗겨 그들이 번 돈으로 일본의 명치유신을 도와 조선을 망하게 한 죄.

⑨ 1592년(임진년) 5월 3일 일본 침략군 대장 고니시와 가토가 통과한 남대문과 동대문을 일제강점기 때 국보 1호, 보물 1호로 지정하게 해준 죄.

⑩ 임진왜란 때 경복궁을 불태워버리고, 그 후 400여 년 만에 대원군이 경복궁 재건으로 국고를 탕진시켜 나라를 망하게 한 10가지 죄다.

선조의 재위기간 동안의 40년 7개월은 조선이 세상을 향해 눈을 감고 있었던 시기였다. 임진왜란이 끝난 후에도 조선은 모든 국방정책을 임진왜란 전으로 회귀시켜 정묘호란과 병자호란을 불러들이고, 임진왜란이 종결된 후 불과 38년 만에 송파 삼전도(三田渡)에서 청 태종에게 치욕의 삼궤구고두(三跪九叩頭)*의 예를 갖추어 항복해 무려 263년간 청나라의 속국이 되고 말았다.

연간 43조 원의 군사비를 쓰는 세계 9위의 막강한 군사대국인 대한민국은 북한의 핵무기와 미사일 발사로 이제는 스스로 안보를 책임지지 못하는 '안보외주국가'로 전락하고 말았다. 400여 년 전이나 지금이나 똑같은 상황이 발생하고 있는 건 아닌지 심히 걱정스럽다.

*삼궤구고두(三跪九叩頭) ; 삼배구고(三拜九叩)라고도 한다. 궤(跪)는 무릎을 꿇는 것이고, 고(叩)는 머리를 땅에 닿게 한다는 뜻으로, 무릎을 꿇고 양손을 땅에 댄 다음 머리가 땅에 닿을 때까지 숙이기를 3번, 이것을 한 단위로 3번 되풀이하였다.

6. 덕의 리더십

《효경》 개종명의장(開宗明義章)에, "효는 덕의 근본이요, 모든 가르침이 그로 말미암아 생겨난다(孝德之本也 敎之所由生也)."고 했다.

사람이 태어나서 부모와 어른을 공경하는 효를 실천하다 보면 자연스럽게 인간을 사랑하는 덕(德)이 생겨나고, 이러한 덕을 갖춘 품성은 인간을 사랑하고 그들을 공경할 줄 아는 인품과 덕성을 갖추게 된다. 이순신은 군 생활 동안 불의를 보고 그냥 넘어가지 않은 올곧은 가치관과 근무 자세는 항상 의로움을 몸에 배게 하였다.

덕이란 자신을 닦는 과정이며 쌓이는 힘이다. 타인은 인(仁)으로 대하고 자신은 의(義)로 다스리면 덕이 있다. 자신을 세울 때 공손하고, 타인을 대할 때 관대하면 덕이 있다.

이러한 이순신의 어질고 의로운 근무 자세는 공자가 이야기한 "덕(德)이 있는 곳에 천하의 민심이 모인다."는 글귀처럼 천하의 민심이 모여 국난극복을 함께 하게 된 것이다. 한 마디로 이순신의 충은 국왕에 대한 충에서 그 범위를 확장하여 백성과 나라를 위한 충으로 귀결되었다.

그리고 이순신은 효로부터 축적된 사랑의 힘으로 부하들과 백성들에게 어진 자에게는 적이 없다는 "인자무적(仁者無敵)"의 모습으로도 각인되었다. 한 마디로 이순신의 리더십은 부모공경의 '효를 통한 덕의 리더십'으로 표출되어 함께 근무했던 부하들뿐만 아니라, 백성들에게까지 그 영향을 미치게 된다.

전라좌수사 시절의 여수 돌산도, 초대 삼도수군통제사 시절의 한산도, 3대 삼도수군통제사 시절의 고금도는 항상 백성들로 넘쳐났다. 그 이유는 이순신과 함께 있으면 살 수 있다는 기대와 신뢰 때문이었다. 어느덧 이순신은 조선 백성들에게 한 줄기 빛이요, 희망이 되어가고 있었다.

전함 3

제3장. 승리의 경험

"승리하는 군대는 먼저 이길 수 있는 상황을 만들어놓고 싸우고,
패배하는 군대는 먼저 싸움을 시작한 후에 승리하려 한다(勝兵
先勝以後求戰 敗兵 先戰以後求勝)."

— 《손자병법》 군형(軍形)편 —

1. 첫 번째 승리

1592년 4월 13일 임진왜란이 발발한 이후 일본군이 부산에 상륙한 후 파죽지세로 북상하여 불과 20일 만인 5월 4일 한양도성이 함락된다. 그리고 그날 저녁 이순신의 전라좌수영의 수군이 경상도 해역으로 출동한다. 함대 규모는 판옥선* 24척과 협선 15척, 그리고 포작선(鮑作船) 46척 등 도합 85척이지만 전투능력을 갖춘 전함은 판옥선 24척이다. 당시 원균의 경상우수영의 함대와 연합했지만 원균의 함대는 단 4척에 불과했으며, 그 4척마저도 싸울 준비태세가 제대로 갖추어지지 못한 상태였다.

경상도 해역으로 1차 출동한 5월 4일 첫 번째 해전이 벌어진 옥포는 거제도 부근으로 현재는 옥포조선소가 위치한 곳이다. 그날 일본 수군은 옥포만 부근의 마을을 약탈하고 있다가 갑자기 조선 수군이 나타나자 황급히 배로 돌아와 전선을 타고 바다로 나왔다. 당시 옥포만 일대에 주둔하고 있던 일본 수군지휘관 도도 다카도라는 30여 척의 함선을 보유하고 있었다.

바다로 나간 일본 수군은 6척의 함선을 선봉에 내세우고 이순신 함대를 향해 돌진해 들어왔다. 기다리고 있던 조선함대는 적을 동서로 포위하고 총통과 활을 쏘며 치열한 교전을 벌인다. 일본수군도 이에 질세라 조총을 쏘면서 저항했지만, 사거리가 긴 조선함대의 총통과 우세한 화력에 속수무책으로 당할 수밖에 없었다. 그리고 5월 9일까지 합포, 적진포에서 두 차례 더 전투를 벌여 적선 44척을 격파하고, 배에 타고 있던 적군을 모조리 섬멸한다. 반면 아군은 단 한 명의 피해도 없이 완벽한 승리를 거둔다.

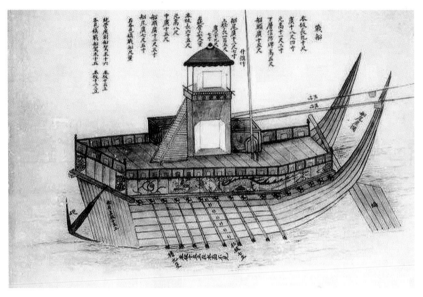

판옥선(板屋船)

*판옥선(板屋船) ; 이전까지 사용하던 평선(平船)인 맹선(猛船)을 대신해 배 위의 네 귀에 기둥을 세우고 사면을 가려 마룻대를 얹었다. 지붕을 덮어 2층 구조로 된 배에서 노를 젓는 병사들은 아래층에, 공격을 담당하는 병사들은 위층에 배치해 서로 방해받지 않고 전투에 임할 수 있었다. 승선 인원은 약 125~130명 이었고 조선 말에는 200명까지 탑승하였다.

그리고 2차 출동은, 5월 29일부터 6월 7일까지 사천, 당포, 당항포, 율포에서 4차례 벌어진 전투를 모두 승리로 이끈다. 5월 29일 사천 해전에서 최초로 거북선이 출동해 돌격선으로서 위력을 발휘한다. 6월 2일은 당포해전을 승리로 이끈다. 그리고 6월 4일 전라우수사 이억기(李億祺)의 함대가 합류하여 조선수군의 전선은 두 배로 증가한다. 그리고 6월 5일 당항포해전, 6월 7일 새벽 율포해전이 벌어진다.

2차 출동시의 전과를 살펴보면 사천에서는 적선 13척, 당포에서는 21척, 당항포에서는 26척, 율포에서는 7척 등 도합 77척을 격파하여 거제도 서쪽으로 진입한 일본수군을 모조리 격멸한다. 2차 출동 시에도 조선수군의 전함 피해는 단 한 척도 없었으나, 이순신과 나대용, 이설이 부상을 입고, 병사 10여 명이 전사한다.

이처럼 조선수군은 1, 2차 출동을 통해 일본전선 120여 척 이상을 격파시키고, 전사한 수군의 숫자가 점차 많아지자 도요토미 히데요시에게 즉각 보고된다. 보고를 받은 히데요시는 자신의 휘하에 속한 중앙수군으로 하여금 조선수군을 상대하도록 지시한다.

3차 출동은 7월 6일부터 7월 8일까지 전라좌수영과 전라우수영, 그리고 경상우수영까지 동참하여 가장 막강한 연합수군이 형성된다. 당시 연합수군의 전력은 전라좌우수영의 전함이 49척, 경상우수영의 전함이 7척, 거북선 3척 등 도합 59척이고, 협선이 50척으로 109척의 대규모 함대였다.

당시 한산해전에서 조선 연합함대와 맞선 장수는 와키사카 야스하루(脇坂安治)였고, 그가 거느린 일본수군 전력은 대선 36척, 중선 24척, 소선 13척 등 모두 73척이었다. 7월 8일 이른 새벽에 출항한 조선함대는 견내량 근해에서 적의 척후선과 조우하자 적의 척후선은 본대가 있는 견내량 해역으로 되돌아간다.

조선수군은 견내량의 협수로에서 전투를 벌이기는 부적당하다고 판단하여 본대는 한산도 앞바다에서 대기하고, 판옥선 5~6척을 보내 적과 싸우다가 거짓 패하여 달아나 적을 한산도 해역으로 유인해낸다. 한산도 넓은 바다로 적이 추격해 들어오자 대기하고 있던 조선수군 본대는 학익진을 펼쳐 적선을 포위하여 공격을 실시한다. 당시의 전투상황을 이순신이 직접 보고한 장계를 살펴보자.

"바다 가운데로 나와서 다시 한 번 여러 장수들에게 명령하여 '학익진'을 펼쳐 전함들이 한꺼번에 진격하여 지자(地字), 현자(玄字), 승자(勝字) 총통을 쏘아 앞에 나선 적선 2~3척을 먼저 격파하자, 나머지 적선들이 사기가 저하되어 앞 다퉈 도주하려 하였습니다. 여러 장수들과 군사들이 기세를 타고 분발하여 돌진하면서 총통과 화살을 집중해서 마구 발사하니, 그 형세가 바람과 우레가 휘몰아친 것같이 적선을 불태우고 적을 일시에 사살했습니다."

조선 연합함대는 이 전투에서 대승을 거둔다. 그리고 이 전투는 임진왜란 3대첩 가운데 하나로 한산대첩이라고 불리며 그날의 전과는 73척의 일본군 전함 가운데 대선 35척, 중선 17척, 소선 7척 등 모두 59척을 격침시킨다.

일본수군의 지휘관이었던 와키사카 야스하루는 간신히 목숨을 부지해 부산 쪽으로 탈출에 성공하지만, 그의 부장이며 해적출신 장수들인 와키사카 사베에와 와타나베 시치에몬 등은 전사했고, 선장 마나베 사마노조는 한산도에 상륙했다가 할복자살한다. 한산대첩에서 일본수군의 사상자는 9,000여 명에 달한 것으로 알려지고 있다.

그리고 그 이틀 후인 7월 10일 안골포에서 적선 30여 척을 또다시 격파한다. 반면 아군의 전함 피해는 단 한 척도 없었으며, 병사 10여 명이 전사하고, 100여 명이 부상을 당한다.

이처럼 임진년에 벌어진 조선수군의 연전연승은 그동안 조선을 의심의 눈초리로 보고 있던 명나라의 의심을 해소시켜 주어, 명나라 군이 조선에 출병하는 계기가 된다. 그리고 조선의 조정과 백성들에게는 적을 물리칠 수 있다는 희망의 싹을 심어 주었고, 전국에서 의병들이 들불처럼 일어나게 하는 분위기를 만들어 준다.

이렇게 되자 일본군은 남해바다의 제해권을 상실하게 되고, 그동안 본토로부터의 보급품 조달이 남해바다에서 차단되자 공격 기세를 계속 유지할 수 없을 뿐만 아니라 전쟁 상황은 일본군에게 불리하게 돌아간다.

2. 싸울 장소와 방법선택

전쟁에서 승리를 결정짓는 가장 중요한 요소는 누가 전장의 주도권을 갖느냐에 달려있다. 이러한 주도권 싸움은 전쟁뿐만 아니라 정치와 사업을 하는 사람들에게도 똑같이 적용될 것이다.

《손자병법》 허실(虛實)편에, "싸움터에 먼저 자리를 잡고 오는 적을 맞이하는 군대는 편하고, 뒤늦게 싸움터에 달려가는 군대는 피곤하다(凡先處戰地 而待敵者佚 后處戰地 而趨戰者勞)."고 하였다. 이순신이 일본수군을 맞아 치른 전투가 이순신이 먼저 전쟁터에 도착하거나 적을 찾아서 공격한 전투가 대부분이다.

한산대첩과 마찬가지로 명량해전에서도 조선수군의 열세를 알고 명량의 좁은 물목으로 적을 끌어들여 조선수군과 대등한 상태를 자연스럽게 만들고 조류의 힘까지 빌려 적을 격파한다. 이처럼 이순신은 아군과 적의 상태를 면밀히 분석하여 항상 전장의 주도권을 확보하고 싸울 장소와 방법을 정해서 아군의 의지대로 전쟁을 이끌었고 승리를 얻어냈다.

그러나 이런 주도권 싸움을 위해서 적을 끌어들이는 것을 아군의 입장에서만 생각하면 실패하게 된다. 적을 끌어들일 때는 아군의 상황과 적의 의도를 명확히 파악하여 그들의 전쟁 목적에 이익이 되는 요소를 미끼로 활용해야 한다.

또 《손자병법》 허실(虛實)편에, "잘 싸우는 자는 적을 끌어들이되 적에게 끌려가지 않는 것이니, 적으로 하여금 스스로 오게 하는 것은 적에게 이롭다는 생각이 들게 해야 하고, 오지 못하게 하려면 해롭다는 생각이 들게 해야 한다(善戰者 致人而不致於人 能使敵人 自至者 利之也 能使敵人 不得至者 害之也)."라고 했다. 실제 한산대첩에서 적의 지휘관 와키사카 야스하루는 전공(戰功)을 독차지하려는 과욕과 육전에서 얻은 지나친 자신감으로 인해 다른 장수들은 놔두고 홀로 김해를 출발해 거제도 북단으로 이동한다.

7월 5일 출동한 조선함대는 이틀째 되는 날 고성 땅 당포에 도착한다. 그리고 그날 저녁식사를 준비하고 있을 때 목동 김천손(金千孫)이 적의 대, 중, 소 함선 70여 척이 견내량에 머물고 있다는 정보를 알려준다. 이순신은 이 정보를 듣고 장수들을 소집해 다음날 치를 작전계획을 수립한다. 7월 8일 이른 새벽에 출동한 조선함대는 견내량이 보이는 바다에 이르러 적의 척후선 2척을 발견한다.

견내량 해협은 수로의 폭이 좁은 곳은 180미터이고 수심이 낮은 곳은 2.8m에 불과해 조선의 연합함대가 전투를 벌이기는 곤란한 지역이었기 때문에 적을 넓은 바다로 유인해 내기로 하였다. 이때 일본수군 지휘관 와키사카 야스하루는 달아나는 조선의 판옥선 뒤를 추격한다. 그는 그동안 자신이 육전에서 거둔 승리에 도취해 도망가는 조선수군을 얕잡아보면서 해전에서도 자신의 능력을 한번 보여주겠다는 의욕이 앞서 넓은 한산도 앞바다까지 추

격해 나온다. 그리고 자신의 과도한 욕심과 무모한 욕망 때문에
조선수군에게 59척의 전함을 제물로 바치고 자신은 간신히 목숨
을 건져 도망간다.

통영시 견내량(한국학중앙연구회 제공)

그리고 명량해전에서 승리를 거둔 것은, 이순신으로서는 13척
밖에 안 되는 함선을 가지고 30배 이상의 많은 적을 물리칠 수 있
는 장소를 물색한다. 대규모의 적 함대와 맞붙을 수 없으니 적 함
선과 맞닥뜨리는 전선의 숫자를 줄이는 방법을 찾았을 것이고, 최
소한 최전방 전투선단에는 1:1로 맞붙을 수 있는 상황을 조성하는
것이 필요했다.

그래서 찾아낸 장소가 수심이 낮아 적의 대선인 아타케부네(安
宅船)가 들어올 수 없는 지역, 그리고 10~15척 정도의 전투함만이

횡대로 들어올 수 있는 수로의 폭이 좁은 곳을 선택하고 명량의 빠른 조류 시간까지 계산해서 적들을 끌어들인다.

반면 일본수군으로서는 이미 조선수군의 전력을 파악하고 있었을 것이고, 서해로 북상하기 위해서는 반드시 명량해협을 통과해야 하는 전략적 요충지였기 때문에 대형 함선 아타케부네 200여 척을 제외하더라도 소형함선 세키부네(関船) 130여 척만 있어도 승산이 있다고 판단했을 것이다.

당일 오전 일본수군이 명량 입구에 도착했을 때는 그날 오전 7시경 바닷물의 흐름이 잠시 멈추는 정조(停潮)를 지나 명량해협 쪽으로 이동이 용이하게 흘렀다. 일본함대가 어란포에서 출발해 명량 입구까지 도달하는 데는 최소 4시간 소요된다고 가정하면 대략 오전 11시를 전후해 도달할 것이다.

이순신의 함대는 그 날 10시 이후에 출항해 명량에 당도하자마자 적과 조우하였으며, 잠시 후 그의 기함(旗艦)은 적의 선두 함선에 의해 포위되고 만다. 포위된 기함은 최소 30분에서 1시간 정도 적과 교전을 벌였다.

300~400m 후방에 대기하고 있던 조선함대는 깃발신호를 보고 중군에 위치하고 있던 미조항 첨사 김응함(金應誠)과 거제현령 안위(安衛)가 전투에 투입되고, 뒤를 이어 조선수군 전 함대가 전투에 동참한다. 피아 쌍방 간의 치열한 교전이 이어지는 동안, 시간이 오후 2시로 접어들자 조류의 흐름이 바뀌어 조선수군 쪽에서 일본수군 쪽으로 강하게 흐른다.

이처럼 명량해협으로 일본수군이 자진해서 들어올 수밖에 없었던 것은 서해로 진출하기 위해서는 반드시 통과해야 하는 길목이었고, 명량해협 입구에 도달했을 때 조류의 흐름도 자신들에게 유리하게 흘렀으니 일본수군으로서는 회피해야 할 이유가 없었을 것이다.

명량해협(한국관광공사 제공)

이순신은 이러한 적의 심리와 그날 명량해협 조류의 흐름까지도 염두에 두고 명량을 주전장으로 택한 것이다. 전투를 치를 전쟁터가 결정된 이상 어떻게 싸워야 승리할 수 있을 방책도 함께 강구했다.

이처럼 그는 전장의 주도권을 가지고 전쟁터를 결정하고, 적을 준비된 장소로 끌어들여 아군에게 유리한 방법의 작전을 전개해 승리를 얻어낼 수 있었다.

3. 이겨놓고 싸운 전쟁

《손자병법》모공(謨攻)편에는 전쟁에서 승리를 하는 다섯 가지방법(知勝者有五)을 다음과 같이 들고 있다.

첫째, 싸워야 할지 말아야 할지를 아는 자는 이기고,

둘째, 우세할 때와 열세할 때의 용병법을 아는 자는 이기고,

셋째, 상하가 같은 마음을 가지면 이기고,

넷째, 깊은 사려로써 사려 없는 적을 맞이하는 자는 이기고,

다섯째, 장수가 유능하고 임금이 간섭하지 않은 자는 이긴다.

라고 했다.

이순신의 조선수군이 단 한 차례도 패하지 않고 모두 승리한 이유는 바로 《손자병법》에 나오는 이 다섯 가지를 모두 충족했기 때문에 전승신화를 만들 수 있었다. 이러한 다섯 가지 방법은 기업경영에서도 동일하게 적용될 수 있다. 다섯 가지 내용을 좀 더 구체적으로 살펴보자.

첫째, "싸워야 할지 말아야 할지를 아는 자는 이긴다(知可以與戰 不可以與戰者勝)."

싸울 수 있는지 없는지를 판단하는 것은 장수의 능력이고, 군대의 기본책무라 해도 과언이 아닐 것이다. 적과 싸워서 이길 수 있는지 없는지를 판단하기 위해서는 가장 먼저 고려해야 할 것은 적

군과 아군의 전력대비다. 이 전력대비에는 장수의 자질과 능력, 병력의 많고 적음, 병력의 사기와 정신력, 그리고 전장에서 사용할 화기의 우열 등이 최우선적이다.

이순신은 첫 번째 조건인 적과 싸울 수 있는지 없는지를 정확히 판단하고 있었다. 우선 본인이 임진왜란 발발 1년 2개월 전에 전라좌수사로 부임한 이래 14개월 동안 불철주야 실전과 같은 훈련과 전쟁준비에 매진한다. 물론 이런 전승의 결과를 얻어낸 것이 이순신 혼자만의 노력과 준비만으로 이루어진 것은 아니다.

일본군의 전투함보다 견고하고 우수한 판옥선은 명종 때 이미 제작되어 수군에 배치된 조선수군의 주력 전투함이었고, 조선의 다양한 화포들도 태종과 세종 때에 이미 개발되어 실전에 활용하고 있었다. 그리고 이런 화포들을 활용할 수 있도록 준비된 화약도 이미 고려 말부터 시작되어 조선시대에서 생산하고 있었다. 그러나 이런 훌륭한 전투함과 화포들이 200여 년간 평화가 지속되다 보니 사용할 일도 없어지고 사람들로부터 점차 잊혀 갔다는 데에 문제가 있었다.

아무리 성능이 우수한 전투함이나 엄청난 위력을 가진 화포가 있다 하더라도 이것을 제대로 활용할 줄 모르면 단지 쓸모없는 쇳덩어리에 불과하다.

대표적인 예로 개전 초 조선수군의 절반 이상의 전투력을 보유한 경상좌우수영의 판옥선은 아군의 손에 의해 불태워져 바다 속에 침몰시켜 남해바다만 오염시키고 말았으며, 부산진성이 함락된 후 천자(天字)·지자(地字)·현자(玄字) 총통들도 제대로 활용되지도 못하고 일본군의 전리품이 되고 말았다.

그러나 이순신은 판옥선의 가치와 조선의 각종 화포의 중요성을 누구보다 먼저 꿰뚫어보았다. 그동안 조선의 화포들은 성(城) 중심의 전투에서 방어무기로 유용하게 활용되었던 화기들이었다. 그리고 조선의 판옥선은 소나무로 건조되어 견고하고, 쇠못을 사용하지 않고 짜 맞춤식 공법으로 제작되어 염분이 스며들면 배는 더욱 더 견고해졌다.

이런 튼튼한 배 위에 육전에서 사용했던 화포를 판옥선에 탑재시켜 무적의 전함을 만든 것이다. 그리고 적의 등선(登船) 육박전술을 고려하여 판옥선 위에다 적이 올라올 수 없도록 지붕을 씌우고 그 위에 적이 발을 디딜 수 없도록 날카로운 쇠창을 꽂아 거북선을 건조한다.

많은 화포를 운용하기 위해서는 화약의 확보가 무엇보다 중요해 자체적으로 화약을 준비하고 부족한 화약은 조정에 건의하여 확보했다. 모든 전투준비를 마무리하고 좌수영 예하의 정탐선을 바다에 띄우고, 주요 수로 근방의 높은 산에는 탐망병을 상주시켜 적의 동태를 파악하고 있었다.

이러한 다양한 노력들을 통해 적의 동태를 확인하고 적의 주력 화기인 조총의 위력과 사거리까지 계산하여 조총의 사거리 밖에서 화포를 이용해 적의 함대를 격멸시킬 계획을 구체화하였고, 이런 상황을 가정하여 수군들에게 실전적이고 철저한 훈련을 시켰다.

결국 이순신이 1592년 5월 4일 첫 출전한 옥포해전에서 대승을 거두고 아군은 단 한 척의 전투함이나, 단 한 명의 인명 피해도 없었다. 이런 결과는 이순신은 이미 수많은 전술토의와 실전과 같은 훈련을 통해 이겨놓고 싸운 전투의 사례를 만든 것이다.

거북선 모형도

둘째, "병력이 우세할 때와 열세할 때의 용병법을 아는 자는 이긴다(識衆寡之用者勝)."

병력이 우세할 때와 열세할 때의 용병법을 논할 때 통상 공격과 수비를 해야 할 때를 알고, 병력집중과 절약을 잘하는 자가 이긴다고 한다. 그러나 임진왜란 당시 이순신으로서는 이런 공격과 수비의 개념을 가질 수도 없었고, 집중과 절약의 호사를 누릴 여유도 없었다. 우선 공격과 수비에 대한 구분은 조선수군으로서는 경상도 해역으로 출동해 적을 격멸시키는 공격만 있었고, 또한 이런 공격을 통해 얻어진 승리만이 조선수군을 보호할 수 있는 최선의 방어였다.

그리고 임진왜란 개전 초부터 노량해전에서 일본수군이 격멸될 때까지 전체 전함 숫자는 항상 일본수군이 우세했다. 이런 수군의 열세를 극복할 수 있었던 것은 일본수군은 각 부대별로 자기 주둔지 근처에 전함을 배치하다 보니 전함들이 분산되어 있었던 반면, 조선수군은 삼도수군이 항상 통합해서 적과 교전을 벌였다.

1592년 5월 4일 출동한 1차 출동 시에만 전라좌수영과 형태만 남아있는 경상우수영이 연합세력을 형성하여 출동하지만, 2차 출동 시에는 전라우수영이 합류하게 되고, 훗날 충청도 수군까지 가세해서 작전을 하게 된다. 그리고 자신이 가지고 있는 전투력의 우세와 열세를 정확히 판단하여 전투를 수행하였다.

대표적인 사례로 제2차 출동 시 전라좌우수영과 경상우수영의 함대가 모두 모여 59척의 판옥선과 협선 50여 척이 집결된 상태에서는 적을 견내량의 좁은 해역에서 끌어내 한산도의 넓은 바다에서 학익진을 펼쳐 적을 괴멸시킨다.

반면 칠천량(漆川梁) 해전에서 원균의 조선수군이 패한 뒤 단 13척의 판옥선만 보유한 명량해전에서는 적의 전투력을 최소화시키기 위해 울돌목의 좁은 해협으로 끌어들여 조류의 힘까지 전투력으로 활용하여 적을 격멸한다. 한 마디로 그는 아군의 전투력이 우세할 때와 열세할 때를 명확히 파악하여 승리를 만들어 나갔던 것이다.

셋째, "상하가 같은 마음을 가지면 이긴다(上下同欲者勝)."

한 마디로 최고 지휘관부터 말단 사병들까지 모두가 한 마음이 되면 승리한다는 것이다. 개전 초 조선수군은 일본군의 침략과 만행에 분노와 적개심을 가지고 있었다. 거기다가 1년여의 철저한 전쟁준비로 교전 시 적에 대한 자신감을 갖고 있었으나, 아직 적과 교전을 해보지 않았기 때문에 불안감과 전쟁에 대한 공포심을 가지고 출전한다.

1차 출동한 조선수군은 옥포, 합포, 적진포 해전에서 적을 박살내고 아군은 단 한 명의 피해자도 없이 대승을 거둔다. 이런 전투 결과는 조선수군의 사기를 고양시키고 적에 대한 자신감도 얻게 되어 2차 출동 시부터는 전쟁에 대한 공포감과 불안감은 현저히 감소하고, 적을 반드시 격멸해 이 땅에서 몰아내야 한다는 마음이 더욱 강해졌다.

그러나 상하가 같은 마음이 되기에 가장 어려웠던 전투는 명량해전이었다. 칠천량 해전에서 대패를 당한 패배의식과 함께 조선수군의 전투력은 판옥선 13척이 전부라는 것을 알고 있는 조선수군의 마음을 새롭게 가다듬는 일은 결코 쉬운 일이 아니었다. 그로서는 더 이상 물러날 곳이 없는 절체절명의 막다른 골목이었다.

명량해전 하루 전날인 1597년 9월 15일 장수들에게 "필사즉생(必死則生) 필생즉사(必生則死)" 죽기를 각오하면 살 수 있다는 정신교육은 장수들에게만 타이른 말이 아니고, 자신도 스스로 목숨을 버릴 각오로 나선 전투라는 것을 알 수 있다. 이런 각오와 죽음을 불사한 결기는 전 장졸들에게 전이되어 명량을 승리로 이끈 원동력이 되었다.

그리고 상하가 같은 마음으로 목숨을 버릴 각오로 싸웠기 때문에 얻어진 귀한 승리이기도 하다.

넷째, "싸울 준비를 끝내고, 준비가 되지 않은 적을 기다려 싸운다면 이긴다(以虞待不虞者勝)."

전쟁에 대비해서는 신중해야 하고 매사에 만전을 기해야 한다. 왜냐하면 개인은 하나뿐인 목숨을 걸고 싸우기 때문이고, 국가는 전쟁의 결과에 따라 나라의 운명이 바뀌기 때문이다.

그런데 이러한 중차대한 전투를 하는데 사려 깊지 못한 처신과 만전을 기하지 못한 전투준비 태세는 결국 패배를 불러온다.

정유년(1597) 7월 16일 벌어진 칠천량 해전이 그 대표적인 사례다. 선조와 조정 대신들의 오판으로 삼도수군통제사로 보직된 원균은 군왕과 조정의 지시에 못 이겨 자신은 출정하지 않고 함대를 분산하여 부산 앞바다로 출전했다가 풍랑에 의해 피해만 입고 성과 없이 복귀하자 도원수 권율로부터 곤장까지 얻어맞는 사태가 벌어진다. 이런 사태를 맞이하자, 원균은 조선수군 함대 모두를 이끌고 7월 14일 부산 앞바다로 출동한다.

《손자병법》모공편에, "임금으로 인해 군대에 잘못이 생기는 세 가지가 있는데, 첫 번째가 군대가 진격할 수 없는 상황임을 알지 못하고 진격하라고 명령하며, 군대가 후퇴할 수 없는 상황임을 알지 못하고 후퇴하라고 명령하는 것을 '군을 속박한다.'고 한다. 두 번째는 군의 사정을 알지 못하고 군사행정에 개입하면 군사들이 미혹될 것이다. 그리고 세 번째는 군의 명령계통을 알지 못하고 군의 지휘계통과 보직에 개입하면 군사들은 지휘관을 불신하게 될 것이다."

칠천량해전(일본화)

결국 군이 미혹되고 지휘관을 불신하게 되면 인접국의 침공에 어려움이 닥칠 것이다. 이런 사태를 '군대를 혼란시켜 적의 승리를 끌어들인다.'고 하였다.

칠천량 해전의 참패가 바로 이런 형국이 된 것이다. 당시 원균의 조선수군은 최고사령관 원균으로부터 말단 병사들까지 서로가 한마음이 되지 못했고, 그리고 원균의 가장 큰 실책은 정탐선을 사방으로 내보내 적의 동태를 파악하고 대비했어야 하나, 적의 동태를 파악하지 못하고 함대를 가덕도 근해로 이동시킨다.

반면 일본군은 정유재란을 일으키면서 그들의 첫 번째 목표가 조선수군의 격멸이었고, 앞에서도 이미 제시했지만 반간계를 이용해 이순신을 낙마시키는 간계를 꾸몄다.

그리고 이순신이 없는 조선수군을 격멸시키기 위해 치밀한 작전을 전개해, 아군은 부산 앞바다에서 적에게 공격을 가했으나 적은 대응하지 않는다. 오히려 그날 바다의 풍랑에 의해 조선함대가 분산되는 혼란이 있었으나 어렵게 수습해 목마른 병사들이 가덕도에 상륙했다가 이미 매복하고 있던 일본군에게 400여 명이 전멸당하는 비참한 사태가 벌어진다. 식수를 구하지 못한 채 그날은 거제도의 영등포(永登浦) 앞바다로 대피한 조선수군은 그 이튿날 칠천량 근해에서 피항을 하고 있었으나 7월 16일 새벽 일본군의 대규모 기습공격에 괴멸되고 만다.

한 마디로 원균의 조선수군은 사려 깊지 못한 전투를 했고, 일본수군은 그동안 조선수군에게 당한 복수를 하기 위해 절치부심했던 결과가 전쟁의 승패로 판가름 난 것이다.

그러나 이순신은 전쟁 초기부터 매 전투마다 승리할 수 있는 방안을 강구하고, 운주당(運籌堂)*에서 부하들과 함께 수많은 난상토론과 의견을 거쳐 전장에 임했다. 전쟁에 대한 그의 고뇌와 고심은 그의 꿈속에서도 나타난 일들이 종종 일어난다. 한산해전을 치를 때도 그의 꿈속에 전쟁에 대한 계시를 받았다는 기록이 보이고, 명량해전을 치르기 전날 밤에도 꿈속에 전쟁의 계시를 받는다. 그의 일기 속에 이렇게 기록되어 있다.

*운주당(運籌堂) ; 사마천의 《사기(史記)》에, '운주유악(運籌帷幄 ; 장막 안에서 계책을 세워 운용하다)'이라는 한고조 유방의 고사에 나오는 말로, '운주(運籌)'는 산가지(算—)를 놀린다는 의미로, 즉 주판을 놓듯이 이리저리 궁리하고 계획한다는 의미다. 이순신 장군의 서재 이름 운주당(運籌堂)은 여기서 따온 이름이다.

"맑았으나 북풍이 세게 불어 배를 안정시킬 수 없었다. 꿈이 예사롭지 않았으나, 임진년 대첩 때와 꿈이 거의 같았다. 이것이 무슨 징조인지 알 수가 없었다."　　　　—《난중일기》 1597(정유년). 9. 13. —

꿈은 무의식의 세계지만 어떤 일에 대해 깊은 사색과 고뇌를 하게 되면 우리 일상생활 속에서도 꿈에 나타나는 경우가 있다. 이처럼 그는 명량해전을 앞두고, 적과 임금, 조정 대신들, 그리고 백성들에게 조선수군의 건재를 알려야 했다. 특히 적과 아군의 상황을 누구보다 정확히 파악하고 있었던 그는 밤잠을 설쳐가면서 승리를 만들기 위한 피를 말리는 고심과 고민을 했던 모습의 일면을 엿볼 수 있다.

다섯째, "장수가 유능하고 임금이 간섭하지 않으면 이긴다(將能而君不御者勝)."

장수의 유능과 무능함, 그리고 전쟁 지도에 관한 군주의 포용력과 리더십을 거론하고 있다. 이순신이 연전연승할 수 있었던 배경에는 이순신 자신의 유능함과 함께 국왕 선조의 부재가 가장 큰 성공 요인이었다고 본다.

개전 초부터 적이 함경도까지 밀고 올라갔을 때까지 선조는 다른 생각을 할 경황이 없었다. 백성의 보살핌이나 전쟁의 승패나 지도에는 아무런 관심이 없고 오로지 자기 한 목숨만을 구하기 위해 명나라로 도망가기에 급급했고, 그 일환으로 북쪽으로 도피하고 있었다. 그리고 조정도 아무런 능력이 없었고, 평소 한 나라의 왕은 조정과 군대를 통솔해 전쟁을 승리로 이끌고 적을 몰아내는 것이 왕의 역할이고 막중한 책임이다.

그런데 이런 힘들고 어려운 일은 세자인 광해군에게 일임하여 분조(分朝)*를 설치해 전쟁을 지도하도록 하고, 오로지 자신의 안위만을 생각한 선조는 한 마디로 비겁하고 무능한 군주였다. 그러나 오히려 이런 비겁하고 무능한 군주 덕에 이순신은 개전 초기 누구의 간섭도 받지 않고 전쟁을 자신의 의지대로 이끌어 나갈 수 있었기에 왜군과의 해전에서 연전연승할 수 있었다.

*분조(分朝) ; 임진왜란 때 임시로 세운 조정(朝廷). 임진왜란이 일어나자

오합지졸로 급조된 조선의 관군은 왜군의 공격으로 붕괴되어 불과 반 달 만에 서울이 함락, 전국이 왜군에게 유린되었다. 선조는 황급히 광해군을 세자로 삼고 전란수습까지 의존하였다. 한양·개성·평양 삼도(三都)가 함락되자, 선조는 요동으로 망명하기 위해 의주 방면으로 가면서 왕세자인 광해군으로 하여금 본국에 남아 종묘사직을 받들어 나라를 다스리라는 명을 내렸는데, 이때 만들어진 소(小) 조정(朝廷)이 분조로, 선조가 있던 의주 행재소(行在所)의 원조정(元朝廷)에 대한 대칭 개념이다.

그러나 전쟁이 중반으로 접어들고 한양도성으로 복귀한 선조는 이때부터 전쟁에 대해 간섭을 하게 된다. 다행히 이때는 명나라와 일본이 협상을 하고 있어 전쟁은 소강상태로 큰 교전은 없었다. 그러나 선조는 이순신에 대한 불신과 간섭이 극에 달하고 있었다. 정유년 9월 13일 기록된 이순신의 일기 내용 가운데 "수군과 육군의 여러 장수들이 팔짱만 끼고 서로 바라보면서 한 가지라도 계책을 세워 적을 치려고 하지 않는다."는 선조의 밀지가 보인다.

그러나 선조 자신은 백성을 모두 버리고 도망간 것과 세자에게 분조를 맡기고 목숨만을 갈구한 행동은 비겁했고, 명나라와 일본이 협상하면서 조선군이 일본군을 공격하지 못하도록 통제한 상태에서 이런 문제를 먼저 해결하지 못하고 힘없는 장수들만 탓하고 있는 이런 행태는 참으로 무능한 군주임을 스스로 증명하고 있다.

이런 문제는 1593년 1월 9일 일본군이 조명 연합군에 의해 평양성을 빼앗기고 일본군이 도주할 때 그들을 추격하여 격파했어야 하나 명나라 군이 공격을 하지 못하도록 하여 그대로 살려 보내고 만다. 전시 작전권은 명나라 군이 가지고 있었고, 조선군은 군량미나 조달해 주는 보조역할에 그치고 있었다.

조명(朝明) 연합군에 의해 평양성 공격 시 일본군이 제대로 싸워보지도 못하고 패주한 가장 큰 이유는 당시 임진왜란에 참전한 일본의 장수들은 대체로 도요토미 히데요시의 가신들로 일본 남부지방 사람들이다. 이 지역의 가장 낮은 겨울의 평균기온은 영상 2~4도로 영하권에 떨어지는 경우가 거의 없다.

당시 일본의 전투 관습은 추운 겨울에는 싸우지 않고 쉬는 것이다. 그런데 우리나라 평안도와 함경도 지역은 겨울철 평균기온이 영하 10도에 이르고, 강한 시베리아 고기압이 영향을 주어 추울 때는 영하 30도까지 기온이 떨어진다. 그러니 혹한이 몰아치는 조선의 북부지역까지 진격한 일본군은 이런 추운 날씨에 적응할 수 없었다.

게다가 속전속결을 예상하고 여름 옷차림이었는데, 이순신에게 보급로가 봉쇄당하면서 겨울옷의 지급이 제대로 이뤄지지 않았다. 일본군에게 명나라군의 참전보다는 겨울 추위가 더 무서운 적이었던 것이다. 그리고 그 해 임진년 겨울은 유난히 추웠다.

이순신은 일기에서, "적을 알고 나를 알면 백번 싸워도 위태롭지 않다."는 손자병법을 제기하면서 팔짱만 끼고 있다는 선조의 지시가 잘못되었다는 의견을 피력하고 있다. 전장에 나가 있는 장수에게 모든 권한을 주어 스스로 판단하고 승리할 수 있는 방안을 강구하도록 지휘권을 보장해 주는 것이 군왕이 할 일이다. 그러나 그동안 피난 다니느라 아무런 조치를 취하지 못하고 있다가 한양 도성으로 복귀하면서 이처럼 간섭을 하기 시작한다. 그리고 그 결과 정유년(1597) 7월 16일 원균의 칠천량 해전이 대패로 끝난다.

그러나 그에게는 그 해 8월 3일 삼도수군통제사로 재 보직 받고 선조의 어떤 통제도 받지 않고 치른 명량해전과 노량해전의 대승으로 임진왜란을 마감한다. 그렇다면 승리를 위한 다섯 번째 조건인 "장수가 유능하고, 임금이 간섭하지 않으면 이길 수 있다."는 다섯 가지 조건이 모두 충족되었다고 볼 수 있다.

이러한 이순신의 승리를 위한 조건, "승리하는 군대는 먼저 이길 수 있는 상황을 만들어놓고 싸우고, 패배하는 군대는 먼저 싸움을 시작한 후에 승리를 구하려 한다(勝兵 先勝以後求戰 敗兵 先戰以後求勝)."는 것은 손자의 병법을 그대로 응용한, 결과적으로 보면 '이겨놓고 싸우는 전쟁'을 했던 것이다.

23전 23승은 결코 기적이 아니고, 적과 아군의 전력을 비교하여 대세를 판단하고, 때에 맞춰 적시 적절한 용병을 구사했으며, 상하 일치단결된 마음과 신중과 만전을 기한 사려 깊은 생각의 결과였다. 또한 자신의 유능함과 함께 선조의 부재로 아무런 통제나 간섭 없이 자신의 의지대로 싸운 결과로 얻어진 값진 승리였다.

4. 함께 싸운 전쟁

200년간 전쟁이 없이 평화가 지속되다보니 조선의 관료사회는 숭문천무(崇文賤武) 사상이 만연하여 지방관들 중에는 백성들의 고혈을 빨아 사리사욕을 채우는 자가 많았으며, 국방을 책임진 변방지휘관 대부분이 문과출신으로 전쟁에 대한 기본상식도 없는 문외한들이 많았다. 게다가 더욱 큰 문제점은 전술지식은 고사하고 백성들을 돌봐야 한다는 최소한의 목민관(牧民官)의 기본양식마저 갖추지 못했고, 전쟁이 발발하자 오직 자신의 목숨만을 구하기 위해 도망가기에 급급했다.

이런 행태는 임진왜란이 일어나고 나서 단 20일 만에 조선의 도성 한성이 무혈점령당하는 비극을 초래한다. 물론 거기에 국왕 선조의 도망이 이 모든 것의 시발점이 되었다고 해도 과언이 아니다. 이렇듯 국가는 무책임했고 무능했으며, 모두가 제 할 바를 다하지 못했고 불통의 시대였으며, 더 큰 세상을 내다볼 줄 모르는 눈먼 맹인들의 시대였다. 국가와 백성을 위한 진정한 리더의 자세란 무엇일까를 생각해 보게 한다.

이순신의 위대함은 이런 시류에 영합하지 않고 올바른 가치관과 도덕성, 무인으로서 죽음을 두려워하지 않는 자세로 개인윤리를 실천해 나라를 구했다.

그의 부하 장졸들과 동고동락하면서 조성된 감성적 공감대는 위기상황에서도 빛을 발했다. 《선묘중흥지(宣廟中興志)》*에 있는 내용을 살펴보면, "……(이순신은) 밤이면 병사들을 쉬게 하고 자신은 반드시 화살을 다듬었다. 또 몸소 적의 칼날을 무릅쓰고 총탄이 좌우에 떨어져도 동요하지 않았으며, 장졸들이 붙잡고 만류해도 그는, '내 목숨은 하늘에 달렸는데 너희들만 수고하게 하겠는가?'라고 했다. 승전해 전리품을 획득하면 여러 장수들에게 골고루 나눠주고, 하나도 아끼지 않았으므로 장병들이 두려워하면서도 존경해 각기 제 힘을 다해 전후 수십 번 싸움에 한 번도 곤욕을 당한 일이 없다."고 기록되어 있다.

* 《선묘중흥지(宣廟中興志)》 ; 저작연대 미상. 선조 20년(1587) 9월부터 40년(1607)까지 20여 년간에 있었던 사건을 기록한 책. 왜장(倭將)이 사신을 보내온 사실, 임진왜란의 전말과 그 뒤처리, 의병의 활약 등이 자세하게 기록되어 있어 임진왜란 연구의 귀중한 자료이다.

그가 부하 장병들과 동고동락하는 최고의 모습은 임진년(1592) 2차 출동 기간이었던 사천해전에서 보인 모습이다. 사천해전은 일본군이 사천의 선창가에 함선을 매어두고 모두 육지로 피해 육지에서 조총을 쏘아대고 조선군은 바다의 전함에서 일본군과 벌이는 전투였다.

이완(李莞)*이 쓴 행록(行錄)에 보면, "그날 공(公, 이순신)도 철환을 맞아 왼쪽 어깨를 뚫고 등에 까지 박혀 피가 발뒤꿈치까지 흘러내렸다. 그러나 공은 그대로 활을 놓지 않고 종일 독전하다가 싸움이 끝난 뒤에 칼끝으로 살을 쪼개고 철환을 파냈는데 깊이가 두어 치나 됐다. 온 군중(軍衆)이 그제야 알고 모두 놀라지 않은 이가 없었지만, 공(公)은 웃고 이야기하며 태연하였다." 그 후 이순신은 이 부상으로 인해 오랫동안 고초를 겪었다.

*이완(李莞) ; 숙부 이순신을 도와 임진왜란의 서전에서 공을 세우고, 노량해전에서 이순신이 전사하자, 그 사실을 공표하지 않고 독전(督戰)하여 전승을 거두었다. 선조 32년(1599) 무과에 급제, 인조 초에 수사(水使)가 되어 이천에서 이괄의 난을 평정한 공으로 가선대부(嘉善大夫)에 올랐다.

이순신이 지인에게 보낸 편지에 그 때의 상황이 기록되어 있다.

사천해전

"접전할 때 스스로 조심하지 못해 적의 탄환에 맞아 비록 죽을 지경까지는 이르지 않았으나, 어깨뼈가 깊이 상한 데다 또 언제나 갑옷을 입고 있는 까닭에 상한 구멍이 헐어 진물이 늘 흐르기로 밤낮 없이 뽕나무 잿물과 바닷물로 씻건만 아직 쾌차하지 못해 민망스럽습니다."

최고사령관이 말단 활 쏘는 사부(射夫)들과 뱃전에 나란히 서서 활을 쏘다가 적의 총탄을 맞고 그 상처로 인해 오랫동안 고초를 당한 이순신의 솔선수범의 모습에 장졸들은 진한 동지애와 전우애를 함께 느꼈고, 그 모습에 감동 받았을 것이다.

한 치 앞도 예측할 수 없고 생사를 가늠할 수 없는 전장에서 그의 삶의 궤적을 살펴보면서 그만이 가지고 있는 리더십의 요체를 몇 가지 사례를 통해 살펴보자.

"맑음, 공무를 본 뒤 주인(主人)*이 자리를 베풀고 활을 쏘았다. 조방장 정걸(丁傑), 황숙도(黃叔度, 능성현감)도 와서 함께 마셨다. 배수립(裵秀立)도 나와서 함께 술잔을 나누며 즐기다가 밤이 깊어서야 헤어졌다. 신홍헌(申弘憲)에게 전날 심부름하던 삼반하인(三班下人)*들에게도 술을 나누어 먹이도록 했다."

― 《난중일기》 1592(임진년). 2. 21. ―

*주인(主人) ; 감영과 고을의 연락을 취하는 영저리(營邸吏).
*삼반하인(三班下人) ; 지방관아에 딸린 군노, 사령 등의 하인.

이순신이 전라좌수사로 부임한 지 1년이 지났을 무렵이다. 그 전날 흥양(고흥)지방의 전쟁준비 상태와 전선 상태를 점검하고 철저한 준비에 만족하고, 활쏘기를 통해 실력도 확인하고 노고를 치하하는 자리에서 술도 한 잔씩 나누어 마시고, 그날 수고한 군노(軍奴), 사령(使令), 급창(及唱) 등에게도 술을 걸러 나누어 먹인다. 이 일기에서 우리는 이순신의 지휘관으로서의 조치와 함께 수고한 하인들까지 챙기는 치밀하고 섬세한 인간미를 다시금 느끼게 한다.

"맑음. 우수사가 왔다. 여러 장수들이 관덕정(觀德亭)에서 활을 쏘았는데, 우리 편 장수들이 예순여섯 분(分)을 이겨 크게 승리했다. 우수사가 떡과 술을 가지고 왔다."
— 《난중일기》 1593(계사년). 3. 15. —

모처럼 시간을 내서 전라좌수영과 우수영의 장수들이 함께 모여 활쏘기시합을 하면서 전투력도 함양시키고, 긴장도 풀면서 서로 간에 전우애를 다지는 모습을 엿볼 수 있다. 이런 자리를 통해 전라좌수영과 우수영간에 자연스럽게 의사소통과 단결을 도모하는 중요한 자리가 되었을 것이다.

〈옥포의 첫 승리〉
이렇듯 그의 부하들에 대한 자상한 사랑과 배려, 그리고 사기고양은 전장에서 그 결과가 여실히 증명되었다. 전쟁 발발 이후 전국 도처에서 공포에 질린 벼슬아치들이 자기가 맡은 지역을 버리고, 모두가 일본군이 없는 쪽으로 달아나던 때였다. 그러나 유일하게 이순신만이 일본군이 없는 자기 책임지역인 전라도 해역을 떠나 일본군이 득실대는 경상도 지역으로 찾아 나선다.

그 시기에 그로 하여금 그런 결심을 하게 된 이유가 궁금하다. 전라좌수영에 모여 경상도 지역으로 출전문제를 논의할 때 찬성과 반대의견이 팽팽한 상태에서 그가 단호하게 결정한다. 공자가 말한 대로 이순신은 의(義)에 투철한 군자였고, 죽음을 두려하지 않은 무장이었다. 그의 사고 속에는 경상도나 전라도라는 지역에 대한 소아적인 협의의 개념이 아니라 모든 지역과 모든 백성이 내 나라, 내 민족, 내 백성이라는 주인정신과 의로움이 자리 잡고 있었다.

이순신함대가 경상도 바다에서 경상우수사 원균을 만난 것은 임진왜란이 발발한 지 23일 만인 5월 6일이었다. 이날 원균은 단 한 척의 배를 타고 나타났으며, 연락을 받은 경상우수영 소속 장수들이 남은 함선 3척과 협선 2척을 타고 와서 합류했다.

이튿날 경상우수영군과 합세한 이순신 함대는 거제도 옥포 포구에서 적선 50여 척과 맞닥뜨려 전투가 벌어졌고 치열한 접전 끝에 조선수군이 승리한다. 쳐부순 적선은 26척, 임진왜란 발발 이후 조선군이 거둔 최초의 승리였다. 게다가 조선수군은 단 한 명의 전사자도 없이 완벽한 승리를 일궈낸 것이다.

수군의 옥포해전 승리는 조선팔도를 뒤흔들었고, 조선이 왜군의 앞잡이가 아닌가 하고 의심하고 있던 명나라의 의심을 잠재웠다. 그리고 그 여파는 엄청난 파장을 불러왔다. 우선 일본군에 대한 두려움을 떨칠 수 있었고, 그동안 일본군에 부역하던 사람들의 마음을 돌려세울 수 있었으며, 전국에서 의병이 들불처럼 일어나는 계기를 마련하였다.

옥포해전(영화 〈징비록〉)

〈리더십의 쾌거〉

조직이 크건 작건 리더의 위치는 항상 고독하고 힘든 결정의 자리이다. 때로는 리더는 중요한 결정을 위해 참모와 보좌관들로부터 의견을 수렴하지만, 결국 최종적인 결정은 온전히 리더 한 사람의 몫이다. 그 결정이 조직의 운명을 가를 때도 있기 때문에 한시도 긴장의 끈을 늦출 수가 없다. 그 역시 우리와 다름없는 평범한 인간이었지만, 자신을 음해하는 세력들의 음모와 수많은 고난 속에서도 끊임없이 자신을 성찰하고 단련했으며 종국에는 나라를 구하는 영웅적인 리더로 거듭 날 수 있었다.

더 이상 물러설 수 없는 벼랑 끝에서도 두려움을 용기로 바꿀 수 있도록 솔선수범한 용기, 자신을 버릴 줄 아는 희생정신, 사태를 관망하는 날카로운 직관력과 결단력, 그리고 부하들과의 끈끈한 관계를 통해 소통과 신뢰를 기반으로 하는 지도력은 리더십이 실종된 우리시대에 더욱 더 그 빛을 발하고 있다.

그리고 명량해전의 전투도 정보의 입수로부터 시작된다. 명량해전 이틀 전인 정유년(1597) 9월 14일 그는 육로를 통해 어란포 부근 일본수군의 동태를 살피러 갔던 탐망군관 임준영으로부터 적선 200여 척 가운데 55척이 이미 어란포(명량 입구) 앞바다에 진입했다는 보고를 받았다. 일본수군의 공격시점이 임박했음을 직감한 그는 우수영에 있던 백성들에게 육지로 피신할 것을 지시하고 명량해전 하루 전인 9월 15일 진도의 벽파정에서 우수영으로 진을 옮겼다.

예상한 대로 적들은 바로 이튿날인 9월 16일 새벽에 조선수군을 공격해 들어왔다. 이러한 공격 사실은 사전에 배치해 놓은 정찰부대에 의해 즉시 탐지됐다. 일기에, "이른 아침에 탐망군이 와서 보고하기를, '적선 200여 척이 명량으로부터 들어와 결진해 있는 곳으로 곧바로 향하고 있습니다.' 라고 하였다."

명량해전이 있기 약 한 달 전쯤 회령포에서 10여 척의 함선을 수습한 그는 이진(梨津), 어란포, 벽파정으로 후퇴에 후퇴를 거듭하였다. 200~300여 척의 일본함대가 추격해오고 있었기 때문이다. 그는 후퇴하면서도 32척의 탐망선을 운용해 일본수군의 추격 상황을 거의 실시간으로 파악하고 있었다. 그리고 전쟁 지도부와도 상호 유기적인 관계가 이루어짐을 확인해 볼 수 있다.

명량해전을 승리로 이끄는 데는 그의 치밀한 정보수집과 분석, 그리고 그 정보를 활용함으로써 임진왜란 7년 동안 23전 23승을 올리고, 적선 격침과 파괴 935척, 적 사살 12만 6,380명의 전과를 올린다. 이순신을 연구하는 사람들은, "조선수군이 연전연승한 비결은 역시 지휘관인 이순신장군의 탁월한 전략 전술적 안목에서 찾을 수 있다."고 말하고 있다.

이순신 장군은 전쟁원칙에 통달한 전략가였고, 그것이 승리의 핵심비결이 된 것이다. 그의 가장 큰 승리의 비결은 집중의 원칙 덕분이었지만, 경계의 원칙에서도 누구보다 철저했다. 경계는 기습을 방지하고, 아군에 대한 적의 탐지활동을 차단하기 위한 것으로, 아군의 전투력을 보존하고 행동의 자유를 확보하는 데 필수적이다.

그의 전투사례는 무기체계의 성능과 지휘관의 전략 전술적 안목이 조화롭게 갖추어질 때만이 승리가 가능하다는 평범한 진리를 다시 한 번 일깨워준다.

5. 공은 부하들에게

⟨포상의 기준⟩

이순신은 초급 간부시절 큰 공을 세웠는데도 공을 인정받지 못하고 상급자 김우서(金禹瑞)가 가로채는 어처구니없는 일이 벌어졌다. 우울기내 체포작전에 보고하지 않고 작전을 벌였다 하여 오히려 처벌을 받는 억울한 사건이 있었다. 그는 본인이 이런 일을 직접 겪어봤기 때문에 포상은 공정해야 한다는 것을 누구보다 잘 알고 있었을 것이다.

그는 임진왜란을 치르면서 포상에 대한 기준을 정해준다. 경상도 해역으로 두 번째 출전해 공을 세운 당포, 당항포 등 네 곳의 승첩을 올린 장계 ⟨당포파왜병장(唐浦破倭兵狀)⟩을 살펴보자.

"당초 약속할 때 비록 목을 베지 못해도 죽기를 각오하고 힘껏 싸운 자를 제1의 공로자로 정한다고 하였으므로 힘껏 싸운 여러 사람들은 신(臣)이 직접 등급을 결정하여 1등으로 기록하였습니다."

"여러 장수와 군사들이 분연히 몸을 돌보지 않고 처음부터 끝까지 힘껏 싸워 여러 번 승첩하였습니다만, 조정이 멀리 떨어져 있고 길이 막혔습니다. 군사들의 공훈 등급을 만약 조정의 명령을 기다린 뒤에 결정한다면 군사들의 심정을 감동하게 할 수 없으므로 우선 공로를 참작하여 1, 2, 3등으로 별지에 기록하였사옵니다. 당초의 약속과 같이 비록 머리를 베지 않았다 하여도 죽을힘을 다해 싸운 사람들은 신이 직접 본 것으로서 등급을 나누어 결정하고 함께 기록하였습니다."

그는 현장에 있는 지휘관으로서 실질적으로 전투현장에서 누가 더 용감하게 싸웠느냐가 중요하다고 판단한 것이다. 그러나 선조와 조정대신들은 적의 수급에 연연하여 증거 위주의 가시적으로 보이는 적 수급을 더 선호했다. 이런 문제 때문에 선조는 이순신 방식의 전공보고를 별로 좋아하지 않았다고 한다. 전투 현장과 궁궐 내에서의 탁상공론은 이처럼 온도차가 컸던 것 같다.

당시 조정의 분위기가 이렇다 보니 실제 해전에서도 원균은 전세를 보는 큰 그림을 그리지 못하고 오로지 적의 수급을 베는 데만 열중한 모습을 보인다. 해전에서의 전투는 전함이 파괴되거나 전투 중 사살되면 자동적으로 물속에 빠지게 되는데 언제 물에 빠진 적을 건져내 수급을 벨 것인가? 현장에서 죽을힘을 다해 싸워 승리를 도모하는 것이 중요하다. 적의 수급만 찾아 베고 있다가는 언젠가는 자신의 목이 먼저 달아날 수 있기 때문이다.

조정의 지시대로 전공을 적의 수급을 벤 숫자로만 환산한다면 부대를 지휘하는 지휘관과 전함을 진두지휘하는 함장들은 아무도 공을 세우지 못할 것이다. 그리고 함선의 1층 갑판 밑에서 노를 젓는 격군(格軍)들도 아무런 공을 인정받지 못할 것이다. 그리고 그의 장계 중에 전투가 끝난 후 그들의 공로를 파악한다고 시간을 지체하게 되면 "군사들의 심정을 감동시킬 수 없다."는 그의 건의는 참으로 가슴에 와 닿는다. 모든 것은 시기가 있고 때에 맞춰 조치를 해야 더욱 더 효과가 있고 빛이 나는 법이다.

훌륭한 지휘관은 부하들의 마음을 읽을 줄 알아야 하고, 전쟁을 승리로 이끄는 데 사활을 걸어야 한다. 전쟁은 적의 목을 많이 베는 장수가 유능한 것이 아니라, 전쟁을 승리로 이끄는 장수가 유능한 장수다. 손자병법에서도 "싸우지 않고 적을 굴복시키는 것이 으뜸"이라 했다. 싸우지 않고 적을 굴복시키는 손자병법의 의미를 알고 실천하는 사람은 국제 외교무대에서나, 기업경영에서도 더 큰 승리를 얻어낼 수 있을 것이다.

〈부하들의 포상을 청하다〉

그는 전투가 끝날 때마다 직접 붓을 들고 전투 결과를 기록해 조정에 장계를 올렸다. 그리고 장계를 올릴 때 자신이 직접 본 것과 예하 장수들의 보고를 기준으로 해서 부하들의 공로를 1, 2, 3등급으로 구분해서 포상해 달라고 하였다. 그런데 방답첨사(防踏僉使) 이순신(李純信)*이 포상에서 제외되었다. 그는 방답첨사 이순신의 포상을 조정에 다시 건의한다.

*이순신(李純信) ; 조선 중기의 무신으로 임진왜란 때 충무공 이순신의

휘하 장수로 활약해 선무공신 3등으로 봉해졌다.

"방답첨사 이순신은 변방수비에 온갖 힘을 다하고 사변이 일어난 뒤에는 더욱 부지런히 힘써 네 번 적을 무찌를 적에 언제나 앞장서서 공격하였으며, 당항포 접전 시에는 왜장을 쏘아 목을 베어 그 공로가 월등할 뿐만 아니라, 다만 사살하는 데만 전력하고 목 베는 일에는 힘쓰지 않았으므로 그 연유를 들어 별도로 장계하였는데, 이번 포상의 문서에 홀로 순신의 이름이 들어있지 않은 바……권준 이하 여러 장수들은 당상으로 승진되었으나, 오직 이순신(李純信)만이 임금의 은혜를 입지 못하였으므로, 이제 조정에서 포상하라는 명령을 내리시기를 엎드려 기다리오니, 사실대로 잘 아뢰어 주소서."

이순신으로서는 참으로 난감한 일이고, 자칫 잘못하면 자신이 지시한 전투방법에 문제가 생길 수도 있고 지휘권의 권위와 영(令)이 서지 않을 수도 있는 일이 발생한 것이다. 당시 방답첨사 이순신은 적의 수급을 베는 것보다 적 사살에 최선을 다해 전세를 승리로 이끌어갔던 장수로 이순신의 지시를 누구보다 잘 따른 대표적인 인물이었다.

그리고 여도만호(呂島萬戶) 김인영은 임진년(1592)부터 이순신과 함께 해전에 참여하여 생사고락을 함께한 장수였다. 첫 해전인 옥포해전에서는 척후장의 임무를 맡아 옥포에 적이 있다는 것을 신기전(神機箭)을 쏘아 올려 맨 처음 알린 장수다. 그런 김인영이 공을 세운 것에 비해 포상이 미흡하다고 생각하여 갑오년(1594) 3월에 조정에 포상해 줄 것을 요구하는 장계를 올린다.

"전라좌도에 소속된 여도만호 김인영은 사변이 일어난 초기부터 분발하여 제 몸을 돌보지 않고 여러 번 큰 싸움을 겪을 때마다 언제나 앞장서서 적의 목을 벤 것도 많건만, 훈련부장에 승진되었을 뿐이니 다른 사람의 예와는 같지 않은 것입니다. 전후의 전공을 상고하시어 발포만호 황정록의 예에 의하여 표창을 내리셔서 다른 사람들을 격려해 주시기를 아뢰옵니다."

김인영은 이 장계를 올린 이후에 벌어진 당항포 해전에서 일본 전함 대선 1척과 중선 1척을 격멸시키는 공을 세운다. 당항포 해전에서 김인영의 공은 전라좌수영의 조방장(助防將)을 맡고 있던 어영담(魚泳潭)에 이어 두 번째에 해당하는 전과를 올린다. 아마도 자신을 믿고 알아준 이순신의 신뢰에 대한 보답 차원에서 김인영은 더욱 분발하여 싸웠을 것이다.

임진왜란이 발발한 1592년에는 경상도해역으로 전라좌수영의 병력이 출동하면서 수군병력 충원이 심각한 문제로 대두되었다. 수군의 병력 충원을 고심하던 이순신은 임진년 8월 절에 숨어있던 승려들을 부족한 병력 대신 충원하도록 각 고을에 지시한다. 이런 소문을 들은 승려들이 자진해서 이순신을 찾아온다. 이렇게 모여든 승려들이 한 달이 지난 9월에는 무려 4백여 명이나 되었다.

승려들의 숫자가 많아지자 별도의 승군을 조직하고 지휘체계를 구축한다. 이때 승장(僧將)에 임명된 승려는 다섯 명으로 순천의 삼혜(三慧)스님, 홍양의 의능(義能)스님, 광양의 성휘(性輝)스님, 광주의 신해(信海)스님, 곡성의 지원(智元)스님이다. 그리고 승려들과 함께 모여든 의병에는 구례에 사는 방처인, 광양에 사는 강희열, 순천에 사는 성응지 등이 자진해서 동참한다.

승병과 의병이 모여든 당시에는 이들을 육지의 주요 방어진지나 성에 파견하여 육전에 종사하도록 할 예정이었으나, 적을 하나도 살려 보내지 말고 바다에서 격파하라는 조정의 지시가 있자 이들을 수군에 편입시킨다. 그리고 의병장 성응지와 승장 삼혜, 의능 등에게는 전선을 배정해 주어 최초의 해상의병, 해상승병이 탄생하게 된다. 이들의 활약에 이순신은 감사하며, 갑오년(1594) 3월에 조정에 장계를 올려 이들의 포상을 요청한다. 〈청상의병제장장(請賞義兵諸將狀)〉

"수군을 자진해서 모집하여 들어온 의병장 순천교생 성응지(成應祉)와 승장(僧將) 수인(守仁), 의능(義能) 등이 이번 전란에 제 몸의 안위를 생각하지 않고 의기(義氣)를 발휘하여 군병들을 모집하여 각각 300여 명을 거느리고 나라의 치욕을 씻으려 하였는바 참으로 칭찬할 만한 일입니다. 뿐만 아니라, 수군의 진중에서 2년 동안 스스로 군량을 준비하여 이곳저곳에 나누어주면서 간신히 양식을 이어 대는데, 그 부지런함과 고생스런 모습은 군관들보다 배나 더하였으되, 조금도 수고로움을 마다하지 않고 지금까지 부지런할 따름입니다. 일찍이 싸움터에서 적을 무찌를 때에도 뛰어난 공로가 현저하였으며, 그들의 나라를 위한 분발심은 시종 변치 않으니 더욱 칭찬할 만한 일입니다. 위에 적은 성응지(成應祉), 승장 수인, 의능 등을 조정에서 각별히 표창하여 뒷사람을 격려하여야 하겠습니다."

승 병

그 당시 의병과 승병들은 나라에서 그 어떤 보상을 바라고 지원한 것도 아니지만, 그들 스스로 군량을 준비하고 복장도 자신들이 입고 있는 옷 그대로 입고 전투에 참가했다. 국왕은 백성들을 버리고 혼자만 살겠다고 평양으로 의주로 도망가 버리고, 나라의 녹을 먹고 있는 관군들은 적이 나타나기도 전에 전투 한번 치르지 않고 도망가 버렸다. 그러나 천대받고 멸시받던 승려들과 천민, 노비 등 힘 없는 백성들이 목숨 걸고 나라의 치욕을 씻겠다고 자진해서 지원해 싸웠으며, 그것도 그들이 믿고 따를 수 있는 태산 같은 이순신과 함께 싸운 것이다.

평소 그는 나라를 위해 목숨을 바쳐 헌신한 사람들은 반드시 포상해야 훗날 사람들에게 본이 되어 또다시 나라가 위태로울 때는 그들이 일어선다고 생각하고 있었다. 그는 그동안 나라를 위해 헌신적으로 싸웠던 승장 의능에 대해서는 면천(免賤)시켜 달라는 공문을 작성해 올리기도 하였다. 그리고 수군 의병장 가운데 가장 큰 활약을 했던 성응지가 1594년 8월 세상을 떠났을 때 일기에 "성응지가 세상을 떠났다. 슬프다, 참으로 슬프다."라고 적었다.

신분고하를 막론하고 사람을 사람답게 대하고 따뜻하게 감싸 안고 함께 동고동락했기 때문에 성응지의 죽음 앞에서 그는 마음 속에서 우러나온 인간 이순신의 모습이 그대로 나타난 것이다.

그의 리더십은 그의 내면세계에 자리 잡고 있는 조선의 유교사상과 가정의 훈도(訓道)인 충과 효, 그리고 《논어》에서 말하는 "군자는 의(義)에 밝다(君子喩於義)"는 신념에서 시작돼 국가관과 사생관인 위국헌신과 "필사즉생, 필생즉사"라는 정신으로 마무리된다. 이는 그가 노량해전 직전 "이 원수를 무찌르면 지금 죽어도 여한이 없다."고 말한 데서 분명히 드러난다. 깨어있는 지성으로 시대를 앞질러 살았던 그는 남다른 실천적 삶 속에서 지적 모색과 고민, 심지어 참담한 파멸을 경험하기도 했다. 하지만 그는 절망을 피하기보다 절망에 직면하여서도 이를 극복하는 용기와 도전정신을 가지고 위기를 슬기롭게 헤쳐 나갔다.

실력과 도덕성, 솔선수범과 공정성, 유비무환과 지속적인 경계심으로 요약되는 '이순신 리더십'의 본질은 하버드대 경영대학원의 위기관리 교훈의 핵심인 "지속적인 정보수집, 조직책임자의 솔선수범, 위기발생 이전의 언로 확보, 위기처리 과정의 철저한 기록" 등과 너무나 닮아 있다. 이처럼 훌륭한 리더십은 시대를 초월하고 신분을 초월한 인간에 대한 배려와 사랑으로 귀결된다.

6. 가치 중심의 리더십

가치 중심의 리더십(Value-based Leadership)은 인간이 지향해야 할 가치(價値, value)에 근거하는 리더십이다. 이 리더십은 1995년 미국의 교육자인 수잔 쿠즈마스키(Susan S. Kuczmarski)와 토마스 쿠즈마스키(Thomas D. Kuczmarski)가 제기하였다. 인간은 본래 가치에 따라 판단하고 행동방향을 선택하는 속성이 있다는 점에 착안한 리더십이다.

이 리더십이 추구하는 목표는 가치 충만한 직장환경을 조성하여 조직의 경쟁력과 효율성을 증대하는 리더십이다.

이순신은 7년간이나 이어지는 전장에서 부하들에게 전쟁의 참화 속에서 적을 몰아내야 내 가족과 고향을 지킬 수 있다는 가치를 심어주어 구성원 모두에게 한 마음으로 싸울 수 있는 동기를 부여했다. 모든 구성원들이 일치단결하여 한 마음으로 싸운 결과가 한 번도 패하지 않는 전투 결과를 만들었다.

리더가 그 구성원들에게 왜 그 일을 해야 하는지 그 가치를 명확히 인식시켜 주고, 구성원들(부하들)은 그 가치에 공감하고 적극적으로 동참하였으니 그 결과가 좋을 수밖에 없었다. 더욱이 목숨을 걸고 싸운 결과가 자신들이 직접 눈으로 보고 피부로 느낄 수 있는 자신들의 생활 터전이니 그 가치와 자부심은 높은 사기로 직결되었다. 게다가 목숨 걸고 싸운 결과를 공정하게 인정받아 포상을 받았으니 그들의 전승신화는 구성원 모두가 자신으로부터 출발한다는 강한 자부심을 만들 수 있었다.

이런 배경은 리더의 탁월한 지략과 지혜, 그리고 싸우면 반드시 이긴다는 승리에 대한 경험이 만든 소산물이었다. 이순신은 모든 전투를 사전에 구상하고 예측하였으며, 싸울 장소와 전투방식도 스스로 정하고, 《손자병법》모공편에 기술된 용병술과 당시의 상황과 지형의 이점들을 접목시켜 적용하였다. 그리고 최고 지휘관부터 전함의 말단 격군까지 혼연일체가 되어 함께 싸운 결과이다.

이처럼 23전 23승을 올리게 된 배경에는 "상하가 같은 마음을 가지면 이긴다(上下同欲者勝)."는 손자병법의 요체를 실천한 결과가 이순신의 불패신화로 이어졌다. 이러한 부하들의 마음을 움직이고 그들의 마음을 얻은 이순신의 리더십은 '가치 중심의 리더십'의 결과라고 볼 수 있다.

전함 4

제4장. 어머니의 유언

"아침을 먹은 뒤에 어머님께 하직을 고하니, '잘 가거라, 나라의 치욕을 크게 씻어라.' 하고 두 번 세 번 타이르시며, 이별을 조금도 탄식하지 않으셨다."

― 《난중일기》 1594(갑오년). 1. 12. ―

1. 이름에 새긴 부모 마음

〈부모가 원하는 자녀의 모습〉

한국영화 사상 최고의 관객을 동원한 영화《명량》의 극적인 승리에 대한민국 국민 1/3인 1,700여만 명이 열광했다. 그 승리의 이면에는 적보다 막강한 병력이나 무기가 아닌 이순신이란 조선 최고의 비밀병기가 있었기 때문에 가능했다. 그 비밀병기의 본질은 효와 충으로 무장된 그의 삶 자체다. 효와 충으로 무장된 리더십의 근원을 살펴보기로 하자.

《예기》제의(祭儀)편에, "효에는 세 가지가 있는데(孝有三), 그 첫째 효는 어버이를 존중하는 것이고(大孝尊親), 그 다음은 어버이를 욕되게 하지 않는 것이며(其次弗辱), 가장 낮은 것이 잘 부양하는 것이다(其下能養)."라고 제시하고 있다. 어버이를 존중하는 효를 대효로 꼽고 있다.

'정신적인 효'는 부모의 뜻을 거스르지 않고, 평소에 얼마나 부모님의 유지를 잘 받들고 부모님을 공경하는 척도에 따라 효를 잘 실천하고 있느냐를 가늠하는 것이라고 볼 수 있다. 우선 이순신의 삶에서 '정신적인 효'는 자기의 이름을 지어주신 부모의 뜻을 먼저 존중하고 지키는 것이 무엇보다 중요한 가치기준이 되었을 것이다.

중국의 효자를 대표하는 《이십사효》를 한번 살펴보자.

　　《이십사효(二十四孝)》는 원나라의 천문학자 곽수경(郭守敬)의 동생 곽수정(郭守正)이 여러 문헌에 산발적으로 수록된 효행고사를 모아 편찬한 것이다. 이 책에서는 상고시대부터 당송시대의 효자 24명의 고사를 다루었다. 수많은 사람들이 시대를 거치면서 효를 보고 배우는 교재였으며 특히 효를 통해 하늘을 감동시켜 천하를 얻은 순(舜)임금의 고사가 제일 먼저 실려 있어 눈길을 끈다.

　　바로 이순신(李舜臣)의 이름 세 자리 중에서 집안의 돌림자를 제외하고, 단 한자를 붙여준 것이 바로 효자 순(舜)임금을 생각하고 붙여진 순임금 순(舜)자다. 아마 할아버지나 아버지가 이순신의 이름을 지으면서 순(舜)임금과 같은 효자가 되라는 생각에서 이름을 지었을 것이라 생각된다. 이를 증명할 만한 근거를 형제들의 이름에서 쉽게 찾아볼 수 있다.

　　"이순신의 이름은 '신하 신(臣)'자의 돌림자에다 중국 고대 전설상의 임금인 '순(舜)'의 이름을 따서 '순신(舜臣)'이라 지었다. 맏형은 삼황오제(三皇五帝)에서 복희씨(伏羲氏)를 본받으라는 뜻에서 이름을 '희신(羲臣)'이라 지었고, 둘째형은 삼대(三代)의 요(堯)임금을 본받으라는 뜻에서 '요신(堯臣)'이라 지었다. 그리고 동생은 우(禹)임금의 이름을 따 '우신(禹臣)'이라 지었다."

　　이런 형제들의 이름을 보면서 이순신도 태어나면서 부모님으로부터 부여받은 이름 속에 내재된 "효를 통해 하늘을 감동시켜 천하를 얻은 순(舜)임금을 본받으라."는 부모의 유지가 평생 그의 삶 속에 각인되었을 것이다. 특히 역사적으로 《이십사효》는 당시 《효경》과 더불어 어린이들의 효 교육의 중요한 교육 자료였다.

《효경》이 효 교육의 핵심 교과서였다면 《이십사효》는 참고용 보조 교재로 활용되었던 자료이다. 이를 유추해 볼 때 이순신은 어려서부터 할아버지나 아버지로부터 자기 이름을 지어준 뜻을 교육받았을 것이며, 서당에서 훈장으로부터 《효경》, 《맹자》를 배울 때 《이십사효》에 실려 있는 순(舜)임금의 효행을 가장 먼저 배웠을 것이다. 이처럼 이순신은 유년시절부터 자기 이름에 숙명처럼 새겨진 효에 대한 의미와 효행을 누구보다 가슴깊이 새기며 성장해왔을 것이다. 그래서 그의 삶에서 효는 자연스럽게 최고의 가치로 자리매김 된다.

2. 효행의 모습

〈어머니를 모시는 이순신의 자세〉

특히 일찍이 아버지를 여의고 홀로 되신 어머니를 모시는 그의 효심은 누구보다 절절하고 애틋한 모습이 그의 일기 곳곳에 기록되어 있다. 임진년(1592년)의 일기를 살펴보면 1월부터 8월 28일까지만 기록되어 있고 그 이후의 기록은 없다. 그는 1591년 2월에 전라좌수사로 부임한 이래 전쟁준비에 매진한다.

그러나 그는 전쟁준비와 생사를 가늠할 수 없는 위급하고 바쁜 와중에서도 항상 어머니를 그리워하고 어머니의 안위를 걱정하면서 자식들과 친인척들 그리고 지인들을 통한 다양한 통로를 통해 어머니의 안부를 지속적으로 파악하고 전해 듣는다.

그러고도 미흡하다고 생각할 때는 부하들을 통해 어머니의 안부를 확인하기도 했다. 군인이란 신분과 임무를 고려해 볼 때 이렇게까지 어머니의 안부를 확인하기는 평상시에도 결코 쉽지 않은 일이다. 더욱이 전쟁의 한가운데서 이렇게까지 어머니의 안위를 걱정하고 노심초사하는 그의 효행 모습은 실로 존경스럽다. 바로 이러한 이순신의 삶의 자세가 부모님의 뜻을 구현하고 실천하기 위한 정신적인 효의 표본이 된다.

일기에 나타난 그의 효심은 한 마디로 삶 자체가 효로 무장된 투철한 삶이란 것을 입증하는 단서가 아닌가 한다.

특히 《난중일기》에 기록된 어머니에 대한 호칭을 그는 '천지(天只)*'로 기록하고 있다. 원래 천(天)자는 '하늘, 천공, 꼭대기에 있거나 또는 공중에 설치된 것, 가장, 몹시, 대단한, 자연, 천연, 하느님' 등으로 풀이하고 있다. 천(天)자의 글자 모양은 큰 대(大)자로 서있는 사람의 머리 위에 선 하나를 그어 머리 위에 있는 높은 곳을 가리키며, 높게 펼쳐지는 크고 넓은 하늘을 뜻한다. 또한 지(只)자는 말 속의 조사를 나타내지만, 그 풀이를 보면 '단독의, 단일의, 단 하나'의 뜻으로 풀이된다. 즉 어머니는 지금 자신의 하늘이며, 자기 머리 위에 있는 크고 넓은 하늘로 지칭하는 것만 보아도 어머니에 대한 공경심과 효심의 척도를 헤아려볼 수 있다.

*천지(天只) ;《시경》용풍(鄘風)〈백주(柏舟, 잣나무 배)〉라는 시에 나오는 말이다. "두둥실 저 잣나무배(汎彼柏舟) 저 황하 복판에 떠 있네(在彼中河). 늘어진 저 두 다팔머리(髧彼兩髦) 실제로 나의 남편입니다(實維我儀). 죽어도 다른 마음 갖지 않겠다(之死矢靡他). 어머님은 하늘이신데(母也天只), 내 마음을 몰라주십니다(不諒人只)."

임진왜란이 발발하고 난 후에도 1년 6개월 동안은 전라좌수사의 직책으로 전쟁을 치른다. 임진년 5월에는 옥포해전(玉浦海戰)을, 그리고 6월에는 당포해전과 당항포해전을, 그리고 7월에는 한산해전(閑山海戰)을 치르고, 그 해(1593년) 8월에 삼도수군통제사로 보직되어 계사년(1593) 9월 1일에는 부산포해전을 치른다. 부산포해전을 치렀던 계사년의 일기를 살펴보면 9월 16일부터 12월 그믐까지가 누락되어 있다. 일기가 기록된 9개월 동안 그는 12번의 어머니의 안부를 확인하고 그 내용을 일기에 기록하고 있다.

평균적으로 한 달에 두 번 정도로 15일에 한 번은 어머니에 대한 그리움과 안부, 건강을 지속적으로 확인하고 있었다는 이야기다. 요즘 문명의 이기인 스마트폰을 가지고 있는 사람들도 시행하기 힘든 일을 지속적으로 하고 있었다는 것이다. 오늘날 효는 단순히 부모와 자식 간의 일방적인 관계가 아니라 가족이라는 공동체에 소속한 구성원들이 지켜야 할 효행 덕목을 적극 실천할 것을 권장하고 있다. 가족이라는 공동체의 구성원으로서 해야 할 의무를 강조하고 있는 것이다.

3. 부모공경의 효

〈아버지를 그리워하는 이순신〉

"오늘은 아버님의 제삿날이어서 공무를 보지 않고 홀로 방안에 앉았으니 슬픈 심정을 어찌 다 말로 표현하랴!"

— 《난중일기》 1594(갑오년). 11. 15. —

아버지의 제사를 맞이해서 아버지에 대한 그리움과 슬픈 마음을 피력하고 있다. 공자는 《논어》 위정편에, "살아 계실 때는 예 (禮)로써 모시고(生事之以禮), 돌아가시면 예(禮)로써 장사지내고 (死葬之以禮), 제사는 예(禮)로써 지낸다(祭之以禮)."라고 강조하고 있다.

리더가 생전에 부모를 예로써 극진히 모시고, 돌아가시면 정성 들여 예로써 장사를 치러야 하며, 조상들의 제사에도 예를 다해 애도하고 추모해야 한다는 이야기다. 이렇게 하는 자는 덕이 있어 주위 사람들의 지지를 얻게 될 것이다.

《논어》 이인편에, "덕(德)이 있는 자는 외롭지 않다. 반드시 이웃이 있다(德不孤必有隣)."라고 했다. 한 마디로 덕이 있는 사람만이 주변 사람들이 그를 따르고 자신의 영향력을 극대화할 수 있다는 것이다. 그리고 그 덕은 부모에 대한 효를 통해 생성된다는 사실을 현대인들이 가슴 속에 새긴다면 오늘날 대한민국 사회는 지금보다 훨씬 더 살기 좋은 세상이 될 것이다.

> "맑음. 오늘은 돌아가신 아버님의 생신이다. 아버님 생각에 눈물을 흘렸다."
> ―《난중일기》1595(을미년). 7. 2. ―

돌아가신 아버지 생신을 맞이해서 아버지에 대한 상념에 눈물짓는 자식의 애틋한 마음이 묻어나 있다. 증자는《논어》학이편에서, "돌아가신 분을 애도하고 추모한다면 백성의 덕이 후한 곳으로 돌아갈 것이다."라고 이야기하고 있다. 리더가 돌아가신 조상을 애도하고 조상을 추모하게 되면 백성들도 리더의 후한 덕(德)을 자연스럽게 보고 배우게 된다는 것이다.

리더의 영향력은 부하들과 백성들이 그 리더를 얼마나 존경하고 지지하느냐 하는 정도에 따라 결정된다. 그 존경과 지지는 남이 시켜서 하는 것이 아니라 자발적으로 마음속에서 발생할 것이며, 이러한 존경의 마음을 일어나게 하는 가장 큰 동기부여는 리더의 행동과 삶의 자세에서 얻어질 것이다.

> "해가 뜨자, 길을 떠나 바로 선영에 들렀다. 수목이 두 번이나 산불이 나서 타죽어 차마 볼 수가 없었다. 산소에 나아가 곡하며 절하고 한참 동안 일어나지 못하였다. 저녁이 되어 외가로 내려가 사당에 절하고, 그 길로 조카 뇌(蕾)의 집에 이르러 선대의 사당에 곡하면서 절하였다.

소식을 들으니, 남양 아저씨가 세상을 떠났다고 한다. 날이 저물어 집에 이르러 장인 장모님의 신위 앞에 절하고, 작은형님과 여필의 부인인 제수의 사당에도 다녀와 잠자리에 들었다. 마음이 편치 않았다."

— 《난중일기》 1597(정유년). 4. 5. —

오늘날에도 고향에 가면 선영에 들려 조상님들께 인사드리는 것은 보통 관례화되었고, 일상화된 것이 사실이다. 그러나 조선시대에 생각하는 선산(先山)의 개념은 지금 우리가 생각하는 것을 초월하는 특별한 공간이었다.

그 당시 조선시대에는 '급가제(給暇制)'라고 하여 관에서 벼슬하는 사람들이나 군역에 종사하는 사람들에게 공식적으로 휴가를 주는 제도가 있었다. 그리고 그 휴가 중에는 영친(榮親) 휴가라 하여 자신의 출세나 진급 등 경사스러운 일이 있을 때 부모님에게 인사드리는 휴가, 영분(榮墳) 휴가라고 하여 조상들과 부모님의 산소에 가서 인사드리는 휴가 등 휴가 규정에 세분화하여 명문화되어 있었다.

이런 세태를 살펴볼 때 이순신도 전라좌수사로 벼슬을 받았을 때와 삼도수군통제사로 직책을 제수 받았을 때 선산에 들러 영광스러운 모습을 신고하고 조상님들께 인사드렸을 것이다. 허나 지금은 죄인의 신분으로 의금부로 끌려가는 처지에서 선산에 들러 조상님들께 인사를 드리려 가는 길이고, 더구나 그 길이 살아 돌아오지 못할지도 모르는 기약이 없는 길이라면 얼마나 비참하고 비통한 심정이었을까?

　죄인의 몸으로 끌려가는 것이 명백한 죄목에 의해 삼도수군통제사의 직책에서 파직되어 가는 것도 아니고, 올바른 판단과 조선수군을 살리기 위해 최고지휘관으로서 생사를 넘나드는 전쟁터에서 임무에 충실했던 것이 오히려 죄가 되고, 홀로 지내시는 어머니에 대한 효를 다하지 못한 상태에서 돌아가셨는데도 장례식조차 치르지 못하고 압송되어 가는 그의 심경은……

　왜적의 침입에 6년 동안이나 남해를 사수했고, 호남지방의 곡창지대를 지켜내어 조선을 살렸다. 그리고 바닷길을 따라 한양으로 진출하려는 왜군을 방어하는데 부하들과 함께 목숨을 걸고 임무를 다했음에도 불구하고 공을 인정받지 못하고 역적이란 죄명으로 압송되는 상황에서 오랜만에 찾아온 선산이 두 번이나 불에 타 잿더미로 변해 있으니 그의 심정이 오죽했을까?

　계절적으로 4월 5일이면 중부 아산지역의 산야에는 온갖 꽃들과 푸르름이 깃든다. 허나 군인의 신분으로, 그것도 나라가 전쟁의 참화 속에 처해 있다 보니 선산인들 제대로 돌볼 리 있겠는가? 이렇듯 돌보지 못해 처참하게 변해버린 선산을 바라보며 몸부림치는 모습이 너무나 안타깝다.

　"선산에 나아가 울며 절하고 한참 동안 일어나지 못하였다."는 문구가 너무나 아프게 가슴에 와 닿는다. 사당에 들러 울면서 절하는 그의 속마음에 깃든 생각은 과연 무엇이었을까?

평생의 삶을 올곧은 자세로 오로지 국가와 민족에 대한 충성과 부모에게 극진한 효로 일관된 삶! 6년 전장의 피맺힌 노력이 무엇이란 말인가? 또 하나 그동안 집안어른으로 살아 계셨던 남양 아저씨가 세상을 떠났다는 소식을 듣고도 아무것도 해드릴 수 없는 자신의 처지가 한스러웠을 것이다.

날이 저물어서 장인, 장모님의 신위 앞에 가서 절을 한다. 이순신의 삶에 장인, 장모의 역할은 보통사람들의 장인, 장모 관계를 훨씬 초월하는 친밀하고 끈끈한 사이였다. 그동안 무인으로 성공한 모습을 보여드린 것이 장인 장모에게 자랑스러운 모습이었는데, 지금은 삼도수군통제사에서 파직되어 죄인의 신분으로 압송되어 가는 중에 장인 장모 신위 앞에 인사드리는 심정이 참담했을 것이다. 그리고 작은형님과 제수의 사당에 다녀온 뒤 심회가 좋지 않았다고 기술하고 있다.

글 행간에 숨어있는 그의 심경을 한 마디로 표현하고 있다. 군왕 선조와 조정에 대한 배신감과 분노가 그 가슴 밑에 도사리고 있었을 것이다. 그러나 이런 마음조차도 겉으로 표현하지 않고, 내색도 못하는 그의 절제된 마음이 더욱 가슴 아프게 한다.

세상 살다보면 수많은 말의 홍수나 큰 목소리보다는 때로는 말 없는 묵언(默言)의 침묵이 더 큰 울림으로 사람들에게 다가올 때도 있다.

"오늘은 돌아가신 아버님 생신인데, 멀리 천리 밖의 군영에 와 있으니 이런 일이 또 어디 있을까!"

—《난중일기》 1597(정유년). 7. 2. —

일찍 돌아가신 아버지에 대한 회상과 고향 떠나 멀리 천리 밖에 와서 군복을 입고 있으니 이런 일이 어디 있을까 하는 자신의 심경을 피력하고 있다. 이때는 의금부에 끌려가 고문도 당하고 투옥됐다가 백의종군으로 군 생활을 하고 있었던 시점이다.

수군의 최고 직책에 있다가 하루아침에 파직되어 생사를 가늠할 수 없는 일을 겪고 나서 보직도 없이 육군에 소속되어 있으나 앞날도 예측할 수 없으니 그 마음은 참으로 허탈하고 비참하다는 생각이 들었을 것이고, 이러한 처지에 "천리 밖에 와서 군복을 입고 있으니 이런 일이 어디 있을 것인가." 하는 글의 행간에서 '천리 밖'이란 거리개념은 고향에서 멀리 왔다는 뜻도 있겠지만, 그동안 6년간이나 생사고락을 함께했던 부하들과 수군과의 시공간의 거리개념도 함께 내포되어 있을 것이다.

더욱이 아무런 직책도 없이 군복만 입고 있으니, 자신의 존재감 상실과 함께 국가의 운명이 걸린 이 중차대한 시기에 허송세월을 보내고 있지 않느냐 하는 자괴감도 들었을 것이다.

〈어머니를 그리워하는 이순신〉

그는 어머니의 안부와 근황이 궁금하여 지속적으로 안부를 확인하고 있었다. 특히 전쟁이 발발했을 때도 어머니를 여수 고음내 (지금의 여천시 시전동 웅천)에 모시고 수시로 어머니의 안부를 확인하고 있었다. 자식인 그가 어머니의 거처를 정했는지, 아니면 어머니가 거처를 스스로 결정했는지는 잘 모르겠지만, 그의 작전 관내에 있는 안전한 곳에 어머니를 모시고 수시로 근황을 확인하고 있었다.

평소 그는 어머니와 함께 있는 것이 제일 행복하다고 했다. 이러한 부모 마음은 동서양을 막론하고 인간의 가장 원초적이고 기본적인 부모와 자식 간의 사랑인 것이다. "부자유친(父子有親) 심정을 《성경》〈요한복음〉에서 뚜렷하게 말한 적도 있다. '내가 아버지 안에 있고, 아버지는 내 안에 계신다.'는 말은 부자유친의 진리를 피력한 것이라 볼 수 있다."

이처럼 부모에 대한 자녀의 효는 지역과 시대를 초월하고 종교를 초월한 보편적인 가치와 윤리로 자리매김하고 있는 것을 알 수 있다.

갑오년(1594)에는 당항포해전이 한 번 있었고 전쟁은 계속 소강 상태였다. 그 때는 일기를 기록한 횟수도 많아졌고, 갑오년에는 11월 29일부터 12월 그믐까지 약 1개월분만 누락되어 있으며, 갑오년에 어머니를 그리워하거나 안부를 확인했던 기록은 21회나 기록되어 있다. 일기가 기록된 11개월을 기준해 볼 때 한 달에 평균 2회 정도 확인하고 있었으니, 최소 보름에 한 번씩은 어머니의 안부를 묻거나 확인했다고 보인다.

중국은 2013년 7월 1일 60세가 넘는 부모에 대해 자식이 정신적 재정적 지원을 해야 한다는 '노인권익보장법'을 발효했다. 이 법에 따르면 부모와 떨어져 사는 자식들은 '정기적'으로 부모를 방문해야 한다. 만약 그렇지 못할 경우에는 매달 부모에게 용돈을 드려야 하며, 부모봉양을 피하기 위해 유산 상속권을 포기하는 것도 금지됐다. 이 법에는 직장 때문에 부모와 멀리 떨어져 사는 직원들에게는 고용주들이 일 년에 최소 20일 유급휴가를 줘야 한다는 내용도 담겨 있다.

전시가 아닌 평상시의 일상생활 속에서도 부모를 찾지 않는 오늘의 세태를 보면서 이런 내용을 법으로 제정한 중국의 입장은 충분히 수긍이 간다. 그리고 이런 사회현상은 결코 우리나라도 예외가 아니라는 것을 생각하면서 이순신의 어머니에 대한 지극한 효심이 더욱 돋보인다.

"하루 걸릴 탐선(探船)이 엿새가 지나도 오지 않아 어머님 안부를 알 수가 없어 무척 걱정스럽다."

— 《난중일기》 1595(을미년). 5. 13. —

이순신의 어머니에 대한 관심과 사랑은 누구보다 강했다. 을미년(1595) 5월 13일에 어머니의 안부를 알 수 없어 걱정스럽다고 일기에 적고 있다. 어머님이 평안하시다는 소식을 들은 것은 5월 2일로 11일이 지났고, 5월 8일 아들들의 서신을 통해 집에 불이 난 것을 알았다. 그렇다면 5월 13일을 기준으로 불과 5일밖에 지나지 않은 시점이다. 이러한 내용을 살펴볼 때 그는 전쟁터에서도 일주일만 어머니의 안부를 확인하지 못하면 늘 노심초사하고 걱정했던 것이다.

갑오년(1594) 당항포 해전을 끝으로 전쟁은 소강상태로 접어들었으며, 특히 을미년(1595)에는 전쟁이 없었다. 그래서 12월 21일부터 30일까지 열흘 정도 일기가 빠져 있고 연중 가장 확실하게 일기를 기록한 해로 볼 수 있다. 어머니에 대한 그리움과 안부를 갈망하는 이순신의 마음을 직접 확인해 볼 수 있는 자료로 당시 조선의 전쟁지휘를 총괄했던 체찰사(體察使) 이원익(李元翼)에게 보낸 편지를 한 번 살펴보자.

"저에게는 올해 여든 하나 되신 어머니가 계신데, 임진년 초무렵에 가족이 흩어질까 걱정되어 뱃길로 어머니를 아산에서 순천으로 모셔다 피난살이를 했습니다. 그 때는 단지 모자가 서로 만나는 것만으로도 다행으로 생각했습니다. 이듬해 명나라 군사의 힘에 밀린 왜적들이 도망가자, 떠돌던 백성들이 모두 자기 고향을 그리워하게 되었습니다.

저 역시 맡은 군무의 일 때문에 3년이 넘도록 어머니를 안전하게 모시지 못하고 시간만 보내다 오늘에 이르렀습니다.

그러나 음흉한 적들이 온갖 꾀를 부리니, 이 나라 한 모퉁이에 모여 나라를 지키고 있는 우리 수군의 임무가 어찌 가벼운 일이겠습니까? 또한 용렬한 제가 수군통제사라는 무거운 소임을 맡고 그 직무를 욕되게 하거나 허술히 해서는 안 된다고 생각합니다. 그리고 상부의 명령 없이 관할지역을 벗어날 수 없기 때문에 부질없이 어머니 걱정만 하고 직접 어머니를 찾아뵙고 위로해드리지 못하고 있습니다.

대개 부모들은 '자식이 아침에 나가 돌아오지 않으면 문밖에서 먼 곳을 바라보며 자식을 기다리신다.' 하거늘 하물며 제가 어머니를 뵙지 못한 지 3년이나 되었으니 어머니께서 저를 걱정하는 마음이 얼마나 크시겠습니까? 얼마 전 하인 편으로 보낸 어머니 글 속에 '늙은 몸이 병이 나날이 심해지니 내가 살 날이 얼마나 남았겠느냐, 죽기 전에 네 얼굴 다시 한 번 보고 싶구나.'라고 하셨습니다. 남이 들어도 눈물이 흐를 말씀이거늘, 하물며 자식인 저의 심정은 어떠하겠습니까? 그 편지를 받고 마음이 착잡하여 다른 일이 손에 잡히지 않습니다.

제가 1583년(39세) 함경도 건원보 권관으로 있을 때, 부친께서 돌아가시어 천리 밖에서 문상한 일이 있습니다. 부친께서 살아계실 때 약 한 첩 제 손으로 달여 드리지 못하고, 영결조차 못한 일이 평생의 한이 되었는데, 이제 어머니 연세가 여든이 넘으시어 마치 해가 서산에 기운 듯한데, 이러다 하루아침에 다시 모실 수 없는 슬픔을 만나는 날이 오면, 저는 또 한 번 한없는 불효자식이 될 뿐더러 어머니께서도 지하에서 눈을 감지 못하실 것입니다.

생각하건대, 왜적들이 우리와 화친을 청함은 터무니없는 일이며, 또 명나라 사신이 내려온 지 여러 달이 되었습니다. 그러나 아직도 왜적들이 바다를 건너갈 기색이 없으니 닥쳐올 환난이 이전보다 심할 듯합니다. 그러므로 이번 겨울에 어머니를 찾아뵙지 못하면, 봄에는 왜군의 재침에 대비할 일에 감히 군영을 떠나기 어려울 것입니다. 하오니 체찰사께서 어머니를 찾아보고자 하는 저의 심정을 헤아리시어 며칠의 말미를 주신다면 배를 타고 어머니를 찾아봄으로써 어머니 마음을 위로해 드렸으면 합니다. 그리고 제가 군영을 떠난 후 변고가 생기면 즉시 돌아와 왜군을 방비하는 중대한 일을 그르치는 일이 없도록 하겠습니다."

이 편지는 1596년 8월 5일 보낸 것으로 추정되며, 체찰사 이원익으로부터 8월 8일 회답을 받고 8월 12일 어머니를 찾아뵌다. 이순신은 4형제 중 셋째였는데, 자신이 발포만호(36세)였을 때 둘째형 요신이 사망하고, 43세로 녹둔도 둔전관으로 근무 시에 큰형 희신이 사망하였다. 그리고 자신이 수군통제사로 근무하고 있을 때 막내동생 우신은 처와 함께 사망하였다. 그러다보니 이순신은 한 집안의 생계를 책임지게 되었고, 어머니는 남편과 세 아들을 자신보다 앞서 보낸 박복한 여인이었다. 이런 이유 때문에도 이순신은 홀로 되신 어머니에 대한 연민과 안타까움이 지극한 효심으로 나타난다.

이순신 어머니와의 상봉(십경도 현충사 제공)

그는 어머니의 건강과 근황을 수시로 확인하기 위해 한산도에서 멀지 않은 여수 고음내로 어머니를 모셔다 놓고 어머니의 안부를 확인한다. 특히 매일 같이 여수 앞바다와 남해안을 순시하는 탐후선을 통해 적의 활동에 대한 보고도 받았겠지만, 어머니의 근황도 이들 탐후선을 통해 확인하고 있다. 일기에 기록된 내용을 살펴보면 7월 30일 탐후선을 통해 어머님이 안녕하시다는 것을 알았다. 80세가 넘은 어머니에 대한 염려와 안타까움 등이 일기 곳곳에 묻어나 있다.

이처럼 그의 효는 정신적인 효와 물질적인 효를 반복적으로, 그리고 지속적으로 시행하고 있었다. 이러한 그의 효심은 모든 사람들에게 덕으로 다가갔으며, 이러한 덕은 그의 리더십으로 나타난다.

공자는 《논어》 위정편에, "덕으로써 정치를 한다는 것은 비유하면 북극성이 제 자리에 있음으로써 뭇 별들이 그 별을 중심으로 모여 있는 것과 같다(爲政以德, 譬如北辰, 居其所而衆星共之)."라며 가장 이상적인 정치는 덕으로써 백성을 다스려야 한다고 말하고 있다. 결국 이순신의 효행은 덕으로 표출되어 그의 덕을 추종하는 사람들이 북극성을 향해 모여드는 은하수처럼 수많은 추종자들의 지지와 호응을 얻었다.

이를 증명할 사례로 삼도수군통제사에서 파직되어 의금부에 구속되어 생사가 불투명한 위기에 몰렸으나 류성룡, 정탁 등의 조정대신들과 정경달, 나대용 등의 부하들 그리고 많은 지인들과 백성들의 호소와 구명운동 덕분에 죽음의 문턱에서 극적으로 살아난다.

또 하나의 사례는 칠천량 해전에서 조선수군이 궤멸되어 버리고, 다시 삼도수군통제사로 보직 받은 지 40여일 만에 수군을 재건하여 명량해전을 승리로 이끈다. 이러한 승리의 배경에는 과거 생사고락을 함께하면서 전장을 누볐던 부하들과 남해안 백성들의 절대적인 지지와 협조가 없었다면 이루기 어려웠을 것이다. 이 모두가 효를 통한 덕의 리더십 결과이다.

4. 모친상

그는 아버지와 형들이 일찍 돌아가시는 바람에 조카들까지 챙기면서 부모노릇을 하게 된다. 그의 이러한 지극한 가족 사랑의 배경에는 일찍 돌아가신 아버지와 형들의 빈 자리를 본인이 지켜내야 한다는 책임감도 크게 작용했을 것이다. 이 또한 본인 스스로 효에 대한 투철한 자세와 효심이 있었기에 가능했을 것이다.

"아침밥을 먹은 뒤에 어머님께 하직을 고하니, '잘 가거라, 나라의 치욕을 크게 씻어라.' 하고 두 번 세 번 타이르시며 이별하는 것을 조금도 탄식하지 않으셨다." ─《난중일기》 1594(갑오년). 1. 12. ─

갑오년(1594) 1월이면 전쟁이 한창이던 시기다. 보통 사람들의 어머니 같으면 생사를 가늠할 수 없는 전쟁터로 자식을 내보내면서 목 놓아 울고, 가지 않으면 안 되느냐고 매달릴 수도 있었을 것이다. 그러나 그의 어머니는 아들에게, "나라의 치욕을 크게 씻어라." 하고 두 번 세 번 당부한다. 이러한 어머니의 유지는 결국 이순신의 삶 속에 자신의 사명감으로 더욱 결의를 굳게 다지는 계기가 되었을 것이다.

오늘날 높은 공직에 있는 사람들이 자기 자식들을 군에 안 보내려고 국적까지 바꾸어 가면서 병역의무를 기피하는 모습을 보면서 우리 후손들은 420여 년 전의 이순신 어머니보다 국가관이 훨씬 뒤떨어지지 않았나 하는 생각이 든다.

그러나 아무리 왜구에 대한 적개심을 가지고, 어머니의 유언을 지키고 싶어도 백의종군하는 처지에서 국가가 그를 다시 기용해 주지 않는다면 아무것도 할 수 없는 형편이었다. 그러나 원균의 삼도수군통제사 임명과 이순신의 파직은 정유재란으로 시작된 일본과의 전쟁을 또 다른 국면으로 몰아가고 있었다.

당시 삼도수군통제사로 보직된 원균은 선조로부터, "부산에 웅크리고 있는 적을 공격해 궤멸시켜라."라는 집요한 압박을 받고 있었다. 그리고 충분히 준비하지 못하고 등 떠밀리듯 출전한 1597년 7월 16일 칠천량 근해에서 일본군에게 대패하고 만다. 이 전투는 개전 이후 최초로 조선수군이 일본 수군에게 패한 전쟁이고, 제해권을 일본수군에게 송두리째 넘기는 뼈아픈 전투가 되고 말았다.

〈이순신 연구회〉에서 발행한 《이순신과 임진왜란》에서 칠천량해전 패배를 놓고 이렇게 기술하고 있다.

"선조의 시각에서 보면 칠천량 해전은 '어명으로 치른 해전'이었고, 고니시의 시각에서 보면 '모략과 뇌물로 치른 전쟁'이었으며, 권율의 입장에서 보면 '곤장(어명에 따라)으로 치른 해전'이었다. 또 원균의 시각에서 보면 '자포자기로 치른 해전'이었다. 그리고 원균을 두둔한 대신들의 입장에서 보면, '당쟁을 제물 삼아 치른 해전'이었다."

그러나 칠천량 해전의 승패의 책임은 모두 원균에게 있다고 본다. 어떤 과정을 거쳐서 삼도수군통제사의 막중한 임무를 맡았으면, 최소한 주어진 범위 안에서 부하들과 가용한 전력을 활용하여 전투에서 승리하는 것이 장수된 자의 도리이며 본분이다. 그러나 원균은 자기 자신에게도 충실하지 못했고, 부하들과 함께 전술토의를 하고 전승을 모의해야 할 운주당에 첩을 불러들이고 장수들과 부하들의 접근을 막았다. 그러니 자연히 언로가 차단당하고, 승리를 강구할 그 어떤 방책도 논할 수 있는 분위기가 조성되지 못했다.

그리고 전장에 나가면 가장 중요한 것이 적정을 탐색하여 적의 동태를 파악하고, 그에 따라 아군의 거취와 작전을 구사해야 하는데도 불구하고 적정 탐색에도 소홀해 적이 쳐놓은 그물 속으로 들어가고 말았다. 원균의 이런 실책은 삼도수군통제사로 보직되기

전 경상우수사로 보직되어 근무하고 있을 때도 똑같은 실책을 되풀이하고 있었다.

조선수군의 요충지이고 가장 넓은 책임 지역을 맡은 장수로서는 당연히 부산 앞바다와 멀리 대마도가 보이는 먼 바다까지 탐후선을 내보내 적의 동태를 파악하고 있어야 했다. 특히 당시는 일본이 전쟁을 일으킬 것이란 흉흉한 소문이 나돌고 있었던 시점이고, 부산 왜관에도 어느 순간 일본사람들이 모두 철수하고 한 사람도 남아 있지 않았다고 한다.

조금만 눈 밝고, 귀가 열린 장수였다면 이런 사태를 꿰뚫어보고 대비책을 강구했어야 했다. 만약 그랬다면 임진왜란은 7년을 끌지 않고 개전 초에 부산 앞바다에서 끝나버릴 수도 있었으리라. 그렇다면 오늘날 원균은 조선을 구한 영웅으로 역사에 한 페이지를 차지하고 있지 않았을까? 그러나 원균은 아무런 대비책도 준비하지 않았다.

왜란이 일어난 임진년 4월에도 전쟁이 발발했는데도 아무런 대비책 없이 수수방관하고 있다가 아군 어선단이 적을 피해 항구로 귀향하고 있는 것을 보고 적이 대규모로 몰려오고 있다고 판단하고 싸울 생각은 엄두도 내지 못하고 고작 아 수군의 전함을 자진해서 침몰시키고 수군을 해산시켜버린다. (류성룡의 《징비록》에 기록된 글).

훗날 원균은 선무공신 1등으로 이순신, 권율과 함께 같은 반열에 오른다. 그러나 원균은 조선의 일등공신이 아니라 일본수군의 일등공신으로 올라야 하지 않았나 싶다. 이런 한심한 장수를 천거하여 임명한 선조와 그를 두둔한 대신들도 그 책임을 면할 수 없을 것이다.

아무튼 원균의 칠천량 패전 이후 조선 조정은 빠르게 움직였다. 정유년의 일기를 살펴보자

"잠시 개었다. 홀로 수루(戍樓)의 마루에 앉아 있으니 그리운 마음이 사무친다. 비통할 따름이다. 이날 밤 꿈에 임금의 명령을 받을 조짐이 있었다."　　　　　—《난중일기》 1597(정유년). 8. 2. —

"맑음. 이른 아침에 선전관 양호(梁護)가 뜻밖에 들어와서 교서(敎書)와 유서(諭書)를 전해 주는데, 그 내용이 곧 삼도수군통제사를 겸하라는 명령이었다."　　　　—《난중일기》 1597(정유년). 8. 3. —

백의종군 중에 도원수 권율의 부탁으로 칠천량해전의 현장을 둘러보고 대책을 강구하던 중 이순신은 복직을 계시하는 꿈을 꾸고, 다음날 통제사에 재임명한다는 선조의 교지를 받는다. 다음은 선조가 내린 교서(敎書)이다.

"왕은 다음과 같이 이르노라.

아! 나라가 의지하여 보장(保障)으로 생각해온 것은 오직 수군뿐인데, 하늘이 화(禍) 내린 것을 후회하지 않고 다시 흉한 칼날이

번득이게 함으로써 마침내 우리 대군(大軍)이 한 차례의 싸움에서 모두 다 없어졌으니, 이후 바닷가 여러 고을들을 그 누가 막아낼 수 있겠는가. 한산을 이미 잃어버렸으니 적들이 무엇을 꺼려하겠는가. ……그러나 이 일을 책임질 수 있는 사람은 위엄과 지혜와 재능에 있어서 평소 안팎으로 존경을 받던 이가 아니고는 이런 막중한 임무를 감당해 낼 수 없을 것이다. 생각건대 그대의 명성은 일찍이 수사(水使)로 임명되던 그날부터 크게 드러났고, 그대의 공로와 업적은 임진년의 큰 승첩이 있은 후부터 크게 떨쳐 변방의 군사들은 마음속으로 그대를 만리장성처럼 든든하게 믿어왔었는데, 지난번에 그대의 직책을 교체시키고 그대로 하여금 죄를 이고 백의종군하도록 하였던 것은 역시 나의 모책(謀策)이 좋지 못하였기 때문에 그렇게 된 것이며, 그 결과 오늘의 이런 패전의 욕됨을 만나게 된 것이니 더 이상 무슨 말을 하겠는가! 더 이상 무슨 말을 하겠는가! (尚何言哉! 尚何言哉!). 이제 특히 그대를 상중(喪中)에 기용하고 또 그대를 백의(白衣) 가운데서 뽑아내어 다시 옛날같이 충청·전라·경상 3도수군통제사로 임명코자 하니, 그대는 부임하는 날 먼저 부하들을 불러 어루만져주고 흩어져 도망간 자들을 찾아내어 단결시켜 수군진영을 만들고 나아가 형세를 장악하여 군대의 위풍을 다시 한 번 떨치게 한다면 이미 흩어졌던 민심도 다시 안정시킬 수 있을 것이며, 적들 또한 우리 편이 방비하고 있음을 듣고 감히 방자하게 두 번 다시 들고 일어나지 못할 것이니, 그대는 힘쓸지어다.……"

— 상중에 삼도수군통제사를 임명하는 교서(起復*授三道水軍
統制使教書) 1597(정유년). 7. 23. —

*기복(起復) ; 기복 출사(起復出仕)의 준말로, 상중(喪中)에는 벼슬을 하
  지 않는 것이 관례로 되어 있으나, 국가의 필요에 의하여 상제의 몸으로
  상복을 벗고 벼슬자리에 나오게 하는 일.

교서 내용에서 보듯이 많이 뉘우치는 선조의 모습이 보인다. 자
신이 파직시켜 심문까지 해가면서 죽이려고 했던 부하장수에게
자신의 잘못을 뉘우치고 상중임에도 임무를 맡아서 수행해 달라
는 국왕의 애절한 교서 내용이다.

결국 이순신은 어머니의 상중임에도 선조의 삼도수군통제사의
어명을 거절하지 못하고 받아들인다. 그 이면에는 어머니의 유언
을 지켜 드리기 위한 마음도 함께 내포되어 있었을 것이다. 다시
삼도수군통제사로 보직 받아 조선수군을 재건하는 바쁜 가운데에
서도 어머니를 생각하는 절절한 마음이 《난중일기》에 기록되어
있다.

"흐리고 비가 올 조짐이 있다. 홀로 배 위에 앉아 그리운 어머님 생
각에 눈물지었다. 천지간에 나 같은 사람이 또 어디 있으랴. 아들 회
(薈)가 내 심정을 알고 몹시 아파했다."
— 《난중일기》 1597(정유년). 9. 11. —

정유년 9월 11일이면 삼도수군통제사로 재임명된 지 약 한 달쯤 지난 시점이다. 칠천량 해전(漆川梁海戰)에서 궤멸되어 해체된 수군 재건에 혼신의 힘을 다하면서 왜군의 추격을 따돌리면서 전쟁을 이끌어가는 매우 고단한 시기였다. 문득 배 위에 홀로 앉아 장례식도 제대로 치러드리지 못하고 아쉽게 보내드린 어머니를 생각하니 만감이 교차되었을 것이다.

당시의 시류나 관례로 본다면 백의종군 길에 나선 이순신의 처지를 배려하여 모친상을 치르도록 조치해 주었어야 했다. 왜란이 발발하여 관군들은 육지에서 일본군에게 제대로 싸워보지도 못하고 함경도와 평양까지 적에게 내주고 말았지만, 이순신의 조선수군은 5년 동안 일본수군을 격멸하고 남해안의 제해권을 장악하여 전쟁의 양상을 바꿔놓았다. 이런 공과만 놓고 봐도 이순신은 충분히 그런 대우를 받아도 타당했다. 그러나 선조나 조정 대신들 중에 누구도 이순신에 대한 배려를 검토하지 않았다.

당시는 부모상을 당하면 관직에 나가 있더라도 3년 상을 치르는 것이 당연한 관례였다. 어머님의 장례일은 최초 7월 27일로 정했다가 8월 4일로 연기되었다. 평소 아들의 건강과 안위, 그리고 나라의 위급한 상황을 생각해서 나라의 큰 적을 무찌르라는 어머니의 간곡한 부탁의 말씀도 함께 생각했을 것이다. 이런 여러 가지 복잡한 감정과 함께 어머니 생각에 눈물지은 아버지 모습을 보고 아들 회(薈)가 아파하는 마음도 담고 있다.

아마도 아들로서는 태산같이 장중하고 믿음직스럽던 아버지가 아녀자와 같이 눈물 흘리는 약한 모습이 참으로 가슴 아프고 안쓰러웠을 것이다. 그러나 어머니를 그리는 이순신의 마음은 어머니에 대한 회상의 눈물이었지만, 스스로 마음을 다잡고 수군의 재건과 적에 대한 적개심으로 굳어졌을 것이고 그의 마음은 명량해전을 준비하는 데 혼자만의 결의의 시간이 아니었나 싶다.

5. 어머니의 유언

이순신은 어머니로부터, "적을 무찔러 나라의 치욕을 크게 씻어라."는 유언을 가슴에 새기고 임진왜란의 가혹한 시련을 극복하고 있었다. 그러나 적의 간계와 잘못된 시류에 몰려 파직되고 의금부에 구속되어 죽음의 고비에서 구사일생으로 살아나 백의종군하고 있었다. 그리고 원균이 칠천량해전에서 패하고 나자 다른 대안이 없는 조정은 이순신을 다시 기용한다.

정유년 8월 3일에 삼도수군통제사로 보직 받아 40여 일 만에 흩어져 버린 조선수군을 재건하고 13대 330의 절대적 열세를 극복하고 명량해전을 승리로 이끌어 조선수군의 건재를 과시하고 제해권을 장악하였다. 해가 바뀌어 1598년 7월 18일부터 19일에는 기습 공격해온 일본군을 절이도(折爾島, 지금의 거금도居金島) 앞바다에서 공격해 65척의 적선을 격파하고 승리를 거둔다.

그리고 그 해 10월 초순에 히데요시의 사망 소식이 전달되면서 전쟁양상은 새로운 국면으로 접어든다. 일본군은 본토에서 11월 중순까지 강화를 체결하고 귀국하라는 명령이 내려졌다. 전쟁을 끝내고 귀국하려는 일본군과 명나라군의 대표 격인 유정(劉綎)이 강화조약을 체결하기 위해 협상을 진행하였다.

그리고 협상 결과는 일본군이 명나라에 예교성(曳橋城)과 수급 1,000급을 바치는 조건으로 유정과의 강화를 체결하고 유정으로부터 인질 40명을 넘겨받았다. 그리고 강화협상을 한 이후 고니시 유키나가 측과 유정의 서로군은 시장(市場)을 열고 물물교환을 하는 어처구니없는 짓을 하고 있었고, 이 강화교섭에 조선은 빠져 있었다.

이런 역사는 6.25 때도 똑같이 반복되었다. 우리 땅에서 벌어진 전쟁이었는데도 전쟁 당사국인 나라는 강화협상에 나가보지도 못하고 그들의 이해타산만 갖고 그들끼리 협상하고 타협했으니 참으로 기가 막힐 일이다. 왜 조선의 조정은 앞장서서 협상을 주도하고 육군과 수군이 협공하여 그들을 성안에 묶어두고 일본과 협상하여 전쟁배상금을 받아내지 못했을까? 안타깝고 자존심 상한 일이다.

당시 이런 강화 협상분위기는 함께 싸운 명나라 수군제독 진린(陳璘)에게 영향을 주었으며, 이순신에게도 창과 조총을 보내며 퇴로를 열어달라고 요청하였다. 그러나 이순신은 '단 한 명의 적도 살아서 돌아갈 수 없다.'는 적개심과 분노에 명나라 수군도 함께 가세하여 일본군의 퇴로를 차단하고 적의 섬멸에 나선다.

협상을 주도한 명나라 지상군 사령관 유정은 자신의 이익만을 탐하고 전쟁을 조기에 끝내고자 일본군의 퇴로를 열어주자고 제안한다. 그러나 유정의 제안이 잘못된 협상이라며 이순신은 그 부당성을 제시하면서 명나라 진린 도독을 설득한다.

노량해전의 격전지로, 세계4대 현수교로 꼽히는 이순신대교(여수시청)

조선을 7년간이나 초토화시키고 조선 백성 수만 명을 죽인 죄를 용서할 수 없다는 그의 마음속에는 7년간 함께 생사고락을 하다가 유명을 달리한 부하들과 가장 아끼고 사랑했던 셋째아들 면(葂)의 원수를 갚아야 한다는 의무감도 함께 가지고 있었을 것이다. 그리고 그 내면에는 어머니가 남긴 유언이 가슴을 강하게 짓누르고 있었다.

6. 효(孝, Hyo) 리더십

부모와 자식의 관계를 이어주는 가치이자 덕목을 효(孝, HYO : Harmony of Young & Old)라고 한다. 이러한 효에 기초한 리더십은 하모니를 추구하게 하는 모든 리더십의 실마리라고 할 수 있다. 이순신의 이름자에 새겨진 효의 의미와 함께 그의 삶 속에서 부모님에 대한 지극한 효심과 효행의 모습은 자신의 몸에 밴 효의 리더십이라고 볼 수 있다.

누구나 살아가면서 부모님의 유지를 받들어 실천하고 지켜내는 것은 결코 쉽지 않은 일이다. 동양 최고의 역사서인 《사기》를 쓴 전한(前漢)의 사마천(司馬遷)도 아버지 사마담의 유언을 지켜내기 위해 죽음보다 치욕스런 궁형(宮刑)을 당하면서도 살아남아 역대 중국 정사의 모범이 된 기전체(紀傳體)의 효시가 된 역사서 130편 52만 6,500자를 죽간에 새겨 남겼다.

사마천이 아버지 사마담에 대한 효심이 없었다면 과연 이처럼 혹독한 시련을 견뎌내고 역사서를 쓸 수 있었을까? 이순신과 사마천 두 사람 모두 부모님에 대한 지극한 효심이 있었기 때문에 부모님의 유언을 지키기 위한 효행의 모습이 '효의 리더십'으로 완성되었던 것이다.

제2부. 땅의 기운을 빌리다! (地)

땅의 기운을 빌리다! (地)

《손자병법(孫子兵法)》지형편(地形編)에, "통형(通形)·괘형(掛形)·지형(支形)·애형(隘形)·험형(險形)·원형(遠形)의 6가지 지형(地形)이 있다."고 하였다.

첫째, 통형(通形)의 지형은 나도 갈 수 있고(가기 쉽고), 적도 올 수 있는(오기 쉬운) 곳으로 통형에서는 먼저 높은 양지바른 곳에 위치하여 양식의 보급로를 이롭게 해두고서 싸우면 유리하다. 이순신은 한산도에 삼도수군통제영을 설치하여 지형의 이점을 극대화한다.

둘째, 괘형(掛形)의 지형은 나아갈 수는 있으나 되돌아오기 어려운 곳을 말하며, 괘형에서는 적의 대비가 없으면 나아가 이기도록 하고, 만약 적의 대비가 있어서 나아가 이기지 못하게 되면 돌아오기가 어려우며 불리하다. 대표적인 예가 대비하지 못하고 있다가 적의 기습에 걸려 대패한 원균의 칠천량 해전이다.

셋째, 지형(支形)은 내가 나가도 불리하고, 적이 나와도 불리한 곳을 말한다. 이런 지형에서는 비록 적이 나를 이롭게 하더라도 나가지 말고, 오히려 적을 유인하여 물러나 적으로 하여금 반쯤 나오게 한 후 이를 공격하면 유리하다. 대표적인 예로 견내량에서 일본수군을 유인하여 한산도 앞바다에서 준비된 학익진으로 적을 격파한 한산해전이다.

넷째, 애형(隘形, 양측이 산간협로인 곳)에서는 아군이 먼저 위치하게 되면 반드시 충분한 병력을 배치하여 적을 맞이하고, 만약 적이 먼저 위치한 상태이고 병력이 충분히 배치되었으면 들어가지 말고, 충분히 배치되지 않았으면 들어가서 싸운다. 대표적인 예는 적을 좁은 울돌목의 물골로 끌어들여 승리를 거둔 명량해전이다.

다섯째, 험형(險形, 험한 곳)의 지형은 아군이 먼저 위치하면 반드시 높고 양지바른 곳을 차지하여 적을 맞이하고, 만약 적이 먼저 위치했으면 유인하여 물러나야 하며, 들어가지 말아야 할 지형이다. 대표적인 예는 1598년 11월 8일 새벽 조명연합군이 노량 근해에 집결하여 대비하지 못하고 있었던 일본수군을 이른 새벽에 기습 공격하여 대승을 거둔 노량해전이다.

여섯째, 원형(遠形, 멀리 떨어진 곳)의 지형으로 이해득실이 균등하므로 싸움 걸기가 어려우니 먼저 싸우면 불리하다. 적의 도발을 기다려야 한다. 대표적인 예는 정유재란 발발 시 도해해 오는 일본장수 가토 기요마사를 잡으라는 조정의 지시를 이행하지 않은 사례다.

제대로 준비하지 못하고 먼 바다로 나갔다가 자칫 잘못되면 오히려 적의 기습을 당할 수가 있고, 대군을 이끌고 출전했다가 정박할 곳도 없는 바다 위에서 준비된 적의 복병에 걸리면 이 또한 패할 수밖에 없으니 이순신으로서는 섣불리 출전할 수 없는 경우였다.

이처럼 그는 지형의 장단점을 고려하고, 아군과 적군의 군세를 정확히 파악하고 지형의 특성을 고려하여 승리할 수 있는 방안을 도출하여 적용하였다.

신토불이(身土不二)란 말이 있다. 사람의 육체와 그 사람이 태어난 고장의 토양은 뗄 수 없이 밀접한 관련이 있다는 뜻이다. 하다못해 나무 한 그루도 살 수 있는 토양이 있고 살 수 없는 토양이 있다. 지구온난화로 기온이 상승하였다고는 하나 아직도 강원도 북부지방에서는 감나무가 자라지 못하고 매실 같은 나무도 열매가 제대로 맺지 못한다.

우리나라의 산림 식생대는 크게 세 부분으로 나뉜다. 제주도의 저지대와 남해안 일대는 난대림지역, 한반도 지형의 대부분의 지역은 온대림지역, 그리고 높은 산지는 아한대림지역으로 구분된다. 최근 지구온난화로 인한 산림식생변화를 예측한 결과 우리나라의 대표적인 상록침엽수종인 소나무, 잣나무, 구상나무, 가문비나무들이 줄어들고 그 자리를 상록낙엽활엽수가 대체되었다고 한다.

조선 명종 때 제작된 수군의 주력함인 판옥선을 제작했던 나무는 우리 산하에 지천으로 자라고 있던 소나무였다. 그러나 향후 지구온난화로 침엽수종인 소나무가 사라지면 앞으로는 조선시대처럼 소나무로 건조된 배를 찾아보기 힘들 것 같다.

이순신은 소나무로 구축된 튼튼한 판옥선으로 일본전함 아타케부네(安宅船)나 세키부네(関船) 등을 격침시켰으며, 남해안의 리아스식 해안과 변화무쌍한 조류의 흐름을 이용하여 전쟁을 승리로 이끌었다.

이처럼 그는 우리 땅에서 자란 나무와 남해바다의 지세와 자연, 그리고 바닷물의 흐름까지도 아군의 전력으로 활용하였으며, 이미 준비된 조선의 화포와 편전 등의 활용을 극대화하여 연전연승의 쾌거를 이루어냈다. 이러한 땅의 기운을 빌린 지혜와 혜안(慧眼)은 군을 지휘하는 지휘관이나 직장의 리더들뿐만 아니라 세계를 무대로 뛰고 있는 산업역군과 경제 CEO 들에게도 현장에서 접목시켜야 할 꼭 필요한 덕목이라고 본다.

한 마디로 그는 우리 땅의 형상과 지형의 특성을 최대한 활용하였고, 땅의 기운을 빌려 승리를 일군 현명하고 눈 밝은 지장(地將)이었다.

전함 5

제1장. 무적함대 조선수군

"맑음. 아침밥을 먹은 뒤에 배를 타고 거북선의 지자포(地字砲)
현자포(玄字砲)를 쏘았다. 어제 배돛을 가지고 왔던 순찰사의 군
관 남한(南僴)이 살펴보고 갔다. 정오에 동헌으로 나가 활 10순을
쏘았다. 관아에 올라갈 때 노대석(路臺石)* 놓인 것을 보았다."

　　　　　　　　　　— 《난중일기》 1592(임진년). 4. 12. —

그리고 그 다음날 임진왜란이 일어났다.

*노대석(路臺石) ; 말을 타거나 내릴 때 발을 디디는 돌, 관청이나 사가
대문 앞에 두었다.

1. 일본수군

조선은 200년간 외침(外侵) 없이 평화가 계속되다 보니 명나라 이외의 다른 나라들에 대한 대외정세에 대해서는 아는 것이 아무 것도 없었다. 하다못해 바다 건너 이웃나라 일본에 대해서도 알려고 하지도 않았고, 그들 나라에 대한 관심도 없었다. 선조 24년 (1591) 2월 전라좌수사로 부임한 이순신이 수군전력을 보강하기 위해 거북선을 건조할 계획을 가지고 나대용이 제안한 거북선 설계도를 첨부하여 조정에 장계를 올려 전함을 건조하겠다고 건의하였다. 그러자 조정에서는 상상을 초월한 답신이 내려왔다.

"일본은 섬나라 오랑캐로 물에 익숙한 족속이다. 우리가 아무리 애써도 수전(水戰)에서는 저들을 당할 길이 없다. 반대로 우리는 육전(陸戰)에 강하다. 그런즉 거북선은 논할 것이 못되고, 그대도 장차 배를 버리고 육지에서 종사할 생각을 하라."

전쟁을 총괄 지도하는 비변사(備邊司)에서 조선 제일의 명장으로 이름을 떨치던 신립(申砬)의 주장을 받아들여 이 같은 결론을 내렸다고 한다. 조선군은 육전이 강하다고 주장한 신립은 누구인가? 북방 국경선에서 여진족을 상대로 말 타고 전쟁을 치르면서 조선 제일의 장수로 명성을 떨치던 인물이다. 그러나 이런 주장을 한 것을 보면 평소 일본에 대한 식견도 없고 정보도 없이 자기의 주장만 강한 인물이었던 것 같다.

전쟁 발발 소식을 접한 조선의 조정은 4월 17일 이일(李鎰)을 순변사(巡邊使)로 삼아 상주에서 적을 막도록 조치한다. 그리고 신립을 삼도순변사(三道巡邊使)로 삼아 군사의 모든 권한을 주면서 일본과 맞서 싸우도록 지시한다. 당시 조정에서는 부산을 점령하고 한성으로 공격해 올라오는 일본군을 저지하라고 8,000여 명의 정예 용사를 주어 남쪽으로 내려 보냈다.

신립은 내려가던 도중 지형정찰을 위하여 천혜의 요충지 문경새재에 진을 구축하여 적을 차단하자는 종사관 김여물과 부하들의 의견을 무시한다. 그리고 충주 탄금대에 배수진을 펼친 후 기병으로 적을 괴멸시키겠다는 복안을 수립한다. 그러나 전투 당일 비가 내린 전장은 진흙구덩이로 변해 기병은 제대로 기동도 해보지 못하고 한나절 만에 전투다운 전투 한번 제대로 해보지 못하고 일본군의 조총 앞에 무참히 궤멸되어 버리고 신립 자신도 전사하고 만다.

반면 수전에 익숙하다는 일본군은 이순신이 지휘한 조선수군에 연전연패하면서 임진왜란의 판도가 바뀐다. 당시 일본은 자신들의 나라에서 치열한 통일전쟁을 100년 동안이나 치렀으나 수군의 역할은 미미했다. 원래 일본수군은 그동안 우리에게 왜구로 지칭되던 일본 연해안의 해적 떼들이 그 뿌리다.

조선과 중국 연해안에 침투해 살인과 약탈을 자행하던 그들이 임진왜란 때는 지역의 세력을 장악하고 있던 다이묘(大名) 집단에 편입되어 임진왜란에 참전하게 된 것이다. 그러다보니 그들은 전국시대에도 해상에서 상대방과 전투를 벌여 상대 수군을 격멸시킨다든가 제해권을 장악하는 등의 해전개념이나 해양전략 등의 개념은 갖고 있지 못했다. 고작 한다는 것이 적의 보급로를 차단한다든지 보급품을 운반하는 정도의 미미한 역할에 그치고 있었다.

1592년 4월 12일 일본군의 선봉대로 부산 앞바다에 나타난 700여 척의 함대는 병력과 전투물자를 수송하는 수송선에 불과했다. 이러한 일본수군의 능력과 역할을 사전에 파악하고 있었다면, 그날 밤 부산 앞바다에서 하룻밤을 보내는 일본 선봉대를 야간에 기습 공격하여 임진왜란은 7년이 아닌 하루 만에 끝날 수도 있었다. 그래서 주변국들에 대한 올바른 정보가 필요하고, 그들의 동태를 파악하고, 능력을 꿰뚫어보고 충분히 사전에 대비책을 강구할 수도 있었을 것이다.

2. 판옥선과 안택선

일본수군도 조선수군과 마찬가지로 강화 교섭기에 전력을 증강했다. 임진왜란 초에는 지휘함은 대형 군선인 아타케부네였고, 대부분의 군선은 소형함선인 세키부네 위주로 건조하여 조선을 침공하였으나, 이순신의 수군에게 연전연패하면서 조선의 판옥선과 대적할 대형 군선인 아타케부네 위주로 전투선을 건조한다.

당시 일본수군은 군선 건조 전문가인 구키 요시다카(九鬼嘉隆)를 중심으로 전국적으로 군선을 건조하도록 한다. 최고 통치자인 도요토미 히데요시의 지시로 전국의 다이묘들에게 각각 몇 척씩 할당하여 주고 군선을 건조하도록 하였다.

그리고 군선을 건조하기 위해 도요토미 히데요시는 도쿠가와에게 선박 건조용 쇠못을 대량 조달하는 책임을 맡겼다.

참고로 당시 이순신이 건조한 거북선도 판옥선을 참고하여 제작했기 때문에 거북선의 길이가 34.2m, 폭이 10.3m인 것을 보면 배의 크기도 조선수군의 판옥선과 거의 비슷한 정도였다. 그러나 외형적으로는 대등할 정도의 크기의 선박이었지만, 그 내면을 들여다보면 조선의 판옥선과 거북선에 비해 일본군선은 단점이 많았다.

우선 배를 건조한 목재에서부터 조선과 일본의 함선 강도가 달랐다. 조선의 산하에서 자란 소나무가 일본열도에서 자란 속성수인 삼나무보다 재질이 더 단단했고, 특히 바닷물에서 염분을 흡수하게 되면 소나무로 제작된 조선의 전함들이 강도가 훨씬 더 단단해졌다. 그리고 조선의 전함들은 건조 시 쇠못을 일체 쓰지 않고 짜맞춤 공법으로 제작된 선박이다.

이런 선박들은 물을 흡수하면 나무가 팽창하여 틈새를 더 강하게 조여주어 더욱 더 견고해진다. 반면 일본군선은 쇠못을 사용했기 때문에 바닷물에 오랫동안 노출되면 염분에 쇠못이 금방 녹이 슬어버리는 단점이 있었다. 전함을 건조한 재질인 나무의 강도와 선박건조기법의 차이로 배의 내구성면에서도 조선의 전함들이 일본전함들보다 훨씬 더 단단했다.

일본 전함 중 가장 규모가 큰 아타케부네(순천향대 이순신연구소 제공)

배의 형태도 배 밑바닥이 V자로 건조된 일본군선은 속도는 빨랐으나, 급회전하기가 힘들고, 누각을 높게 설치하여 무게중심이 배 위쪽에 있어 급회전 하거나 파도가 심하면 전복될 확률도 높았다. 그리고 V자형의 배 바닥은 수심이 깊지 않은 연해안 바다나 암초가 많은 해안에서는 통행이 제한되었다.

명량해전의 예를 살펴봐도 결국 이런 협수로의 특성 때문에 대형 군선들은 명량해협에 들어오지 못하고, 소형 군선인 세키부네 133척만 명량해협에서 이순신 함대와 결전을 벌이게 된다. 더욱이 이들 소형 군선인 세키부네는 배가 작고 약해 함포도 탑재할 수 없는 군선들이었다.

반면에 조선의 전투함 판옥선은 배 밑바닥이 평평한 평저형의 U자 형태이고 선체는 사각형을 이루고 있다. 이러한 선박의 특성 때문에 회전반경이 좁고 기동성이 탁월하여 한반도 연해안에서 운용하는 데 매우 효과적이었다. 수심이 얕은 연해안에서도 출입이 가능하고, 배를 쉽고 빠르게 회전시킬 수 있는 장점을 가지고 있었다. 그리고 함포를 탑재한 조선의 판옥선은 전투력 면에서도 일본수군을 압도하고 있었다. 바로 이런 아 수군의 장점과 일본수군의 약점을 간파한 이순신은 울돌목을 명량해전의 주전장으로 선택한다.

3. 맞춤 전략

1591년 2월에 전라좌수사로 부임한 이순신은 전쟁에 대한 대비에 돌입한다. 판옥선을 정비하고 진지들을 하나하나 정비해 나갔다. 그리고 전장에서 사용될 총포와 화약, 활 등을 준비하면서, 긴급 상황 발생 시 신속한 보고를 위해 봉수대 정비와 보강에도 심혈을 기울인다. 그러나 가장 큰 관심을 가지고 준비한 것은 남해 연안바다의 특성을 파악하여 적과 어떻게 싸울 것인지의 방안을 강구하는 것이었다.

바다 한가운데 위치한 섬나라 일본의 바다는 수심이 깊어 우리의 바다와는 많은 차이가 있다. 이러한 우리의 남해바다 특성을 꿰뚫어보고 이를 잘 활용했을 때 전장에서 승리할 수 있었기 때문이다.

〈뿌리깊은 나무〉에서 발행한 《한국의 발견》 전라남도 편을 보면, 전라좌수영이 위치한 전라남도는, "우리나라 섬의 65%가 모여 있는 섬의 왕국이다. 유인도 705개, 무인도 2,195개, 도합 2,900개에 이른다. 또한 해안선의 길이도 육지 쪽은 2,212km, 도서 쪽은 3,886km로 모두 6,098km로 우리나라 전체 연안선의 35%에 이른다."

물론 조사 시점이 1980년으로 현재는 다리가 놓여 섬에서 육지가 된 돌산 같은 곳도 있고, 많은 유인도의 주민들이 빠져나와 무인도가 된 섬들도 더 늘어났을 수도 있다. 그러나 해안지형은 그때나 지금이나 크게 변하지 않았다.

그리고 전라남도 지역 남해안에서는 밀물이 서쪽으로, 썰물이 동쪽으로 흐르고, 그 서해안에서는 밀물이 북쪽으로 썰물이 남쪽으로 흐른다. 또한 조수간만의 차이도 동해안보다 커서 목포지방에서는 5.5m 정도 되지만, 그 북쪽에서는 6.4m나 되는 곳도 있다. 주변 섬들은 조수간만의 차가 3~4.3m 사이를 오르내린다.

이런 수많은 섬들과 긴 해안선, 썰물과 밀물에 따라 변하는 극심한 간만조의 차이는 수군 운영에 밀접한 영향을 미치며, 특히 이러한 지형과 조류의 특성을 잘 알고 아군에게 유리하게 활용한다면 또 하나의 전투력으로 활용할 수도 있었다.

그 대표적인 예가 임진왜란 시 경상도 해역으로 최초 출전한 옥포해전에서부터 물길의 달인 어영담(魚泳潭)을 중용한 이유이다. 이런 남해안의 특성을 활용하여 해전에서 승리를 거둔 한산해전이나 명량해전 등의 사례는 이순신의 수군 전투력을 극대화할 수 있는 지형의 특성과 조류의 흐름까지도 면밀히 분석하여 적용한 대표적인 사례들이다.

그리고 이순신은 주력함인 판옥선과 새로 건조한 거북선에 함포를 탑재시키면서 판옥선에는 16개의 총혈(銃穴, 총 안구)을, 거북선에는 14개의 총혈을 뚫어 현자총통을 설치했다. 거북선 머리에서 유황연기를 피우는 것이 아니라 총혈에 설치된 현자총통에서 포를 발사한 이후 나온 화염이다. 이처럼 판옥선과 거북선 전방과 양 측방에 설치된 현자총통은 전장에서 그때그때 상황에 맞춰 배를 이동하면서 작전에 적용하였다.

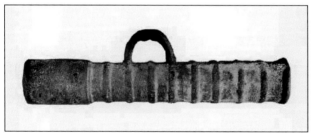

현자총통
(보물 제885호)

특히 조선의 판옥선과 거북선은 배 밑창이 유선형으로 설계되어 있어서 일본 전함보다 쉽게 배의 방향을 전환할 수 있는 장점이 있었다. 거북선이 돌격선의 임무를 띠고 적진 속으로 파고들 때는 전함의 방향을 수시로 바꿔가면서 전방과 좌우측에 설치된 함포를 적시에 발사하면서 돌격했다.

그리고 판옥선도 적 선단과 원거리에서 교전했을 때는 좌우측으로 방향을 쉽게 돌려가면서 함포세례를 퍼부어 적선을 격침시킨다.

물론 원거리에서는 대장군전이나 천자포 같은 장거리 화포로 먼저 적선을 공격하고 이어서 현자총통이나 불화살을 쏘아서 적선을 불태우고, 근거리에서는 비격진천뢰 등을 이용하여 적의 대량살상을 노렸다.

혹자들은 조선의 판옥선이 일본전함보다 중후장대(重厚長大)하여 튼튼하지만 속도는 느렸고, 일본전선은 속도는 빠른 반면 튼튼하지 못해 조선의 전선과 부딪치면 일본전함이 깨졌기 때문에 조선의 전함이 일본전함을 부딪치는 충파전술로 이순신의 수군이 연전연승했다고 주장한다.

그러나 아무리 일본전함이 튼튼하지 못하다 하더라도 배와 배가 부딪치면 적선도 피해가 가겠지만, 그 충격에 의해 아군 전함도 피해를 입을 수밖에 없다. 이러한 충파전략을 사용하지 않았다는 근거는 이순신의 해전에서 조선의 전함이 침몰하거나 파괴된 사례가 단 한 건도 없었다는 사실이 이를 잘 입증하고 있다. 다만 정박해 있는 적선을 공격해 들어가다가 썰물 때문에 미처 배가 빠져나오지 못한 사례는 두 건이 있었다.

그리고 그는 실전을 통한 전투경험을 토대로 해전전술을 정립한다.

1단계 : 적정 파악을 통해 어떻게 싸울 것인지를 먼저 결정한다.
2단계 : 적의 위치와 주변지형을 분석해 전투 장소를 선정한다.
3단계 : 전투 장소와 적의 위치를 고려해 유인작전과 기습작전을 병행하여 사용한다.
4단계 : 거북선의 돌격과 판옥선의 협공에 의해 먼저 적의 지휘선을 무력화시킨다.
5단계 : 판옥선의 총통공격에 의한 적 함선을 파괴한다.
6단계 : 활이나 조란탄(鳥卵彈)을 이용하여 적을 사살한다.
7단계 : 화공(火攻)에 의해 적선을 불태운다.

이처럼 이순신의 전략은 화포와 총포, 그리고 불화살을 날려 적선을 깨뜨리고 불태워버리는 전략을 구사하여 승리를 계속 이어나갔다.

4. 판옥선의 등장

고려수군을 계승한 조선수군은 규모 면에서 당시 세계최고 수준이었다. 고려가 망하기 직전인 1389년(창왕 1년) 2월 박위(朴葳) 장군에 의해 최초의 쓰시마 정벌이 이루어졌는데, 이때 동원된 전투력은 함선이 100척 이상이었고, 병력은 1만여 명 내외였다. 그리고 조선은 1396년(태조 5년) 첫 번째 쓰시마 정벌을 단행했고, 두 번째 쓰시마 정벌은 1419년(세종 1년)에 이루어졌다.

당시 동원된 전투력은 《세종실록》에 따르면 함선은 227척, 병력은 1만 7,285명, 식량 65일분을 준비했다. 이종무(李從茂)를 삼군도체찰사로 한 정벌군은 쓰시마에 도착해 왜군 114명을 참수하고 포로로 21명을 잡았으며 가옥 1,939호를 불태웠다. 그리고 선박 129척을 노획했고, 중국인 포로도 131명을 구출했다.

단종 때 발간된 《세종실록지리지》에는 군선의 수가 829척이고, 병력은 5만 402명으로 기록되어 있으며 성종 때 편찬된 《경국대전》에는 군선은 739척이고 병력은 4만 8,800명으로 기록되어 있다. 이 두 가지 기록을 놓고 볼 때 조선 초기에 수군병력은 5만 명 선, 전함은 800여 척 정도 보유하고 있었던 것으로 판단된다.

《민족문화대백과사전》에, "조선시대 초기에 나타난 군선(軍船)은 문헌상으로는 대맹선(大猛船), 중맹선, 소맹선 등 세 종류이며, 당시 해안의 각 진포에 배치되어 있던 척수는 대맹선 81척, 중맹선 195척, 소맹선 461척, 무군(無軍) 소맹선(小猛船) 245척 등 모두 982척이 있었다고 한다. 그러나 이 맹선들은 원래 세조 때 군용과 조운(漕運)에 겸용할 수 있도록 규격을 통일한 병조선(兵漕船)이어서 몸집이 둔하고 기동력도 떨어져 군용으로 쓸 수 없다는 논란이 있었다."라고 기술하고 있다.

이런 가운데 중종과 명종시대에는 왜구의 침입이 빈번하였으며, 특히 명종 때 삼포왜란(三浦倭亂), 사량왜변(蛇梁倭變), 그리고 을묘왜변 때에는 당시 보유하고 있던 맹선들이 제 구실을 하지 못하자 새로운 전투함 개발이 필요하게 되었다.

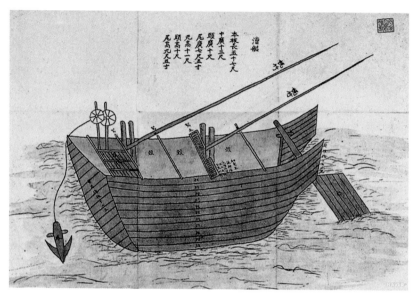

맹선(猛船)

그래서 1555년(명종 10년) 9월 획기적인 판옥선 시제품이 만들어졌으며, 그 후 10여 년 동안 대대적으로 건조한 전선이 판옥선으로, 임진왜란 발발 27년 전까지 건조가 모두 완료된다. 그동안 조선의 주력 함선이었던 맹선은 역사 속으로 사라지고 판옥선으로 세대교체가 이뤄진다. 이때 개발된 판옥선은 임진왜란 때 크게 활용되었던 주 전선(戰船)으로 조선시대의 대표적인 전투함으로 왜구의 침략에 대비한 맞춤형 전함이었다.

기존의 맹선은 평선(平船)으로 같은 공간에 전투원과 격군(格

軍, 노 젓는 사람)이 함께 있다 보니 전투병의 활동도 제한되고, 특히 격군이 노출되어 있어 전투 중일 때 전사하거나 부상을 당할 수도 있었다. 격군이 피해를 입게 되면 전투함이 제대로 기동할 수 없는 문제점이 있었고, 더 큰 문제는 배의 선체가 낮아 왜구들이 자신들의 배에서 바로 아군의 전함에 뛰어내리거나 쉽게 올라올 수가 있어 아군 전함의 갑판 위에서 근접전투를 할 수밖에 없는 단점을 가지고 있었다.

판옥선(순천향대학교 이순신 연구소 제공)

그러나 새로 건조한 판옥선은 배의 구조를 2층으로 만들어 1층에는 노를 젓는 공간으로 격군들만 활용할 수 있어 적으로부터 그들은 보호를 받을 수가 있었다. 외부로부터 그 어떤 방해도 받지 않고 본연의 임무인 배의 기동만 책임지므로 배의 속도를 유지할 수 있었다. 그리고 1층 위에 상판을 덮은 2층은 전투병들의 전투 공간으로 사전에 포를 배치할 수 있고, 배의 난간인 여장(女墻 ; 성)*을 세워 전투병들을 보호할 수 있도록 하였다.

*여장(女墻) ; 성벽 위에서 적의 공격으로부터 은신할 수 있는 방패의 역할을 하면서, 활이나 총을 쏘기 위해 구멍이나 사이를 띄워서 쌓은 작은 성벽으로, 삼국시대부터 만들어져 활용된 것으로 보인다.

결과적으로 이처럼 배의 구조가 2층으로 되어 배의 선체가 높아질 수밖에 없었고, 여장을 높여 전투병의 노출을 방지하고 배의 선체가 과거 맹선에 비해 2배 이상 높아짐으로써 왜군의 장기인 등선 육박전술이 먹혀 들어가지 않았다.

그리고 갑판 중앙에 따로 2층 누각의 지휘소를 설치하여 지휘관의 시야를 확보함으로써 효과적인 지휘가 가능해졌다. 그리고 배의 크기도 과거의 대맹선이나 일본의 군선은 최대 80명밖에 승선할 수 없었으나 판옥선은 125명까지 승선할 수 있었다.

이순신은 이런 견고한 배 위에 조선의 다양한 화포들을 탑재할 수 있었고, 화포발사 시 반동과 충격도 극복할 수 있었다. 또한 탑재한 포를 높은 위치에 설치하여 유리한 자리에서 적에게 포격을 가할 수 있는 이점도 갖게 되었다.

그때 만든 판옥선은 견고하고 장대하여 일본의 전투함보다 튼튼하고 막강한 화력을 탑재할 수 있었다. 이런 판옥선은 훗날 임진왜란 때 개발된 거북선의 모형이 되었고, 조선 후기까지 주력함으로 남아 있었다. 1592년 임진왜란이 발발하자, 조선수군은 네 차례 출동에서 총 16회의 크고 작은 해전을 치른다.

제1차 출동 시 전라좌수영군과 경상우수영군의 통합 함선세력은 91척이었는데, 첫 번째 해전인 옥포에서 만난 일본함선은 30여 척이었고, 두 번째 합포에서 만난 일본함선은 5척이었다. 그리고 세 번째 적진포(赤珍浦)에서 만난 일본함선은 13척이었다. 제1차 출동에서 세 번 치른 옥포, 합포, 적진포에서 각각 91대 30, 91대 5, 91대 13의 전투를 벌인 것이다.

2차 출동 시에는 판옥선, 거북선 등 전투함만 도합 26척이었다. 첫 번째 사천에서 만난 일본함선은 13척이었으며 두 번째 당포에서 만난 적은 21척이었다. 결과적으로 아군이 적보다 우세한 전력을 유지한 26대 13, 26대 21의 전투였다.

처음으로 당포해전에서 일본전함과 비슷한 26대 21척의 대결이었으나 해전의 결과는 조선 함선은 단 한 척도 파괴되지 않은 반면 일본군의 함선은 21척 모두 파괴되어 수장되었다. 전투함의 우수성뿐만 아니라 전투력의 질적 측면에서도 조선수군의 전투력이 일본수군보다 우세했음을 보여준 해전이었다. 이순신은 당포, 당항포해전에서는 거북선을 앞세워 적의 지휘선을 집중 공략하여 적의 지휘체계를 마비시켜 적을 격멸하였다,

한산도 해전에 참여한 조선의 함선은 모두 58척이었고, 일본의 함선은 73척으로 58대 73의 수적으로 열세인 상태에서 적을 유인

해 한산도 앞바다에서 학익진으로 적을 포위 격멸한다. 전투 결과
는 일본 함선 58척이 격파되었으나 조선 함선은 단 한 척도 파괴
되지 않았다. 그리고 한산해전에서 일본수군 전사자는 대략 9,000
명 정도로 추정되는데, 조선수군의 전사자는 50여 명 정도에 불과
했다.

한산대첩은 육전의 행주대첩, 진주대첩과 함께 임진왜란 3대첩
으로 꼽힌다. 그리고 한산대첩에 대한 세계의 평가는 기원 전 48
년에 있었던 그리스 살라미스해전, 1588년 영국의 칼레해전, 1805
년 영국 트라팔카 해전과 더불어 세계 4대해전의 하나로 평가받
고 있다.

단 13척의 함선으로 133척과 대적했던 명량해전에서도 일본함선
은 31척이 격파되었지만 조선함선은 한 척도 격파되지 않았다. 전
사자는 일본수군은 최소 2,500여 명으로 추정되는데 조선수군은
30명 미만에 불과했다.

5. 거북선

이순신은 전라좌수사로 부임하고 나서 전투준비를 차근차근 해
나가면서 조선수군이 해전에서 승리할 수 있는 방법을 계속 고심
했다. 일정한 거리를 두고 활을 쏘아 적을 사살하거나, 불화살로
적선을 불사르거나, 포를 이용해 전선을 격침시키는 방법은 없는
지 부단히 연구하였다.

그리고 포를 전선에 탑재시켜 적선을 격침시키는 획기적인 발상을 하였으나, 어떻게 하면 포의 명중률을 높여 적에게는 치명적인 타격을 주고 아군의 피해는 최소화하는 방법에 대해 부임한 날부터 계속 고심하였다. 그러나 이런 이순신과 똑같은 고민을 하고 평소 연구에 연구를 거듭해 획기적인 방법을 발견한 사람이 나타났으니 그가 바로 나대용이다.

나대용(羅大用)은 1555년 나주에서 태어났고 일찍부터 칼과 창을 쓰는 솜씨가 뛰어난 사람이었다. 그는 고향 나주에 살면서 왜구의 끊임없는 행패를 보다 못해 무인의 길로 나서기로 결심하여 1583년 28세에 무과에 급제한다. 그러나 무과에 급제한 나대용은 봉사라는 미관말직에 보직되어 근무하였으나 강직한 성격과 사교적이지 못한 성품으로 당시의 시류와 근무 풍토가 마음에 들지 않아 관직을 그만두고 낙향한다.

낙향 후 동생 나치용과 함께 왜구를 물리칠 방법을 연구해서 고안해낸 것이 거북선이다. 그리고 1591년 왜구가 대대적으로 침입해 올 것이라는 소문을 듣고 고심해 오던 차 이순신이 전라좌수사로 부임해오자 그를 찾아간다. 나대용은 이순신을 만나서 거북선 건조에 대한 제안을 한다. 나대용의 제안을 받은 이순신은 "나의 동지를 얻으니 더 이상 기쁠 수가 없소." 라고 하면서 거북선 건조에 대해 의견을 듣게 된다.

당시 분위기는 일본에 다녀온 통신사들의 첩보 가운데 부사 김성일의 의견을 받아들여 일본은 침략하지 않을 것이라는 조정의 공론이 굳어져 전쟁준비는 이루어지지 못하고 말았다. 그런 중에서도 홀로 전쟁대비를 게을리 하지 않은 이순신은 독단으로 거북선을 건조하게 되면 조정에서 가만히 있지 않을 것이란 생각이 들어 전라감사 이광(李洸)에게 "배를 만들어 조정에 진상할 것이오."라고 보고하여 불필요한 오해를 사지 않도록 조치한다. 그리고 곧바로 나대용을 전라좌수영의 조선(造船) 담당 장교인 감조군관으로 임명하여 거북선 제작에 착수한다.

이순신의 지시를 받은 나대용은 1591년 3월부터 거북선 건조를 시작하여 1년이 지난 1592년 2월에 조정으로부터 거북선에 사용할 돛베를 수령한 기록이 보인다. 이런 배경에는 류성룡과 일부 조정 대신들이 힘을 실어주었을 것으로 추정된다.

"맑았지만 바람이 거세게 불었다. 동헌에 나가 공무를 보았다. 이날 거북선에 쓸 돛베 29필을 받았다."
— 《난중일기》 1592(임진년). 2. 8. —

1592년 2월 8일이면 이순신이 전라좌수사로 부임한 지 1년의 시간이 흐른 뒤였다.

그는 1591년 2월 13일 전라좌수사로 부임하였고, 나대용에게 그 해 3월부터 거북선을 제작하도록 임무를 부여하였다. 오늘날 같았으면 정부에서 먼저 거북선 제작의 필요성에 대한 찬반 의견수렴을 먼저 하고, 설령 찬성하였다 하더라도 예산을 반영시키고 나면,

빨라야 이듬해에나 예산이 배정되어 추진할 수 있는 사업이다. 이러한 절차와 과정 그리고 배를 건조하는 시간 등을 따지자면 최소 3년에서 5년은 지나야만 배를 건조하여 전장에 투입할 수 있다.

그러나 당시 조선은 이런 체계와 절차 자체도 제대로 정립되어 있지 않았고, 설령 제도가 정립되어 있다 하더라도 조정에서는 배를 건조할 경제적인 능력이 없었다. 그리고 조정에서 거북선 건조에 대한 찬반의견을 물었다면 국가안보라는 차원에서 접근하지 못하고 자기 당의 이익에 부합되는지부터 따지느라 해를 넘기고 있었을 것이다.

그런 이유로 이순신은 독단적으로 결심하고 지시하여 거북선 건립을 추진하였다. 그리고 자신이 판단한 대로 전장에서 비밀병기로 활용하기 위해 심혈을 기울여 거북선 건조를 추진한다. 건조에 필요한 목재와 각종 자재 등을 최우선적으로 지원하여 나대용으로 하여금 빠른 시간 내에 건조하도록 독려하여 약 11개월 만인 1592년 3월 거북선을 완공할 수 있었다.

조정으로부터 거북선에 쓰일 돛베 스물아홉 필을 받았는데, 베는 무명천으로 받았을 것이고, 무명은 40자를 한 필이라고 한다. 그리고 1자는 치의 열 배로 약 30.3cm, 무명 40자는 약 12m 길이이며 무명은 소폭과 광폭으로 나뉘는데, 소폭은 너비 28~29cm이고 광폭은 30cm 이상을 말한다. 아마도 배에 돛으로 쓰일 베였기에 광폭의 무명으로 보냈다면 폭은 최소 30cm 이상은 되었을 것이다.

거북선 건조(십경도 현충사 제공)

그렇다면 조정에서 보낸 돛베는 길이 12m 폭 30cm의 무명 29 필이라고 볼 수 있다. 한 개의 돛의 길이를 높이 12m 폭 90cm 정도로 치면 무명 3필이면 돛을 한 개 만들 수 있다고 보이는데, 배가 풍향을 안고 전진하려면 돛베는 바람에 찢어지지 않아야만 돛으로서의 구실을 할 수 있다.

그러기 위해서는 최소 2겹 내지 3겹은 겹쳐서 돛을 제작했다고 가정해 보면 돛 한 개를 제작하는 데 최소 6필에서 9필은 소용되었을 것이다. 두 겹으로 제작했을 때는 약 4~5개의 돛을 제작할 수 있고, 3겹으로 제작했을 때는 세 개의 돛을 제작할 수 있는 수량이다.

앞에서 제시된 3월 27일의 일기를 살펴보면 이때는 이미 거북선의 건조가 끝나서 전투에 투입할 수 있도록 준비를 하고 있었던 시점이다. 날씨도 쾌청하고 바람도 없고 바다는 잔잔했다. 이런 날 새로 건조한 거북선을 바다에 띄워 대포 쏘는 것을 시험하기 참 좋은 날이었다.

포의 종류에 따라 사격하면서 사거리에 따라 포가 발사될 때 배에 미치는 충격, 그리고 포사격을 위한 포탄운반과 장전, 포수들의 조준 능력과 숙달 정도 등을 시험하고 문제점 등을 도출해 보았을 것이다.

그렇다고 요즘처럼 손쉽게 구할 수 있는 포탄이나 화약이 아니었기 때문에 한 발 한 발 사격할 때마다 사거리와 제원을 정확히 측정하고 준비하지 않았을까? 이순신은 이런 치밀한 준비와 연습을 통해 실전에 활용할 수 있는 거북선의 전투능력을 배양시켜 나갔다.

조정으로부터 돛에 쓸 베를 받은 날이 2월 8일이다. 그리고 약 두 달이 지나서야 베로 돛을 만든 것이다. 이렇게 시간이 많이 걸린 이유는 이 모든 작업이 수작업이기 때문에 많은 시간과 노력이 필요했을 것이고, 또한 이 작업은 바느질솜씨가 좋은 여자들이 함께 모여서 돛을 만들었을 것으로 추정된다.

일반 전투함인 판옥선 위에 덮개를 덮고 그 위에 쇠못을 박았으니 배의 무게도 더 나갔을 것이고, 이런 이유로 돛을 더 튼튼하게 제작해야 하기 때문에 무려 두 달에 걸친 작업을 거쳐 비로소 베돛 제작이 완성되었다.

날씨가 맑은 4월 12일 아침식사를 하고 거북선의 포 시험사격한 것을 살펴볼 수 있다. 그리고 다음날 오후 5시경 부산진 앞바다에 일본군의 선봉 제1대 1만 7천여 명의 병력이 400여 척의 전함을 이끌고 조선을 침공 임진년 왜란이 발발한 것이다.

적을 막기 위한 이순신의 철저한 전투준비와 눈물겨운 정성이 하늘을 감동시켜 임진왜란 발발 하루 전에 거북선의 함포 시험사격을 모두 마치고 전투선단에 포함시킬 수 있었다. 그리고 거북선은 일본군이 가장 두려워하고 무서운 소경배(盲船)*로 불리며, 남해바다를 누비면서 조선수군의 최선두에 서서 돌격선으로 맹위를 떨친다.

*소경배(盲船) ; 왜군들은 거북선을 메쿠라부네, 즉 장님배라고 불렀다. 바깥에서 아무리 살펴봐도 배의 눈에 해당하는 것이 보이질 않아 붙여진 이름이다.

이처럼 그는 일본 함선보다 견고하고 배의 회전속도가 빠르고 수심이 낮은 지역에서도 기동이 자유로운 판옥선과 거북선을 이용해, 적과 전투할 장소와 시간을 먼저 선정하고 자신의 의도대로 전투를 이끌어 나갔다. 전투에서 주도권 확보는, 누가 먼저 승리하기에 유리한 장소와 시간을 선점하느냐에 달려있다.

그는 거의 모든 해전에서 그가 원하는 장소에서 원하는 시간에 주도권을 장악하고, 자신의 방법대로 싸워 승리를 일구어 나갔다. 그리고 단 한 번도 패하지 않고, 23전 23승을 전과를 올리며 조선 수군을 무적함대로 만들었다.

6. 셀프 리더십

셀프 리더십(Self Leadership)은 내가 원하는 방향으로 나를 이끌어가는 리더십이다. 현대 리더십은 구성원들인 팔로어가 리더의 지시에 의해서만 움직이는 것이 아니라 스스로 알아서 긍정적인 방향으로 움직이는 조직문화를 만들어야 한다는 필연에 의해 나타난 리더십 유형이다.

이 리더십은 만즈와 심슨(C. Manz and P. Slms Jr)의 공저 《슈

퍼리더십(Super leadership)》(사람들이 스스로 리드하게 만드는 리더십)이 1989년 출판되면서 관심을 갖게 되었다. 만즈와 심슨은 자기 자신에게 영향을 미치기 위해 취하는 광범위한 사고 및 행위전략으로 셀프리더십이 필요하다면서 부하들로 하여금 "자신이 원하는 방향으로 자기를 이끌어가도록 하는 것이 슈퍼리더십의 역할"이라고 강조한다. 각자가 스스로의 주인이고 리더가 되어야 진정한 조직경쟁력이 형성된다고 믿기 때문이다.

전방에서 무관으로 근무하다가 낙향하여 향리에 묻혀 있던 나대용(羅大用)을 기용하여 거북선을 건조하게 하고, 둔전을 경영하여 군량미를 해결한 정경달(丁景達), 화약제조의 1인자가 된 이봉수(李鳳壽), 정철 총통을 만든 정사준(鄭思竣), 물길의 달인 어영담(魚泳潭) 등은 슈퍼리더 이순신에 의해 자기들에게 주어진 임무를 스스로 완벽하게 수행한 '셀프 리더십'의 동반자들인 셈이다.

당시 도원수 권율(權慄)은 "이순신은 체암공(遞庵公, 나대용의 호)이 없었던들 그와 같은 무공을 세울 수 없었을 것이고, 나대용은 이순신이 아니었더라면 큰 이름을 빛낼 수 없었을 것이다."라고 하였다. 2016년 미 해군연구소(USNI)가 선정한 세계 해군사에 가장 큰 영향을 미친 7대 전함에 거북선이 선정된다.

전함 6

제2장. 세계 최강의 조선 화포(火砲)

"영국 해군이 1410년 함포를 가장 먼저 배에 싣고 운용했다고 소개하고 있는데, 우리나라는 이미 1380년에 함포를 사용해 대규모 해전을 벌여 승리했으니, 함포사격에 관한 한 우리나라가 세계에서 선구자인 셈이다."　　　　　　　　　　　　　　— 본문 중에서 —

1. 잊힌 조선의 화포

초급간부 시절, 이순신의 함경도 근무는 역경과 시련의 시기였지만 오히려 무장으로서 더욱 단단해지는 기회의 땅이었다. 그는 함경도 오지를 세 차례나 근무하였다. 그 곳의 근무경험은 이순신을 조선 최고의 무장으로 우뚝 설 수 있는 경험과 식견을 갖춘 장수로 태어나는 계기가 되었다.

그의 첫 번째 근무지 부임은 무과시험 합격하고 약 1년간 대기기간을 거친 후 선조 9년(1576) 말이었다. 당시도 오늘날과 같이 공무원시험에 합격하고도 공석이 날 때까지 기다려야 했다. 근무지는 여진족과 대치하고 있던 국경선인 함경도 동구비보(董仇非堡) 권관으로 2년간 근무한다.

권관은 무관 중에 가장 말단인 종9품으로 오늘날의 계급으로 치면 소위 계급이다. 이곳에서 초급 무관으로서 열악한 근무 여건과 매서운 한파 속에서 부하들과 동고동락하면서 국경 근무의 실체를 온몸으로 경험한 값진 경험을 마치고 선조 12년(1579) 2월에 승진과 함께 한성의 훈련원 봉사(종8품)로 보직되었다.

그러나 병조좌랑 서익의 불합리한 인사 청탁을 거절한 대가로 2년간의 훈련원봉사 직책을 다 채우지 못하고 8개월 만에 교체되고 만다. 그리고 충청도 병마절도사의 군관으로 자리를 옮기는데, 이 직책도 1년을 미처 채우지 못하고 9개월 만인 선조 13년(1580)

7월에 전라좌도의 발포만호로 파격적으로 승진한다.

만호는 종 4품에 해당하는 직위인데 문관이나 무관 모두에게 종 4품의 의미는 매우 컸다고 한다. 왜냐하면 문관들에게는 4품 이상부터 품계 명칭이 대부(大夫)가 되고, 무관들은 종4품 이상이 되어야 장군(將軍)이라는 명칭이 붙는다. 이런 경력을 미루어 볼 때 32세에 무과에 급제하여 그 해 말에 전방 권관으로 2년간 근무 후 승진하여 훈련원 봉사 8개월, 충청 병마절도사 군관으로 9개월 근무하다가 발포만호로 영전하게 된 것이다.

오늘날의 직급과 계급체계로 살펴보면 소위에서 불과 4년 만에 영관장교인 대대장급으로 보직을 받게 된 경우이다. 그러나 발포만호도 《경국대전》에 명시된 2년의 보직을 다 채우지 못하고 1년 6개월 만에 파직 당한다. 파직된 배경은 과거 훈련원봉사로 근무할 때 청탁을 들어주지 않았던 병조좌랑 서익이 군기감찰관으로 나왔다가 이순신을 모함해 파직되고 그 해 5월에 다시 훈련원봉사로 복직된다.

이는 오늘날처럼 체계적으로 보직이 이루어지지는 않았겠지만, 파직도 쉽고 복직도 쉬웠던 것 같다. 종8품에서 종4품의 직책을 수행하다가 다시 종8품으로 복직하게 되었으니 이순신으로서는 견디기 힘든 상황이었을 것으로 추정된다. 그러나 두 번째 훈련원 봉사 재직 기간도 반 년 정도에 불과했다.

발포만호 부임 이순신 기념비(해군사관학교 박물관 제공)

두 번째 함경도 근무는 해가 바뀐 선조 16년(1583) 초에 함경남도 병마절도사 이용(李庸)의 병방군관(兵房軍官)으로 차출된다. 이용의 병방군관의 보직도 오래 수행하지 못하고 그 해 3월 함경북도 건원보(乾原保) 권관(종9품)이 된다.

세 번째 함경도 근무는 선조 19년(1586) 1월에 조산보 만호로 보직된다. 그리고 이듬해 녹둔도 둔전관으로 겸직 보직을 받아 현장에서 둔전관리를 하게 된다. 선조 20년(1587) 녹둔도를 기습 공격한 여진족을 물리치고 끌려가던 백성을 구했으나 패전으로 결론이 나서 최초의 백의종군을 하게 된다.

선조 21년(1588)은 그가 함경도에서 근무한 마지막 해였다. 그해 연초에 녹둔도 침범에 대한 응징차원에서 벌어진 여진족 토벌전이 벌어진다.

그는 이 전투에서 적에 대한 보복도 해야 되고, 여기서 공을 세워 백의종군의 징벌을 면제받아야 될 전투이기도 했다. 당시 토벌부대의 규모는 약 2,700여 명으로 총지휘관은 북병사 이일(李鎰)이 맡았다. 지휘부는 이일과 그의 군관들로 구성되었고, 실제 전투는 예하부대로 구성된 좌위군(左衛軍)과 우위군(右衛軍)으로 편성된 2개 부대가 책임졌다.

그리고 좌위부대와 우위부대는 그 예하에 실제 전투를 담당할 부대로 편성되었으며, 좌우위군 부대에는 각각 화포를 담당할 '화열장(火熱將)'이란 부대가 편성되어 있었다. 오늘날 육군 편제로 말하자면 중화기 중대 정도로 보면 될 것 같다. 이순신은 우위군의 우화열장이란 직책을 맡았다. (육군박물관 소장 〈장양공정토시전부호도(壯襄公征討時錢部胡圖)〉)

이순신이 맡은 우화열장이란 직책이 갖는 의미는 토벌부대 무장 58명 중 총포를 가장 잘 아는 4명의 장수 중 한 명으로 인정받았다는 것을 의미한다. 그가 이처럼 총포에 대한 관심과 식견이 높아진 것은 이용(李庸)의 병방군관으로 참여한 '니탕개의 난'을 진압하게 된 것이 계기가 되었다.

그는 선조 16년(1583) 5월 5일 니탕개의 2만여 명의 공격으로 인해 벌어진 전투에 참가한다. 이용의 뒤를 이어 새로 부임한 김우서는 첫날 전투에서 조선군의 주 무기인 활과 창 등의 무기가 모두 고갈되자, 둘째 날에는 그동안 무기고에 방치되어 있던 승자총통을 꺼내 적의 공격을 막아낸다.

북병사 김우서가 사용했던 승자총통은 평소 무기제작에 관심이 많았던 전(前) 병사 김지(金墀)가 새로 개발한 무기로 이때 처음 사용되었다. 이 보고를 받은 선조는 이미 고인이 된 전 병사 김지의 벼슬을 증직(贈職)하고, 그의 후손에게 관직을 제수하도록 명한다. (《선조실록》 선조 16년 6월 11일)

선조는 승자총통의 가치를 알아보고 대량으로 제작해 추가 배치하려고 하였으나 재료 구하기가 힘들어지자 충청, 전라, 경상도에 있는 사찰의 종을 징발하도록 한다.

이순신은 이때 새로운 무기인 총포의 중요성을 인지하고 관심을 갖는다. 그 이후 자료를 수집하고 공부하여 총포 분야의 전문가가 될 수 있었다. 그 결과 훗날 여진족의 토벌전에서 우화열장으로 활약할 수 있게 된 것이다.

이처럼 그는 세 차례에 걸친 함경도 근무를 통해 여진족과의 전투에서 실전경험을 쌓을 수 있었고, 본인의 의지대로 작전을 전개해 적의 추장 우울기내를 생포한 전과를 올릴 수 있었다. 그러나 무엇보다 큰 자산은 승자총통으로 여진족을 물리친 현장에서 화포의 중요성을 간파했고, 녹둔도에서 둔전을 경영해 본 경험들은 훗날 전라좌수사와 삼도수군통제사로 근무하면서 수군의 지속적인 전투력 유지와 함께 일본수군을 무력화시키고 조선수군이 연전연승할 수 있었던 기반을 구축하는 계기가 되었다.

이처럼 다양한 근무경험은 이순신뿐만 아니라 오늘날 군대에서

나 직장에 근무하는 모든 사람들에게 주는 교훈이 매우 크다고 생각된다. 새로운 임무를 준다고 불평하거나 따지지 말고 새로운 임무를 통해 자신의 업무 영역을 확장하고, 훗날 그 능력과 역량 때문에 발탁되어 다른 사람들보다 능력을 먼저 인정받고 승진도 빠를 수 있었을 것이다. 때로는 추가로 수행해 본 이런 업무로 인해 자신의 운명이 바뀔 수도 있는 것이다.

조선이 개국한 이래 200년간 전쟁이 없었지만 조선개국 초에는 국가방위를 위해 다양한 화포를 개발하고 많은 화약을 준비하여 적의 침입에 대비하고 있었다. 조선의 화약제조 기술은 이미 중국을 능가했다. 《조선왕조실록》에 실려 있는 기록을 한번 살펴보자.

"화염이 하늘에 치솟고 폭음이 지축을 흔들었다."

2018년 평창 동계올림픽 개막식에서 봤던 화려하고 멋진 불꽃놀이만큼의 규모는 아니었지만, 당시로서는 대단한 볼거리였고 멋진 모습이었던 것 같다. 정확히 600년 전인 태종 18년(1418) 1월 1일 조선 한양의 궁궐 내 경복궁 근정전 뜰에서 벌어진 불꽃놀이를 기록한 글이다.

조선시대 불꽃놀이를 당시에는 화산붕(火山棚), 화붕(火棚), 화희(火戲), 방화(防火)라고 불렀으며, 이러한 불꽃놀이를 관화(觀火)라고 하였다. 불꽃놀이는 조선 초부터 연말과 연시, 그리고 외국 사신이 방문했을 때 시행되던 공식행사였다.

불꽃놀이를 하려면 화포(火砲)의 첨단기술이 뒷받침되어야 하기 때문에 당시 무기를 관장하던 군기감(軍器監)이 행사를 주관했고, 장소는 궁궐 안에서 시행되었다. 이런 배경에는 왕실의 위엄과 권위를 백성들에게 보여주기 위한 의도도 함께 내포되어 있었던 것 같다.

불꽃놀이가 가장 성행했던 때는 태종과 세종시대였다. 고려 말부터 왜구를 물리치기 위해 화포개발을 국가적인 차원에서 적극 추진했다. 이후에도 화약의 개량작업이 계속되면서 조선의 화포가 명나라의 기술을 이미 능가했다는 기록도 있다.

세종 13년(1413) 10월 15일 세종이 조정 대신들에게 명나라의 사신이 왔을 때 화포를 보여주어야 할 것인지를 묻자, "본국(조선)의 화포의 맹렬함이 중국보다 나으니 사신들에게 이를 보여주어서는 안 됩니다."라고 하며 의정부 찬성으로 근무하던 허조(許稠)가 단호하게 반대한다. 국가기밀 사항이었기 때문이다. 이처럼 조선의 화포기술은 조선 초기부터 많은 발전을 가져왔다.

그러나 조선 중기로 넘어오면서 외침(外侵)이 없고 평화시대가 계속되자 국방에 관한 대비태세가 점차 해이해지고 기강이 문란해진다. 1592년 4월 13일 부산 앞바다에서 하룻밤을 보낸 일본군의 선봉대 1만여 명을 이끌고 상륙한 왜장 고니시 유키나가(小西行長)와의 싸움에서 조선의 관문인 부산진의 첨사 정발(鄭撥)은 성안의 백성을 포함한 600여 명의 병사들과 목숨을 걸고 싸웠으나 중과부적으로 반나절 만에 성은 함락되고 만다. 당시 전쟁에 참여한 일본군 군종신부의 기록을 살펴보면 정발 장군도 화약무기를 사용했던 것으로 확인된다.

"길에는 적의 침입을 막기 위해 진지 앞에 끝이 뾰족한 쇠들을 뿌려 놓았다. 성안에는 구리로 만든 작은 포들이 2천 개나 배치 되었다. 그 중 어떤 것들은 작은 포화를 발사하기도 하고, 또 크기가 두 뼘 정도나 되는 긴 화살촉을 발사할 수 있는 것도 있었다."
　　— 스페인 신부 루이스 데 구스만《선교사 일기》(1601) —

2천여 개나 배치된 작은 포들은 승자총통 같고, 크기가 두 뼘 정도 되는 긴 화살촉은 대장군전(大將軍箭) 등의 화살촉 같다. 그 러나 전쟁이 발발하지 않을 것이란 조정의 공론 때문에 예하부대 에서의 전쟁준비에 소홀했던 것이다. 그 한 예로 4월 13일 적이 침 략해 부산 앞바다에 나타났을 때 첨사 정발은 절영도로 사냥을 나 갔다가 보고를 받고 급히 복귀한다.

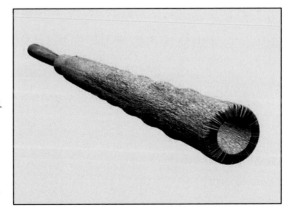

승자총통

그리고 창고에 보관되어 있던 2천여 개의 승자총통을 배치했으나 크게 위력을 발휘하지 못했다. 그리고 수적인 열세 때문에 성은 반나절 만에 함락되고 말았지만, 제대로 화약이 확보되지 못했는지, 장졸들의 훈련이 부족했는지는 모르겠으나 수많은 승자총통은 제 역할을 하지 못했던 것으로 보인다.

결과론적인 이야기지만, 조정은 사전에 3남해안의 경계진지에 전쟁준비를 독려하고, 적의 동태를 지속적으로 파악하고 있어야 했다. 특히 부산 왜관에 있던 일본사람들이 모두 철수한 이유를 확인했어야 했다.

그리고 평소 대마도 근해에 탐색선을 띄워 적의 침입을 사전에 파악하고 이상 징후 발견 시에는 즉각 봉화를 올려 전파하는 비상체계를 사전에 점검하고 강구했어야 했지만, 그날 일본군이 부산 앞바다에 나타났을 때 봉화대의 봉화는 끝까지 오르지 않았다.

조정은 일본군이 부산 앞바다에 나타난 지 사흘 후인 4월 17일 오후 4시경 경상좌수사 박홍의 장계를 받고서야 일본군의 침략사실을 알았다. 훗날 조선통신사의 부사로 일본에 파견되었다가 돌아온 김성일(金誠一)은 백성들의 민심이 동요할 것 같아서 전쟁은 일어나지 않을 것이라고 했다는 무책임한 발언을 한다.

당시 조선 최고의 용장이라는 신립(申砬) 장군이 가졌던 화약무기에 대한 인식을 류성룡이 쓴 《징비록》을 통해 한번 살펴보자.

"4월 초하루, 신립이 나의 집으로 찾아왔기에 내가 그에게 물었다. '멀지 않아 변고(變故)가 생기면 당신이 마땅히 이 일을 맡아야 할 터인데, 당신의 생각은 오늘날 적의 형세로 보아 그 방비의 어렵고 쉬움이 어떻겠소?' 그러나 신립은 대단히 가볍게 여기면서 '그것은 걱정할 것이 없습니다.'라고 하였다.

내가 '그렇지 않소. 그전에는 왜적이 다만 칼과 창만 믿고 있었지만, 지금은 조총과 같은 뛰어난 무기까지 있으니 결코 가벼이 볼 수는 없을 것이오.'라고 하자, 신립은 말하기를, '비록 조총이 있다고 하더라도 어찌 쏠 때마다 다 맞힐 수가 있겠습니까?'라고 하였다."

조선 최고의 장수로서 국방에 대해 누구보다 기대와 신뢰를 받는 자라면, 적의 조총도 한 번쯤 살펴보았어야 했고, 당시 조선이 보유하고 있던 다양한 화약무기들 또한 점검해 보고 준비했어야만 했다. 그리고 적의 진출을 차단하라는 명령을 받고 남으로 내려갔을 때 각종 화포와 조정에 가지고 있던 화약 중 일부를 가지고 내려가 문경새재에 진을 치고, 화약무기를 배치하여 대응했더라면 임진왜란은 7년간이나 끌지 않고 조기에 끝날 수도 있었을 것이다.

당시 한양도성 병조(兵曹)의 병기창고에는 무려 2만 7천 근의 화약과, 대마도주가 2년 전 선조에게 상납한 일본군의 조총 한 자루가 잠자고 있었다. 참고로 화약 2만 7천 근의 양은 이순신이

1597년 2월에 한산도에서 원균에게 통제사 직책을 인계할 때 넘겨
준 화약이 4천 근이었다. 거기에 비하면 2만 7천 근은 7배에 달하
는 엄청난 양이다. 천혜의 요새인 문경새재를 회피하고, 다양한
화포와 화약무기들을 모두 버리고 말 타고 칼 들고 전쟁놀이로 나
라를 말아먹은 장수들의 행태가 참으로 안타깝다.

이처럼 조선 태종 때부터 제작된 다양한 화포와 화약무기를 눈
멀고 귀가 먼 장수들이 외면하고 있었고, 병기창고에서 잠들어 있
던 화포를 세상 밖으로 끌어내어 임진왜란을 승리로 이끈 사람이
바로 이순신이다.

원래 화포는 육전에서 진지나 성을 방어하거나 공격할 때 주로
사용되었던 무기들이 임진란 3대첩(이순신의 한산대첩, 김시민의
진주대첩, 권율의 행주대첩)에서 조선의 다양한 화포와 신기전,
비격진천뢰 등의 화약무기들이 위력을 발휘해 전쟁을 승리로 이
끈 것은 조선의 화포와 화약무기의 우수성을 다시 한 번 입증시켜
준 것이다. 평소 전쟁에 대비하지 않고 훈련하지 않은 군대는 있
으나마나한 군대이며, 국민의 혈세만 축내는 불필요한 군대이다.

2. 조선의 화포

우리나라에서는 언제부터 화약무기를 갖게 되었으며, 누구에
의해 개발되었는지가 궁금하다. 상식적으로 우리가 알고 있는 것
은 고려 말에 최무선(崔茂宣)에 의해 화통도감(火筒都監)이 설치

된 이후 화약이 개발되었다. 그러나 화약이 발명되기 이전에도 고려에서는 화약무기를 사용했다는 기록이 남아 있다.

고려는 14세기 중엽부터 왜구의 침입이 빈번해지고 침입하는 규모가 점차 커지자 이를 격퇴하기 위하여 중국으로부터 화약무기와 화약을 수입했던 것으로 보인다. 그리고 최무선에 의해 개발된 화약과 화포무기들이 실전에 사용된 것은 고려 우왕 6년(1380) 8월 나세, 심덕부, 최무선 등의 고려 장수들은 전선 100여 척을 이끌고 가서 진포구(鎭浦口, 현재의 금강하구)에 정박해 있던 왜구들의 선박 5백여 척을 화포를 이용해 모두 불사른 것이 실전에서 거둔 최초의 승리였다. 진포해전은 세계 해전사상 함포를 사용한 최초의 해전이다.

다시 3년 뒤인 우왕 9년(1383) 5월 정지(鄭地) 장군은 전선 47척을 이끌고 왜선 120척을 추격해 남해의 관음포(觀音浦)에서 화포를 이용해 적을 격퇴한다. 이것이 고려시대 관음포 해전이다. 일본인이 쓴《함포사격의 역사》라는 책에서 저자는 영국 해군이 1410년 함포를 가장 먼저 배에 싣고 운용했다고 소개하고 있는데, 우리나라는 이미 1380년에 함포를 사용해 대규모 해전을 벌여 승리했으니 함포사격에 관한 한 우리나라가 세계에서 선구자였던 셈이다. 이렇게 볼 때 임진왜란 당시 조선수군은 함포 운용의 노하우가 200년 동안 축적된 수군이었음이 확인된다.

그러나 고려가 망하고 조선이 건국되면서 화약무기 개발은 한

동안 뜸하다가 태종 17년에 최무선의 아들인 최해산(崔海山, 1380~1443)을 군기주부로 삼아 화약과 화기를 개량하기 위한 화약감조청(火藥監造廳)을 설립하여 화약무기 개발을 주도하였다.

조선시대에 들어와서도 왜구의 침략은 끊이지 않았다. 중종 5년(1510)의 삼포왜란, 명종 11년(1555) 을묘왜변 등은 해전에서의 대형 화약무기류의 중요성을 일깨우는 동시에 조선수군의 첨단화, 정예화 시키는 데 중요한 계기가 되었다.

이들 화포는 불씨를 손으로 점화 발사하는 유통식 화포(有筒式 火砲)로 조선 태종 때 그 제조술이 개발되어 창안된 화기들이다. 그리고 세종은 군기감(軍器監)을 설립하여 넷째아들 임영대군을 책임자로 임명하여 화약무기 개량사업을 본격적으로 실시하였다. 이러한 노력의 결과는 화포의 사거리를 두 배 이상 증가시켰고, 한 번에 네 개의 발사체를 쏠 수 있는 화기와 신기전(神機箭)을 개발하고, 오늘날 포병에 해당하는 총통군(銃筒軍)을 편성하여 조선의 화기성능을 획기적으로 발전시켰다.

그러나 아쉽게도 세종 이후 후대로 넘어오면서 국방에 대한 관심이 소홀해지면서 화포에 대한 관심도 점차 멀어지게 된다.

특히 명종 때에 이르러서는 왜구와의 해전에서 대형 화약무기인 총통과 발사체인 대장군전(大將軍箭)의 효용이 증명되었다. 임진왜란 때 주력무기로 사용되었던 천자(天字)·지자(地字)·현자(玄字)·황자(黃字) 총통은 대개 명종 10~20년(1555~1565) 사이에 만들어졌다. 이때 개발된 화포들이 임진왜란 당시 이순신이 사용해 수군이 연전연승했던 총통들이다.

그러나 30여 년 후 임진왜란 발발 초기, 일본군의 조총 앞에 대책 없이 무너지면서 이미 개발되어 병기창고에서 잠자고 있던 화포들을 꺼내 활용할 줄 아는 장수들이 없었다.

또 하나 안타까운 것은 설령 화포들의 존재와 중요성을 알고 있다 하더라도 사전에 교육훈련이 제대로 되어 있지 않고, 화약이 준비되지 않으면 활용할 수도 없었을 것이다. 대표적인 예가 개전 초 부산진성이 함락된 후 2,000여 정의 총통들이 성에서 발견되었으나 활용되지 못한 것은 훈련부족이나 화약을 사전에 준비하지 못했기 때문일 것이다.

다행히 이순신은 선조 16년(1583) 1월에 함경도 육진(六鎭)에서 니탕개의 난이 발생해 이용의 군관으로 토벌전에 참가했다가 신임 북병사 김우서가 무기고에 방치되어 있던 승자총통을 꺼내 적을 물리친 것을 보고 화포의 중요성을 인식하고 화포개발과 화약 준비에 만전을 기했다.

권율은 1593년 2월 행주산성에서 총통과 화차, 궁시 등을 이용해 3천에 불과한 병력으로 열 배나 많은 고니시 유키나가가 이끄는 3만의 일본군을 물리치는 전과를 올린다. 그러나 권율도 이순신의 수군이 개전 초 연전연승하는 모습을 보고 화포의 중요성을 깨닫고 활용했을 것이다.

그렇다면 권율은 전쟁을 총괄하는 최고 지휘관으로서 화포와 화차의 중요성을 강조하고 전군에 적극적으로 활용토록 독려해야 했다. 그리고 조정에 건의하여 한성의 병기창고에서 잠자고 있던 화약들을 모두 활용했다면 육전에서도 전쟁의 양상은 달라졌을 것이다. 유일하게 자체적으로 화약을 구워내고, 준비해 세종 때 개발된 조선의 최강 화포를 양지로 끌어내 적극적으로 활용한 사람은 이순신이었다.

3. 화포 사격훈련

임진왜란 당시 조선의 판옥선과 거북선에 탑재한 화포의 위력은 일본군의 조총과는 비교가 되지 않았다. 조총의 유효사거리가 50~60m인 데 반해, 조선의 화포들은 사거리가 1,000m 전후였다고 한다. 그리고 대신기전 같은 경우는 사거리가 무려 2.5km나 되었다. 이런 조선의 화포는 사거리 면에서나 화포의 위력 면에서 동시대 세계 최강이었다. 임진왜란보다 4년 전인 1588년에 스페인 무적함대를 물리친 영국 해군보다 객관적으로 볼 때 훨씬 더 강력한 화포와 전투기량을 갖고 있었던 것이다.

이런 막강한 조선의 함포는 일본군에게는 공포의 대상이었고, 조선수군에게는 연전연승할 수 있는 최고의 무기였다. 그러나 이러한 화포를 발사하기 위해서는 화약이 필수적으로 필요하다. 조선 세종시대부터 명종 때까지 지속적으로 개발되고 발전시켜 온 이러한 화포와 화약들이 제 기능을 발휘하기 위해서는 꾸준한 훈련과 지속적인 화약준비가 필수적인 요소였다.

그러나 선조 때에 와서 일본은 전쟁을 일으키지 않을 것이라는 조정의 잘못된 판단에 조선은 전쟁준비에 손을 놓고 있었다. 개전 초 한성이 함락되면서 버리고 간 2만 7천 근의 화약은 모두 불타버렸다. 이렇게 되니 조정으로부터 화약을 지원받을 수 없었던 전라좌수영은 결국 자체적으로 화약을 제조할 수밖에 없었다.

이런 상황에서 화약제조, 특히 염초 채취술에 능한 이봉수(李鳳壽)의 역할은 매우 중요했다. 1593년 이순신이 유황을 내려주기를 청하는 장계의 내용을 요약해 보면, "당시 전라좌수영과 각 진과 포구에 배치된 화약 량이 부족한데다가 경상도 해역으로 다섯 차례나 출동하여 전투를 치른 바람에 전라좌수영의 화약을 모두 소모했다고 보고한다.

더욱이 전라도 지역의 순찰사, 방어사, 소모사 등과 심지어 여러 의병장들과 경상도지역의 순찰사 및 수사들까지도 화약을 보급해 달라고 요청한다. 화약을 확보할 방안이 없던 어려운 판국에 그의 군관 훈련주부 이봉수가 화약제조법을 알아내어 3개월 동안 염초 1,000근을 만든 후 그 염초를 조합하여 각 진포(鎭浦)에 보급하였으나 오직 유황만은 확보할 길이 없어 조정의 지시를 기다린다."는 내용이다.

이런 사실을 놓고 볼 때 당시 조선에서는 화약 제조법이 일반화되지 못하고 있었고, 다른 진영에서는 화약을 제조할 능력이 없었던 것 같다. 그러나 이런 염초 제조법을 알고 있었던 이순신도 화약을 만드는 데 꼭 필요한 석류황(石硫黃) 이 부족하여 100여

근을 보내달라고 조정에 요청한다. 이런 이순신의 노력 덕분에 수
군은 이미 제작되어 확보하고 있었던 다양한 화포들을 효과적으
로 활용할 수 있었다.

특히 세종 때 개발된 대신기전은 사거리가 2.5km 이상 되는 것
으로 압록강 강변에 설치해 국경선을 지켰던 주요화기였다. 이런
화기들도 충분한 화약을 확보한 수군에서는 매우 효과적으로 적
선을 격침시키는 데 활용했던 것 같다.

10여 년 전에 방영된 영화 《신기전》은 세종이 개발한 비밀병
기를 두려워한 명나라가 비밀리에 조선을 습격, 화약무기 개발을
방해하는 내용을 담은 영화다. 신기전은 점화를 하면 자체 추진력
으로 날아가는 로켓형 무기다.

문종대화차(신기전)(순천향대학교 이순신연구소 제공)

2008년 4월 18일 국방과학연구소의 대신기전 재현 시험현장 모습을 살펴보자. 길이가 5.6m에 달하는 길쭉한 나무기둥처럼 생긴 물체가 날카로운 화약 연소음과 함께 하늘로 치솟아 오르자 국방과학연구소(ADD)의 시험사격장에서는 환성이 터져 나왔다.

이날 재현한 대신기전은 전근대에 개발된 세계 각국 로켓무기 중 가장 큰 편에 속한다. 세계 최초의 로켓무기는 1232년 중국 금나라에서 만들어진 '비화창(飛火槍)'으로 추정하고 있다. 그리고 1295년에 쓰인 아랍 문헌에는 당시 아랍세계에도 로켓형 무기가 있었음을 전하고 있다.

1379년 이탈리아 카이오자 성에서 벌어진 전투에서 제노아 군대는 오늘날 로켓이라는 무기의 이름의 기원이 된 로켓타(rocchetta)를 처음 사용했다. 조선시대 신기전의 뿌리는 1377~1389년에 개발된 주화(走火)로 거슬러 올라간다. 이것이 바로 세계에서 네 번째로 개발된 로켓형 무기다.

중국의 비화창 등은 크기가 겨우 60cm 내외로 작았고, 아랍의 로켓도 '스스로 날아가는 달걀'이라는 별칭에서 알 수 있듯이 그렇게 크지 않았던 것 같다. 그러나 우리의 대신기전은 길이가 5.6m에 달해 다른 전 근대적 로켓무기를 압도했다. 조선의 대신기전의 크기는 1810~1820년 사이 영국에서 개발된 길이 7.2m급 로켓이 나올 때까지 세계 각국에서 개발된 무기 중 가장 대형이었다.

이런 대신기전은 영국의 콩그레브가 제작 사용한 6파운드 로켓보다 무려 350년이나 앞서 있었다.

신기전은 해전에서 화공전을 벌이는 데도 매우 효과적인 무기였다. 이순신이 최초 출전한 옥포와 당포해전 승리 후 올린 장계 〈당포파왜병장(唐浦破倭兵狀)〉과 〈옥포파왜병장(玉浦破倭兵狀)〉에 신기전을 사용했다는 기록이 보인다.

4. 화포 전함에 탑재

화포는 성을 공격하거나 성을 방어할 때 사용하는 무기로 주로 육전에서 사용되었던 무기이다. 그런데 이런 화기를 배에다 싣고 적선을 공격하겠다는 생각은 참으로 획기적인 발상이 아닐 수 없다. 바다에 떠다니는 배는 고정되어 있지 않기 때문에 흔들리는 배 위에서 포를 설치해 적선을 맞힌다는 것은 결코 쉽지 않은 일이었을 것이다. 판옥선의 주요 무기는 대형 화약무기인 총통과 휴대무기인 화살이다.

대형 화약무기인 천자·지자·현자·황자 등의 총통의 경우 사정거리가 대략 1,000m 전후다. 그러나 총통은 발사 각도를 조정해 목표물을 조준하는 방식이었기 때문에 유효사정거리는 직사화기에 비해 훨씬 짧아질 수밖에 없다. 그러므로 판옥선의 가장 큰 문제는 명중률이었다.

기록에 따르면 총통을 사용해 전투할 경우 대개 200보 정도에 근접했을 때부터 전투가 시작되었다고 하는데, 1보를 76cm로 계산하면 200보는 대략 150m 정도의 거리다. 그러나 당시 총통의 조준방식으로는 150m에서 목표를 명중시키는 것도 쉽지 않은 일이었다. 따라서 가능하면 일본군의 조총 유효사정거리인 50~60m 정도는 피하되 최소 100m까지 접근해 사격하는 것이 아군에게는 피해가 없고 적을 타격하는 데 가장 효과적인 방법이었다.

이순신은 이런 문제를 수없이 고민하고 시행착오를 줄이기 위해 훈련을 강화하였다. 임진왜란 발발 보름 전에 시험사격을 마친 후 다시 그 때 발견된 문제점들을 또다시 보완해서 사격훈련을 한 것으로 추정된다.

조선 순조 때 박종경(朴宗慶)이 저술한 《융원필비(戎垣必備)》에 의하면 이때 사격했던 지자포(地字砲)는 천(天)·지(地)·현(玄)·황자총통(黃字銃筒) 중에서 다음으로 큰 유통식(有筒式) 중화기이다. 조선 태종 때 제작되고 세종 때 화약, 화포의 개발시책으로 성능이 개량되었다. 이후 철·동의 수집과 주조로 보완된 지자총통은 임진년(1592) 이순신에 의해 각 전선에서 주요 화기로 사용되었다.

화약 스무 량과 조난환(鳥卵丸) 스무 개를 토격(土隔, 폭발장치)으로 발사하고 또 장군전(將軍箭)을 넣어 사용하는데, 사정거리가 600m쯤 되어 적의 조총이나 화살로는 미치지 못하기 때문에 아군이 피해를 입지 않고 적을 공격할 수 있는 거리이다. 물론 포의 명중률을 높이기 위해서는 조금 더 가까이 접근해서 사격을 할 수도 있었을 것이다.

현자포는 천자총통과 지자총통 다음 단계의 유통식 중화기로 이 화기도 조선 태종 때 제작되었는데, 화약의 양에 비해 황자화포보다 성능이 떨어지고 중량이 무겁다는 이유로 세종 때 폐기가 건의되었다. 그 후 명종 때 성능이 개량되어 전쟁에 많이 사용되었다. 화약 넉 냥으로 차대전(次大箭, 대전에 바로 다음가는 箭) 일곱 근을 발사하면서 사정거리가 1.5km 정도 되었다.

이런 지자포와 현자포를 바다에서 사격하면서 거리감을 익혔을 것이고, 흔들리는 배 위에서 사격훈련을 숙달시켰던 것이다. 이런 철저한 훈련 결과는 바다에서 적선을 격침시키고 적을 소탕함으로써 아군의 피해는 미미했다.

그러나 훗날 정유재란 때는 원균이 칠천량 해전에서 조선 수군이 거의 괴멸되고, 아군의 피해가 컸던 것은 적에 대한 정보 수집에 소홀하여 적의 동태를 전혀 파악하지 못하고 있었다. 그 결과 한밤중에 적의 포위망에 갇혀 제대로 된 대응도 못한 채 화포 한 번 쏘아보지 못하고 조선수군이 괴멸되는 비참함 최후를 맞이한다.

5. 승리의 비전 제시

세계전쟁의 역사를 살펴보면 그동안 해 왔던 전쟁방식의 답습만으로는 전장에서 승리하기란 결코 쉽지 않다. 그동안 전차의 운용 사례를 살펴보면 전차는 사격을 할 때 정지시키고 나서 표적을 정조준하여 사격하고 다시 이동 하는 것이 전차사격의 관행이었다.

그러나 롬멜은 전차가 기동하다가 정지하여 사격하던 종래의 관습을 깨고, 계속 이동하면서 사격하도록 하였고, 종래의 보병부대의 지원을 위주로 운용하던 전차의 임무를 별도의 전차부대를 편성하여 속도와 결합된 강력한 화력과 충격 효과로 적에게 강력한 타격을 가하는 그 유명한 전격전(電擊戰)*의 이론을 그의 부대에 접목시켜 무적의 전차부대를 만들어 연전연승했다.

해적출신 영국 해군제독 프랜시스 드레이크(Francis Drake)도 포를 배에 탑재시킨 후 근거리에서 사격하고 화공전을 병행해 세계 최강 스페인의 무적함대를 격침시킨다.

*전격전(電擊戰, Blitzkrieg) ; 신속한 기동과 기습으로 적의 저항을 분쇄하여 전쟁을 초기에 끝내기 위한 작전이며, 제2차 세계대전 초기 독일군의 작전에서 유래되었다

1588년 7월 영국 해군과 스페인 무적함대 간에 칼레해상에서 전투가 벌어졌다. 그 후 4년이 지난 1592년 4월 조선에서는 임진왜란이 발발했다. 당시 조선수군의 전투력은 영국과 스페인 못지않은 세계적 수준이었다. 영국 해군이 10일간의 주요 전투 중에 스페인 무적함대 126척 중 직접 격침한 배는 3척에 불과했다. 스페인 해군은 대부분 도망치는 중에 나포되거나 악천후와 폭풍으로 좌

초 또는 표류하다가 함선을 잃었다.

반면 조선수군은 한산대첩에서 단 하루 전투에서만 왜선 73척 중 59척을 격침했다. 그리고 7년전쟁 동안 무려 900여 척의 적선을 침몰시켰다. 전투능력이나 전과 면에서 영국 해군은 조선수군에 비길 바가 아니었다. 그러나 전쟁 이후 두 나라의 역사는 너무나 달랐다.

세수(稅收)면에서 스페인의 10분의 1에 불과했던 영국은 칼레해전을 변곡점으로 하여 1604년 런던조약이 조인될 때까지 스페인과의 계속되는 전쟁을 통해 스스로 강해졌고, 19세기 초에는 '해가 지지 않는 나라', '세계 제일 부강한 나라'로 역사에 등장한다. 영국은 지도자부터 온 국민이 일치단결하여 국난을 극복했고, 심지어 해적까지도 장군으로 임용해 전투에 투입하는 등 총력전을 펼쳐 제해권을 장악했던 것이다.

반면 조선은 고려시대부터 개발하고 발전시킨 세계 최고의 화포들을 창고에 잠재우고 동서로 서로 나뉘어 당쟁(黨爭)에만 몰두하고 있었다. 그리고 7년 동안 전 국토가 유린되고, 조선의 수도 한성은 일본군의 부산 상륙 후 불과 20일 만에 무혈점령되었으며, 300년 후에는 일본에게 치욕스럽게 국권을 침탈당하는 아픈 역사를 기록하게 된다.

그러나 이순신은 함경도에서 근무하던 초급 간부시절부터 이미 화포의 위력과 중요성을 알고 있었기 때문에 함포를 배에 탑재시켜 공격무기로 활용하여 조선수군은 연전연승할 수 있었다.

사실 우리는 러시아를 뛰어넘는 엄청난 로켓 역사를 갖고 있었다. 전 한국항공우주연구원 원장을 지낸 채연석 박사의 말에 따르면, 무려 630여 년 전 첫 로켓무기가 나왔으며, 조선시대에 세계 최초로 1,2단으로 구성된 로켓무기를 만들었다고 한다.

기록에 의하면 세종 29년(1447) 평안도와 함길도에서만 3만 5,000여 발의 주화(走火)와 신기전을 만들었다. 당시 이탈리아의 세계적인 과학자 레오나르도 다빈치도 화약무기 상상도를 종이에 그리고 있을 때였다. 그때 우리는 이미 로켓무기가 실전 배치되어 있었다.

신기전 발사 모습(순천향대학교 이순신연구소)

조선 최고의 군왕 세종이 만든 화포와 신기전을 가지고 임진왜란을 승리로 이끈 이순신과의 시공간을 뛰어넘은 두 사람의 만남은 결코 우연이 아니라는 생각이 든다. 두 사람 다 집안에서 셋째 아들이었고, 54세의 나이로 생을 마감한 공통점을 가지고 있다. 한 분은 조선왕조 500년 역사에 최고의 군주로 자리매김하셨고, 또 한 분은 망해가는 조선을 구해 500년 왕조의 역사를 이어 주신 분이다. 고난의 역사 속에서 두 거인의 만남은 한 줄기 밝은 빛을 본 느낌이며 시대가 영웅을 만든다는 생각이 든다.

6. 비전 리더십

비전(vision)이란 시각, 환영, 이상으로 그리는 구상, 또는 미래상이라는 사전적 의미가 있다. 앤드류 J. 더블린은, "리더는 다른 사람이 볼 수 있는 비전을 창출해낸 후, 그 비전의 달성을 향해 나아가도록 지도해야 한다. 그리고 비전은 조직의 미래에 대한 진취적이고 장기적인 청사진이다." 라고 했다.

고려시대에 이미 양산 단계에 들어갔던 화약의 개발과 화약무기 등의 우수한 기술을 그대로 이어받았고, 세조와 세종시대를 거치면서 다양한 화포를 개발하여 당시 명나라를 포함한 세계 각국의 화포보다 우수한 화포를 보유하고 있었다. 그러나 조선 중기로 넘어오면서 평화시대가 도래하자 약 200여 년간 이러한 우수한 화포들은 무기창고에 방치되고 말았다.

그러나 함경도에서 여진족을 물리치면서 실전에 활용되었던 화포의 중요성을 간파한 이순신은 세계 최강의 화포를 세상 밖으로 끌어낸다. 그리고 그는 화포를 전함에 탑재하여 승리할 수 있다는 비전을 제시하고 그 대응책을 강구한다.

비전과 목표가 없는 조직은 망망대해에서 갈 곳을 모르고 떠다니는 돛단배와 같다. 그러나 화포를 전함에 탑재한 이순신의 비전과 식견은 조선수군의 연전연승의 토대를 만든다.

마키아벨리는, "지휘관에게 있어서 가장 중요한 자질은 상상력이라고 생각한다. 이 자질의 중요성은 비단 군의 지휘관에게만 한정되어 있지 않으며, 어느 직업에서나 상상력 없이 그 길에서 대성한다는 것은 불가능하기 때문이다."라고 했다. 이순신의 상상력은 화포로 무장한 세계 최강의 전선을 만들었고, 거북선을 건조하였다.

약관 20세의 알렉산더대왕의 비전은 이집트에서 인도에 걸친 대제국을 건설하여 헬레니즘과 오리엔트문화를 융합시킨 인물이 되었다. 그리고 그는 모든 백성들에게 희망을 안겨주고 짧은 30세의 일생 동안 20개 이상의 신도시에 자기 이름을 붙여 건설했다.

1969년 7월 20일 오후 4시 17분 인간이 달에 도착했다. 달 표면 위에 선 최초의 인간이 된 닐 암스트롱은 "오늘 나는 나의 작은 한 발걸음을 내디뎠을 뿐이지만 전 인류에 있어서는 위대한 도약이다."라고 감격스런 발언을 했다.

인류가 달 착륙에 성공한 이 모습은 1961년 존 F. 케네디의 꿈인 아폴로계획의 비전이 현실화된 것이다. 알렉산더 대왕이나 케네디 대통령의 꿈이 있었기 때문에 인류는 한 걸음 한 걸음씩 전진해 나갈 수 있었고, 인류는 그 꿈에 다가갈 수 있었다.

임진왜란 7년간 조선수군이 단 한 번도 패하지 않고 연전연승한 무적함대의 비결도 이순신의 위대한 '비전의 리더십' 덕분이었다.

전함 7

제3장. 발상전환의 창의력

"편전(片箭)의 활용 덕분에 적은 주워도 써먹을 수가 없었다. 크기가 작아 제작도 쉽고 물동량도 줄일 수 있었으며, 개인별 휴대량도 많아질 수 있었다. 장강의 안개 속에서 조조를 우롱하고 주유를 격동시켜 약을 올린 제갈공명보다 이순신의 아이디어와 지혜가 한 단계 위인 것 같다."　　　　　　　　　　— 본문 가운데 —

이순신은 1591년 2월 전라좌수사로 부임하면서 전쟁준비에 매진한다. 부하들의 말을 귀담아듣고, 주변의 사물과 좌수사 예하의 모든 것들을 하나하나 자세히 파악하면서 실전과 같은 상황을 머릿속에 그리며 준비했다. 그동안 아무도 생각하지 못한 획기적이고 실용적인 방법들을 적용한 새로운 아이디어로 개발해 활용한다. 몇 가지 사례들을 살펴보자,

1. 전투식량

《난중일기》를 읽다보면 유난히 눈에 많이 들어온 글귀는 자세히 살펴본다는 뜻인 볼 '관(觀)'자다. 《난중일기》 1,614일 중 30여 일을 제외하고 매일 일기 첫줄에 날씨가 기록되어 있다. 맑음, 흐림, 비 등 그 날의 기상을 기록하지만, 특히 비가 올 때에도 그냥 비라고 기록하지 않고 구체적으로 안개비, 가랑비, 소나기 등으로 매우 세세하게 구분하여 기록하고 있다. 물론 이러한 기상은 바다에서 수군의 작전에 미치는 영향이 크기 때문이었을 것이다.

몽골의 칭기즈칸이 세계를 제패할 수 있었던 가장 큰 이유는 몽고군의 빠른 기동성을 들 수 있다. 몽골 말은 철저한 훈련으로 열흘 동안 쉬지 않고 싸울 수 있는 체력과 기동성을 가지고 있었다. 그러나 강인한 말도 중요하지만 강인한 체력을 가진 전사도

필요했다. 그리고 아무리 강인한 전사라 하더라도 먹지 않고는 그 누구도 싸울 수 없다. 그래서 개발한 것이 말고기로 만든 육포를 말안장에 넣고 달리면서 목마르면 말의 젖을 짜 먹거나 말의 피를 받아먹으면서 인접 나라들을 차례로 정복해 나갔다. 이러한 전투 식량 개발은 부대이동 시 별도의 치중대나 보급부대가 필요 없고, 많은 물동량이 필요하지 않았기 때문에 신속한 기동이 가능했던 것이다.

이런 사례를 영국의 칼레해전을 통해 다시 한 번 살펴보자. 음식문화 평론가 윤덕노는 《음식 이야기》에서 이야기하고 있다.

"스페인 무적함대는 영국과의 전쟁을 치르기 위해 병력과 장비, 그리고 식량을 배에 실어야 했다. 126척의 함선 가운데 실제 전투선은 35척 정도에 불과했다. 나머지는 주로 상선을 개조한 수송선이었다. 그리고 이 함선에 대포와 총검, 화약은 물론 엄청난 군량을 실었다. 스페인의 기록에 의하면 당시 무적함대가 실었던 식량은 1,100만 파운드로, 495만kg의 빵과 4만 갤런의 올리브기름, 그리고 1만 4천 톤의 포도주, 27만kg에 이르는 소금에 절인 돼지고기를 실었다. 엄청난 군량인 것 같지만 돼지고기만 해도 해군과 육군병력을 모두 합쳐서 계산하면 1인당 지급되는 양은 5~6kg 수준에 지나지 않았다.

그렇지 않아도 상선을 개조한 수송선이 주축을 이뤘고, 거기다가 무기와 병사들이 장기간 먹을 식량을 잔뜩 싣고 떠났으니 무적함대는 이미 빠른 기동은 생각할 수가 없었다. 빠른 기동을 포기한 무적함대는 이미 무적함대가 아니었던 것이다.

반면 해적출신 드레이크(F, Drake)가 이끄는 영국 해군은 날렵했다. 기본적으로 함선의 크기는 무적함대에 비해 훨씬 작았지만, 상대적으로 민첩해 함선의 작전기동이 쉬웠고, 함포 성능 역시 무적함대보다 뛰어났다. 여기에다 15세기 말 영국 해군이 주로 싣고 다닌 식량은 비스킷이었다.

비스킷이라고 하지만 지금처럼 맛있는 과자인 비스킷과는 거리가 멀었다. 딱딱하게 말린 빵덩어리를 당시 수병들과 선원들에게는 먹는 음식이 아니라 딱딱한 장비라는 뜻의 '하드 테크(hard tack)'라고 불렸을 정도다. 문자 그대로 비스킷(biscuit, 라틴어로 두 번 구웠다는 뜻)이었기 때문에 건조하고 딱딱했는데, 빵을 두 번 구웠으니 수분이 완전 제거돼 장기보관이 가능했다.

미국 남북전쟁 때는 무려 15년이 넘은 비스킷을 지급했다는 기록도 있다. 덕분에 영국해군은 기동이 자유로웠다. 영국이 무적함대와의 해전에서 승리한 요인은 기상조건, 함포성능 등 다양한 이유와 많은 조건들이 있었겠지만, 새로운 전투식량 비스킷의 힘도 결코 빼놓을 수 없는 중요한 승리의 요소가 되었다."

전라좌수사로 부임한 이순신도 전쟁준비를 하면서 이러한 전투식량 개발에 무척 고심했을 것이다. 우리의 음식문화는 불을 피워서 밥을 지어야 하고, 국과 반찬을 준비해야 하니 그 번거로움이 큰 장애요인으로 대두되었을 것이다. 특히 나무로 만든 배의 갑판에서 불을 피운다는 것은 상상도 할 수 없는 일이고, 설령 오늘날처럼 식사를 준비할 수 있는 화덕이나 쇠로 제작된 도구가 있다 하더라도 흔들리는 바다의 배 위에서 조리를 한다는 것은 거의 불가능한 일이다. 그렇다고 밥을 먹지 않고는 전투를 할 수 없으니, 이순신으로서는 그 어떤 문제보다 시급하고 중요한 과제였을 것이다.

임진왜란 초기인 1592년과 1593년의 전투에서는 경상도 해역으로 출동하면 보통 4~5일, 혹은 일주일, 열흘씩 전투를 치르고 전라좌수영으로 복귀하였다. 최소 4~5일 동안의 작전만 고려해도 하루 세 끼의 식사를 계산하면 12끼니에서 15끼니를 먹어야 전투가 끝날 수 있었다. 그래서 그가 고심해서 만든 것이 수군들에게 꼭 필요한 전투식량 개발이다.

《이충무공전서》에 김완(金浣, 1546~1607)의 활약을 기록한 내용 중에 미숫가루를 활용했다는 것이 기술되어 있다.

"왜적의 전함과 맞서 싸울 적엔 남보다 먼저 북을 치고, 용기를 북돋아 모든 군사가 더욱 용기를 내서 싸웠는데, 그것은 김완의 노고에 힘입은 바가 많았다. 하물며 생선과 소금을 흥정하여 잘 팔고, 양곡과 미숫가루를 잘 비축하여 군사들이 배고프지 않게 한 것은 정말 놀랍다."

전투 중에 식사문제를 해결하는 것은 쉽지 않은 일이었을 것이다. 김완은 평소 전쟁이 소강상태로 전함이 출동하지 않아 진영에 주둔하고 있을 때는 미숫가루를 준비하였다가 출전 시 활용했던 사례를 엿볼 수 있다.

한국해양 전략연구소의 장학근 박사는 그의 책 《충무공 이순신의 짧은 생애, 빛나는 삶》에서 이순신이 활용한 전투식량은 '찐쌀 + 호로박 물통 + 간장에 절인 명주천'이었다고 한다.

식사 시간이 되면 찐쌀을 입에 넣어 씹어 먹고, 간장에 절인 명주천을 물에 불려 염분을 보충하고, 호로박 물통에 든 물을 마시는 것으로 식사를 하였다. 이렇게 하면 나무로 된 배 위에서 불을 피워 밥을 짓지 않아도 되고, 바다의 짙은 안개와 해수면의 습기로 군량이 상하는 것도 막을 수 있었을 것이다.

이렇게 개발된 이순신의 전투식량은 취사시간을 단축할 수 있었고, 언제든지 식사를 할 수 있는 간편성과 편리함을 동시에 충족시킬 수 있었다. 그리고 보관과 휴대가 용이하고, 일반 밥보다 영양가도 높았다고 한다. 또한 취사시간을 단축할 수 있었기 때문에 상대적으로 적보다 충분한 휴식을 취할 수 있었고, 함선의 물동량 감소로 기동성을 확보할 수도 있었을 것이다.

또 하나 중요한 것은 취사를 목적으로 불을 피우지 않음으로 해서 적에게 노출되지 않은 전술적인 이득도 함께 얻을 수 있었다. 이러한 식사문제를 식사 휴대방법과 취식방법을 바꾸어 전투식량으로 개발한 지혜와 창의적인 아이디어가 돋보인다.

2. 조선의 활

고대 동양 삼국의 전쟁무기를 살펴보면 중국은 창, 일본은 칼, 한국은 활을 주 병기로 활용했다고 한다. 그 당시 조선수군의 주 병기가 활이었다는 것을 유추해 보면 오늘날 올림픽에서 한국 양궁이 세계 최고라는 것이 결코 우연한 일이 아니고 조상들로부터 물려받은 소중한 유산인 것이다. 특히 함선 위에서 건너편 배 위에 있는 적군을 사살하는 활은 조선수군들에게는 가장 중요한 병기였다.

일본군이 가진 조총은 많은 위력을 가진 화기였지만 흔들리는 배 위에서 조준하기도 쉽지 않았고, 사거리도 50~60m에 불과했다. 개전 초에는 일본수군은 전체 병력의 10% 정도만 조총을 소지하고 있었고, 나머지는 활과 칼이 주 병기였다. 활은 화살을 날려 보내는 개인무기이고, 화살은 오늘날 소총의 실탄인 셈이다. 그러나 그 화살이 적을 살상하지 못하고 적이 주워서 아군에게 발사하면 오히려 아군이 만든 활에 의해 아군이 피해를 볼 수도 있다.

동양의 고전이며 한, 중, 일 3국에서 가장 많이 읽힌 《삼국지연의(三國志演義)》의 한 장면이 연상된다. 때는 후한 시대, 한나라를 등에 업은 조조 군과 유비와 오나라 손권이 연합해 장강에서 맞붙은 적벽대전에서 벌어진 일이다. 당시 오나라 주유와 제갈공명이 함께한 작전회의에서 주유가 화살이 부족하다고 애로사항을 토로하자 제갈공명이 부족한 화살 10만 개를 만들어 주겠다고 제 안한다.

그러자 주유는 자신보다 모든 면에서 출중한 제갈공명을 없앨 수 있는 절호의 기회라고 생각하고 이왕 약속을 했으니, 약속 불이행 시 목을 내놓겠다는다는 군령장을 쓰라고 주장한다. 제갈공명은 흔쾌히 군령장을 써준다. 군령장을 받아든 주유는 화살을 만드는 오나라의 모든 병기제조창의 문을 닫고 화살제작을 못하게 지시한다.

화살을 만들어 주겠다는 약속 날짜는 다가오는데 아무런 행동을 취하지 않는 제갈공명의 모습이 궁금해 주유는 노숙을 시켜 제갈공명이 무엇을 하고 있는지 찾아가 보도록 한다. 노숙의 이야기를 들은 제갈공명은 걱정하지 말라고 하면서 노숙에게 말한다.

"제가 요구한 날 배 스무 척과 배마다 30명의 군사만 딸려서 내게 빌려주시오. 배들은 모두 푸른 휘장으로 둘러씌우고 그 안에는 묶은 풀과 천 다발을 양쪽으로 갈라 쌓아놓으면 됩니다. 그 배와 군사들만 있으면 내게 묘책이 있어 사흘 안에 화살 10만 개를 얻어낼 것이오. 그리고 결코 이 일은 다른 사람이 알면 절대 안 됩니다."

그리고 약속 기한 사흘 전에 제갈공명은 주유에게 화살 나르는데 필요한 군사 500명을 강변으로 보내달라고 부탁한다. 그날 이른 새벽 노숙이 보내준 빠른 배 스무 척을 밧줄로 서로 묶어 조조의 진채 앞으로 노를 저어 나갔다.

그날 새벽 장강(양자강)은 짙은 안개로 한 치 앞도 보이지 않은 시계 제로 상태였다. 제갈공명은 노숙을 초청해 함께 배를 타고 조조의 진채 앞에 도착해서, 미리 준비한 북을 각 배마다 두드리며 함성을 크게 질러 대군이 기습한 것처럼 하라고 지시한다. 적의 기습이 있다는 보고를 받은 조조는 안개가 짙어 적의 복병이 있을지 모르니 강으로 나가지 말고 진지에서 활로 대응하라고 지시한다.

한참 동안 소란을 피운 제갈공명은 뱃머리를 왔던 곳으로 뒤돌리고, 또 한 차례 북을 두드리며 소란을 피운다. 그리고 이른 아침의 안개가 걷히기 전에 조조의 진채를 빠져나온다. 오나라 진영의 강변에 도착해 배의 푸른 천막 위에 잔뜩 박힌 화살을 모두 뽑아서 헤아려 보니 무려 12만 개의 화살을 얻을 수 있었다.

이처럼 화살은 내가 적을 쏘아서 살상하면 내 무기가 되지만, 내 화살이 적을 살상하지 못하고 적이 주워서 이용하면 오히려 아군에게 살상무기가 될 수 있다. 화살을 만드는 재료는 가는 시누대나 산죽, 그리고 싸리나무 가지를 이용해 불에 구워 곧게 펴고 다듬어 말리고, 화살대의 뒤쪽을 칼로 쪼개 꿩이나 맹금류의 깃털을 끼워 넣는다. 화살이 활시위를 떠났을 때 곧고 바르게 목표물을 향해 날아가게 하기 위함이다.

제대로 된 화살 한 대를 만들기 위해서 장인의 손길이 80~100번이 가는 정성과 노력이 필요하다고 한다. 이처럼 화살은 만들기도 쉽지 않고 귀하다보니 활 쏘는 연습을 하는 사대의 표적은 모두 천으로 만들었다. 무명천을 여러 겹 겹쳐서 만든 것을 솔포라 하여 이것을 표적으로 활용하면 화살이 박혀 뽑아내도 다시 사용할 수가 있었다.

그는 이런 화살의 장점과 단점을 모두 알고 있었기 때문에 이 문제를 어떻게 해결할 것인지를 고심했을 것이다. 그래서 생각해 낸 것이 '편전(片箭)' 혹은 '애기살'이다.

편전은 조선 태종과 세종시대에도 많이 활용되었고, 편전제작의 비밀이 탄로나 주변국들에게 노출되지 않도록 엄격히 관리하였다. 조선군의 비밀병기로 활용하였으나, 조선 중기로 넘어오면서 전쟁이 없어 찾는 사람이 많지 않았다.

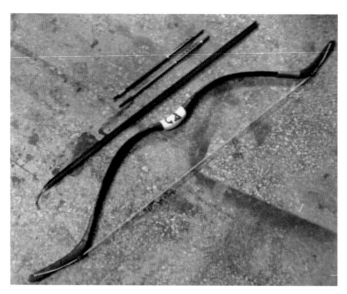
편전(방송 드라마 정조)

그러나 이순신은 배와 배 사이의 거리 때문에 사거리가 긴 활과 해풍에도 흔들리지 않고 적을 사살할 수 있는 강력한 활이 필요했다. 그리고 거기에 가장 적합한 활이 편전이라 생각하고 편전의 활용을 극대화한 결과 조선수군의 강력한 주 무기로 등장한다.

편전은, 원래 화살과 같은 크기의 속이 비어 있는 동아(筒兒) 속에 편전을 끼워 발사하면 명중률도 높고, 강도도 더 세서 살상률이 훨씬 더 높았다고 한다. 편전의 크기는 24~36cm에 불과하나 초속 70m로 날아가며, 최대사거리가 420m를 넘기도 했다고 한다. 당시 일본군 조총의 사거리가 50~60m에 불과한 것을 보면 편전은 당시로서는 가공할 만한 무기였다.

혹자는 고려시대에도 이런 편전이 있었다고 하나, 이처럼 전장에서 실제 상용화되고 대량으로 제작되어 수군의 주 무기로 쓰인것은 이순신의 안목과 지혜 덕분이다. 이러한 편전의 활용 덕분에 적은 주위도 써먹을 수가 없었고, 그 크기도 작아 제작하기도 용이하고 물동량도 줄일 수 있어 개인별 휴대 량도 많아질 수 있었다.

장강의 안개 속에서 조조를 우롱하고 주유를 격동시켜 약을 올린 제갈공명보다 이순신의 아이디어와 지혜가 한 단계 위인 것 같다. 참고로 이순신과 제갈공명 두 사람 모두 54세로 생을 마감한다. 그러나 이순신은 노량해전에서 일본군을 섬멸하고 임진왜란을 마무리하고 전사하지만, 제갈공명은 위나라의 사마의와 전쟁중에 병사한다. 그리고 그가 구한 조선왕조는 그의 사후 300년이나 지속되지만, 제갈공명이 죽고 서측은 30년 만인 서기 262년에 멸망한다. 이러한 결과가 제갈공명의 삶보다 이순신의 삶의 무게와 가치가 더욱 더 돋보이는 이유일 것이다.

3. 오방색

우리 민족이 일상생활 속에서 고대부터 사용했던 색은 오방색 (五方色)이다. 음양오행사상에 기반을 둔 5가지 색은 청·백· 적·흑·황 다섯 가지 색이다. 이러한 색상은 단순한 색상으로서의 가치도 있지만, 종교·우주·철학·생명·지혜 등 다양한 부분에 그 의미를 담고 있다. 지금도 우리생활 속에는 오방색이 많이 쓰이고 있는 이유이기도 하다.

설, 추석 등의 명절이나 백일, 돌날에 아이들에게 입히는 색동 저고리는 나쁜 기운을 쫓고 무병장수를 기원하기 위해서 오방색을 이용해 옷을 만들어 입힌다. 그리고 궁궐이나 사찰 등의 단청에도 오방색을 이용해 문양을 그려낸다. 또한 건물에 황색이나 붉은색만 이용한 중국이나 일본의 궁궐이나 사찰보다 우리의 건축물 등이 한층 더 품위 있고 격조 있어 보인다.

특히 이러한 오방색은 색상 자체로 방향을 표시하고 있었고, 색상의 방향 표시는 일상생활 속에서 활용되고 있어 누구나 다 알고 있었다. 청색은 동쪽, 백색은 서쪽, 적색은 남쪽, 흑색은 북쪽, 그리고 황색은 중앙을 표시하고 있다.

이순신은 오방색의 방향을 활용하여 전장지휘에 접목시켰다. 생사가 오가는 전장은 항상 삶과 죽음의 절규와 함성으로 인해 사람의 목소리는 한계가 있고, 징이나 북소리조차도 잘 안 들려 일사불란한 전장의 통제는 참으로 쉽지 않은 과제다. 특히 바다에서 싸우는 수군의 경우는 배와 배 사이의 충돌방지와 노가 부러지지 않기 위해서는 함선과 함선 사이가 적당히 떨어져 있을 수밖에 없고, 계속되는 파도소리도 전장지휘에 걸림돌이 될 수밖에 없다. 그리고 육전에서는 최악의 경우 사람을 직접 보내는 전령을 활용할 수도 있지만 바다에서는 이러한 방법도 사용할 수가 없다.

그래서 문제점을 극복하고 누구나 쉽게 알고 사용할 수 있는 우리 고유의 색상인 오방색을 이용한 것이며 멀리서도 잘 보일 수 있도록 큰 깃발을 5가지 색깔로 만들어 전장을 통제했던 것이다. 예를 들면 청색기는 적이 동쪽에서 침략, 혹은 동쪽으로 이동 등의 신호기로, 검은색은 북쪽으로 이동, 혹은 전투 불리 등의 신호기로, 황색기는 전투 종료, 혹은 중앙으로 집결 등의 신호기로 활용했다.

오방색 신호법은 육지에서 직접 사람을 보내 병력이동을 시키는 것처럼, 실시간에 함선의 진퇴를 용이하게 통제할 수 있었다. 그러나 때로는 깃발 크기에 제한이 있고, 인접해 있는 배나 지형 때문에 깃발로 하는 신호체계에 한계가 있었다. 그러자 이순신은 여러 가지 신호를 담은 거대한 연(鳶)을 만들어 높이 띄워 올렸다. 그 덕분에 전 함대가 연에 새겨진 명령을 동시에 알아보고 일사불란하게 움직일 수 있었다고 한다. 일사불란한 신호체계 덕분에 한산도에서의 학익진(鶴翼陣)을 펼치기도 용이하였을 것이다.

현대전에서도 전장 통제는 결코 쉽지 않다, 지금같이 유무선 통신체계가 잘 되어 있는데도 부대의 일사불란한 기동은 결코 쉬운 일이 아니다. 전시에 부대의 기동은 기동만으로 끝나는 것이 아니라, 필요한 시간과 장소에서 필요한 공격을 해줘야 전장의 승리를 기할 수 있다.

특히 바다에서는 더욱 긴밀한 협조와 통제가 필요하다. 인간의 의지로 통제할 수 없는 바다의 파도나 바람, 해류나 폭풍 등이 항시 생성되고 살아 움직이기 때문이다. 그러나 이순신은 자연의 제한상황마저 극복할 수 있는 방안을 강구하여 섬세하고 획기적인 아이디어로 전장을 자신의 의지대로 통제할 수 있었다.

4. 해로통행첩

이순신은 개전 초부터 조정으로부터 별도의 군량미를 지원받을 여건이 되지 못하자 스스로 호남 연안지역에 둔전을 개간하여 수군 자체의 군량미를 확보하였다. 그리고 영남지역에서 피난 와서 떠돌던 피난민들을 돌산도로 들여보내 둔전을 개간하여 생계를 유지할 수 있도록 조치해 준다. 그러나 가장 긴요하고 시급한 것은 당장 먹고 살아야 할 군량미 확보가 제일 큰 문제로 대두되었다. 명량해전 이후 날씨는 점차 가을에서 겨울로 접어 들어가는 시점에 수군이 당장 거처할 지역도 정하지 못한 상태가 되어 군량미 확보는 조선수군의 생사가 걸린 문제가 되었다.

부하들과 이 문제를 극복하기 위해 대책 마련에 고심하던 중 이의온(李宜溫)이 제시한 해로통행첩을 발행해 군량미를 확보하자는 의견을 수렴한다. 해로통행첩이란 일종의 선박운행 허가증인데 통제영에서 피난민들이 도서지역을 통행하거나 상인들이 배를 타고 물류를 운반하는 과정에서 운행하는 선박의 크기에 따라 수수료를 받았던 것이다.

명량해전 승리 이후로 피난민들이나 상선들이 적극 협조해 준 덕분에 제도시행 후 며칠 만에 1만여 섬의 군량을 확보할 수 있었다. 당시 이 제도는 피난민들이나 상선들로서는 수군이 자신들의 안전을 보장해 주고 있었으니 거부할 이유가 없었다. 그리고 조선수군으로서는 군량미 확보와 함께 일본군의 정탐선을 색출해내고, 적에 대한 첩보도 얻을 수 있었으니 서로에게 득이 되는 좋은 제도였다. 이 제도는 고금도(古今島)로 통제영을 옮긴 이후부터 시행되었는데, 선박들의 운행이 활발해지는 월동시기부터 적극적으로 추진되었다고 한다.

여기서 우리는 이순신의 경청의 지혜를 다시 한 번 생각해 볼 수 있다. 이 제도를 시행할 당시 그는 나이가 50세를 넘기고 약 6년간 전라좌수로부터 수군 최고지휘관인 삼도수군통제사로 숱한 역경과 고난을 모두 극복한 장수였고, 이 의견을 제시한 이의

온은 당시 약관 20세의 젊은이로 아무런 직책도 없었다. 보통사람들 같으면 식견도 없고 나이도 어린 사람이 제안한 의견을 무시할 수도 있는 상황이었으나, 그는 이의온의 의견을 받아들여 시행한 결과를 인정하고 조정에 그 공을 건의하여 군자감직장이란 벼슬을 제수 받게 하였다.

이순신은 남의 말을 경청할 자세를 갖추었을 뿐만 아니라, 그 의견을 수렴하고 시행하는 의지와 그 공을 인정해 주는 리더십을 갖추었다는 것을 다시 한 번 입증한 것이다.

5. 과학적인 화약사용법

이순신은 관의 창고에서 잠자고 있던 화포들을 꺼내서 전선에 싣고 함포 사격훈련에 최선을 다한다. 그 결과 임진왜란 당시 조선수군의 함포사격 명중률은 매우 높았다고 한다. 그 증거는 7년간의 전쟁 기간 동안 격침된 900여 척의 일본함선이 이를 말해주고 있다.

세계 역사의 전환점이 됐던 영국 넬슨제독과 프랑스와 스페인 연합함대가 맞붙었던 트라팔가 해전에서도 함포 운용은 전세에 결정적인 영향을 미쳤다. 그런데 조선의 임진왜란보다 200년이 지난 후에 벌어진 전투인데도 함포의 명중률은 낮았고, 사격 도중 폭발사고도 많았다고 한다. 그 원인은 사거리를 고려해 화약 량을 조절하여 장약을 넣고 포를 발사해야 하나 수시로 변하는 사거리에 맞춰 장약을 효율적으로 사용하지 못한 탓이다.

그러나 조선수군은 화약의 양과 포신(砲身)의 각도에 따라 달라지는 사정거리(射程距離)를 분석하여 미리 기름을 먹인 종이에 화약 량을 저울로 달아 거리에 맞는 정확한 무게의 화약을 미리 담아놓고 사격을 했다. 그리고 실전에서 거리에 맞는 장약의 번호를 보고 장약을 선택하여 활용함으로써 명중률도 높이고 장약도 절약할 수 있었다.

당시 사용했던 조선수군의 화약사용법은 지금도 쓰이고 있다. 포병에서는 화약을 그 양에 따라 '1호 장약' '2호 장약' 등으로 구분해 놓고 사용한다. 이렇게 사전에 구분해 놓으면 사정거리를 수학적으로 계산하여 빠르고 정확하게 사격할 수 있는 장점이 있다. 당시 조선수군은 자금도 부족했고, 화약을 구하기도 쉽지 않아 이처럼 정확한 사격을 하면 쓸데없이 소모되는 화약과 포탄의 양도 절약할 수 있었다.

이런 참신한 아이디어와 발상은 그 일에 몰입하여 고민해 본 사람만이 찾아낼 수 있는 고뇌의 산물이고 지혜다. 그리고 그 마음속에는 투철한 주인정신과 함께 전장에서 적을 반드시 격멸하겠다는 불굴의 의지가 깔려 있어야만 가능하다.

우리나라가 참전한 월남 전쟁에서 적군 1명을 사살하는 데 소요되는 실탄은 무려 2만 5천 발이 필요했다고 한다. 현대전에서도 이런 문제가 크게 대두되는데, 400여 년 전에 이런 발상을 하여 명중률을 높인 것을 보면 참으로 대단하다는 생각이 든다. 그래서

"전쟁의 신(神)은 병력이 많은 편에 서는 것이 아니라, 정확한 사수의 편에 선다."는 말이 있다.

오늘날 우리 군에서는 1호 장약부터 8호 장약까지 구분하여 사용하고 있다.

6. 최상의 생존법

동한(東漢)의 마융(馬融, 79~166년)이 저술한 책으로 유가 윤리의 중심을 이루는 '충(忠)'의 사상을 가장 구체적으로 기술한 《충경(忠經)》 제5장, 〈충과 민정〉 편에, "지방 수령 방백들은 듣는 것이 분명하면 일을 자세히 파악하게 되고, 보는 것이 똑똑하면 이치를 잘 분별하게 된다."고 하였다. 다시 말하면 지방의 관리가 민정을 올바로 파악하기 위해서는 무엇보다 분명히 알아듣고, 똑똑히 보고 파악할 줄 알아야 한다는 뜻이다.

그러나 오늘을 사는 이 시대의 사람들은 관공서의 공직자들뿐만 아니라 모든 사람들이 남의 말에 귀를 기울이지 않는 편이다.

자기 할 말이 많기 때문에 자기가 필요한 것만 골라듣고 자기 말만 한다. 상호간의 원활한 의사소통이 실종되다 보니 대화는 단절되고 불통의 시대가 되고 말았고, 불통을 극복하기 위해 목소리만 커져 세상은 점점 더 시끄러워지고 있다. 조물주가 인간을 창조했을 때 입은 하나에 귀는 두 개로 만든 것은 말은 조금만 하고 듣는 것은 그 두 배로 하라고 한 것일 텐데……

성인(聖人)은 남의 이야기와 역사의 소리, 진리의 소리를 귀담아들을 줄 아는 사람이다. 성인은 듣고 말하는 것이 가장 뛰어난 사람이다. 모든 사람들이 다 귀가 있다고 다 들리는 것이 아니다. 먼저 들을 줄 아는 귀를 갖고 있어야 들린다.

문맹(文盲)이 글을 못 읽고, 색맹(色盲)이 빛깔을 구분하지 못하는 것처럼 머리가 비고 마음이 차가운 사람은 세상의 깊은 소리를 듣지 못한다. 공자는 나이 60에 비로소 '이순(耳順)의 경지'에 도달했다고 한다. 이순(耳順)은 남의 이야기가 귀에 거슬리지 않는 단계요, 무슨 이야기를 들어도 깊이 이해하는 경지요, 너그러운 마음으로 모든 걸 관용하는 경지다.

공자는 사람의 마음을 얻는 최고의 경지는 이청득심(以聽得心)이라 했다. 사람의 마음을 얻는 최고의 지혜는 귀를 기울여 경청하라는 뜻이다. 말을 배우는 데는 2년이 걸리지만 경청을 배우는 데는 60년이 걸린다는 공자의 이순(耳順)의 지혜가 가슴에 와 닿는다.

바로 이렇게 듣는 것이 분명했던 이순신은 그들의 바른 말 속에서 지혜와 아이디어를 얻어 아무도 생각하지 못한 싸우면서 언제든지 먹을 수 있는 전투식량을 발굴해 냈다. 그리고 편전을 적극 활용하고, 오방색과 연을 이용해 전장을 통제하는 방안을 도출해 전투를 승리로 이끌 수 있었다. 또한 함포의 명중률을 높이기 위한 장약의 기준을 사전에 정해놓고 활용해 명중률을 높인 아이디어도 참으로 신선하면서도 대단한 발상이란 생각이 든다.

그리고 약관 20세의 나이 어린 사람의 의견을 수렴해 해로통행첩을 발행하여 식량난의 고비를 극복하고 조선수군을 살려냈다. 이렇듯 그의 경청의 지혜는 부하들과 백성들의 마음과 지혜와 아이디어를 얻기 위하여 귀를 열어 모든 것을 다 수용한 결과다.

이런 이순신의 경청의 지혜와 소통의 리더십은 시대를 초월해 지금 이 시대에도 통용되고, 필요한 모든 인간들이 갖춰야 할 삶의 지혜인 것이다.

7. 창의의 리더십

군대뿐만 아니라 어떤 조직에서든지 창의적인 아이디어는 그 조직을 살리고 변화시킬 수 있다. 조선 중기의 시대상황은 선조와 관료들은 부패하고 무능했으나, 그동안 외침에 대비한 국방의 하드웨어적인 화포와 전함들은 주변국들을 능가하는 수준이었다. 조선의 화포는 세계 최고 수준이었고, 수군의 판옥선도 일본수군과는 비교할 수 없는 우수한 전함이었다.

문제는 정치지도자의 무능과 우유부단함, 그리고 그동안 전쟁이 발발하지 않은 상황이 오래 지속되다 보니 전쟁에 대비한 시스템과 관료들의 정신자세가 해이된 상태였다. 그리고 숭문천무 사상에 빠진 관료집단의 분위기 때문에 국경지역의 방어를 담당하는 지방 목민관들도 모두 문관들이 독식하고, 무관들은 한직으로 밀려나거나 실권이 없는 보좌관 역할에 만족할 수밖에 없었으니 스스로 관직을 버리고 낙향한 사람들도 많았다.

이러한 척박한 근무풍토 속에서 이순신의 군 생활도 쉽지 않았다는 것을 그의 군 생활 경력이 말해주고 있다. 그러나 문과 공부를 20세까지 하고, 그 이후 12년간 무과로 전향하여 28세에 무과시험에 도전하였으나 마상 무예시험에서 낙마하여 실패하고 만다. 그리고 다시 도전하여 32세에 무과 급제한다. 그리고 문무를 겸비한 자질과 능력은 그를 창의력이 뛰어난 군인으로 성장하게 만든다.

창의력은 그냥 얻어지는 것이 아니다. 평소 추진하고자 하는 일에 대한 강력한 의지와 집념이 동반되었을 때만이 가능하다. 실전에서 체험한 전장경험과 일상적인 삶 속에서 생각해낸 아이디어들을 극대화하여 난제들을 해결해 가는 과정 속에서 새로운 방법을 도출해낼 수 있다.

예를 들면 전투지속 능력과 전투력 유지를 위해 병기의 개발과 화약을 준비하는 것도 중요하지만, 식사문제도 결코 소홀히 할 수

마상무예시험에서 낙마, 다리에 골절상을 입고 무과시험에 실패(십경도)

없는 분야다. 먹어야 싸울 수 있기 때문이며, 난제인 전장에서의 식사문제를 간단한 전투식량 개발로 해결하고, 조선수군의 주 병기인 활의 효용을 극대화시킨다. 효율적인 전장통제 방안을 강구하여 연전연승을 이루게 된 것은 모두 이순신의 '창의력의 리더십'으로 일궈낸 결과이다.

나폴레옹도 그동안 유럽 전역에서 중세부터 고수해 왔던 방진(方陣) 대형의 전투방법을 무시하고 참호전으로 전쟁 방법을 바꿔서 전 유럽을 석권한다. 그리고 사막의 여우라 불리는 롬멜도 그동안 전차는 사격 시 정지하여 사격하는 것이 정설처럼 굳어져 있었으나 바다에서 전함이 계속 전진하면서 사격하는 것처럼 쉬지 않고 기동하며 사격을 가하고 기갑부대를 집중 편성 운용함으로써 전격전(電擊戰)을 완성하여 승리를 거둔다.

이처럼 전장에서 창의의 리더십은 승리를 위한 필수 요소이다.

전함 8

제4장. 남해바다

"이순신은 자신이 보유한 13척의 전선을 최대한 활용하여 승리하기 위해서는 전장을 머릿속으로 그려 보았을 것이다. 넓은 바다에서 싸운다면 소수의 함선을 가지고는 승산이 없다고 판단했다. 그래서 조선함대 13척과 대치해서 서로 1：1 상황에서 싸울 수 있는 장소를 생각한 곳이 좁은 해협과 물살이 빠른 명량을 선택했다."

— 본문 가운데 —

1. 다시 삼도수군통제사로

이순신은 정유년(1597) 8월 3일 삼도수군통제사로 재임명 받은 후 어디서 어떻게 싸울 것인지를 놓고 많은 고심을 하였다. 그러나 그보다 앞서 해결할 문제는 병력 확보와 흩어진 전선을 다시 모아 수군을 재건하는 일이 급선무였다.

8월 3일 진주 손경래의 집에서 임명교지를 받고 출발하면서부터 죽기를 각오한 사생결단의 자세로 수군 재건의 실마리를 찾기 위해 고군분투한다. 먼저 자신을 따라 나선 9명의 군관들 가운데 배흥립(裵興立)과 소계남(蘇季男)에게 해안 주변에 흩어져 있는 전선을 확보하도록 임무를 주었다.

칠천량 해전에 참여한 전선들 가운데 일부 살아남은 배들은 많이 파손되었거나 손상을 입었을 것이다. 그나마 경상우수사 배설(裵楔)이 지휘해 도망쳐 나온 10여 척의 배들은 큰 피해가 없으리라고 추측되나, 아직도 그 행방을 모르고 있으니 답답한 일이었다.

이순신은 다른 군관 6, 7명과 병사 6명과 함께 진주에서 사천, 하동, 구례를 거쳐 순천, 낙안, 보성을 경유 전라우수영이 있는 해남으로 이동한다. 그러나 이동 자체도 단순한 길을 가기 위한 이동이 아니라 주변의 정세를 살피고, 백성들의 안위도 확인하면서 주변 관가의 소재지에서 병장기도 수습하고, 군량미도 확보하면서 동시에 병력을 모으면서 이동하고 있었다.

삼도수군통제사이며 명색이 수군의 최고사령관이었으나 전선 한 척도 없고, 지휘할 부대도 없고, 군량미나 전쟁물자 하나도 없는 허울뿐인 사령관이었다.

병력과 조직은커녕 아무런 대책도 없이 지원도 해주지 못한 무능한 조정이었고, 임명장만 주면 모든 임무가 다 끝나는 줄 아는 조직이었다. 그럼에도 불구하고 밤잠을 못 자며 지방 관리들이 도망가며 불태워버린 관청을 점검하면서 남은 군량과 병장기를 수습하고 병력을 모집하며 남해안을 따라 이동하고 있었다.

그러는 중에 수군 재건이 어려우면 수군을 포기하고 육전에 참여하여 근무하라는 선조의 지시는 한 마디로 꺼져가는 불길에 찬물을 끼얹는 행위나 마찬가지였다.

이순신은 임진왜란이 발발한 이래 6년 동안 부하들과 함께 20차례 이상 출전하여 단 한 차례도 패하지 않고 남해안의 제해권을 장악하여 조선의 곡창지대인 호남을 지켜내 전쟁의 양상을 바꾸어 놓았다. 이러한 수군의 공로와 역할은 조금도 인정해주지 않고 수군을 폐하라는 선조의 교지는 너무나 가혹한 지시였고, 수군의 상처에 소금을 뿌리는 행위였던 것이다.

이순신으로서는 너무나 서운하고 가혹한 처사였으며, 이러한 상황 속에서 그는 선조와 조정 대신들에게 배신감을 느끼면서도 반드시 수군을 재건하여 수군의 존재를 다시 한 번 보여주고 싶은 결기도 생겼을 것이다. 그동안 일본군을 상대로 6년 동안 싸워오면서 전쟁을 종결시키지 못해 죄 없는 수많은 백성들이 죽어가고, 부하들의 죽음을 목격하면서 그 복수심과 함께 일본군에 대한 적개심도 함께 사무쳤을 것이다.

"맑음. ……저녁에 사람이 천안에서 와 집안 편지를 전했다. 열어 보기도 전에 몸이 먼저 떨리고 정신이 어지러워졌다. 정신없이 뜯어보니 겉봉에 '통곡' 두 글자가 쓰여 있는 것을 보고 면(葂)이 전사한 것을 알았다. 나도 모르게 간담이 떨어져 목 놓아 통곡하고 또 통곡했다. 하늘은 어찌 이렇게도 어질지 않다 말인가! 내가 죽고 네가 살아야 마땅한 이치이거늘, 네가 죽고 내가 살다니 어찌 이다지도 어그러진 이치가 있겠는가! 천지가 캄캄하고, 밝은 해도 빛을 잃었다. 슬프다! 내 아들아, 나를 버리고 어디로 갔느냐? 남달리 영특해 하늘이 이 세상에 머물러 두지 않는 것이냐? 내가 지은 죄 때문에 화가 네 몸에 미친 것이냐? 지금 내가 살아 있은들 장차 뉘게 의지한단 말인가? 부르짖으며 슬퍼할 뿐이다. 하룻밤 보내기가 한 해 같구나!"
— 《난중일기》 1597(정유년) 10. 14 —

어머니가 돌아가신 뒤 "속히 죽기만을 기다린다."는 이순신의 절망과 슬픔은 막내아들 면의 죽음 앞에서 무너져 내렸다. 수많은 적을 베고, 수많은 죽음을 목격했지만, 가장 아끼고 사랑했던 아들의 죽음 앞에서 53세의 아버지는 다시 한 번 통곡했다.

가장 아끼고 사랑했던 막내아들 면(葂)이 일본군에 의해 살해

당한 복수도 아비로서 당연히 해야 할 그의 몫이었다. 그리고 어머니께서 마지막으로 아들에게 남긴 "적을 물리쳐 나라의 치욕을 크게 씻어라."라는 유언도 반드시 지켜야 할 어머니에 대한 효이며, 더 나아가 국가에 대한 충이었다.

2. 전쟁양상

이순신은 부하들로부터 12척의 배가 아직 남아 있다는 것을 보고받고, 순천과 낙안, 보성을 지나면서 120여 명의 병력을 모으고, 승병 300여 명의 의병 지원을 승인하면서 수군 재건에 박차를 가한다. 전라우수영으로 이동하면서도 조선수군의 뒤를 쫓고 있는 일본수군과 언제, 어디서, 어떻게 싸울 것인지를 머릿속으로 구상한다.

그는 칠천량 해전 발발 이후 도원수 권율의 부탁으로 칠천량 해전 근처 지역을 수색하여 당시 주변 상황을 어느 정도 파악하고 있었다. 이처럼 칠천량 해전의 진상을 알고 있는 그는 이미 적의 함대 규모와 적의 다음 행동을 유추해 보고 있었다.

그는 남해안의 지형을 머릿속에 그려보면서 적이 서해로 진출하기 위해서 반드시 통과해야 할 길목이 어디인지를 먼저 찾고 있었다. 그리고 그 지역은 아군 전력의 열세를 만회할 장소여야 했다. 그 장소는 아군의 전력과 1:1로 맞설 수 있는 지역으로 어느 곳이 적당한지를 고심하였고, 얻어진 결론은 적들이 반드시 통과해야 할 지역이며, 아군 전력과 대등한 수준으로 맞설 수 있는 지역으로 판단한 것이 바로 명량해협이었다.

수군 폐지가 불가하다는 장계를 올린 8월 중순까지 확인된 전함은 모두 12척이었으나 그 이후 추가로 1척이 증가하여 13척의 전함을 확보한다. 선조 30년 11월 기록한 《선조실록》에도 13척으로 기록되어 있다. 명량해협은 아군이 보유한 전선과 대등한 전력으로 맞설 수 있는 최적의 장소였기 때문이다.

그리고 단 13척의 전함으로 승리를 거두기 위해서는 최소한 적과 대등하거나, 적보다 우세한 전력을 만드는 것이 필요했을 것이고, 단 한 번의 전투로 전쟁이 끝나버릴 수만 있다면, 최초 적과 교전한 초기 전력만 섬멸한다면 문제가 없지만, 좁은 물목으로 밀려오는 적을 격파해도 제2, 제3의 적 함대가 계속 밀려들어올 것이다.

이처럼 끊임없이 밀려드는 적을 물리치기 위해서는 아군의 전력 이외에 또 다른 전력이 필요했다. 그것이 바로 명량의 세찬 조류가 적의 전진을 방해할 수 있다면 그 또한 아군의 훌륭한 전력이 될 수 있을 것이고, 또 하나의 전력은 아 수군 본대 뒤에 일렬 횡대로 대기하고 있는 100여 척의 피난선단의 위용도 적으로 하여금 전의를 상실케 할 수 있을 것이라고 판단한다.

전장의 포탄 섬광과 불타는 배에서 피어나는 연기 등으로 인해 희미하게 보이는 100여 척의 어선단의 정체도 적들에게는 큰 위협으로 작용했음은 물론, 대기하고 있는 배들의 정체는 알 수 없지만, 질서정연하게 대형을 유지하고 있는 배들은 또 다른 조선군의 예비전력으로 보이도록 연출한다. 적과 교전 시 적의 지휘선을 먼저 집중 공격하여 침몰시켜 적의 지휘를 무력화시킨다면 적은 퇴각할 수밖에 없을 것이라고 구상한다.

아무리 아군의 화력이 우세하다 하더라도 칠천량 해전에서처럼 넓은 대양에서 적에게 몇 겹으로 포위되어 중과부적으로 싸우는 장소는 회피하고 싶었고, 명량의 좁은 물목과 수로 주변과 바닥의 암초와 암석들로 인해 울돌목의 수심이 낮아 일본군의 주력함들인 대형 아타케부네(安宅船) 등의 진입은 제한될 것이라는 계산도 이미 그의 작전구상 속에 포함시켰을 것이다.

그렇게 되면 일본수군은 울돌목 수로의 통과가 가능한 중형 전선들인 세키부네가 명량에서 싸워야 할 전투의 상대가 될 것이라고 예측한다. 이런 예측결과를 가지고 아군 13척의 판옥선과 적 중형 전투함들과 대치상태를 그려보면서 서로의 전력을 비교하여 보았을 것이다. 부족한 전력은 명량의 거센 조류와 피난선단의 위용도 계산에 넣어 이길 수 있는 방책을 강구하였다.

3. 최적의 장소

명량해전에 출전한 일본군의 총 함대는 300여 척이었다. 그러나 명량해협을 통과해 이순신 함대와 맞선 함대는 명량의 좁은 수로 때문에 당일 명량해협을 통과한 일본군 함대는 소형 군선 세키부네 133척이었다.

결국 그는 자신이 보유한 13척의 전선을 최대한 활용하여 승리하기 위해서는 전장을 머릿속으로 그려보며 넓은 바다에서 싸운다면 소수의 함선을 가지고는 승산이 없다고 판단했다. 그래서 조선함대 13척과 대치해서 1:1 상황에서 싸울 수 있는 장소로 생각한 곳이 좁은 해협과 물살이 빠른 명량이었으며, 명량해협은 진도와 해남군의 화원반도 사이에 있는 수로로서 길이가 2km 내외이고, 수로의 폭이 가장 협소한 곳은 300m 정도에 불과한 곳이다. 수심도 1.9m 정도로 가장 낮은 수로라고 한다. 그러나 이 지역은 조류가 빠른 곳은 최대 11.5노트로 물살이 매우 빠른 지역이다.

이처럼 좁고 수심이 낮은 해협의 선택으로 300척의 적 함선 가운데 130여 척만 들어올 수 있는 상황을 만들었고, 빠른 조류는 일본함대의 빠른 속도를 방해할 것이다. 특히 300m밖에 안 되는 폭이 좁은 지역에서는 함선 한 척이 차지하는 최소한의 공간이 20~30m로 배 한 척의 길이와 폭, 그리고 배 양쪽에 설치된 노의 길이 등을 고려해 볼 때 10~15척 정도가 전면에 나설 것이고, 더 많은 배가 동시에 전면에 나설 경우 빠른 조류와 조선함대에서 퍼붓는 함포사격에 자신들끼리 충돌하는 문제도 고려하지 않을 수 없기 때문이다. 결국 그날 일본군 공격함대의 선봉에 선 함대 숫자도 조선함대와 비슷한 10~15척 내외가 전면에 나설 것이다.

이러한 국면을 염두에 두고 그는 전장을 명량해협을 선택한다. 고대로부터 전쟁의 역사를 살펴보면 승리한 장군들은 사전에 치밀한 지형정찰과 자기 부대의 강점과 적의 약점을 간파하여 자신이 원하는 장소와 시간에 적을 유인해 승리를 거둔 사례가 많다.

수적으로 열세인 조선함대를 전쟁국면에서는 1:1이 되게끔 전투장소를 선택했고, 조류시간까지 계산해 아군에게 유리한 상황을 조성해 기적 같은 승리를 일궈냈다. 결국 명량해전의 승리는 함선 숫자는 절대적으로 열세였으나, 좁고 낮은 수심 때문에 대형 함선들은 전투에 동참할 수 없어 300대 13에서 133대 13으로 만들 수 있었고, 실제 전투가 벌어진 전투국면에서는 거의 대등한 1:1 의 상황을 만들어 낸 것이다.

4. 울돌목

이순신은 울돌목 조류의 특성을 고려 전투상황을 연계시킨다. 지형과 자연생태계는 적군이나 아군 모두에게 불리하게 작용할 수도 있고, 유리하게 작용할 수도 있다. 일본 작가 기타노 쓰기오 가 저술한 《이순신과 히데요시》에서 울돌목에 대한 설명이다.

"명량 수로의 조류는 하루에 네 번씩 그 방향을 바꾼다. 그것 은 예고도 없다. 일본수군 함선들의 발길이 갑자기 둔해졌다. 아 니 역류를 타고 거꾸로 밀려나는 형편이 되었다. 일본수군의 선대 형(船隊形)에 혼란이 왔다."   —《이순신과 히데요시》—

일본 작가 기타노 쓰기오의 글은 자연의 변화를 제대로 살피지 못하고 매우 감정이 앞선 표현이다. "……하루에 네 번씩 그 방 향을 바꾼다. 그것은 예고도 없이……" 라고 표현한 것은 수시로 변하는 명량 수로의 변화를 강조하기 위함으로 보이나, 바닷물의 조류는 달과 지구와의 거리와 방향에 따라 일정한 주기로 변하게 되어 있다. 그렇다면 명량의 조류도 하루에 네 번씩 밀물과 썰물 의 영향에 따라 규칙적으로 바뀐다.

명량대첩(십경도 현충사 제공)

일본수군이 명량해협을 진입한 오전 12시경은 밀물이 밀려들어오는 시간으로 조류의 흐름에 도움을 받아 쉽게 진입했을 것이며, 약 1~2시간 정도의 밀물과 썰물이 뒤바뀌는 시간에는 아무래도 조류의 흐름이 다소 둔해졌을 것이다. 그 시각에 진입하던 일본수군과 대치하고 있던 조선수군의 격돌이 벌어졌으며, 조선수군의 집중 함포공격에 의해 일본수군의 대형이 흐트러지기 시작했다. 시간이 오후 3시로 가까워져 가며 조류는 썰물로 바뀌면서 유속은 점차 빨라졌다.

그는 울돌목 조류의 이런 흐름 상태까지 면밀히 분석하여 아군의 전력으로 활용한다. 일본수군의 현재 위치를 파악하여 울돌목까지의 이동거리를 계산하고 오전 12시를 전후하여 울돌목 입구를 통과할 것이며, 9월 16일 그 시각 울돌목의 조류는 밀물로 일본수군의 진출을 용이하게 해줄 것이란 판단을 한다.

그리고 울돌목 입구에서부터 아군 전투함 선단의 정면까지의 이동거리를 계산하여 도착 시간과 함께 전투발발 시간과 조류의 흐름이 밀물에서 썰물로 바뀌는 시간까지 계산하면서 아군의 전투 방법을 구상한다.

이순신은 울돌목 조류의 흐름 상태와 간조와 만조 시간까지 면밀히 분석하여 아군의 전력으로 활용한다. 13척의 아군 전투선단의 정면까지는 1시간이 지난 오후 1시 정도면 도달할 것이다. 따라서 아군 선단 전방 100m 정도의 함포 유효사거리 내에 들어오면 전투는 시작될 것이고, 전투 방법은 원거리에서는 천자포, 지자포,

현자포와 대장군전 등의 사거리가 긴 포들을 활용해 적선을 파괴시키고, 적선들과 좀 더 거리가 가까워지면 화공을 이용해 적선을 불태울 것이다.

첫 번째 공격 목표는 적 지휘선을 집중 공격해 적의 지휘부를 무력화시키고 적으로 하여금 전의를 상실케 한다. 이러한 전술로 최초 공격을 개시해 적의 최 선단에 나선 적선들을 모두 침몰시키거나 불태우는 작전으로 2시간을 끌어 조류의 흐름이 밀물에서 썰물로 바뀌는 오후 3시까지는 버틴다.

오후 3시부터 조류가 밀물에서 썰물로 바뀌면 아군의 판옥선 등이 적 지역으로 공격해 들어가면서 화포와 비격진천뢰, 발화탄, 질려탄(수류탄과 흡사), 불화살을 집중 사격해 적선을 불태우고 근접전에서는 조란탄(鳥卵彈)을 발사해 일본수군을 살상해 전투능력을 말소시킨다.

그렇게 되면 썰물에 뒤로 밀리는 불타는 적선과 뒤를 이어 밀고 들어오는 적선들과 서로 부딪치거나 함께 뒤섞여 불은 근접해서 진입하고 있던 적의 선단들에까지 옮겨 붙을 것이다. 조류의 흐름에 밀려 아군의 전장 범위는 적 지역으로 계속 확대되면서 멀리 뒤에서 아 수군의 뒤를 받쳐주고 있던 피난민들의 100여 척의 어선단들이 함께 뒤따라 나오면서 적들은 공황상태에 빠져 더 이상 공격을 계속하지 못하고 퇴각하기에 급급할 것이다.

이것이 이순신이 그린 울돌목의 전투상황이 아니었을까? 실제 그날 전투는 그가 예상한 대로 전개되었으며, 일본수군은 그의 작전에 말려들어 힘 한번 제대로 써보지 못하고 불타고 침몰했으며, 가장 결정적인 국면은 적의 지휘선인 기함이 파괴되어 침몰하면서 해전의 천재라는 지휘관 마다시(馬多時, 구루시마 미치후사來島道總)가 물에 빠지자 이순신이 부하들을 시켜 건져 올려 적장의 수급을 베어 배 위 장대에 높이 매달아 걸자 적들은 전의를 상실하여 퇴각하기에 바빴다. 오후 3시가 되자 썰물로 바뀐 명량의 조류는 유속이 최고속도로 점차 빨라지기 시작했다.

이러한 울돌목의 조류 특성까지 연구하여 아군의 전력으로 활용한 그의 지혜와 예측력, 그리고 현지 지형에 대한 세심한 관찰력이 돋보인 전쟁준비였다. 그동안 그는 임진왜란 개전 초부터 지금까지 벌어진 모든 전투에서 이처럼 지형의 특성과 조류의 흐름을 염두에 두고 어떤 때는 학익진(鶴翼陣)으로 적을 포위 섬멸하기도 하고, 또 어떤 때는 포구 안에 밀집해 있는 적들을 장사진(長蛇陣) 진형을 펼쳐 축차적(逐次的, 차례대로 좇아서)으로 포구 안으로 드나들면서 공격을 가하여 적을 섬멸하기도 하였다.

한산해전에서는 적을 안골포의 좁은 물목에서 한산도의 넓은 바다로 유인해 미리 준비한 학익진을 펼쳐 적을 포위 섬멸하여 대승을 거둔다. 그리고 명량에서는 지형의 특성과 조류의 흐름, 그리고 간만조의 시간까지 계산해서 전쟁을 치렀다.

5. 지형의 이점

계사년(1593) 7월 15일 이순신은 경상도 해역 한산도에 삼도수군의 전진기지를 설치했다. 이 내용은 당시 사헌부 지평(持平, 정5품)이던 현덕승(玄德升)에게 보낸 편지를 한번 살펴보자.

"가만히 생각해 보건대, 호남은 나라의 울타리입니다. 만약 호남이 없으면 나라도 없습니다(若無湖南 是無國家). 그래서 어제 진을 한산도로 옮겨 바닷길을 막을 계책으로 삼았습니다."

한산도에 삼도수군통제영을 설치할 당시 일본군은 부산, 창원을 비롯한 경상도지역을 장악하고 있었으며, 일본군이 평양을 점령하고 함경도까지 진출하자 남은 지역은 호남뿐이었다. 그동안 호남의 곡창지대를 지켜냈기 때문에 조선은 굶지 않고 전쟁을 계속할 수 있었고 명나라 군도 먹여 살릴 수 있었다. 결국 호남은 임진왜란 시 조선을 지켜낸 최후의 보루였던 것이다.

부산을 침략 거점으로 삼은 일본군이 호남을 장악하려면 수륙병진(水陸竝進)으로 진출해야 하는데, 그렇게 하려면 한산도에 있는 조선수군을 먼저 격파해야만 했다. 해군을 포기하고 지상군으로만 공격해 들어갈 수도 있었지만, 경상도 해역 깊숙이 위치한 한산도에 조선수군의 본진(本陣)이 위치한 상황에서는 후방이 불안하여 쉽게 채택할 수 있는 방법이 아니었다. 이것 때문에 칠천량 해전에서 조선수군이 궤멸되기 전까지 일본군이 호남을 적극적으로 공략하지 못한 가장 큰 이유다.

한산도의 지리적 이점을 활용한 이순신의 해로차단 전략은 임진왜란 전 기간을 통해 가장 성공한 수군 전략이라고 평가할 수 있다. 이처럼 그는 지형의 이점을 정확히 알고 한산도에 삼도수군통제영 본부를 설치했고, 그 효과는 조선의 최후의 보루 호남을 지켰고, 그 결과는 임진왜란의 전세를 조선에게 유리하게 역전시킨다.

《손자병법》제10편 지형(地形)편에 보면, "내가 나가도 불리하고(我出而不利) 적이 나와도 불리한(彼出而不利) 곳을 지형(支形)이라 하니, 지형(支形)에서는 비록 적이 나를 이롭게 하더라도 나가지 말고(敵雖利我 我無出也), 오히려 적을 유인하여 물러나 적으로 하여금 반쯤 나오게 한 후 이를 공격하면 유리하다(令敵半出 而擊之利)."고 하였다. 이순신이 일본수군과 결전을 치를 장소로 명량을 선택한 것은 아 수군의 전력 열세를 보강하기 위한 고육책으로 택한 선택이었다.

그리고 《손자병법》제10편 지형편에서 또한, "무릇 지형(地形)이란 용병을 돕는 것이니, 적을 헤아려 승리태세를 만들어 가며, 지형의 험하고 좁음과 멀고 가까움을 운용하는 것은 최고 장수의 책임분야이다. 이것을 알고 용병하면 반드시 이기고, 이것을 알지 못하고 용병하면 반드시 패한다."고 하였다.

1592년 임진왜란 최초의 해전이 벌어지는 5월 7일 옥포 앞바다에서 장수들에게, "함부로 움직이지 말고 태산같이 신중한 행동을 취하라(勿令妄動 靜重如山)."라는 지시를 내리고 첫 해전을 승리로 이끈다. 또한 1597년 9월 15일 명량해전을 앞두고 장수들의 정신무장을 강조하면서, "필사즉생, 필생즉사(必死則生 必生則死)"라고 하며 자신의 강한 의지를 반영하여 교육한 것을 볼 때 그는 평소 《손자병법》뿐만 아니라 《오자병법》 등의 많은 병법서도 연구하였던 것으로 유추해 볼 수 있다.

그리고 더 놀라운 사실은 손자병법의 다양한 전략과 전술, 기책(奇策)들은 모두 육전에서 활용할 내용들로 써진 병법서다. 그는 이미 이러한 병법서를 통달한 수준에 이르렀기에 병법의 기초와 원리를 터득해 수군전술에 응용하여 일본군과의 해전에서 단 한 차례도 지지 않고 전승을 거두었다는 사실에 우리는 주목해야 한다. 특히 이순신의 능력과 가치를 다시 한 번 되돌아보게 한 것은 《손자병법》 제10편 지형편 결론 부분에 나온 것을 그대로 시행해서 명량해전을 대승으로 만들었다는 것이다.

그 대목을 다시 한 번 살펴보자. "적을 알고 나를 알면 승리는 위태롭지 않고, 나아가 천시와 지형의 유리한 점까지 알 수 있으면 승리를 거둘 수 있다."라고 했다. 이미 그는 임진왜란 초기부터 무려 6년 동안 일본수군과 싸워 봤기 때문에 적에 대해 누구보다 잘 알고 있었으며, 아군에 대해서도 축적된 승리의 경험과 칠천량 해전에서의 패배까지도 꿰뚫어보고 있었다. 그리고 명량의 지형과 울돌목의 조류 흐름까지도 파악하여 천시(天時)를 아군 편에 끌어들여 승리를 쟁취한 것이다.

혹자들은 명량해전을 기적이라고 부르는 사람들도 있고, 단 13척의 배로 적선 31척을 격멸한 것을 대승이니 기적이니 하는 것 자체가 과장된 것이 아니냐고 명량해전 자체를 평가절하 하는 사람들도 있다.

그러나 명량해전에 참여한 13척의 전함은, 그동안 조선수군이 20번 싸워서 모두 이긴 승리의 경험과 전투기술이 모두 응집되고 압축된 전투선단이었기 때문이다. 원균이 칠천량에서 패배한 이후 이순신이 다시 삼도수군통제사로 복직된 후 불과 40여 일 만에 조선수군이 재건된 배경에는 과거 이순신과 함께 싸웠던 장수들이 그들을 따르는 부하들과 함께 다시 그의 휘하로 모여들었기 때문에 가능했다.

이들이 다시 모여들었다는 의미는 비록 전투선단의 규모는 13척에 지나지 않았지만, 판옥선 한 척에 탑승한 승선 인원들은 과거 병사 위주의 전투선단에서, 명량해전에서는 임진왜란 초기부터 1596년까지 선단의 함장이나 돌격장의 중책을 맡아 적진을 유린하던 일기당천의 장수들이 판옥선의 주축이 되어 전투를 이끌었기 때문이다.

더욱이 칠천량 해전의 복수와 이 해전에서 패배하면 조선수군이 사라진다는 절박감마저 더해져 일당백의 투지와 각오로 전투를 수행했기 때문에 승리한 것이다. 그리고 명량해전의 승리 소식

을 듣고 명나라 수군이 참전하게 되고, 조선수군을 증강하여 1598
년 11월에 노량해전에서 퇴각하는 일본수군을 격멸하는 대 전과를
올리고 7년간의 임진왜란은 끝이 난다.

6. 지혜의 리더십

남해바다의 장단점을 누구보다 잘 알고 있는 이순신으로서는
바다의 수심도 조류의 흐름에 따라 계속 변화된다는 것을 인지하
고 있다. 이러한 구절양장(九折羊腸)의 리아스식 해안의 특성을
누구보다 잘 알고 있던 그는 자신만이 알고 있는 남해바다는 또
하나의 전략적인 자산이자 비밀병기였던 셈이다. 그러나 적은 이
처럼 복잡한 해안선과 수시로 변하는 수심과 조류의 변화를 잘 알
지 못했다. 이런 지형의 특성을 잘 알고 있는 그는 적보다 유리한
상황에서 전투를 구상하고 기획할 수 있었다.

그러나 아무리 많은 지형의 장점과 전략적인 자산을 가지고 있
다 하더라도 밝은 눈을 가지고 있지 못한다면 아무 소용이 없다.
대표적인 사례로 고려시대부터 개발하고 준비했던 조선의 우수한
화약무기와 명종시대에 획기적으로 개발한 조선의 판옥선이 이미
준비되어 있었다. 그런데도 말 타고 활 쏘는 육전만 고집하다가
일본군에게 연전연패했고, 경상도 지역의 수군은 싸워보지도 못
하고 스스로 판옥선을 불태워버리거나 침몰시켜버리는 우를 범했
다. 이에 반해 이순신의 밝은 눈과 지혜는 유형(有形)의 전투력뿐

만 아니라 무형(無形)의 남해바다의 지형과 조류까지 전투력으로 활용해 승리할 수 있는 지혜로운 리더십을 발휘하였다. 지혜와 지략으로 세심하고 섬세한 부분까지 아울러서 전투력으로 승화시켜 승리를 거둔 그의 '지혜의 리더십'이라고 볼 수 있다.

신은 인간에게 세상을 바라볼 두 개의 눈을 똑같이 주었지만, 밝은 눈을 가지고 세상을 섬세하게 볼 줄 아는 안목을 가진 자와 그렇지 못한 자의 삶은 이처럼 판이하게 달라질 수밖에 없다. 눈을 세상을 바라보는 단순한 창으로만 보는 눈과 머리로 보는 눈, 그리고 마음으로 보는 눈의 차이는 이처럼 클 수밖에 없다. 보이는 것을 보이는 대로만 보지 말고, 마음과 머리로 생각하는 지혜의 눈을 가진다면 우리 사는 세상은 훨씬 더 아름답고 풍요로워지지 않겠는가?

노르웨이 티우킨 마을은 산에 둘러싸여 있어 1년 가운데 6개월 동안은 해가 들지 않는다. 그런데 작년 가을 산꼭대기에 세 개의 대형 거울을 설치해 거울에 반사된 햇빛이 마을을 비추게 했다. 그 덕분에 마을 주민들은 광장에서 1년 내내 햇빛을 즐길 수 있게 되었다. 누군가 이처럼 밝은 지혜의 눈을 가진 사람 덕분에 마을 사람 모두가 행복해진 것이다.

제3부. 사람의 지혜를 모으다! (人)

사람의 지혜를 모으다 (人)

공자는 "세 사람이 길을 가면 반드시 그 가운데 나의 스승이 있다. 좋은 것은 본받고 나쁜 것은 살펴 스스로 고쳐야 한다(三人行必有我師焉 擇其善者而從之 其不善者而改之)."고 하였다. 좋은 것은 좇고, 나쁜 것은 고치니 좋은 것도 나의 스승이 될 수 있고, 나쁜 것도 나의 스승이 될 수 있다는 뜻이다. 이런 소중한 사람들의 지혜를 모두 모을 수만 있다면 그 어떤 난관도 쉽게 극복해 나갈 수 있을 것이다.

《맹자》 공손추 하편에, "하늘이 주는 때는 지리적 이로움만 못하고, 지리적 이로움은 사람의 화합만 못하다(天時不如地利 地利不如人和)."고 하였다. 천시, 지리보다 인화(人和)가 우선이란 뜻으로 사람의 가치와 사람들과의 화합을 더 중시하고 있다.

이순신의 주변에는 다양하고 많은 사람들이 모여들었다. 자신보다 나이가 많은 사람들로는 조방장 정걸, 권준, 어영담, 정운, 정경달 등이 있었다. 특히 조방장 정걸(丁傑)은 이순신보다 무려 31세나 많은 대선배로 이순신, 나대용 등과 함께 거북선을 건조하였고, 화전, 철령전, 대총통 등의 여러 가지 병기를 만든 백전노장이었다. 그는 임진란 3대첩의 하나인 행주전투에서 권율이 일본군과 싸우다가 화살이 떨어져 곤경에 처했을 때 경기수사 이빈과 함께 화살을 배에 가득 싣고 가서 행주대첩에 크게 기여하기도 하였다.

무관생활 중 군복무의 현실에 실망하여 관직을 그만두고 낙향한 나대용은 거북선 설계도를 들고 이순신을 찾아가 거북선을 만들었다. 파직된 어영담을 조방장으로 임명하여 함께 근무하였고, 원균의 조방장으로 활약하다가 칠천량 해전에서 탈출한 배흥립을 기용하여 조선수군 재건에 앞장서게 하고, 명량해전에서 대승을 거두는 데 크게 기여한다.

이순신은 이처럼 심지가 굳고 자신만의 특기와 장점이 많은 주변의 인물들을 모두 포용한다. 숭문천무사상이 팽배하던 당시의 시류 속에서도 자신보다 나이가 많고 출중한 능력을 갖춘 문관출신인 정경달을 자신의 종사관으로 임명하여 둔전경영을 맡겨 군량확보 문제를 해결한다. 자신이 전장으로 출동 시에는 수군 본영을 지키는 잔류대장으로 임명하는 등 많은 도움을 받는다. 정경달은 1597년 2월에 이순신이 파직되어 구속되자 입궐하여 선조와 독대한 자리에서 "이순신을 죽이면 나라가 망합니다."하고 목숨을 건 직언을 하기도 한다.

이처럼 이순신은 나이와 출신, 성분, 문무관의 신분을 따지지 않고 인재를 모두 포용하여 그들의 지혜를 모아 조선수군의 전력을 강화시키고 전쟁을 승리로 이끌어 나간다.

《정관정요(貞觀政要)》 인의편(仁義篇)에, "숲이 깊으면 새가 깃들이고, 물이 넓으면 고기가 논다(林深則鳥棲 水廣則魚遊)."고 하였다. 한마디로 이순신의 덕(德, 포용력)은 깊은 숲과 넓은 물처럼 수많은 인재들이 모여들어 각자가 가진 역량을 소신껏 발휘하였던 것이다.

이처럼 많은 사람들의 기량과 지혜를 모아 연전연승을 올린 이순신의 리더십을 살펴보자.

전함 9

제1장. 조선 최고의 비밀병기 이순신

"이 원수들을 무찌를 수 있다면 죽어도 한이 없겠습니다(此讐若 除 死則無憾)!"

— 〈이충무공행록〉 1598. 11. 18. 노량해전 전날 밤 자정 —

1. 불패신화

전쟁의 승패에 따라 새로운 나라가 생기기도 하고, 한 나라의 역사에 종지부를 찍기도 한다. 인류 역사에서 전쟁의 참화를 피해 갈 수 있는 나라는 없었고, 전쟁의 참화는 가혹하고 처참했다. 우리의 역사도 예외가 아니었고, 우리 땅에서 그것도 무려 7년간이나 길게 이어졌던 전쟁은 임진왜란이 유일하다.

전쟁이 길어질 수밖에 없었던 원인을 우리는 두 가지로 유추해 볼 수 있다. 첫 번째 원인은 일본군의 전력이 생각보다 막강했거나, 아니면 조선의 전투력이 너무 미약해서라고 생각한다.

당시 상황을 냉철히 분석해 보면 조선의 국왕과 관군은 나약했고, 상대적으로 일본군의 초기 전투력은 막강했다. 그러나 전쟁이 중반으로 접어들면서 조선의 수군과 의병들은 강했고, 일본군의 전투력은 한계를 보였으며 그 중심에 이순신이 있었다.

인류 역사에 수많은 정복자들과 위대한 장수들이 한 국가의 번영과 영광을 위해 땀과 피를 흘리며 역사 속으로 사라져 갔다. 그 수많은 영웅들과 장수들 중에 그 누구도 국가의 도움 없이 스스로 병력을 모집하여 훈련시키고, 먹이고, 재우고, 입히는 양병과 용병, 이 두 가지 모두를 수행하면서 나라를 지킨 장수는 없었다.

세계 최대 영토를 정복한 칭기즈칸도 몽골제국의 군주로서 국가의 모든 역량을 동원해 일궈낸 승리였고, 알렉산더와 나폴레옹도 국가의 역량을 동원할 수 있는 권력을 가졌기 때문에 가능했다. 그러나 국가의 최고 권력자도 아니고, 크게 주목받지도 못한 일개 수군지휘관이 풍전등화의 나라를 구해낸 것이다.

그동안 아무도 눈여겨보지 않고 냉대했던 수군, 그것도 삼도수군 중에서 가장 열악한 전력을 가진 전라좌수사 이순신!

임진년(1592) 5월 4일 영남 해역으로 첫 출동한 그는 임진년에만 모두 네 차례 출동해 열한 번의 전투를 벌여 모두 승리로 장식한다. 덕분에 조선은 다시 살아나게 되고, 백성들은 적을 물리칠 수 있다는 희망을 가지고 전국 각지에서 의병들이 들불처럼 일어나 전쟁의 양상을 바꾼다.

그는 1차 출동한 1592년 5월 4일부터 5월 9일까지 24척의 전라좌수영함대와 4척의 경상우수영함대가 함께 출동하여 옥포, 합포, 적진포해전을 치르면서 적함선 42척을 격파시킨다. 그리고 2차 출동한 5월 29일부터 6월 7일까지는 전라좌수영과 전라우수영, 경상우수영까지 통합한 51척의 연합함대가 출동하여 사천, 당포, 당항포해전 그리고 율포해전에서 적함선 67척을 격파하여 거제도 서쪽으로 침입한 일본수군을 모조리 격멸한다.

1592년 7월 6일부터 13일까지 출동한 3차 연합함대는 59척이 출동해서 한산도해전과 안골포해전을 치른다. 한산도해전에서는 적선 73척 중 59척을 격파하고, 이어서 벌어진 안골포해전에서도 30여 척의 적선을 격파한다. 1592년 8월 24일부터 9월 2일까지 삼도수군의 연합함대 80여 척이 출동한 부산포해전에서는 130여 척의 적선을 격파 임진년에 벌어진 해전 중에서 가장 큰 전과를 올린다.

그리고 앞에서 언급한 반간계 사건은 고니시 유키나가의 지휘 하에 있는 대마도주 소 요시토시(宗義智)와 첩자 요시라(要矢羅)가 주도해서 꾸민 음모로, 고니시 유키나가와 가토 기요마사의 갈등관계를 이용해 이순신을 제거하기 위해 이중간첩작전을 펼친 것이다.

가토가 대마도에서 건너온다는 정보를 주어 조선 조정으로부터 이순신으로 하여금 가토를 잡으라는 지시를 내리도록 한 것이다.

만약 이순신이 부산해역으로 출동하면 일본군이 사전 매복하고 있다가 이순신함대를 격파하든지, 아니면 이순신이 출동하지 않고 선조의 지시를 어겨 파직시킨다면 이순신을 제거함으로써 또 한 번의 침략전쟁을 승리로 이끌 수 있다고 판단한 것이다.

조정의 출동 지시를 받은 이순신은 적으로부터 나온 정보를 그대로 믿을 수가 없고, 특히 부산 해역 밖은 항해하기도 쉽지 않고 정박할 항구도 없어서 함대의 기동이 노출되면 적에게 오히려 기습을 당할 수밖에 없어 신중한 태도를 보인다.

결국 이 일로 인해 이순신은 삼도수군통제사에서 파직된다. 결국 일본군의 의도대로 이순신을 파직시키고 정유재란을 일으킨다. 이런 일본군의 반간계와 선조의 오판으로 인해 1597년 2월 26일 삼도수군통제사에서 보직 해임되고 투옥되어 심문을 받다가 살아나 백의종군 길에 오른다. 그리고 그 해 7월 16일 원균이 칠천 량 해전에서 패배 후 다시 삼도수군통제사로 재임명 받고 치른 명 량해전과 노량해전을 모두 승리로 이끌고 전쟁을 마무리한다.

23전 23승이라고는 하지만 실제로는 45회의 전투를 치르면서 단 한 번의 패배도 없는 불패신화를 만든다. 이처럼 모든 전투에 서 완벽한 승리를 거둔 예는 인류역사상 그 유래를 찾기 어려운 전공이다.

2. 문무 겸비

〈시대의 흐름보다 자신의 적성을 선택한 이순신〉

오늘날 세계에는 약 2만여 개의 다양한 직업이 있다고 한다. 그 러나 조선시대 양반집 자제들은 과거급제가 유일한 취업의 수단 이었다. 당시는 직업의 귀천이 뚜렷해 신분별로 사람의 직업이 정 해졌으며, 사농공상(士農工商) 순으로 직업에도 우선순위가 정해 져 있었고, 양반만 선택할 수 있는 관의 벼슬아치가 되기 위해서 는 과거시험에 반드시 합격해야 했다.

이처럼 조선 중기 사회의 양반 자제들이 취업을 할 수 있는 직 장은 국가의 녹봉을 받는 국가공무원이 되는 길이 유일했다. 그러 다보니 양반 자제들은 오직 과거시험에 합격하기 위해 많은 노력 과 정성을 기울였으며, 과거시험에 합격하지 못한 사람은 평생 하 는 일 없이 글공부에만 매진하면서 삶을 낭비하고 있었다. 혹자는 조선시대의 이런 과거시험이 국가적으로 큰 손실이었다고 비판한 사람들도 있다.

그리고 과거시험은 문과와 무과로 구분되어 있었으며, 앞에서도 언급했지만 당시의 시류는 문과급제를 해야 관리로서 제대로 능력을 발휘할 수 있고, 대우받을 수 있는 문과선호 의식이 매우 강했다. 실제로 과거급제 후 주어지는 보직의 문호도 문과는 무과보다 넓고 훨씬 다양했고, 지방 관리들의 모든 요직을 문과 출신들이 차지하고 있었기 때문에 당연히 과거에 응시하면 문과를 지원하는 것이 관례였고 시대의 흐름이었다.

이순신도 20세까지는 형들과 함께 서당에 다니면서 문과공부에 매진하였다. 이순신 집안의 가계도를 살펴보면, 그의 선대 조상은 고려 말기 이돈수(李敦守)를 중시조(中始祖)로 하고 있다. 중시조 이돈수는 고려 말기에 중랑장(中郎將)을 지냈으며 무장이었고, 2대 양준(陽俊)은 보승장군(保勝將軍), 3대 소(劭)가 지삼사사 증상장군(知三司使 贈上將軍)의 직책을 가졌던 것을 보면 그의 선대는 고려 말까지는 대대로 무장을 배출한 가문이었다.

실제로 이순신 집안의 문과 급제자 배출은 4대 선조인 윤번(允番)대에 이르러 처음으로 배출된다. 과거에 급제한 것은 고려 말기이지만, 왕조가 고려에서 조선으로 바뀌면서 도사(都事) 벼슬을 역임했다고 한다. 도사 벼슬은 오늘날로 치면 지방의 부군수 정도의 직책으로 문과 급제자 치고는 그다지 출세하지는 못한 것 같다.

이순신의 유년시절(십경도 현충사 제공)

4대 윤번의 뒤를 이어 문과 급제자는 그의 증손자인 7대 이변(李邊), 그리고 증조할아버지인 9대 이거(李据)도 문과에 급제한다. 특히 7대 이변은 조선이 건국하기 직전인 1391년에 태어나 세종 4년 1419년에 증광시(增廣試)를 통해 문과에 급제했다. 이거는 성종 11년(1480)에 식년시(式年試)에 급제하여 설경(說經, 정8품), 홍문관 박사(弘文館 博士, 정7품), 사경(司經, 정7품) 등 주로 왕에게 강의하는 직책인 경연관(經筵官)으로 학술기관의 직책을 역임했다. 당시에는 이런 직책을 청요직(淸要職)이라 하여 모든 사람들이 선호하고 우대받던 자리였다.

그리고 이순신의 할아버지 이백록(李百祿)은 초시(初試)를 합격해 생원(生員)이 되었고, 성균관에 입학한 전도유망한 청년이었다. 특히 중종 29년(1543)에는 임금이 문묘에 제사하고, 왕이 활 쏘는 대사례(大射禮)*를 행한 뒤 대궐에서 술과 음식을 하사한 데 대해, 성균관의 유생 대표로서 왕에게 올리는 짧은 글인 감사하는 전(箋)을 올리기도 한다.

*대사례(大射禮) ; 임금이 성균관(成均館)에 거둥하여 선성(先聖)에게 제향(祭享)하고 나서 활을 쏘는 예(禮).

성균관 유생 대표로 임금에게 글을 올린다는 것은 그만큼 그의 능력과 역량이 뛰어났음을 상징하는 것이다. 그러나 이처럼 전도 유망했던 이백록은 중종 14년(1519) 남곤(南袞) 등의 훈구파(勳舊

波)가 조광조(趙光祖)가 이끄는 신진사림파를 숙청한 기묘사화가 일어나자 함께 연루되어 처벌을 받게 된다. 이백록은 신진사림 세력으로 개혁정치를 주장했던 조광조의 정책노선에 앞장서서 지지하고 동참했으나, 조광조의 몰락으로 인해 결국 할아버지의 꿈은 좌절되고 만다.

덕수이씨 충무공이하 후손3인 효자충신 정려문

그러나 조광조가 숙청되고 그의 정치노선을 신봉하고 추종했던 할아버지 이백록은 그 꿈을 펼쳐보지 못하고, 시장을 관리하는 평시서(平市署)라는 낮은 직위에서 좌절하다가 국법을 어긴 죄로 곤장을 맞고 장독(杖毒, 곤장 후유증)으로 생을 마감한다. 할아버지 이백록의 불우한 삶을 지켜본 아버지 이정은 자신이 생각했던 문과의 꿈을 접는다. 그러나 자신은 비록 벼슬길에 나서지 않았지만,

자식들만은 출세해서 그들의 꿈을 펼쳤으면 하는 여타 부모들의 생각과 크게 다르지 않았을 것이다.

선대 조상들의 궤적을 살펴보면서 이순신이 7대 이변(李邊)의 성실하고 자수성가형의 삶의 자세를 물려받은 일면도 있지만, 9대 이거(李据)의 성품과 기질을 가장 많이 물려받은 것 같다. 이거는 문과 급제자였으나 청요직과 병조참의 등의 직책을 역임하고, 사람들로부터 호랑이 장령이라는 소리를 들을 정도로 청렴하고 엄정한 업무처리 모습 등을 유추해 보면 무인기질도 있었던 것 같다.

이러한 조상들의 활약상과 집안내력을 살펴볼 때 그에게는 문인보다는 무인으로서의 기질이 더 많이 흐르고 있었던 것으로 생각된다. 할아버지 이백록의 문과에서의 좌절과 불우한 삶을 뒤돌아보면서 그는 만 21세 때 당시의 시류였던 문과의 길을 접고 자신의 적성에 맞는 무과에의 길을 선택한다.

〈장인 방진과의 만남〉

오늘날은 가족계획, 혹은 핵가족이라고 해서 한 집에 한두 명 자녀를 두는 것이 보편화되었지만 기성세대만 해도 4남 1녀, 5남 1녀는 보통이었고, 많은 집은 7, 8명의 자녀를 둔 집안도 많았다. 그리고 자녀가 태어나면 자기가 먹을 것은 가지고 태어난다고 믿었기 때문에 자녀가 많은 집안은 다복한 집안이고, 집안이 번성하는 것으로 인식하고 있었던 시대였다. 이처럼 조선시대에는 아이가 생기면 모두 출산하다 보니 자녀수가 보편적으로 많았고, 이순신 집안만 해도 4남 1녀로 오늘날의 기준으로 본다면 형제가 적지 않은 집안이었다.

이런 추세와 흐름 속에서도 사대부 집안에 손이 귀한 집안은 자녀가 없는 집안도 있고, 자녀가 한 사람밖에 없는 가정도 있었다. 그리고 그런 가정일수록 자녀교육에 더욱 더 정성과 사랑을 쏟아 부었다.

이순신의 장인 방진은 보성군수를 지낸 무인으로서, 당시 활솜씨가 조선제일이었다고 할 정도로 무인으로서 자부심과 긍지를 가지고 있었다. 그러나 딸 하나를 둔 아버지로서 아쉬움을 달래기 위해서라도 사위만큼은 자신이 선택하고 싶었을 것이다. 그래서 평소 이순신 집안을 눈여겨보다가 집안에서 셋째인 이순신을 선택해 중매를 넣어 혼사를 성사시킨다.

그리고 사위가 된 이순신의 장래를 걱정하면서 어느 길이 바른 길인지를 놓고 많은 고심을 하였을 것이다. 이순신 할아버지의 문과의 길에서 좌절과 아버지의 출사 포기 등의 집안사정과 형편을 생각하고, 평소 이순신의 자질과 적성 등도 고려해 무과로의 전향을 조언했으리라 추정된다.

이순신은 20세에 결혼 후 무과급제를 한 기간까지를 고려한다면 약 10여 년 정도 처가살이를 한다. 혹자는 이순신의 집안이 빈한하여 처가살이를 할 수밖에 없었다고 하는 사람도 있으나, 그 이유보다는 처갓집의 형편을 봤을 때는 데릴사위 개념으로 처가살이를 했다고 보는 것이 더 타당하다.

장인 방진과의 만남은 이순신의 든든한 후원자를 넘어, 조선 최고의 무예스승을 만나게 된 것이다. 32살의 나이에 무과에 급제해 벼슬길에 오르고, 전라좌수사로 부임하면서부터 기록한 전쟁일기를 살펴보면 이순신은 시간만 나면 활쏘기 연습에 매진하고, 부하들에게도 활쏘기 경합을 자주 시킨 결과도 스승이자 장인의 영향이 크게 작용했으리라 보인다. 결국 이런 이순신의 활쏘기는 그의 평소 생활이었고, 훗날 조선수군의 전투력과도 직결된다.

〈문무를 겸비한 장수로 성장〉

그는 시대의 조류를 거부하고 그동안 공부해왔던 문과에의 길을 접고 자신의 적성에 맞는 무과공부로 방향을 전환한다. 이처럼 그의 성장과정을 놓고 볼 때 오늘날의 교육시스템과 매우 흡사한 길을 걸었다. 유년시절부터 20세까지는 오늘날의 초, 중, 고 교과과정에서 전인교육과 일반적인 학습을 마치고, 대학에 들어가서는 본인의 적성과 취미에 맞는 전공을 선택해 공부한 것과 매우 흡사하다.

20세까지는 서당에서 자연스럽게 글을 깨치고, 사서삼경(四書三經) 등을 통해 문과공부를 하면서 사람으로서 살아야 할 도리와 효와 충을 공부했을 것이며, 결혼 후에는 장인 방진과의 만남을 통해 자신의 적성을 살려 무과급제를 위한 전공을 공부하고 무예를 습득하게 된다.

당시의 시대흐름은 문과급제를 해야 제대로 대접받고 출세할 수 있었기 때문에 능력이 특출한 사람들은 모두 다 문과를 지원했다. 이처럼 문과를 지원한 사람들이 어려서부터 책을 통한 학습이나 체계적인 공부를 한 반면, 무과를 지원한 사람들은 남보다 힘이 세거나 한두 가지 무예가 특출한 사람들이 무과를 지원했다. 그러다 보니 조선 중기 무인들이 문인들보다 지식수준과 역량이 뒤처진 것은 어쩔 수 없는 현상이었다.

그러나 이순신은 이런 일반적인 무과를 선택한 사람들과 다르게 문인으로서의 폭넓은 지식과 학식을 이미 겸비하고 무인의 길을 걸었기 때문에 훨씬 더 탁월한 지략과 사고의 폭, 리더십이 뛰어났다. 그 증거가 바로 전투가 끝날 때마다 장계를 스스로 작성하여 조정에 보고하고, 조정에서 부당한 지시가 내려왔을 때는 잘못을 시정해 달라고 건의하였다.

조정에 올린 장계를 살펴보면 뛰어난 사리판단과 논리 정연한 글 솜씨를 통해 이런 자질을 엿볼 수 있다. 평소 누구보다 정확하게 이순신에 대해 알고 있었던 서애 류성룡은 《징비록(懲毖錄)》에서 이순신에 대해 이렇게 평하고 있다.

"순신의 사람됨은 말과 웃음이 적고 용모가 단아하며, 몸을 닦고 언행을 삼가는 선비와 같았으나, 그의 속에는 담기(膽氣, 담력)가 있어 자기 몸을 잊고 국난(國難)을 위하여 목숨을 바쳤으니, 이것은 평소에 축적한 것이었다." —류성룡 《징비록》 권 2 —

서애 류성룡은 이순신의 모습과 삶의 자세를 유학적 소양과 문무를 겸비한 모습으로 기록하고 있으며, 이순신의 용모와 평소 태도에 대해 "몸을 닦고 언행을 삼가는 선비"라고 표현하고 있다. 특히 7년간의 전쟁기록인 《난중일기》를 통해 자신의 감정과 판단력, 그리고 추진했던 일들이 가감 없이 진솔하게 기록되어 있다.

그의 뛰어난 문장력과 문학적 소양은 이제 우리나라만의 기록이 아닌 세계 사람들의 기록문화유산으로 2013년 등재되었다.

23전 23승의 빛나는 전과와 세계기록문화유산으로 등재된 《난중일기》는 한 마디로 이순신을 문무를 겸비한 장수였다는 것을 증명한 결과다. 결국 이순신의 위대함은 군인이 되기 전에 이미 한 인간으로서 올바른 가치관과 사생관이 형성된 이후에 무인으로서 길을 걷게 된 것을 알 수 있다.

3. 조선의 전쟁대비

〈조정의 인재등용〉

다산 정약용의 《목민심서(牧民心書)》 병전(兵典)에 있는 말이다. "무기는 설사 백 년 동안 쓸 일이 없다 해도 단 하루도 갖추고 있지 않으면 안 된다(兵可百年不用 不可一日無備)."

사람은 누구나 전쟁을 싫어하고 평화를 사랑한다. 병기는 그 쓸 일 곳이 없을수록 좋은 것이다. 그러나 어느 때 어느 나라의 침략이 있을지 아무도 기약할 수 없는 처지에서 무비(武備)를 게을리 해서는 안 된다. 1592년은 조선이 개국되고 200년간 평화가 지속된 시기로 조선은 전쟁보다 평화에 길들여 있었고, 그 누구도 전쟁을 원하지도 일어나기를 바라지도 않았다.

선조 22년(1589)은 임진왜란이 발발하기 3년 전 조정에서는 일본의 동태가 심상치 않다는 것을 인지하고 관직의 높고 낮음을 가리지 말고 인재를 등용해서 전란에 대비하고자 대신들에게 인재를 선발 추천하도록 하였다. 이런 과정을 거쳐 이순신은 전라좌도 수군절도사로 임명된다.

당시 조선사회는 국왕이 나라를 다스리고 있었지만, 유럽의 봉건주의 국가처럼 국왕 마음대로 국사를 좌지우지 못하도록 다양한 제도가 왕권을 제한하고 있었다. 이순신의 빠른 승진을 반대했던 대간(臺諫)은 사헌부, 사간원, 홍문관 등의 언론기관들이었다.

당시 법으로 종3품 이하 당하 수령은 30개월, 정3품 당상 수령은 20개월, 변방 수령은 만 1년이 넘어야 다른 직책을 맡길 수 있었다. 이순신이 정읍 현감에 보직된 지 약 6개월 만에 종6품의 현감에서 종3품의 첨사로 보직되는 것을 대간들이 법도에 어긋난다고 반대한 것이다.

〈이순신의 발탁〉

《선조실록》에 의하면 당시 전라좌수사 직책은 원래 원균(元均)에게 가야 할 자리였는데, 그에게 결정적인 결격사유가 생기면서 이순신이 대신 발탁된 것이다. 그리고 원균은 1년 후 12월에 경상우수사 보직을 받는다.

이순신보다 군의 선배인 원균으로서는 수군절도사의 보직을 이순신보다 늦은 것에 매우 못마땅했을 수도 있다. 그리고 삼도수군통제사로 이순신이 발탁되어 후배의 지휘를 받는 것도 불만족스러웠을 것이다. 훗날 원균이 이순신을 모함하고 그를 비방하게 된 원인은 이때부터 싹트기 시작했을 것이다.

오늘날 우리 법에도 군의 최고위 직책인 합참의장은 국회 청문회를 거쳐야만 임명될 수 있다. 조선시대에도 관리를 임명할 때 오늘날과 같은 인사청문회인 서경(署經)제도가 있었다. 대간은 적임자가 임명되었는지, 집안이나 개인에게 결함은 없는지, 정당한 승진인지를 따져서 한 가지라도 문제가 되면 인사를 취소할 것을 강력히 건의하였다고 한다.

그런데 이순신의 전라좌수사 임명은 품계를 무려 7단계나 뛰어넘는 파격적인 인사였기 때문에 대간들의 반대가 매우 심했다. 그러나 이런 파격적인 인사가 가능했던 것은 우의정이며 이조판서를 겸하고 있었던 류성룡이 있었기에 가능했다. 그리고 이순신은 이미 함경도에서 세 차례나 근무하면서 함께 근무했던 상급자들로부터 무장으로서의 뛰어난 능력을 인정받고 있었다.

그 좋은 예로 임진왜란 발발 3년 전인 선조 22년(1589) 2월에 일본의 침략설에 위기감을 느낀 선조가 대신들에게, "무장을 추천하라."고 지시한다. 당시 조정의 최고 실세였던 병조판서 정언신

과 우의정 이산해가 이순신을 추천한다. (《선조실록》 선조 22년 2월 21일)

그리고 그 해 선조는 국방과 군사업무를 전담했던 최고 권력기관인 비변사에 지시한다.

"이경록, 이순신도 채용하려 하니 아울러 참작해서 의논하여 아뢰라."   — 《선조실록》 선조 22년 7월 28일 —

당시 이순신은 함경도에서 우울기내를 생포하고, 여진족과의 전투에서 세운 그의 무공을 선조와 당시 직속상관이었던 병조판서 정언신은 이미 알고 있었고, 훌륭한 무장이라고 인식하고 있었다는 증거인 것이다. 그리고 류성룡이 《징비록》에서, "내가 순신을 천거해서 비로소 수사가 되었다."고 한다. 임진왜란이 발발하기 1년 전인 선조 24년(1591) 당시 이순신은 정읍현감으로 근무하고 있었다. 선조는 그 해 2월 비변사에 지시한다.

"이천(李薦), 이억기(李億祺), 양응지(梁應地), 이순신(李純臣)을 남쪽 요해지에 정송(定送)하여 공을 세우게 하라."
— 《선조실록》 선조 24년 2월 12일 —

여기서 나오는 이순신(李純信)은 이순신(李舜臣) 휘하에서 함께 싸운 장수로 이순신이 가장 믿고 신뢰했던 참모 가운데 한 명이었다. 특히 그는 임진년(1592) 7월 8일 한산도해전이 벌어졌을 때 견내량에 은거하고 있던 일본함대를 5~6척의 판옥선의 선봉지휘관으로서 한산도 앞바다로 유인해낸 장수다. 혹자들은 한글 이름만 보고 동명이인인 줄 모르고 이순신(李舜臣)으로 잘못알고 류성룡의 천거 이전에 선조가 이미 이순신을 추천했다고 주장하는 사람도 있으나 그것은 잘못이다.

선조가 추천한 이순신(李純信)은 종실 양녕대군의 후손으로, 어려서부터 학업에는 별 취미가 없고 무예만 익혀 25세에 무과에 급제한다. 급제한 이후에는 선전관, 온성판관, 의주판관을 거쳐 혜산진 첨절제사가 되어 북쪽 오랑캐들을 무찔렀지만, 모략에 의해 이억기 등과 함께 파면된다. 임진년(1592) 정월 10일 전라좌수영 예하 방답진 첨사로 부임하여 이순신(李舜臣) 과 인연을 맺게 된다.

그러나 한 가지 아쉬운 점은 이순신을 경상우수사나 전라좌수사로 보냈더라면 조선수군의 전투력은 더욱 막강해졌을 것이고, 만약 경상우수사로 보냈다면 개전 초 육지에 일본군이 상륙하지도 못하고 임진왜란이 끝나버릴 수도 있었을 것이라고 생각한다. 왜냐하면 경상우수영의 관할 포구는 8관 15포로 전라좌수영의 5관 5포의 3배에 달하는 막강한 전투력을 가지고 있었으며, 실제 경상우수영과 경상좌수영 그리고 전라우수영의 수군병력은 각각 1만여 명에 이르렀고, 전라좌수영만 그 절반 수준인 5천 명에 불과했다.

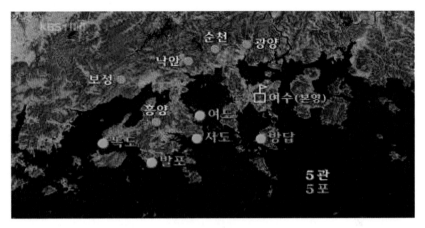

전라좌수영 예하의 5관 5포(현충사 제공)

이순신을 전투력이 가장 열세인 전라좌수영으로 보낸 배경을 두고, 혹자들은 정여립의 모반사건으로 아무 죄 없이 연루되어 의 금부에 투옥된 정언신을 위로 방문한 이순신의 행동에 대해 못마 땅하게 여기던 대신들이 이순신의 수군절도사의 보직을 반대한 다. 그러자 그들의 반대를 조금이나마 무마시키기 위해 가장 전투 력이 약한 전라좌수사로 보냈을 것으로 유추하는 사람들도 있다.

물론 수긍이 가는 면도 있지만, 그런 이유보다는 과거 이순신이 전라좌수영 예하의 발포만호로 18개월간 근무했기 때문에 과거 근무지역과 근무경험을 고려해 보직을 주었을 수도 있다. 오늘날 군에서 보직을 배정할 때도 과거 근무를 고려해 보직하기도 한다. 결과론적인 이야기지만, 경상우수사나 전라우수사로 보직되지 않 고, 오히려 자신이 근무했던 지역으로 보직되었기 때문에 1년 만 에 전투력을 배가시키고, 싸우면 이기는 부대를 만들어 임진왜란을 승리로 이끌었다고도 볼 수 있다.

  류성룡은 대간들의 상소와 반대를 무마시키기 위해 일본과의
전운이 감도는 시기의 절박함을 제시하면서 인재의 적재적소 선
발을 강조했다. 그리고 이순신을 천거할 때 이순신과 무과합격 동
기였던 나주목사(종3품) 이경록(李慶祿)의 임명을 취소함으로써
대간들과 절충하여 이순신의 승진을 성사시킨 것이다.

  이순신을 봐주기 위한 편파적인 인사라고 하였지만, 결과론적
으로 이순신의 파격적인 인사는 임진왜란을 승리로 이끈 가장 적
절한 인사조치였다. 대간들의 반발이 워낙 심해지자 선조가 나서
서 그들을 직접 설득한다.

영의정 류성룡의 임진왜란 동안 경험한 사실을 기록한《징비록》

  "이순신의 인사는 그대들 말과 같다. 나도 그런 줄 알고 있다.

그러나 지금은 원리원칙을 따른 인사를 할 때가 아니다. 인재가 부족하니 어쩔 수 없다. 이순신은 직책을 완수할 수 있는 사람이거늘, 계급의 높고 낮음을 따지지 말고 다시는 왈가왈부하지 말라. 당사자가 들으면 매우 섭섭할 것이 아닌가!"

이순신을 직접 천거했다고 주장한《징비록(懲毖錄)》은 임진 왜란이 끝난 후 류성룡이 낙향하여 5년 후 안동의 옥영정사에서 회고록을 정리하여 기록한 책이다. 이처럼 이순신과 류성룡의 관계는 매우 돈독했고, 두 사람은 임진왜란을 승리로 이끈 주역이었다.

4. 전라좌수영

〈전라좌수영의 기강을 세우다〉 (1591. 2. 13~1592. 4)

1591년 2월에 보직된 이순신은 임진왜란이 발발하기 전까지 약 14개월 동안 불철주야 전쟁준비에 심혈을 기울인다. 주변 모든 사람들이 전쟁은 일어나지 않을 것이란 조정 여론에 귀 기울이고 있을 때, 그는 전라좌수영 관할 구역인 5관 5포를 직접 현장지도하면서 각 진의 성벽보수, 병장기 정비, 전선 보수 등에 심혈을 기울였다.

좌수사로 부임한 후 동헌 근무, 즉 사무실 근무가 약 1/3이고, 2/3는 현장지도 및 확인감독을 철저히 시행했다. 장졸들의 전투훈련과 포사격 훈련 등을 실전과 같이 철저하게 시켰으며 만일의 사태를 대비해 전쟁발발 시 일본수군과의 전쟁에서 이길 방법을 생각해낸 것이 거북선 건조였다.

본인의 파격적인 인사에 대해 누구보다 잘 알고 있는 그로서는 전라좌수사로 부임한 후 막중한 책임감과 함께 임무의 중요성을 심각하게 받아들였을 것이다. 특히 선조는 권좌에 오른 후 '패배한 무장은 사형'이라는 원칙을 세워놓고 단호하게 처벌하면 전투를 지휘는 무장이나 군사들이 모두 최선을 다할 것이란 생각을 가지고 있었던 것 같다.

선조 20년(1587) 2월 남해안에 왜적이 침공해 아군에게 큰 피해를 준 사건이 터졌을 때 선조는 전라좌수사 신암을 처형했다. 이순신이 전라좌수사로 부임하기 4년 전의 일이다. 이런 분위기 속에서 이순신은 전라좌수사로 부임한 지 10개월이 지난 후의 일기다.

"맑음. 동헌에 나가 공무를 보았다. 각 고을의 벼슬아치들과 색리(아전)들이 인사하러 왔다. 방답의 병선(兵船) 군관과 색리들이 병선을 수리하지 않아 곤장을 쳤다. 우후(虞侯), 가수(假守, 임시관리)가 제대로 단속하지 않아서 이 지경에 이른 것이니 참으로 해괴하기 짝이 없다. 자기에게 이로운 일만 하고, 이와 같이 공무를 돌보지 않으니 앞일도 알 만하다. 성 밑에 사는 토병(土兵) 박몽세(朴夢世)는 석수랍시고 선생원(先生院)에 쇄석(쇄사슬 박을 돌)을 뜨는 곳(浮石處)에 갔다가 이웃집 개에게까지 피해를 끼쳤으므로 곤장 여든 대를 쳤다." — 《난중일기》 1592(임진년). 1. 16. —

　그는 부임하고 10개월이 지났는데도 전투를 치러야 하는 병선이 아직 수선되지 못하고 있는 것을 보고 병선군관들과 색리들을 곤장으로 다스리면서 책임자들의 안일한 근무 자세에 대해서도 아쉬워하고 있다. 또한 병사가 백성들의 개에게까지 피해를 입힌 것을 알고 병사를 불러다 곤장을 때렸다. 어떻게 보면 좌수사의 높은 보직에 있는 사람이 일개 병사에게까지 곤장을 친 것은 너무 과한 것이 아니냐고 할 수도 있다. 그러나 그의 이런 처벌은 그 병사 한 명으로 끝나는 것이 아니고, 전라좌도 5관 5포의 모든 관리들과 병사들에게 경각심을 불어넣어 주고, 백성들의 재산을 지켜주기 위한 일벌백계의 의미를 담은 처벌이었다.

　한편 이러한 모습은 당시의 관리들의 해이된 도덕성과 낮은 직급인 토병들까지 백성들을 우습게 보는 이런 풍조가 만연되어 있었던 시대상황을 엿볼 수도 있다. 여기서 우리는 이순신의 전쟁준비에 대한 철저한 대비책과 준엄한 지휘방법을 엿볼 수 있으며 백성들까지 사랑하는 애민정신의 마음을 읽을 수 있다.

〈부하들의 사기진작〉

　부하들의 사기진작을 위한 내용이 쓰인 일기를 한번 살펴보자.

"맑음. 동헌에 나가 공무를 보았다. 여도(呂島)의 천자선(天字船)*

이 돌아갔다. 무예성적이 우수한 자들에 대한 장계(狀啓)와 대가
(代加)를 청하는 목록을 밀봉해 감영으로 보냈다."

— 《난중일기》 1592(임진년). 1. 18. —

장계는 조정에 보고하는 공문서다. 그리고 대가(代加)는 문무의
현직관원이 관직에 더 오를 수 없는 단계가 되면 자신에게 별가
(別加)*된 산계를 아들, 사위, 아우, 조카들 친족 가운데 한 사람에
게 대신 더해주는 제도이다.

*천자선(天字船) ; 천자문의 글자 순서대로 배 이름을 정한 것이니, 천자
　선은 1호선이다.
*별가(別加) ; 조선시대에 나라에서 경사가 있을 때 벼슬아치의 품계를
　그 임기에 관계없이 특별히 올려주던 일.

그가 부하들의 무예성적을 장계로 올리는 일은 결코 쉬운 일은
아니다. 요즘 군대 같으면 어떤 근무 유공이나 시험성적이 우수할
때는 상장이나 표창을 주어 본인의 잠재역량에 반영시키도록 제
도화되어 있다.

그 때는 변방의 지휘관들이 일일이 기록해서 공문서 양식으로
작성한 장계를 조정에 올렸을 때만이 인정받을 수 있었다. 그렇다
면 지휘관들이 우선 부지런해야 하고, 공문서 작성을 잘 할 수 있
는 능력도 구비해야 한다. 그리고 더 나아가 부하사랑의 마음과
부대의 사기를 생각할 줄 아는 덕을 갖춘 지휘관으로서의 자질을
갖춰야만 가능한 일이다.

조선은 숭문천무(崇文踐武)의 사상이 만연되어 있었고, 무인들은 힘과 용기만 가지고 있는 《삼국지연의》의 장비 같은 장수를 선호하던 세상이었으니, 무인들 중에는 장계를 올려 조정에 보고하는 것 자체를 꺼리거나, 능력이 없었던 사람들도 있었을 것이다. 그러나 이순신은 무과시험을 치르기 전에 문과시험 공부를 하였고, 그의 지적 능력과 실력은 문인들에게도 뒤지지 않을 만큼 탁월했다.

특히 이순신은 어떤 일에 대해 철저히 기록하고 근거를 존안(存案)하는 좋은 습관을 지닌 무인이었다.

류성룡

〈류성룡과의 끈끈한 우정〉

조선 500년 역사 속에서 최고의 명재상 반열에 오른 류성룡과 이순신의 우정은 단지 두 사람만의 우정으로 끝나는 것이 아니라, 우리 역사에 참으로 소중한 만남이었다고 생각된다. 이순신이 전라좌수사로 보직되고 나서 류성룡은 이순신에게 귀한 선물을 보낸다.

"좌의정 류성룡 대감이 편지와 함께 《증손전수방략(增損戰守方

略)》이란 책을 보내왔다. 이 책을 보니, 수전(水戰), 육전(陸戰), 화공법 등에 관한 전술을 자세히 설명하고 있는데, 참고할 만한 이론이 담긴 뛰어난 책이다."

— 《난중일기》 1592(임진년). 3. 5. —

그가 류성룡으로부터 서신과 전술책자를 받은 것은 임진왜란이 일어나기 약 한 달 전쯤이다. 류성룡으로서는, 이순신이 전라좌수사로 근무한 지 1년이 지난 시점으로 일본의 심상치 않은 동태를 서신에서 밝혔을 것이며, 전쟁 대비에 대한 당부와 함께 귀한 책을 구해 보내면서 전쟁에 참고하라는 의견을 밝혔을 것이다.

그 때는 시기적으로 이런 책을 구하기도 힘들었고, 전라좌수사로 보직된 이순신에게 줄 수 있는 최고의 선물이었다. 이 책은 훌륭한 병법서이기는 하나 후대에 전해지지는 않고 저자도 알 수가 없다. 이순신이 평가한 책의 서평을 보면 무척 귀한 책이고 전쟁에 대한 전술과 이론을 기록한 책이라는 것만 알 수 있다.

결국 이런 두 사람의 관계는 두 사람만의 우정을 뛰어넘어 나라와 백성을 위한 충(忠)으로 귀결되어 임진왜란을 승리로 이끄는 주 요인이 되었다.

〈인접 전라우수영까지 챙기는 아량〉
전라좌수사로 부임한 지 1년이 조금 지나 전쟁준비에 박차를 가하고 있었던 시기였다. 그리고 전라좌수사 담당 지역뿐만 아니라 주변 지역까지도 전투준비에 필요한 물자를 나눠주는 모습이 보인다.

> "전라우수사 이억기(李億祺)의 군관이 와서 화살대 큰 것과 중간
> 것 100개와 쇠 50근을 보냈다."
> ─ 《난중일기》 1592(임진년). 2. 13. ─

전쟁준비를 위해 지역마다 성곽보수, 선박건조 및 수리, 전투물자 준비, 군량미 확보 등을 위해 총력전을 펼치고 있었을 시점이다. 조선군의 주력화기는 화살과 칼이었으며, 특히 서로의 배 위에서 상대방을 공격하는 수군의 무기는 화살이 가장 중요한 화기였다. 화살은 실탄과 같이 없어서는 안 되는 소중한 전투물자였다. 그러한 전투물자를 인접지역 전라우수사에게 보내는 이순신의 모습에서 우리는 두 가지를 느낄 수 있다.

하나는 전라좌수영 지역의 마무리되어 가는 전투준비 상태를 엿볼 수 있고, 또 하나는 전라좌수영 지역뿐만 아니라 남해안 전체의 전쟁준비를 걱정하고 있는 그의 마음을 유추해 볼 수 있다. 어려운 여건 하에서도 상대방을 배려하는 모습과 국가 전체의 전쟁준비에 노심초사하는 열린 마음과 함께 그의 국가관의 크기를 가늠해 볼 수 있다.

〈부하들의 충성심과 전우애 고취〉
언제 일어날지도 모르는 전쟁을 준비하기 위해 예하부대 순시

를 통해 세부점검과 현장 확인을 실시하였으며, 저녁에는 부하들의 사기를 위해 술과 음식을 함께 나누면서 전우애와 화합을 도모하였다.

앞에서도 이미 제시하였지만, 전라좌수영 예하의 5관 5포를 현장 점검하면서 잘못된 것은 고치도록 독려하고, 야간에는 그들과 함께 술과 음식을 나누면서 수고를 치하하고 격려하면서 단결력을 결속시키고 사기를 고양시켜 나갔다. 당시의 정황을 엿볼 수 있는 기록을 살펴보자.

"조방장 정걸(丁傑), 능성현감 황숙도(黃叔度)도 와서 함께 마셨다. 배수립(裵秀立)도 나와서 함께 술잔을 나누며 즐기다가 밤이 깊어서야 헤어졌다. 신홍헌(申弘憲)에게 전날 심부름하던 삼반하인(三班下人)들에게도 술을 나누어 먹이도록 했다."

— 《난중일기》 1592(임진년). 2. 21. —

그와 왜란 발발 후 함께했던 정걸과 같은 인물을 볼 수 있는 것처럼 평소부터 부하들과 이렇듯 친밀함을 통해 서로 믿고 의지할 수 있는 끈끈한 전우애를 만들어가며 관계의 중요성에 대해 인지하고 있음을 알 수 있다. 특히 여기서 말하는 삼반하인은 지방 관아에 딸린 군노(軍奴), 사령(使令), 급창(及唱) 등을 일컫는다. 심부름하던 노비부터 하인들까지 잊지 않고 챙기는 부하사랑의 모습과 인간존중에 대한 그의 자상한 모습을 엿볼 수 있다.

예나 지금이나 높은 직책에 있거나 많이 가진 자들 중에는 아랫사람을 무시하고 갑질하는 사람들을 흔치않게 볼 수 있다. 특히 조선시대에는 양반과 상민의 관계가 명확해 그 어느 때보다 차별이 심했던 시대에서도 수고한 부하들과 하인들까지 노고를 치하하고, 술을 내어주는 그의 마음씀씀이가 바로 그의 몸에 밴 덕이 자연스럽게 배어나오는 모습이다.

〈전라좌수영 5관 5포의 전투준비태세 점검〉

이순신은 이처럼 전쟁준비를 위해 전라좌수영 관할구역인 5관 5포를 일일이 순시하고 있었다. 일기에 기록된 내용을 한번 살펴보자.

5관 5포의 하나였던 녹도(녹동)(고흥군청 제공)

5관 5포를 순시하면서 녹도지역을 순시했던 날의 정경을 손에 잡히듯이 기록하고 있다.

전투함선을 만드는 조선소에 들러 배의 상태와 각종 기구들을 일일이 점검하고 확인하고 있었다.

녹도는 오늘날 한센병 환자들의 요양소로 유명한 소록도이다. 특히 지금은 빼어난 경관으로 관광지로 각광을 받고 있는 곳이기도 하지만, 당시 녹도만호 정운(鄭運)은 평소 근무도 꼼꼼하고 치밀해 이순신의 신뢰를 받았던 모습이 일기에 잘 나타나 있다.

임진왜란 발발 시 이순신의 최측근으로 가장 아끼고 신뢰하는 부하였는데, 훗날 부산해전에서 정운이 사망하자 대성통곡하며 안타까워했다. 그의 관할구역인 전라좌수영의 5관 5포를 순시하는 것도 결코 쉬운 일은 아니었던 것 같다. 특히 음력 2월은 봄이라기엔 아직 이른 계절이고, 해안지역의 거친 파도와 바다 날씨를 사전에 예측하기도 쉽지 않았을 것이다. 일기에 기록된 내용을 살펴보자.

"흐렸다, 배가 늦게 출발하여 발포에 이르자, 역풍이 세차게 불어 배가 갈 수가 없었다. 성 머리에 간신히 배를 대고 배에서 내려 말을 타고 갔다. 가는 도중 비가 몹시 쏟아져 일행들이 우왕좌왕하다가 꽃비에 흠뻑 젖어 발포로 들어가니 해는 이미 저물었다."
— 《난중일기》 1592(임진년). 2. 23. —

바다에서 역풍을 만나 고초를 겪다가 육지에 내려 빗속에서 일행들이 고생했던 모습을 기록하고 있다. 이날 꽃비에 젖은 이순신 일행은 우측에 길게 보이는 방파제가 시작되는 우측 끝에서 배를 내려 발포진성으로 들어왔을 것이다. 전라좌수영 관할구역인 5관 5포를 점검하고 순시하는 도중에 이처럼 기상이변과 함께 바다 날씨가 만만치 않았던 것이다.

발포항(자료제공 고흥군청)

그러나 그는 여기에서도 힘든 날씨를 탓하지 않고 꽃비에 젖었다고 기록하는 여유 있는 심경을 표현하고 있다. 이처럼 이순신은 자기 관할구역을 직접 순시하면서 전투준비상태와 선박건조 및 정비 상태, 포사격, 진지구축 상태 등을 직접 점검하고 있었다. 그리고는 저녁에는 수고한 사람들과 함께 술과 음식을 나누면서 노고를 치하하고, 전우애를 다지면서 화합과 신뢰를 구축하였다. 이 때가 바로 왜란발발 2개월 전이다.

5. 삼도수군통제사

〈초대 삼도수군통제사〉 1593. 8.~1597. 2. 26

1593년 8월에 전라좌수사 겸 삼도수군통제사로 보직된 이순신은 통제영의 본부를 일본군의 동태파악과 통제가 용이한 한산도로 옮긴다. 이 시기는 명나라와 일본의 강화기간으로 전쟁은 소강상태였고, 이 틈을 이용해 그는 수군 전력보강에 매진한다. 경상, 전라, 충청의 삼도수군진영에 전투함 건립 목표를 제시하여 240여 척의 건립계획을 수립하여 추진한다.

그리고 한산해전에서 대승을 거둔 후로 일본수군에게 치명상을 입혔으며, 그로 인해 도요토미 히데요시는 일본수군 지휘관들에게 조선수군과 교전하지 말라는 지시를 한다. 조선수군은 이순신의 일사불란한 통제와 지휘에 따라 최강의 전투력을 보유하고 있었으며, 계속되는 승리에 대한 경험 축적으로 싸우면 반드시 이긴다는 승리에 대한 확신과 불패의 신화를 이어가고 있었다.

그러나 일본군은 자신들의 작전에 가장 큰 걸림돌이 되었던 그를 제거하기 위해 앞에서 설명한 것처럼 반간계에 넘어간 선조와 조정대신들은 그를 파직시키고 역모 죄로 몰아붙여 의금부에 구속시킨 후 고문을 단행한다. 일본은 자신들의 작전대로 되었다고 매우 좋아했을 것이다.

이후 정유년(1597) 2월 26일 이순신의 후임으로 보직된 원균은 삼도수군통제사로 부임한 지 5개월 만인 7월 16일 칠천량 해전에서 일본군에 대패하여 조선수군은 괴멸된다.

이순신은 5개월 전에 파직되어 한산도를 떠날 때 후임 원균에게 약 180여 척의 전함과 300문의 재고 총통, 화약 4,000근, 군량미 9,914섬을 넘겨주고 떠났다.

그러나 칠천량 해전에서 조선수군은 대패하고, 어렵게 도망쳐 나온 배설(裵楔)이 중요한 전투물자를 적의 손에 넘길 수 없다는 절박함에 한산도 본영에 불을 질러 그동안 이순신과 부하들이 피땀 흘려 준비한 한산도의 모든 전투물자는 조선수군의 영광과 함께 모두 한 줌 재로 변하고 만다.

〈3대 삼도수군통제사〉 1597. 8. 3.~1598. 11. 19.

그러나 정유년(1597) 8월 3일 삼도수군통제사로 재임명된 이순신은 그 해 9월 16일 명량에서 13척으로 330여 척의 일본함대와 생사를 건 전투에서 31척의 적선을 격멸하고 적을 물리친다. 해가 바뀌어 이듬해 11월 19일 도주하는 500여 척의 일본전함과 노량에서 최후의 혈전을 벌여 전쟁을 승리로 거두고 자신도 전사하며 임진왜란의 기나긴 7년전쟁을 종결한다.

그는 국왕 선조의 핍박과 냉대, 주변의 견제와 모함을 극복하고 주어진 여건 속에서 묵묵히 국가와 백성을 위한 충과 의를 다한 숭고한 삶을 살다 갔다.

최석남의 저서 《구국의 명장 이순신》에서 임진왜란 7년 동안 이순신 함대의 총 전과는 불태우거나 나포한 전선 및 재취역 불가하도록 대파한 전선은 모두 935척이고, 살상한 적 병력은 12만 6천 380명이다. 그리고 아군의 피해는 전선 3척과 전사상자 1,022명으로 산정해 놓고 있다. 전선 3척의 피해도 2척은 웅천해전에서 안전사고로 좌초된 것이고, 1척은 노량해전에서 명나라 수군사령관에게 빌려준 배다. 비교적 신뢰성 있는 근거자료를 통해 산출한 결과이다.

노량해전에서 이순신과 함께 싸우고, 1년간 함께 생활하면서 그를 지켜본 명나라 수군제독 진린은 선조에게, "이순신은 경천위지(經天緯地)*의 재주가 있고, 보천욕일(補天浴日)*의 공로가 있는 사람입니다."라고 칭찬했다. 또 그 사실을 명나라 신종황제에게 보고해 그에게 도독(都督)의 인수(印綬)를 내리게 했다.

— 〈이충무공 신도비명〉

*경천위지(經天緯地) ; 경(經)과 위(緯)는 경도(經度)와 위도(緯度)에 쓰이는데, 두 글자 또한 세상을 다스린다는 뜻으로, 하늘과 땅을 다스린다는 의미다.
*보천욕일(補天浴日) ; '하늘을 깁고 해를 목욕시킨다'는 뜻으로, 나라에 큰 공훈이 있음을 비유하는 말이다. 여와(女媧)가 하늘의 이지러진 부분을 메웠다는 전설에서 나온 '보천(補天)'과 희화(羲和)가 해를 목욕시켰다는 전설에 나오는 '욕일(浴日)'에 대한 두 가지 신화에서 유래한 성어(成語)이다.

정조 임금은 《이충무공 전서》가 발간되기 전인 1794년 이순신의 신도비를 직접 지으면서, "우리나라가 다시 일어나게 된 것은 오직 충무(이순신) 한 사람의 힘이다. 이제 내가 충무공의 비문을 짓지 않고 그 누구의 비명을 쓴다 하랴!"라고 하면서 비명을 썼을 정도로 이순신을 높이 평가했다.

그리고 1795년 《이충무공 전서》가 나왔다. 정조는 이 책을 인쇄할 때 임금의 개인재산인 '내탕금'을 내려주었다. 이처럼 왕이 나서서 특정관리의 개인문집을 만든 과거 사례가 없었기에 일부 신하들이 이에 반대했다. 그러자 정조는, "이순신과 같은 신하가 100명 있다면 100명 모두에게 문집을 만들어 주겠다."라며 이를 단호히 물리쳤다.

또한 이순신과 적으로 만난 일본사람들조차도 임진, 정유 7년 전쟁을 '이순신의 전쟁'이라고 평가할 정도다.

"일본수군의 장수들은 이순신이 살아있을 때 기를 펴지 못했다. 그는 실로 조선의 영웅일 뿐만 아니라 동양 3국을 통틀어 최고의 영웅이었다."   ― 토쿠토미소호 《근세일본국민사》 ―

1904년 러시아의 발트함대를 거제도 앞바다에서 격파한 일본의 도고 제독에게 세계의 찬사가 쏟아졌다. 그때 영국의 한 기자가, "당신은 트라팔가 해전에서 프랑스와 스페인의 연합함대를 물리친 영국의 넬슨제독과 조선의 이순신과 같은 영웅입니다."라고 극찬한다. 그 말을 들은 도고 제독은 "나를 넬슨에 비유할 수는 있겠지만, 조선의 이순신에게는 비교할 수가 없다."고 말한다.

2000년 《수길의 야망과 오산》 이란 책을 공동 집필한 카사야와 구로다는 그 저서에서 "이순신은 적과 우리를 뛰어넘는 군신(軍神)이었다."고 기록하고 있다. 그리고 일본 '사무라이와 전쟁사' 전문가인 영국의 스티븐 턴볼이 2002년에 출간한 그의 저서에서, "이순신은 한국의 영웅이자 인류 역사를 통틀어 가장 위대한 해군지휘관 중 한 명이다."라고 평가하고 있다. 이처럼 시대와 국적, 신분고하를 막론하고 이순신은 수많은 사람들로부터 존경과 추앙을 받고 있다.

인류가 지구에 발을 디뎌 지금까지 살아 온 전쟁의 역사에서 금세기까지 전장에서 최고의 능력을 발휘한 병기는 인간이었다고 한다. 조선 중기 7년간의 임진왜란에서 조선 최고의 비밀병기는 이순신 바로 그 자신이었다.

6. 원칙중심의 리더십

원칙중심(Principle Centered) 리더십은 한 마디로 요약하자면 '원칙(原則)'을 바탕으로 발휘하는 리더십이다. 이 리더십을 최초로 제안한 사람인 스티븐 코비(Stephen R, Covey) 박사는 전 세계적으로 가장 존경받는 리더십의 권위자이자 조직 컨설턴트이다.

코비 박사는, "원칙중심의 지도력은 매우 드물다. 그것은 모든 인간관계에 내재하는 질(質, 양질)과 탁월함과 우수성을 나타내는 상징이며, 인간에 대한 존경심에 기초하고 있다. 지도자는 추종자들을 존중하며, 추종자들도 그를 존중하기 때문에 그에게 헌신한다. 원칙중심의 지도력이 갖는 특징은 지속적이고 주도적인 영향력을 행사한다는 데 있다."

원칙중심의 리더십은 원칙에 충실하여 주어진 임무를 완벽하게 수행했을 때 그를 추종하는 자들에게 존경심을 갖게 하고 헌신하도록 하는 리더십이다.

이순신은 성장과정 속에서 집안의 가풍으로 내려오는 바르고 올곧은 성품을 이어받았으며, 문무를 겸비한 장수로 성장하여 나라가 위태로울 때 자신에게 주어진 힘든 여건을 극복하고 역량을 발휘하여 단 한 번도 패하지 않은 전승의 역사를 기록한다.

그리고 훈련원 봉사로 근무할 때 병조좌랑 서익의 인사 청탁을 거절하고 원칙대로 추진한 이순신의 올곧은 소신은 잘못하면 원칙만을 고집한 융통성 없는 사람으로 낙인찍혀 사회생활 하는 데 지장을 줄 수도 있다. 그러나 원칙을 지키며 자신의 소신을 가진 젊은이로 올바르게 주위 사람들에게 인식시킬 때 오히려 그런 사람을 지지하고 두둔해 주는 사회가 올바른 사회다.

군생활간 많은 어려움도 있었지만 이순신의 능력과 인품을 올바로 아는 사람들은 그의 이러한 올곧은 성품과 함께 각자가 가진

기량을 펼칠 수 있도록 인정해 주고, 여건을 조성해 주었다. 그리고 따뜻한 인간에 대한 사랑의 마음이 부하들에게 그대로 전해져 그를 존경하고 그에게 목숨 바쳐 헌신하게 만든 이순신의 인품과 리더십은 부하들에게 자연스럽게 '원칙중심의 리더십'으로 나타나게 되었다.

전함 10

제2장. 믿고 따르는 부하들

"아침에 옷 없는 군사 17명에게 옷을 주었다. 그리고 여벌로 한 벌씩 더 주었다." ― 《난중일기》 1596(병신년). 1. 23. ―

1. 리더의 조건

노나라 군주인 정공이 공자에게 물었다. "군주가 신하를 부리고, 신하가 군주를 섬김에 있어 어떻게 해야 합니까?"

공자가 대답했다. "군주는 신하를 예(禮)로써 부리고, 신하는 군주를 충(忠)으로 섬겨야 한다(君使臣以禮 臣事君以忠)."

여기서 이야기한 충(忠)이란 군주에 대한 맹목적인 복종이 아니라 자기 자신에 대한 충실, 성실을 이야기한다.

리더는 그를 추종하는 세력이나 자기 아랫사람에게도 예(禮)를 갖춰 인간적으로 대해 주는 것이 기본이다. 즉 사람을 대하는 자세가 그 지도자의 역량이고 자질인 것이다.

인도 독립운동의 아버지인 간디의 인간에 대한 사랑과 배려의 모습을 엿볼 수 있는 일화가 떠오른다. 간디가 인도 캘커타 역에서 출발하려는 기차를 급히 승차하려다 그만 신발 한 짝이 벗겨지고 말았다. 기차가 막 출발하려고 하자 간디는 한쪽 발에 남아있던 신발마저 벗어 자기 신발 한 짝이 떨어진 플랫폼 바닥에 집어 던졌다. 이 모습을 지켜본 일행이 왜 신발을 벗어 던지느냐고 질문을 하자, 간디는 "한 짝밖에 없는 신발은 아무 쓸모가 없다. 그래서 나머지 한 짝을 벗어서 던져 놓았다. 그래야 누군가 필요한 사람이 제대로 된 신발을 신을 수 있지 않겠느냐."고 대답했다.

인간에 대한 사랑과 배려의 마음이 묻어나는 간디의 아름다운 모습이다. 이런 사람이 바로 그 시대에 필요한 지도자이고 리더가 되어야 한다.

특히 목숨을 걸고 국가안보를 위해 임무를 완수해야 하는 군의 특성을 감안할 때 리더의 자질은 그 어떤 조직의 리더보다 높은 도덕성과 함께 헌신, 희생, 모범을 보여줘야 한다. 그래야만 부하들은 그 지휘관에게 복종하고 그 결과가 나라에 대한 충으로 귀결될 것이다.

《손자병법》에서 장수의 덕목을 '지(智)·신(信)·인(仁)·용(勇)·엄(嚴)' 다섯 가지를 들고 있다. 다른 덕목도 중요하지만 그중에서 최우선적으로 갖추어야 할 덕목은 인간에 대한 사랑과 배려가 될 어질 인(仁)이다. 인(仁)의 덕목을 겸비한 리더는 아랫사람들의 배고픔과 목마름을 알고, 그들과 노고를 같이한다는 동고동락의 마음 씀을 말한다. 이런 리더는 전 장병이 일체감을 이루게 하고 자발적으로 복종하게 만든다.

우리 역사에 최고의 리더로 추앙받는 이순신의 리더십 가운데 부하사랑의 근무자세 사례를 한번 살펴보자.

2. 부하 사랑

〈장졸들의 회식〉

군 지휘관의 책무 중 가장 중요한 임무는 책임완수다. 그러나 책임완수를 위해서는 평소 부하복지와 사기앙양이 무엇보다 중요하다. 평소 부하들의 사기를 높여주고, 그들의 마음을 하나로 만들기 위해서는 다양한 방안이 있을 수 있다. 임무가 부여됐을 때 부대의 단결과 책임완수를 강조하고, 전시에는 적에 대한 적개심을 불어넣어 주어 전투의욕을 고취시키는 것도 대단히 중요한 업무이다.

그러나 지휘관과 부하들 간에 의기가 서로 투합하고, 지휘관의 명령에 물불을 가리지 않고 복종하고, 전투에서 용맹성을 발휘하기 위해서는 평소 지휘관의 솔선수범과 부하들과 동고동락하는 모습이 무엇보다 중요하다. 그리고 힘든 임무가 완수됐을 때 부하들과 함께 음식을 나누고 격려하는 회식석상도 결코 소홀히 할 수 없는 부분이다. 1594년에 기록된 일기를 살펴보자.

"아침에 본영의 격군 칠백 마흔 두 명에게 술을 먹였다."
— 《난중일기》 1594(갑오년). 1. 21. —

"맑음. 오늘 여제(厲祭)*를 지냈다. 삼도(三道)의 군사들에게 술 1,080동이(盆)를 먹였다." — 《난중일기》 1594(갑오년). 4. 3. —

*여제(厲祭) ; 나라에 역질(疫疾)이 돌 때에 지내던 제사. 봄철에는 청명(淸明)에, 가을철에는 7월 보름에, 겨울철에는 10월 초하루에 지냈다.

"맑음. 기분이 좋아졌다. 오늘 우도에서 삼도(三道)의 군사들에게 술을 먹였다." — 《난중일기》 1594(갑오년). 4. 29. —

1594년이면 왜란이 발발한 지 3년이 지난 시점으로 개전 초보다 전투가 많지는 않았지만 전쟁은 계속되고 있었다. 삼도수군통제사 이순신으로서는 계속되는 전투에서 살아남은 장졸들의 격려도 필요하고, 다음 전투에서의 승리를 위해 그들의 사기를 고양시켜야만 했다. 음력으로 1월이면 남쪽 해안이라 하더라도 아직도 바닷바람은 차갑고 날씨도 무척 스산했으리라. 본영의 노 젓는 격군 742명에게 술을 먹인 기록이 나온다.

전쟁은 전투원이 하지만, 해전에서 노 젓는 격군들의 임무도 결코 소홀히 할 수 없는 중요한 임무이다. 고대 로마나 유럽처럼 노 젓는 격군들이 노예가 아니고, 모두가 조선의 백성들로서 나라를 지켜야 한다는 충성된 마음 하나로 그들은 임무를 완수했다. 그러나 자칫 잘못하면 임무의 경중을 따져 전투원보다 홀대하거나 소외감이 생길 수도 있는 상황으로, 전투원보다 격군들의 노고를 먼저 치하하고 격려함으로써 그들을 배려하는 모습을 보인 것이다.

4월로 접어들면서 전쟁을 치른 군사들에게도 술을 먹인 기록도 보인다. 이처럼 주기적으로 장졸들에게 술도 먹이고 회식을 통해 그들의 사기를 고양시키고 있다. 또한 전투가 소강상태일 때는 다음 전투를 위해 각종 병장기를 보수하고, 전투함들을 보수하는 일들도 소홀히 할 수 없는 중요한 임무였을 것이다.

일본군의 동태를 확인하기 위해 적이 주둔하고 있는 근처 바다에 초탐선을 내보내고, 적의 진출입을 확인하기 위해서 해안의 주요 망루에 감시병을 배치시켜 적의 동태를 지속적으로 파악하고 있었다.

> "맑음. 새벽에 상선을 출발시켰다. 재목을 하역할 군사 천 이백 여든 세 명에게 밥을 먹이고서 끌어내리게 했다."
>
> — 《난중일기》 1595(을미년). 9. 2. —

이 한 줄의 기록에서도 우리는 그의 부하 사랑과 배려의 모습을 엿볼 수 있으며 전투가 있을 때는 목숨 걸고 싸우고, 소강상태일 때는 함선을 정비하거나 새로 건조하기 위해 목재를 확보해야 하는 수군들의 고달픈 생활이 안쓰럽기만 하다. 나라다운 나라였다면 전쟁물자와 전투함들의 건조나 수리 등은 모두 나라가 책임지고 해야 할 일이고, 전장에 나간 장수와 장졸들은 전쟁 임무만 수행하면 되었을 것이다.

그는 싸우면서 먹일 군량미도 확보해야 하고, 전함도 건조하고, 화약과 화살 등 모든 병장기도 스스로 만들고 준비해야 하는, 전쟁 역사상 그 전례가 없는 참으로 힘든 전쟁을 치러야만 했다. 전투가 없을 때는 휴식을 통해 재충전 후 다음 전투에 대비하는 것이 전투력 향상에 기여할 수 있다. 그러나 이러한 모든 것을 스스로 감내하고 준비하는 그로서는 병사들을 동원해 벌목한 목재를 산 위에서부터 바닷가까지 끌어내리는 수고가 미안하고 안쓰러웠을 것이다. 이런 모든 것을 고려해 밥부터 먹이고 일을 시키는 이순신의 배려의 마음이 눈물겹다.

전쟁이 장기화되다 보니 당시 일반 백성들은 먹을 것이 없어서 인육을 먹는 처참한 실태까지 이른 상태였다고 한다. 이런 시대상황 속에서 군사들에게 밥을 먹이는 일은 그 무엇보다 중요한 일이 아니었을까?

"맑음. 오늘은 9월 9일 중양절, 장병들에게 음식을 먹이려는데, 때마침 부찰사(副察使)가 지원받은 군량 가운데 제주 소 다섯 마리가 왔다. 녹도만호 송여종과 안골포만호 우수에게 임무를 주어 그것들을 잡아 장병들에게 먹이고 있을 때 적선 2척이 곧장 감보도(甘甫島)로 들어와 우리 진영의 정보와 배의 많고 적음을 정탐했다. 영등포만호 조계종이 끝까지 추격했으나 잡지는 못했다."
— 《난중일기》 1597(정유년). 9. 9. —

정유년(1597) 9월은 원균이 칠천량 해전에서 대패하여 조선수군이 궤멸되어버린 지 두 달쯤 된 시기로 명량해전을 목전에 둔 시점이다. 선조로부터 진주 손경래의 집에서 삼도수군통제사로 재임명 교지를 받고 남해안을 따라 이동하면서 남아있던 전선을 수습하고, 병장기와 군량미를 확보하고 어렵게 병력을 모아 수군을 재건하던 긴박한 순간이었다.

일본군은 조선수군의 싹을 잘라버리기 위해 조선수군을 찾아 남해를 따라 북상하고 있었다. 그는 새로 모은 장졸들을 훈련시켜야 하고, 전투준비도 해야 하고, 전의를 상실한 장졸들의 전의 고양과 함께 사기를 앙양시켜야 할 난제들이 산적해 있었다. 이러한 급박한 시기에 제주산 소 다섯 마리를 잡아 회식을 시켜 그 동안 장졸들의 노고를 치하하고 격려하고 있었던 것이다.

이날의 회식은 명량해전이 일어나기 전 조선수군의 마지막 단합대회였고, 어떻게 보면 단 13척의 전함으로 330여 척의 일본군의 대병력을 상대해야 할 절체절명의 순간으로 장졸들의 사기를 올리는 중요한 시점이었다. 적보다 열세한 전투력으로 적의 북상을 저지해야 하고, 조선수군의 건재를 보여줘야 하는 중차대한 순간이었다. 아마 이순신과 장졸들 모두는 이미 죽음을 각오하고 있었을 것이다.

"아침에 옷 없는 군사 17명에게 옷을 주었다. 그리고 여벌로 한 벌씩 더 주었다." ─《난중일기》1596(병신년). 1. 23. ─

음력 1월이면 무척 추운 날들이 계속되었고, 특히 겨울바다는 육지보다 바닷바람이 더 세차게 불어 한겨울 방한준비를 철저히 하지 않으면 견디기 어렵다. 아마도 여름철에 동원된 병졸 중에 겨울옷을 준비하지 못한 군사 열일곱 명에게 겨울용 방한 옷을 지급한 것이다. 여기서 눈여겨볼 것은 옷을 한 벌만 주지 않고, 여벌로 한 벌씩 더 준 것이다.

옷을 받는 병졸들로서는 얼마나 고마웠을까? 옷을 세탁하기 위해서는 반드시 갈아입을 옷이 필요하다. 일상생활 속에서 밥과 술을 먹이는 일도 중요하지만, 부하들의 입는 옷차림에까지 세세하게 신경을 쓴 그의 자상한 어버이 같은 모습을 볼 수 있다. 겨울바다의 매서운 추위 속에 겨울을 지낼 방한복이 없이 한 겹으로 된 얇은 여름옷을 입고 추위에 떠는 병졸들의 안타까운 모습을 보고 이순신은 옷을 별도로 만들어 지급한 것이다.

"맑음, 이중익(李仲翼)과 이광축(李光軸)이 와서 함께 이야기했다. 이중익이 군색(窘塞, 필요한 것이 없거나 모자라서 딱하고 옹색하다)하고 급하다는 말을 많이 하므로 내 옷을 벗어주고, 하루 종일 이야기했다."

— 《난중일기》 1596(병신년). 9. 13. —

그의 이러한 가슴 따뜻한 인간적인 모습은 부하들뿐만 아니라 주변 동료나 지인들에게도 베푼 사례가 보인다. 하루 종일 담소한 것으로 봐서는 과거 함께 근무했던 동료나 부하, 또는 지인으로 추정해 볼 수 있으나, 생활이 궁색하다는 말을 듣고 자신이 입고 있던 옷을 선뜻 벗어주며 부하들에게 보인 자상한 어버이 같은 모습과 주변 사람들에게 베푼 배려는 인간 이순신에 대한 새로운 면모를 보게 한다. 그리고 그의 이러한 부분은 주변 지인들이나 부하들에게만 국한되지 않고, 항복한 왜인들에게까지도 자상하고 따뜻한 인간애의 모습을 보여주고 있다.

"늦게 대청으로 나가서 서류를 결재하고 업무를 마친 후 투항한 왜인들에게 술과 음식을 먹였다."

— 《난중일기》 1596(병신년). 1. 15. —

"어두울 무렵 항복해온 왜인들이 광대놀이를 벌였다. 장수된 자로서 그대로 방치할 일은 아니지만, 귀순해온 왜인들이 마당놀이를 간절히 원하기에 금지하지 않았다."

— 《난중일기》 1596(병신년). 7. 13. —

술과 음식을 주고, 자신들이 하고 싶다는 광대놀이를 허락한 것은 아무리 삼도수군통제사라고 하더라도 쉽지 않은 결심이었을 것으로 보인다. 자칫 잘못하면 항복한 왜구들이 전쟁 중인 아군의 진중에서 광대놀이를 하는 것 자체가 아군의 사기를 떨어뜨릴 수도 있고, 조정과 주변 사람들로부터 불필요한 오해를 살 수도 있기 때문이다. 그러나 이런 모든 것을 고려해 항복한 왜인들까지도 따뜻한 인간애로 끌어안은 그의 배려와 가슴 따뜻한 리더십이 돋보인다.

〈장병들의 긴장해소〉

전쟁이 진행되고 있는 상태에서는 언제 적의 침투가 있을지 항상 긴장해 있어야 하고, 일단 전투가 발발했을 때는 반드시 승리해야 하는 것이 군의 본분이다. 특히 수군의 경우는 적의 동태파악에 소홀해 적의 기습을 받게 되면 그 피해가 엄청나기 때문에 항상 긴장해 있어야 한다.

그러나 언제 끝날 줄 모르는 전쟁 기간 내내 계속해서 긴장하고 있다 보면 많은 스트레스를 받을 수밖에 없다. 아무리 탄력이 좋은 고무줄도 계속 잡아당겨 늘리면 어느 시점에서는 끊어질 수밖에 없는 것처럼 병사들에게 긴장해소와 스트레스를 풀어주는 시간이 필요하다.

이런 상태에서 그는 전투준비와 함께 수시로 긴장을 완화시켜 줄 수 있도록 짧은 시간이지만 장졸들과 함께 웃고 어울릴 수 있으며, 아울러 체력을 단련할 수 있는 씨름을 자주 시켰다.

"저물어서 여러 장수들에게 뛰어넘기를 시키고, 또 군사들에게는 씨름을 시켜 서로 겨루게 하였다. 밤이 깊어서야 끝났다."
— 《난중일기》 1594(갑오년). 9. 21. —

"맑음. 해가 질 무렵 대청으로 나가니 박, 신 두 조방장과 방답첨사, 여도만호, 녹도만호, 보령현감, 결성현감 및 이언준(李彦俊) 등이 활을 쏘고 술을 마셨다. 경상수사 권준(權俊)도 와서 함께 이야기하고 그에게 씨름으로 승부를 겨루도록 했다. 정항이 왔다."
— 《난중일기》 1594(갑오년). 7. 15. —

"오후 늦게 군사들 중에서 힘센 자들을 뽑아 씨름을 시켰더니, 성복이란 자가 가장 뛰어나 포상으로 쌀 한 말을 주었다."
— 《난중일기》 1596(병신년). 4. 22. —

"맑음. 이날 새벽에 여제(厲祭)를 지냈다. 아침밥을 일찍 먹은 뒤에 나와서 공무를 보았다. 회령포만호가 교서에 숙배한 뒤에 여러 장수들이 와서 모이고 그대로 들어가 앉아서 위로하며 술을 네 순배 돌렸다. 경상수사가 술잔을 한참 돌리고 있을 때 씨름을 시켰는데, 낙안군수 임계형(林季亨)이 최고였다. 밤이 깊도록 이들을 즐겁게 뛰놀게 한 것은 굳이 즐겁게만 하려는 것이 아니라, 그동안 고생한 장병들의 노고를 조금이나마 풀어주고자 한 의도였다."

— 《난중일기》 1596(병신년). 5. 5. —

이러한 씨름시합을 통해 전 장졸들의 긴장을 풀어주고 스트레스를 해소시켜 주는 것도 이순신이 의도한 지휘기법 중의 하나였다. 음력 5월 5일은 단오절로 당시는 민족의 큰 명절이었다.

그 날 난중일기에 기록된 내용 가운데, "밤이 깊도록 이들을 즐겁게 뛰놀게 한 것은 굳이 즐겁게만 하려는 것이 아니라, 다만 오랫동안 고생한 장병들에게 노고를 풀어주고자 한 계획이었다."고 그의 속내를 드러내 보이고 있다. 이처럼 7년이란 긴 전쟁 기간 동안 부하들의 노고를 격려하고, 사기를 올려주기 위한 술자리를 가졌던 것이 일기 전체를 통해 무려 140여 회에 이른다.

〈활쏘기를 통한 스트레스 해소와 전투력 강화〉

지휘관의 취향과 근무자세가 부하들의 근무태도에 미친 영향은 매우 크다. 이순신은 전라좌수사로 1591년 2월에 부임한 이후 전쟁준비에 박차를 가한다. 약 1년여 동안 관할 내 모든 전선을 정비 및 수리하고, 각종 병장기를 준비하고, 성벽을 보수하는 등 전쟁 준비에 심혈을 기울인다.

"궂은비가 개지 않았다. 식사 후에 객사 동헌으로 나갔다. 본영과 각 포구 진무(鎮撫, 조선 전기 무관벼슬)들의 우열을 가리는 활쏘기를 시험했다."　　　　　　　　— 《난중일기》 1592(임진년). 1. 12. —

"흐렸지만, 비는 내리지 않았다. 날씨는 초여름같이 따뜻했다. 동헌에서 공무를 마친 뒤 활을 쏘았다."
　　　　　　　　— 《난중일기》 1592(임진년). 1. 30. —

부임한 지 1년여 정도의 시간이 지나자 본인이 원하는 대로 전쟁준비가 어느 정도 마무리된 것을 확인하고 나서는 예하 장졸들의 훈련에 관심을 갖고 최우선적으로 각 포구의 진무(鎮撫)들의 활쏘기시험을 치렀다. 부하들의 훈련에도 관심을 갖지만 자신도 공무 후 활쏘기 연습에 매진한다.

*진무(鎮撫) ; 조선 초기 여러 군영에 두었던 군사실무 담당 관직.

"맑음. 아침밥을 먹은 뒤에 거북선의 지자포(地字砲), 현자포(玄字砲)를 쏘았다. 어제 베돛을 가지고 왔던 순찰사의 군관 남한(南僩)이 살펴보고 갔다. 정오에 동헌으로 나가 활 10순을 쏘았다."

　　왜란이 발발하기 하루 전날 거북선에서 지자포와 현자포를 탑재해 최종적으로 시험사격을 실시하고 자신도 동헌에 나가 활 열순을 쏜다. 사람들은 다음날 전쟁이 일어날 것을 아무도 예측하지 못했다. 물론 그 자신도 몰랐지만 언제 일어날지 모르는 전쟁에 대한 대비태세를 꾸준히 갖춰나가고 있었던 것이다.

　　명나라와 일본이 종전협상을 벌이는 1594년부터 전쟁이 소강상태로 접어들자, 이순신은 부하 장수들의 긴장과 스트레스를 해소시켜 주기 위해 활쏘기 시합을 자주 벌인다.

　　"아침에 우우후(右虞候) 이정충(李廷忠)이 와서 아침을 함께 먹고 저녁때쯤 활을 쏘았다. 우우후가 여도만호 김인영(金仁英)과 활쏘기를 겨루었는데, 여도만호가 7분을 이겼다. 나는 활 10순을 쏘고 다른 사람들은 모두 20순을 쏘았다." — 《난중일기》 1594(갑오년). 1. 25. —

　　"저녁나절에 삼도(三道)의 여러 장수들을 불러 모아 위로하는 음식을 먹이고, 아울러 활도 쏘고, 풍악도 울리며 놀다가 모두가 취해서 헤어졌다." — 《난중일기》 1596(병신년). 2. 5. —

　　"맑음. 사도(四道)의 여러 장수들이 모두 모였다. 활을 쏘고 술과 음식을 먹였다. 그리고 다시 모여 활을 쏘아 승부를 가리고서 헤어졌다." — 《난중일기》 1596(병신년). 6. 6. —

기록된 내용만 보면 활쏘기시합만 하는 것으로 볼 수도 있지만, 그는 활쏘기시합을 통해 장수들의 무예실력을 향상시키고, 스트레스도 풀어주는 일거양득의 효과를 거둔 셈이다. 단순히 활쏘기만 하는 것이 아니라 음식도 함께 나누어 먹고, 개인별로, 또는 부대별로 활쏘기시합을 통해 경쟁심도 유발하고, 기량도 높이고, 궁극적으로는 전투력을 향상시키는 효과를 거두었다. 참으로 현명한 처사이고 전시에 가장 바람직한 방법이었던 것 같다.

그는 우승한 부대나 우수자에 대한 포상을 일본수군을 격멸하고 노획한 전리품 중에서 중요한 물품들은 조정에 모두 올려 보내고, 크게 중요하지 않은 물품들은 상품으로 나누어 주기도 하였다. 《난중일기》에 활쏘기에 관한 기사는 270여 회로 그 어떤 내용보다 많이 기록되어 있었다.

3. 공(功)을 인정받은 부하들

〈한산도에서 무과시험〉

선조 26년(1593)에는 전주에 분조를 설치한 광해군이 이순신에게 예비 무관을 거느리고 전주로 와서 무과시험을 치르도록 명한다. 수군의 무사들도 전주로 달려가 과거를 보고 싶었으나 거리가 멀어 전쟁터를 이탈할 수 없었다. 부하들의 답답한 심정을 헤아린 그는 한산도 진중에서 과거를 볼 수 있도록 조정에 장계를 올려 건의한다.

"수군에 소속된 군사들은……진중에서 시험을 보아 그들의 마음을 위로해 주도록 하되, 규정 중에 있는 '말을 타고 달리면서 활 쏘는 것은 먼 바다에 떨어져 있는 외딴섬이라 말을 달릴 만한 땅이 없사오니, '편전 쏘기'로 재능을 시험해 보면 편리할 것 같습니다. 엎드려 조정의 선처를 바라나이다." 〈진중시재장(陣中試才狀)〉 (1593(계사년). 12. 29.)

한산도 진중에서 과거시험장을 개설해 달라는 장계를 올린 후 조정의 반응과 과거시험 시행 여부를 일기에 기록된 내용을 가지고 살펴보자.

"맑음, 별시(別試)* 보는 과거시험장을 개설했다. 시험관은 나와 우수사(이억기), 충청수사(구사직)이고, 참시관(시험 감독관)은 장흥부사(황세득), 고성현령(조응도), 삼가현감(고상안), 웅천현감(이운룡)으로 하여금 시험을 감독하게 하였다."

— 《난중일기》 1594(갑오년). 4. 6. —

*별시(別試) ; 조선시대 나라에 경사가 있거나, 10년에 한 번 당하관을 대상으로 한 중시(重試)가 있을 때 시행한 부정기시(不定期試).

"맑음, 일찍 모여서 시험을 치렀다."

— 《난중일기》 1594(갑오년). 4. 6. —

"맑음, 불편한 몸으로 저녁때 시험장으로 올라갔다."

— 《난중일기》 1594(갑오년). 4. 8. —

"큰 비가 왔다. 시험을 마치고 방을 내붙였다. 조방장 어영담(魚泳潭)이 세상을 떠났다. 이 통탄함을 어찌 말로 다 할 수 있으랴! "

— 《난중일기》 1594(갑오년). 4. 9. —

결국 이순신의 건의대로 한산도에서 4월 6일부터 9일까지 수군 단독의 무과시험이 실시되었고, 100명의 합격자를 배출했다. 이 일은 선조와 일부 조정 대신들에게 그에 대한 경계심을 불러일으킨 사건으로 확대되었다. 그러나 그의 입장에서는 충분히 고려할 수 있는 사안이었다.

만약 전시가 아니고 평시였다면 시행될 수 없는 일이었지만, 전시라는 상황이 많은 군인이 필요했고, 수군을 효과적으로 지휘하고 통제하기 위해서는 초급간부와 중간간부도 많이 필요했을 것이다.

평시에 3년에 한 번씩 열리는 과거시험이나 별시라고 해서 중간 중간에 필요에 따라 과거가 열리기도 했으나, 그 당시는 적과 대치하고 있는 전쟁 중이라 쉽지 않았다. 세자 광해군이 전주분조에서 과거시험을 응시하라고 지시했을 때도 전쟁 중이기 때문에 병력을 빼서 전주까지 가서 과거시험에 응시한다는 것은 불가능한 일이었다. 그러나 전쟁이 장기화됨에 따라 수군의 원활한 통제와 전투를 위해서 초급간부의 양성이 그 어느 때보다 절박했을 것이고, 부하들의 사기를 위해서도 꼭 필요한 조치였던 것이다.

한산도에서 무과시험을 치르면 병력을 이동하지 않고도 시험을 치를 수 있고 유사시 즉각 전투에 투입도 가능했기 때문이다. 그러나 조정 대신들과 임금의 생각은 달랐다. 과거시험은 한 마디로 국왕이 가진 가장 큰 권한이고 권력이었다. 아무리 유능한 인재라도 국왕의 마음에 들지 않거나 국왕과 다른 견해를 가진 사람은 발탁되지 못했다.

조선의 개국 200여 년 동안 평화가 지속되었고, 과거시험은 국가의 가장 큰 행사로 일관되게 국왕이 주관해 왔다. 그런데 그 권한을 일개 변방 장수가 달라고 했으니, 조선의 개국 이래 가장 큰 사건일 수도 있었다. 그 동안의 관례와 행사 주체를 생각한다면 그것은 감히 왕권에 대한 도전이고, 불충이기 때문이다. 이렇게 되자 24년간 왕권수호에 남다른 집착과 수완을 가졌던 선조에게 이순신은 가장 경계해야 할 대상이 되었을 것이다.

〈부하들의 공을 장계로 올리다〉

왜란이 발발한 지 약 한 달 후인 1592년 5월 7일 최초로 출전한 옥포해전에서 적보다 우세한 총통을 이용하여 적선을 격파하고 일본군선 26척을 파괴하는 대승을 거둔다. 이 승리를 기점으로 조선수군은 적과 맞서 싸우면 이길 수 있다는 자신감을 얻게 되었고, 조정은 그동안 육전에서 연전연패 소식만 듣다가 최초로 조선수군의 승리소식을 듣게 되며, 이러한 승리 소식은 전국 각지에서 의병이 거병하는 기폭제가 되었고, 개전 초 일본 쪽에 붙어서 그들에게 동조했던 일부 조선 사람들이 마음을 바꾸어 돌아서는 결정적인 계기가 되었다.

반면 일본군은 조선수군에게 제해권을 빼앗기고 나서 그동안 일본 본토에서 추진되던 각종 보급품과 전쟁물자 공급이 막히게 된다. 결국 해전에서 이순신이 거둔 승리로 인해 전쟁의 양상은 조선군에게 유리한 쪽으로 전개되기 시작했으며, 옥포해전에서 거둔 최초의 승리 후 조정에 전과 보고를 하면서 휘하 장수들의 전공을 상세히 기록해 보고한다.

임진년(1592) 5월 10일

"좌부장 낙안군수 신호(申浩)는 왜 대선 1척 격파, 왜적 1급 참수. 우부장 보성군수 김득광 왜 대선 1척 격파, 조선인 포로 1명 구출. 전부장 흥양현감 배홍립 왜 대선 2척 격파. 중부장 광양현감 어영담 왜 중선 2척, 왜 소선 2척 격파. 중위장 방답첨사 이순신(李純信, 충무공과 동명이인) 왜 대선 1척 격파. 우척후장 사도첨사 김완 왜 대선 1척 격파. 우부기전통장 사도진 군관 이춘 왜 중선 1척 격파. 유군장 발포가장 나대용 왜 대선 2척 격파. 후부장 녹도만호 정운 왜 중선 2척 격파.

— 중략 —

군관 훈련봉사 변존서와 전 봉사 김효성이 힘을 합해 왜 대선

1척 격파.

이상 전라좌도 왜 대선 13척, 중선 6척, 소선 2척 등 총 21척 격파."
— 〈임진장초〉 —

이순신은 이 전투에서 장수 개개인의 전과를 상세히 보고한 것은 휘하 장수들의 논공행상을 위한 것이었다. 훗날 《선조실록》에 의하면 그의 부하 장수들은 다른 장수들에 비해 진급이 모두 빨랐다고 한다.

〈부하들의 전 사상자 현황을 장계로 올리다〉

임진년(1592) 5월 29일부터 6월 10일까지 11일간 계속된 제2차 출전을 통해 이순신과 조선 연합함대는 5월 29일 사천, 6월 2일 당포, 6월 5일 당항포, 6월 7일 율포 등 네 차례 해전을 통해 적선 72척을 격파하고, 일본군 수급 300여 급을 베는 대승을 거둔다.

이 전투는 1차 출전과는 달리 거북선이 최초로 출동한 치열한 해전이었고, 조선수군에서도 사상자가 다수 발생했다. 그때 이순신 자신도 왼쪽어깨에 총상을 입었고 일부 장수들도 총상을 입는다. 2차 출전을 마치고 복귀한 그는 전과보고를 올리는 장계에 전사자 13명과 부상자 34명의 이름과 소속, 직책 등을 정확하게 기록해서 함께 보고한다.

임진년(1592) 6월 10일

〈제2차 출전 사상자 명단〉

대장선 정병 김말산(金末山), 우후선 방포 진무 장언기(張彦己),

— 중략 —

흥양 1호선 전장 관노 난성(難成), 사도 1호선 사부 진무 장희달(張希達).

여도선 사공 토병 박고산(朴古山), 여도선 격군 박궁산(朴宮山) 등은 철환에 맞아 전사했으며, 흥양 1호선 사부목동 손장수(孫長水)는 상륙전투 중 칼에 맞아 전사했고,

순천 1호선 사부보 박훈(朴訓), 사도 1호선 진무 김종해(金從海) 등은 화살에 맞아 전사했다. (이상 전사자 13명)

순천 1호선 사부 유귀희(柳貴希), 광양선 격군 보자기 남산수(南山水), 흥양선 선장 수군 박백세(朴白世), 격군 보자기 문세(文世), — 중략 — 발포 1호선 사부 수군 박장춘(朴長春), 토병 장업동(張業同), 방포수군 우성복(禹成福) 등 13명은 철환에 맞았으나 중상에 이르지는 않았으며,

방답첨사의 종 언용(彦龍), 광양선 방포장 서천용(徐千龍), 사부 백내은손(白內隱孫), 흥양선 사부 정병 배대검(裵大檢), — 중략 — 여도선 사부 석천개(石天介), 유수 선유석(宣有石) 등 21명은 화살에 맞았으나 중상에 이르지는 않았습니다. (부상 총 34명)

— 《임진장초》 —

이순신이 그들의 명단을 한 사람도 빠뜨리지 않고 일일이 작성하여 오늘날까지 전해지고 있다는 사실만 해도 우리에게 깊은 감동을 준다. 그들 중에는 양반 신분도 있고, 중인 신분도 있었겠지만, 관가의 노비나 사대부집의 노비도 있었고, 자기 이름조차도 없는 천민들도 있었다. 그런 사람들까지 일일이 이름을 기록하여 장계로 올렸다. 그들 중에는 나의 몇 대조 할아버지도 있었을 것 같은 생각이 든다. 참으로 그의 부하사랑과 인간에 대한 진정한 사랑과 배려의 마음이 전해진다.

그는 전사자의 경우 시신을 고향으로 보내 장례를 치러주고, 유가족들에게는 국가에서 경제적 혜택을 주는 조치도 시행했으며, 부상자들이 모두 제대로 치료받을 수 있도록 조치한다. 지금도 아산 현충사에 가면 420여 년 전에 올렸던 장계에 그들의 이름이 기록되어 역사로 남아있다. 이런 지극하고 가슴 따뜻한 그의 부하사랑은 국가에 대한 충으로 승화되었고, 그들의 피 끓는 충성심이 결국 조선을 지켜낸 것이다.

4. 장수의 5덕

《손자병법》 시계(始計)편에서 손자는 장수의 5가지 덕목으로 '지(智)・신(信)・인(仁)・용(勇)・엄(嚴)'을 들고 있다.

첫째, 지(智)는 사람의 마음의 변화를 잘 알고, 일의 변화방향을 내다본다는 지혜를 말한다. 이러한 지혜는 사물의 실상을 관조하고 올바른 생각을 얻는 힘을 말한다. 지혜는 지식축적과 깊은 사색 등의 끈질긴 노력을 통해 얻어질 수 있다. 그리고 지(智)의 가치는 장수의 5덕 가운데 필수 요소로서 장수의 다섯 가지 능력발휘에 직접적으로 영향을 미친다.

이순신의 일기에 기록된 내용을 살펴보면 부하들의 마음의 변화를 잘 읽고 항시 그들과 함께 활쏘기, 씨름, 종정도 놀이, 회식 등의 다양한 활동을 하면서 그들의 마음을 읽고 마음을 속속들이 파악하고 있었다.

"맑음, ……흥양현감이 휴가를 받아 갔다. 서몽남(徐夢男)에게도 휴가를 주어 함께 나갔다." —《난중일기》1593(계사년). 9. 11. —

"잠시 맑다가 저녁에 비가 왔다. 웅천현감과 소비포 권관이 와서 종정도(從政圖)놀이*를 하며 겨루었다."

—《난중일기》1594(갑오년). 5. 24. —

*종정도(從政圖)놀이 ; 종이 말판 위에서 누가 가장 먼저 높은 관직에 올라 퇴관(退官)하는가를 겨루는 놀이. 종경도(宗卿圖)·승관도(勝官圖) 등으로도 불린다. 주사위 또는 5각형의 나무막대인 윤목(輪木)을 굴려 나온 수대로 말을 이동하여, 최종점인 봉조하(奉朝賀)에 도착해 먼저 퇴(退)한 사람이 승리한다.

"맑음, 아침에 활터정자에 나가 앉아 공문을 처리하여 주고, 저녁나

절에 활을 쏘았다. 장흥부사, 순천부사, 충청수사가 와 종일 이야기를 나눴다. 어두울 무렵 여러 장수들은 뛰어넘기를 하고, 또 사병들에게 씨름을 시키고 밤이 깊어서야 헤어졌다."

— 《난중일기》 1594(갑오년). 9. 21. —

이순신은 이렇듯 전투 중인데도 주요 지휘관들의 휴가도 정상적으로 실시하도록 조치해 주고, 전투가 없을 때는 예하 지휘관들과 종정도놀이도 하고, 사병들에게는 씨름도 시켜서 휴식과 함께 긴장도 완화시키며 부대단결과 사기고양을 위해 부단한 노력을 하였다.

또한 전투가 소강상태일 때는 혹독한 훈련과 함께 장졸들과 함께 운주당에서 전술토의를 통해 전쟁에 대한 대비책과 승리를 위한 방안들을 강구해 나갔다. 결국 이순신의 전승신화는 부하들과 함께 동고동락하면서 그들의 마음을 얻고, 현장 위주의 전술토의를 통해 다양한 의견을 수렴하고, 이길 수 있는 방책을 강구하면서 이루어진 부단한 노력의 산물이었다.

둘째, 신(信)은 친하다고 상을 주지 않으며, 귀하다고 벌을 생략해서는 안 된다는 상벌의 엄정성을 말한다. 평소 장수의 언행이 일치하는 것뿐만 아니라, 사람을 선발할 때의 공정성과 함께 개인의 공적에 대한 엄정성이야말로 부하들로 하여금 공을 세우게 하는 분위기 조성에 매우 중요하다. 그는 병조의 훈련원 봉사로 재직 시 병조좌랑 서익의 부당한 인사 청탁을 거절한다. 그리고 발포만호에서 파직된 후 보직 없이 쉬고 있을 때 당시 이조판서 이율곡이 류성룡을 통해 한번 만나자고 하는데도 거절한다.

거절의 이유는 현재 인사권을 가지고 있는 사람을 만날 수 없다는 그의 올곧고 강직한 성품을 엿볼 수 있다. 임진왜란 발발 후에는 수많은 전투가 끝날 때마다 이름을 기록하여 공을 세운 부하들이 모두 포상을 받도록 조치한다.

참고로 실제 전투에서도 다른 부대보다 사상자가 현저하게 적었고, 대표적인 사례로 최초 출동했던 옥포해전에서는 단 한 명의 인명손실도 없이 전투를 승리로 종결한다.

셋째, 인(仁)으로, 아랫사람들의 배고프고 목마름을 알고 그들의 노고를 같이한다는 동고동락의 마음 씀을 말한다. 이렇게 함으로써 일체감을 갖게 하고 그들을 자발적으로 복종하게 하는 요소가 되는 것이다.

그는 전쟁이 소강상태일 때는 군사들에게 술을 먹이기도 하면서 전투의 긴장을 해소시켜 주기도 했다. 일기의 내용을 자세히 살펴보면 배의 노를 젓는 격군과 활을 쏘는 사수, 그리고 오늘날 예비군과 같은 잡색군까지 빠지지 않고 모두를 세세히 챙기고 있는 모습을 볼 수 있다. 평소 부하들과 동고동락하면서 베푼 이런 어진 마음이 부하들에게 전해져 함께 생사고락을 하면서 남해바다를 지켜냈다.

그러나 억울하게도 정유년(1597) 2월 삼도수군통제사에서 파직되고 의금부에 구속되었을 때 부하 김택남(金澤南)은 식음을 전폐하였고, 변홍원(卞弘源)은 매일 바다로 나가 이순신이 석방되기를 빌었으며, 송희립(宋希立)은 정경달(丁景達), 황대중(黃大中)과 함께 대궐문에서 울부짖으며 무죄를 호소한다. 진정으로 부하들을 사랑했던 자상한 어버이 같은 그의 따뜻한 마음 씀이 오늘을 사는 우리들에게까지 시공을 초월해 그대로 전해지는 것 같다.

넷째, 용(勇)이다. 장수는 국가를 보위하는 임무를 수행하는 자이다. 적과 대치하고 있는 상태나 적이 침입했을 때 기회를 보아적을 어떻게 물리칠 것인지를 항상 고심해야 한다. 그리고 그 기회를 포착했을 때는 두려움 없이 즉시 싸우는 것이 용기로 장수에게 주어진 임무에 대한 추진력과 용감성을 말한다.

그는 임진년(1592) 4월 일본군이 경상도를 침략했다는 통보를받고 경상도 해역으로 출동하기 위해 부하들의 의견을 수렴한다. 찬성과 반대의 상반된 의견들이 분분했으나, 그는 단호하게 출동하기로 결정하고 부하들에게 출동준비를 지시한다. 그리고 정유년(1597) 8월 15일 선조로부터 수군을 폐하고 육전에 합류하여 싸우라는 청천벽력 같은 교지를 받는다.

선조의 지시대로 육전에 합류하여 싸운다면 수군을 건설할 노력과 수고도 할 필요가 없고, 수군전투에 대한 책임도 질 필요가없었을 것이다. 그러나 그는 수군의 필요성과 자신감을 내보이면

서, "아직도 신에게는 열두 척의 전선이 있습니다(今臣戰船 尙有
十二)."라는 피맺힌 장계를 올린다.

그리고 단 13척의 전선으로 130여 척의 일본군과 싸워 명량해전
을 승리로 이끈다. 일본군의 퇴로를 열어주자는 명나라 진린 제독
의 의견을 묵살하고 단 한 명도 살려 보낼 수 없다는 각오로 싸운
노량해전에서 대승을 거두고 임진왜란을 종결한다. 이순신의 진
정한 용기와 투지, 그리고 나라사랑의 참 모습을 엿볼 수 있다.

다섯째, 엄(嚴)이다. 군을 다스림이 정돈되어 있으며, 효력이 일
사불란한 지휘통제 상의 엄정성을 말한다. 부하를 사랑으로만 다
스려서는 유사시 활용할 수가 없다. 평소에는 자애롭고 어버이 같
은 마음으로 부하들을 대해야 하지만, 군의 기강을 흩뜨리는 자는
엄하게 다스려야 군대의 기강이 바로 설 수 있다. 그의 일기에서
부하들에게 형벌을 집행하는 사례 몇 가지만 살펴보자.

"맑음. 동헌에 나가 공무를 보았다. 각 고을 벼슬아치들과 색리(아
전)들이 인사하러 왔다. 방답의 병선(兵船) 군관과 색리들이 병선을 수
리하지 않아 곤장을 쳤다. —《난중일기》 1592(임진년). 1. 16. —

"가랑비가 아침 내내 내렸다. …… 이날 여도수군 황옥천(黃玉千)
이 왜적의 소식을 듣고 집으로 도망간 것을 잡아다가 목을 베어 군중
앞에 높이 매달았다." —《난중일기》 1592(임진년). 5. 3. —

"종일 비가 내렸다. …… 발포 진무(鎭撫) 최이(崔已)가 두 번이나 군법을 어긴 죄로 군율로써 형벌을 내렸다."

— 《난중일기》 1592(계사년). 2. 1. —

그는 엄정한 부대의 기강을 세우기 위해 전쟁을 회피하여 도망 갔던 여도수군 황옥천을 잡아다 목을 베어 군령의 지엄함을 보인다. 이처럼 평소에 부하들을 위해 따뜻한 마음과 인자하고 어진 모습을 보이지만, 군율을 바로잡기 위해서는 추상같은 명령과 엄정한 잣대로 군 기강을 세운다.

일기에 나타난 군형법을 시행한 사례를 살펴보면 총 96회에 123건을 집행했다. 세부 내용을 살펴보면 사형이 28건, 징역형 이하 처벌집행 건이 36건, 곤장, 구속, 감금, 신문 등이 15건 기록되어 있다. 시행한 형벌을 죄목 별로 살펴보면 기일을 어긴 죄는 16건, 임무를 성실히 수행하지 못한 죄는 10건, 절도죄 10건, 도망간 죄 9건, 명령위반 죄 4건 등이다.

그가 7년 동안 집행한 이런 형벌들을 살펴볼 때 참으로 엄정한 형벌의 시행만이 부하들을 살리고 전쟁을 승리로 이끌 수 있는 가장 확실한 방법이었기 때문이다.

5. 신상필벌만 강조한 리더들

《충경》 제8장 무비(武備)편에 왕자(王者), 곧 리더는 부하들에게, "인(仁)으로써 품어주고(仁以懷之), 의(義)로써 격려해 주고 (義以厲之), 예(禮)로써 가르쳐주고(禮以訓之), 신(信)으로써 실행 케 하고(信以行之), 상(賞)으로써 권면해 주고(賞以勸之), 형(刑)으 로써 위엄을 보여주어야(刑以嚴之)한다."고 리더의 자질을 제시 하고 있다.

그러나 오늘날 군대의 지휘관들이나 기업의 CEO들은 여섯 가 지의 덕목 중 '상(賞)과 벌(罰)' 곧 신상필벌 두 가지만 잘하면 리더로서 임무를 다하는 것으로 잘못 인식하고 있다. 군대와 사회 일각에서 보편화된 리더십의 요체라고 생각하고 있는 신상필벌을 제외하고도 '인(仁)과 의(義)와 예(禮)와 신(信)' 4가지 중요한 핵심 덕목이 누락되어 있다. 잘못 인식하고 있는 이 두 가지 상과 벌은 일의 진행 결과를 보고 그에 대한 결산이자 후속조치에 불과 한 행위들이다.

진정으로 중요한 것은 리더가 '부하를 사랑하는 어진마음(仁) 과, 공평무사하고 의(義)로운 행동이 필요하다. 그리고 부하에게 인간적인 예우(禮)를 해줘야 하고, 리더를 신뢰(信)할 수 있도록 해 줌으로써 그 조직구성원들은 진정으로 리더를 따르고 리더와 일심 동체가 될 수 있을 것이다. 이순신은 충의 바탕이 된 "인(仁)·의 (義)·예(禮)·신(信)·상(賞)·형(刑)" 6가지 덕목을 모두 실천한 뛰어난 리더였다.

부모 같은 어진 마음(仁)의 부하사랑은 부하들이 스스로 목숨 걸고 임무를 완수하도록 하였으며, 임진왜란 7년간의 전쟁에서 승리해야 하는 필요성과 대의(大義)를 심어주었고, 본인 스스로 예(禮)에 어긋나지 않는 행동을 하였으며, 솔선수범을 통한 신뢰구축으로 전쟁발발 전에 전투준비 태세를 완성하였다.

또한 전투 결과에 따른 엄정한 포상을 통해 전투의욕을 고취시켰으며, 읍참마속(泣斬馬謖)의 마음으로 형벌을 집행함으로써 수군의 기강을 확립하여 전장에서 항상 승리하는 무적의 수군을 만들었다.

이런 배경에는 그를 믿고 따르는 형제 같은 부하들의 힘도 컸다. 녹도만호 정운이 부산포 해전에서 전사하자 정운을 녹도에 있는 이대원(李大源)* 사당에 함께 배향해 주기를 청하는 장계를 조정에 보냈는데, 여기에 그들의 명단이 포함되어 있다.

"여러 장수들 중에서도 순천부사 권준(權俊), 방답첨사 이순신(李純信), 광양현감 어영담(魚泳潭), 흥양현감 배흥립(裵興立), 녹도만호 정운(鄭運) 등은 달리 믿는 바가 있어서 서로 같이 죽기를 기약하고 모든 일을 함께 의논하여 계획을 세웠는데……"

— 청정운추배이대원사장(請鄭運追配李大源祠狀) —

*이대원(李大源, 1566~1587) ; 조선 중기의 무신. 남해안에 침입한 왜구를 물리치고 적장을 사로잡았으며, 흥양에 침입한 왜구와 싸우다 사로잡혀 살해되었다. 수군절도사에 임명되었으나, 이 명령이 도달하기 전에 죽었으므로 병조참판에 추증되었다. 고향에 충신정문(忠臣旌門)이 세워졌으며, 흥양의 쌍충사(雙忠祠)에 제향되었다.

이 장계를 통해 우리는 생사고락을 함께한 의형제 같은 5인의 장수가 있었음을 알 수 있고, 그들의 활동을 간략히 살펴보자.

순천부사 권준(權俊, 1541~1611)은 개전 초 일본군의 침략소식을 듣고 가장 먼저 전라좌수영으로 달려와 이순신과 함께 대책을 논의한 장수다. 문과 출신이지만 이순신이 칭찬할 정도로 활 쏘는 실력이 출중했다. 1차 때는 출전하지 못하고 2차 출전 시부터 핵심 지휘관으로서 전라좌수군의 중위장을 맡아 작전을 수립하고 전투를 수행하여 많은 전공을 세운다.

방답첨사 이순신(李純信, 1554~1611)은 임진년 경상도 지역으로 1차 출동할 때 중위장을 맡았으며 "적을 사살하는 데 주력하고 목을 베는 데 힘쓰지 말라."는 이순신의 지시를 가장 충실히 따른 장수였다.

임진년(1592) 7월 8일 한산도 해전이 벌어졌을 때 견내량에 포진해 있던 일본함대를 유인하기 위해 5~6척의 판옥선 지휘관으로 임명되어 적을 한산도 앞바다로 끌어내 한산해전을 승리로 이끈 견인차 역할을 했다. 이순신이 파직되고 의금부에 투옥되었다가 백의종군 처분을 받고 풀려나던 정유년(1597) 4월 1일 술병을 차고 와서 위로했던 부하다.

전라도와 경상도 지리에 밝아 출동할 때마다 언제나 앞장서서 물길을 인도하고 선두에서 용전분투했던 이가 광양현감 어영담(魚泳潭, 1532~1594)이다. 그는 경상도해역으로 1차 출동 시 중부장으로 삼고 그와 더불어 작전을 수립하였다. 그는 조정에 올리는

한산도대첩(십경도 현충사 제공)

장계를 통해 "호남 한쪽이 이제까지 보전된 것은 이 사람의 일부분의 힘이 아닌 것이 없습니다."라고 평가하였다.

갑오년(1594) "수륙의 여러 장수가 팔짱만 끼고 서로 바라보면서 한 개라도 계책을 세워 적을 치는 일이 없다."(갑오년 9월 3일 일기)는 임금의 질책성 밀지(密旨)를 받고 이순신이 괴로워하고 있을 때 밤늦게 방문해 그를 위로하고, 그 이튿날도 이른 아침에 또 찾아와 심기를 살피던 이가 흥양현감 배흥립(裵興立, 1546~1608)이다. 임진왜란이 끝난 후 1600년(선조 33년) 6월에 경상도 우수사가 되었다가 1601년에는 전라좌수사가 되었으며 1604년에는 무관으로서는 사례가 드문 공조참판이 되었다.

정의감과 용기가 남달라 경상도 해역으로의 출동을 적극 주장하고, 임진왜란 발발 직전 전라좌수영의 예하 포구와 진을 점검 시 이순신으로부터 최고의 전투준비 태세를 갖췄다고 평가받은 이가 녹도만호 정운(鄭運, 1543~1592)이다. 부산포 해전에서 정운이 전사하자 이순신은 "국가가 오른팔을 잃었다."라고 하면서 글을 지어 제사를 지냈다.

그러나 그의 휘하에는 이들 말고도 목숨 걸고 생사고락을 함께했던 장수들이 많았으며, 전라좌수영 소속뿐만 아니라 원균 휘하 경상우수영 소속의 장수들도 그의 인품과 인격, 그리고 덕의 리더십에 감화되어 따르는 사람들이 많았다고 한다.

소비포 권관 이영남(李英男, 1563~1598), 웅천현감 이운룡(李雲

龍)은 수시로 그를 찾아와 활도 쏘고 군사일도 의논하고 식사를 함께했다. 이영남은 마지막 노량해전에서 가리포 첨사로 출전해 이순신과 함께 장렬히 전사한다.

평소 이순신은 이영남을 아들처럼 아꼈다. 그 밖에도 그의 주변에는 탁월한 전문성을 지닌 지휘관들과 참모들이 많이 모여 있었다. 판옥선 건조와 각종 무기개발에 일가견이 있었던 정걸, 거북선 건조를 책임진 나대용, 화약 제조기술을 보유한 이봉수, 정철총통(正鐵銃筒)을 개발한 정사준(鄭思竣), 모병과 둔전경영을 통해 군량조달에 힘쓴 종사관 정경달 등 다양한 전문성을 갖춘 사람들이 그와 함께 했다.

이순신은 고군분투 끝에 일본군 조총의 위력을 누를 수 있는 정철총통이라는 개인용 화승무기를 만드는 데 성공했다.

"신이 여러 번 큰 전투를 겪어 왜군의 소총을 얻은 것이 많사온데, 항상 눈앞에 두고 그 묘법을 실험한바 총신이 길기 때문에 총구멍이 깊고, 또 깊기 때문에 위력이 강하여 맞기만 하면 파손이 되는데, 우리의 승자(勝字)나 쌍혈총통(雙穴銃筒)은 총신이 짧고 총구멍이 얕아서 그 위력이 조총보다 못하고 그 소리도 크지 못하므로 항시 조총을 만들고자 하였던 바, 신의 군관 정사준이 그 묘법을 알아내어 낙안수군 이필종(李必從), 순천에 사는 종 안성(安成), 김해 절종 동지(同志), 거제 절종 언복(彦福) 등을 데리고 정철(正鐵)을 두들겨 만들었습니다. 총알이 나가는 힘이 조총과 같습니다."

계사년(1593) 8월 선조에게 정철총통을 개발한 내용의 장계와 함께 다섯 자루를 봉하여 올려 보냈다. 그러나 선조는 이 정철총통을 군기시 창고에 보내고 왜군으로부터 노획한 조총을 올려 보내라는 명을 내렸다.

6. 솔선수범의 리더십

솔선수범은 남보다 앞장서서 모범을 보이는 것이다. 말로만 지시하거나 시키지 않고 내가 직접 해봄으로써 자신의 언행을 일치시키는 것이다. 그래야 부하들은 리더의 솔선수범하는 모습을 보고 상관에 대해 자발적인 복종을 하게 된다. 그러나 솔선수범은 말처럼 쉽지 않다. 말보다 항상 실천으로 행동이 뒤따라야 하기 때문이며, 위험한 일일수록 리더가 먼저 모범을 보여야 하기 때문이다.

두만강 강변에 위치한 조산보 만호로 근무하던 이순신은 선조 20년(1587) 부근에 위치하고 있는 녹둔도 둔전관을 겸직하게 된다. '둔전(屯田)'이란 군인들이 군량을 마련하기 위해, 주변 경작지에서 직접 농사를 지어 스스로 식량을 조달하는 방법이나 그 땅을 말한다. 그 해 가을 여진족이 노략질을 하기 위해 침범한다. 그는 노략질하고 도주하는 적을 공격하여 적의 장수 몇 명을 사살하고 포로로 잡혀가던 군사들과 백성들 60여 명을 구출한다. 이순신은 그 과정에서 왼쪽다리에 화살을 맞는 부상을 입는다. 그러나 피를 흘리면서도 화살을 뽑아버리고 부하들에게 일체 내색하지 않고 끝까지 전투를 진두지휘한다.

이순신의 전투 가운데 가장 힘들고 극적인 승리는 정유년(1597)에 벌어진 명량해전이라고 볼 수 있다. 앞에서도 이미 설명했지만, 명량해협의 남동방 입구에 10여 척의 적 선봉전함들이 진입한 것은 낮 12시경이었다. 그 시각 울돌목의 급류는 역류로 아군전함들은 이순신의 기함을 제외하고는 모두 300~400m 뒤로 밀려나 있었다.

이순신의 기함만 홀로 분전하고 있는데, 다른 전함들은 관망만 하고 나오지 않고 있었다. 30분에서 약 1시간을 적선들에게 포위되어 싸우다가 중군선(中軍船)에 명령을 내리는 대장기와 함대를 부르는 초요기를 동시에 올려 휘하 전선들에게 전진하라는 깃발신호를 보낸다.

그러자 전투 초기에 적선에 포위된 대장선이 별 탈 없이 버티는 것을 지켜본 휘하 세력 가운데 미조항 첨사 김응함(金應諴)과 거제현령 안위(安衛)가 먼저 대장선으로 접근해 온다. 이순신은 이들에게 "너희가 군법에 죽고 싶으냐? 당장 처형할 일이지만 지금 형세가 급하니 우선 공을 세울 기회를 주겠다." 라고 큰 소리로 질책한다. 김응함과 안위의 전선 두 척이 적선과 교전에 들어가자 나머지 전선들도 일제히 앞으로 나와 적선과 교전을 하기 시작한다.

그리고 시각은 대략 오후 1시경으로 그동안 일본군에게 유리하게 흐르던 조류의 방향이 바뀌어 조선수군에게 유리해졌다. 본격적인 해전이 시작된 지 채 한 시간도 되지 않아 이순신함대는 우세한 화력과 강한 조류의 흐름에 힘입어 일본전선 31척을 격파하는 승리를 거둔다.

이날 전투의 성공 요인은 개전 초 약 30분에서 1시간 동안 일본군의 울돌목 협수로 돌파를 저지한 이순신 기함의 목숨을 건 솔선수범 덕분이었다. 극한상황을 극복하고 부하들의 사기를 앙양시키는 길은 오직 지휘관의 진두지휘와 솔선수범뿐이다.

나폴레옹도 "격전장에서 지휘관의 진두지휘는 최대의 솔선수범이다." 라고 했다.

고대 중국의 병법가 위료자(尉繚子) 는 근면한 리더는 전투시 솔선수범으로 통솔한다고 했다. 그의 주장은 이렇다.

"생사고락을 함께하는 리더가 통솔하는 부대는 강군이다. 찌는 뜻한 더위에도 양산을 바치지 않고, 혹한이 엄습해도 옷을 껴입지 않으며, 험준한 산길을 걸을 때는 말에서 내려서 걸으며, 부하의 갈증을 먼저 해소해 준 다음에 물을 마시고, 부하가 먼저 식사한 후에 취식하며, 적을 막을 수 있는 방어시설이 완비된 후에 리더는 자리에 든다. 리더는 온갖 난관과 어려움을 부하와 같이 하고 결코 자기의 안일을 추구해서는 안 된다."

군에서 지휘관이나 조직의 리더의 솔선수범은 계급이나 지위가 높으면 높을수록 그 효과가 크다. 폭풍을 휘어잡으려면 폭풍 속으로 들어가지 않으면 안 된다.

전함 11

제3장. 백성들의 지지

"맑음. 아침 식사 후에 길을 따라 옥과(玉果) 땅에 이르니 순천과 낙안의 피난민들이 길을 가득 메운 채 남녀가 서로 부축하며 가고 있었다. 그 참혹한 모습은 차마 눈을 뜨고 볼 수가 없었다. 그들은 서로 울부짖고 곡하며 말하기를 '사또가 다시 오셨으니 이제 우리는 살았다.'고 하였다."

— 《난중일기》 1597(정유년). 8. 6. —

1. 양반들의 행태

조선은 양반들에게는 천국이었고, 중인과 천민 그리고 노비들에게는 지옥이었다.

성종 때 홍문관부제학을 역임했던 이맹헌이 성종 25년(1494) 그의 자식들에게 상속한 노비 숫자는 무려 757명이었다. 그리고 그가 청백리에 녹훈된다. 임진왜란이 발발하기 6년 전(1586) 퇴계 사후 작성된 퇴계의 재산을 분배했던 분재기(分財記)를 살펴보면 퇴계의 손자와 손녀들에게 상속된 재산은 전답 2,953.7두락, 노비 367명이었다.

의정부 좌찬성을 지낸 권벌 역시 317명의 노비를 소유하고 있었다. 조선사회에서는 수많은 노비의 존재 자체가 사회불안 요소이고 잘못된 사회구조였다.

노비는 크게 관청에 소속된 공노비와 개인에게 소속된 사노비로 구분되는데, 개인에 속한 사노비의 대우가 훨씬 더 열악했다고 한다. 특히 이러한 노비제도가 여러 가지 문제점을 안고 있는데, 가장 큰 문제점은 노비가 재산처럼 거래되는 것은 물론이고, 그 자식들까지도 자자손손 대를 물려 천민(賤民)이 된다는 점이다.

조선은 가난하고 힘없는 국가가 될 수밖에 없는 구조적인 문제를 안고 있었다. 《조선은 왜 무너졌는가?》 라는 책에서 저자 정병

석은 다음과 같은 세 가지 문제점을 제시하고 있다.

"착취적 신분제도, 폐쇄적인 관료제도, 변질된 조세제도"

당시 조선은 개인뿐만 아니라 국가도 가난했으며, 군량은 항상 부족했고, 굶어죽는 사람도 부지기수였다. 관리에게 녹봉이 제대로 지급되지 않고 부정부패가 만연했다. 하지만 조선의 양반들은 가난을 구제하지 않았다. 왜냐하면 그들은 가난하지 않았기 때문이다. 오히려 자신들은 그것을 자랑스럽게 생각했다. 자신들은 안빈낙도(安貧樂道)의 삶을 숭상한다며 부를 추구하거나 이재에 밝은 사람들을 속물 취급하였다. 그러니 아무리 가난해도 양반들은 농사를 짓거나 장사를 하지 않았다.

이러한 현상은 조선 후기 다산 정약용, 박제가 등의 실학사상이 뿌리를 내릴 때까지 지속되었다. 한 마디로 당시 조선 양반들의 1인당 생산량은 제로에 가까웠다. 이런 조선의 풍토는 국가적으로 볼 때 어마어마한 손실이었고 대재앙이었으며, 당시 성리학(性理學)의 본고장인 중국에서도 이러지는 않았다.

선조 25년(1592) 임진왜란이 발발하자, 조선의 관료들은 제 역할은 하지 못하고 일본군의 침입 후 불과 20일 만에 한양 도성이 무너져 버린다. 나라의 운명을 책임진 군왕 선조가 도주하자 백성들은 궁궐에 난입하여 노비문서가 보관된 형조와 장례원(掌隷院)*에 불을 지른다. 그리고 마침내 노비들은 적군인 일본군에 가담하기에 이른다. 자신의 목숨 하나 구하기에 급급했던 선조는 백성을 버리고 야반도주하여 5월 4일 개성에 도착하자, 윤두수에게 이렇게 묻는다.

"적병의 숫자가 얼마나 되는가? 절반이 우리나라 사람이라는
데 사실인가?" ─《선조실록》(선조 25년 5월 4일) ─

*장례원(掌隷院) ; 조선시대 때 노비에 관한 부적(簿籍)과 소송관계의 일
을 맡아보던 관청. 태조 1년(1392)에 고려의 제도를 따라 설치되었다가
그 후 분도관(分都官)으로, 다시 7대 세조 12년(1466)에 변정원(辨定院)
으로 고치고, 이듬해에 장례원으로 고쳐 독립된 관청으로 하였다가 21
대 영조 40년(1764)에 없애고 형조(刑曹)의 한 분장(分掌)으로 했다.

노비들과 천민들이 대거 일본군에 가담했던 것인데, 이런 현실
을 확인한 선조는 조선은 망했다고 생각하고 압록강을 건너 요동
으로 도주하려 했던 것이다.

역사연구가 이덕일이 쓴 《칼날 위의 역사》를 보면,

"양반은 세금을 내지 않고 백성들에게만 세금을 부과하였으니
민심이 이반될 수밖에 없었다. 병역의무에서도 양반들은 제외되
었고, 가장 큰 문제는 군적수포제(軍籍收布制)*에서 양반 사대부
들은 부과 대상에서 제외되었다. 가난한 양민들은 1년에 두 필씩
의 군포(軍布)*, 즉 병역세를 납부해야 하는 반면, 상대적으로 부
유한 양반들에게는 납세의무가 없었다. 양인(良人, 평민)들은 기
를 쓰고 양반이 되려고 했던 이유 중 하나가 군포 대상에서 면제
될 수 있다는 점 때문이었다. 더구나 군적수포제가 실시된 후에는
군포를 내느냐 내지 않느냐가 양반과 상민을 가르는 기준이 되었

다."

오늘날도 병역의무를 수행하지 않는 자들이 오히려 양반의 위상을 뛰어넘어 신의 아들이 된 세상이니 참으로 가슴이 답답하다.

이러한 군포의 부담은 농민들에게는 과중한 착취였고, 하다못해 갓 태어난 아이(黃口)에게도 군포를 부과하는 황구첨정(黃口簽丁)이나, 이미 죽은 사람들에게도 군포를 부과하는 백골징포(白骨徵布)까지 횡행했다고 하니 먹고 살기 힘들어 자신의 몸 하나도 건사하기도 힘든 가난한 농민들이 산속으로 도망가 도적이 되거나, 일본군에 가담하는 것이 살 수 있는 최선의 방안이라고 생각했을 것이다.

> *군적수포제(軍籍收布制) ; 조선시대 군인 고용제도로, 지방 수령이 관할 내 군역 부담자로부터 병역의무 대신 베를 징수하는 형태로, 지방 수령이 관할 안의 군역 부담자로부터 베를 징수하고, 이것을 중앙에 올리면 병조에서 다시 군사력이 필요한 각 지방에 보내 군인을 고용하게 하는 제도였다.
>
> *군포(軍布) ; 조선시대 병역의무자인 양인(평민) 남정(男丁: 16세 이상 60세 이하)이 현역 복무에 나가지 않는 대신에 부담하였던 세금. 원칙적으로 베(布)로 냈기 때문에 군포라고 불렸으며, 이러한 제도를 포납제(布納制)라고도 하였다.

그렇다면 조선의 양반 비율은 얼마나 되었을까? 이덕일의 《칼날 위의 역사》에 이렇게 쓰고 있다.

"1690년(숙종 16년)의 현황을 살펴보면, 신분 구성에서 양반은

9.2%, 양인(良人, 평민) 53.7%, 노비 37%였다. 임진왜란과 병자호란을 거치면서 양반 숫자가 크게 증가했음에도 양반 비율이 10%를 넘지 못했다. 1606년(선조 39년) 단성(丹城, 오늘날 경남 산청) 지역에서는 64%가 노비였고, 1609년(광해군 1년) 원산지역에서는 47%가 노비였다는 연구 결과가 있다."

그런데 모든 혜택을 누리고 살았던 양반들이 전쟁이 터지자 제한 몸 살겠다고 모두 도망가 버렸으니, 이런 형국에 조선이 망하지 않으면 오히려 그것이 더 큰 기적이었다.

일본군이 전 국토를 유린하고 있는 상황 속에서 그 동안 주인 행세를 했던 10% 미만의 양반을 제외하면 90% 이상을 차지하는 백성들에게 '내 나라'라는 인식을 심어주지 못한다면 결국 이 나라는 망할 수밖에 없었다. 백성들 눈에는 국왕 선조나 조정 대신들 그리고 양반들은 그들과는 아무런 상관이 없는 존재들이었고, 누가 와서 나라를 다스리건 백성들의 입장에서는 편하게 생업에 종사하고, 사람답게 살 수 있다면 일본군이 들어와도 아무런 문제가 없다고 생각할 수도 있다. 그래서 개전 초 선조가 알고 있었던 것처럼 조선 백성의 절반이 적군이 되었다는 것은 충분히 있을 수 있는 이야기다.

당시 전쟁을 총괄 지휘했던 영의정 겸 도체찰사 류성룡은 백성들의 마음을 돌리기 위한 대책으로 다음과 같이 건의한다.

"노비들이 군공(軍功)을 세우면 양인으로 신분을 상승시켜 주고, 공이 큰 경우 양반벼슬까지 주는 면천법(免賤法)을 제정했다. 노비가 일본군의 목을 베어오면 면천(免賤, 천민에서 벗어남)시키고, 2급이면 우림위(羽林衛, 국왕 호위무사)에 제수하고, 3급이면 허통(許通, 벼슬시키는 것)하고, 4급이면 수문장(守門將)에 제수한다."   ─《선조실록》(선조 25년 5월 8일)─

　면천법을 건의한 류성룡은, "이와 같이 하면 비록 끓는 물에 들어가고, 불길을 밟더라도 전력을 다해 적을 무찔러 열흘도 채 못가 적의 수급이 쌓여 경관(京觀, 적의 시신을 쌓아 놓은 탑)이 될 것입니다."라고 《진사록》에 기록되어 있다.

　면천법이 시행되자 의병들이 몰려들기 시작하면서 조선은 어렵게 망국의 위기에서 벗어난다. 결국 조선 중기 양반들은 양반으로서 누릴 권한과 권위만 강조하고 요구했지, 양반으로서 지켜야 할 사회적 책임과 도덕성이 결여되어 있었다. 양반이 모두 다 선비가 될 수는 없었지만, 선비는 모두 다 양반이었다.

　율곡 이이는 선비는 '견리사의(見利思義)' 정신의 소유자라고 했다. 견리사의란 이로움을 보면 반드시 의로움을 생각하라는 뜻이다. 이런 정신을 지닌 양반들이 많았다면 나라 살림을 위해 세금을 내고, 나라를 지키기 위해 병역의무를 함께 수행하는 것은 당연한 일이다. 그랬다면 임진왜란은 결코 일어나지 않았을 것이다.

2. 백성을 품지 못한 나라

〈백성들의 수난〉

왜란 중 가장 큰 피해자는 조선의 백성들이었다. 전쟁이 일어나자 일본군을 피해 집을 버리고 잠시 산과 들로 피난을 갔다가 곧 돌아올 수가 있을 것으로 생각했으나, 전쟁은 7년이나 계속되었다. 피난생활을 오래 하다 보니 농사를 지을 수도 없고, 농사를 짓지 못하니 식량을 구할 수도 없었다. 백성들의 실태를 알아보기 위해 남원 일대에서 의병장으로 활약했던 조경남(趙慶男)이 남긴 기록을 한번 살펴보자.

"각 도의 백성이 유리하여 살 곳을 정하지 못해 굶어죽은 송장이 서로 잇따랐고, 마침내 사람이 서로 잡아먹는 지경에 이르러 아이를 잃은 자가 많았으며, 산과 숲에 풀잎이며, 소나무, 느릅나무의 껍질과 줄기까지 모두 없어졌다."

— 조경남 《난중잡록》 권2. 계사년 2월 —

이러한 현상은 어느 한 지역에서만 일어나는 일이 아니고 전국적인 현상이었다. 전쟁이 일어난 후 1년이 지난 1593년 봄부터 일반 백성들 중에서도 아사자가 속출했는데, 그 해는 흉년이 들어 백성들이 이리저리 떠돌다가 굶어죽은 시체가 즐비했고, 서로 식인(食人)하는 최악의 사태까지 벌어지고 있었으며, 백성들은 먹을 것이 없어서 산과 들의 풀잎을 뜯어먹고 소나무, 느릅나무 껍질 등으로 연명했으나, 시간이 지날수록 혹독한 기아와 전염병에 시달렸다고 한다. 류성룡은 당시의 처참한 상황을 이렇게 기록에 남기고 있다.

"조선 전역이 굶주림에 허덕이고 있었으며, 또 늙은이와 어린 아이들은 군량 운반에 지쳐서 도랑과 골짜기에 쓰러져 있었고, 그나마 힘 있는 장정들은 도둑이 되었으며, 거기에다가 전염병이 창궐하여 살아남은 사람이 별로 없었다. 심지어 아버지와 아들이 서로 잡아먹고, 남편과 아내가 서로 잡아먹는 지경에 이르러 길가에 죽은 사람의 뼈가 잡초처럼 흩어져 있었다."

— 류성룡 《징비록》 —

이런 백성들의 처참한 상황은 1594년 봄이 되자 더 심각해졌다. 당시 명나라 장수 사대수(査大受)는 길가에서 죽은 어미의 젖을 빨고 있는 어린아이를 보고, "하늘도 근심하고 땅도 슬퍼했을 것이다."라고 탄식했다는 안타까운 기록이 남아있다. 이런 상황을 확인한 조선 조정은 명나라 군에게 지급할 군량을 백성들에게 나눠주고 구제하려고 나섰지만 큰 성과를 보지 못했다.

3. 백성과 하나 된 이순신

〈백성들의 피해가 없도록 전쟁수행〉

전라좌수사로 부임하여 전투준비를 하던 중 토병이 백성의 개를 때리는 것을 보고 잡아다 곤장을 친 이순신이다. 평소에도 이처럼 백성들에게 피해를 주지 않으려는 그는 왜란이 일어나자 백성들에 대한 관심이 지대했다.

영화 《명량》에서도, "이순신의 충은 백성을 위한 충이었다."고 역설하고 있다. 실제 그는 임진년(1592) 5월 1차 출동 시에는 해안지역의 지방관들에게 백성들을 잘 돌보도록 지시를 하였고, 그해 6월 영남 해안으로 2차 출동 시에는 지나는 포구마다 피난을 떠나는 연해 백성들을 구휼했다.

전투가 끝나고 나서 일본군에게 노획한 쌀과 포목 등의 물건을 해안 백성들에게 골고루 나누어주었으며, 해안에 거주하던 귀화인(歸化人)이나 어민들 중에는 안전하게 생명을 보장받을 수 있는 좌수영 성내로 들어온 사람들도 많았다고 한다.

이순신은 전쟁 중에도 백성들의 안위를 항상 고려하면서 전쟁을 치렀다. 1592년 7월 10일 안골포해전에서 공격을 시작할 무렵 해가 서산으로 기울기 시작해서 날이 어두워져 피아 식별이 곤란해지자 철수를 단행한다. 포구에 정박해 있는 적선을 차례대로 공격해 모두 불태우거나 침몰시킬 수도 있었으나, 적의 군선을 모두 불태워버릴 경우 피난 중인 주변의 백성들에게 화가 미칠 것을 우려해 공격을 멈추고 함대를 뒤로 뺀다. 전장 지휘관으로서 쉽지 않은 결정이었을 것이다.

그날 밤, 이순신의 연합함대가 물러나자 일본군은 전사자의 시신을 모아 불태우고 기동 가능한 군선에 탑승하여 부산 쪽으로 도주했다. 해가 바뀌어 1593년 2월 28일과 3월 6일에 웅천을 공격해 적에게 많은 피해를 입혔지만, 포구 깊숙이 틀어박혀 대응하지 않은 적선을 더 이상 공격하지 않고 물러난다.

3월 10일에 있었던 전투에서도 마찬가지로 사량진으로 물러나 화공을 위한 화선(火船)을 준비했지만, 적선을 모두 불태운다면 적이 일본으로 돌아갈 수 없어 그 여파가 우리 백성들에게 영향을 줄 수 있다고 판단해 공격을 보류한다. 이처럼 그는 전투 중에도 우리 백성들의 안위를 항상 생각하면서 전쟁을 치렀고, 전투가 끝났을 때도 패잔병들이 해안지역 백성들의 생명과 재산을 빼앗는 약탈과 살상을 못하도록 적이 탈출할 수 있는 최소한의 여건을 고려해 주고 항상 전투를 종결했다.

〈군량미 확보와 백성들 식량문제 해결〉

조선은 전쟁발발 한 달 만에 평양까지 함락당한 상태에서 조정은 패닉상태에 빠져 아무런 조치도 강구하지 못했다. 조정에서 전쟁을 지휘할 전시지휘부가 구성되어 적의 진출에 따라 대응책을 강구하고, 병력모집 및 출동, 각종 병장기, 화포, 군량미 지원 등이 일사불란하게 지원되고 조치되어야 하는데, 그 무엇 하나 제대로 이루어지는 것이 없었다. 전쟁이 장기화되면서 조선 땅에서 생산된 농산물은 백성들과 명나라, 심지어는 일본군까지 먹여 살려야만 했다. 그나마 육지에서 싸우는 부대들은 군량미를 지원받을 수 있었으나, 조선수군은 조정으로부터 군량미를 전혀 지원받지 못했다.

전쟁이 계속되자 이순신으로서는 수군들을 먹일 군량미 확보가 매우 시급했다. 그렇다고 조정으로부터 군량미를 조달받을 수도 없는 실정이다 보니 스스로 군량미 확보 대책을 강구할 수밖에 없었다. 이를 위해 조정에 올린 그의 장계를 살펴보자.

"군사들의 양식이 가장 급선무입니다. 호남 방면이 명색으로는 보전되었다고 하지만 모든 물자가 고갈되어 조달할 길이 없습니다. 신의 생각에는 본도의 순천, 흥양 등지 같은 곳은 넓고 비어 있는 목장(牧場)과 농사지을 만한 섬들이 많이 있사오니, 혹은 관청 경영(經營)으로 경작하든지, 혹은 민간에 주어서 소작을 시키든지, 혹은 순천, 흥양의 수비군들로 하여금 진력하여 농사짓게 하다가 사변이 생길 적에는 나가 싸우게 한다면 싸움에나 지킴에나 방해됨이 없고 군량미 확보에도 유익할 것입니다.

이것은 조(趙)나라 이목(李牧)과 한(漢)나라 조충국(趙忠國)이 일찍이 경험한 방책입니다. 다른 도에도 이 같은 예로 명년 봄부터 시작하여 농사를 짓게 하는 것이 좋을 듯합니다."

— 〈조진수륙전사장(條陳水陸戰事狀)〉 1593(계사년). 9. 10. —

조선 태종 때부터 시작된 공도정책(空島政策)은 고려 말부터 심화된 한반도 연해안을 대상으로 왜구들의 잦은 노략질로부터 백성들을 보호하기 위해 취해진 조치였다. 결국 이런 공도정책 때문에 거의 모든 섬들이 비어있는 상태였다. 따라서 이런 비어있는 섬들에서 둔전을 경영하여 군량미도 확보하고 유사시 전투에도 투입하여 전투력도 보강한다면 방어에나 전투에도 유리할 것이라는 방책을 제시한 것이다.

그는 경상도나 주변에서 유입된 피난민들과 집 없이 걸식하고 떠도는 유랑민 200여 명이 굶어 죽어가는 것을 차마 볼 수 없어서 그들을 돌산도로 보내 거처할 장소를 마련해 주었다.

이렇게 유입된 백성들은 주로 둔전에 투입되었는데, 우선적으로 그들이 먹고사는 문제를 해결해 주어 도적들과 격리될 수 있는 이점도 있고, 백성들을 보호하고, 도적이 될 소지를 차단할 수 있었다. 그리고 수군의 입장에서는 군량을 확보할 수 있고, 덤으로 수군 병력충원에도 도움을 받을 수 있었다. 이러한 그의 조치는 국가에서 해야 할 백성구휼, 백성보호, 치안유지, 그리고 군량확보, 수군병력 충원까지도 해결할 수 있는 탁견이었고, 시의적절한 방안이었다.

32세로 초임지인 함경도에서 건원보 군관시절과 1587년 함경도 조산보만호 시절에 녹둔도 둔전관을 겸임한 경험이 있었다. 둔전을 직접 관리하고 경영해 본 경험이 있었기에 이러한 식견을 가질 수 있었고 대책을 강구할 수도 있었다.

피난민을 유입 둔전을 경영한 돌산도(여수시청 제공)

이순신은 초급 군관시절부터 함경도에서의 근무경험과 청소년기의 시골생활에서 얻은 경험이 임진왜란의 힘든 시기를 극복할 수 있는 지혜와 대책을 계획할 수 있었다.

이때 둔전경영에 직간접적으로 영향을 미친 두 사람을 거론하지 않을 수 없다. 영의정 서애 류성룡은 그를 적극 지원하고 그가 발탁될 수 있도록 추천하고 지지해준 인물이다. 류성룡은 조선이 전쟁을 치르기 위해서는 둔전을 경영하여 군량도 확보하고 전쟁비용을 마련할 수 있다고 수차례에 걸쳐 선조에게 건의한다. 그리고 자신의 의지를 직접 시험하고 관철시킬 수 있는 인물로 이순신이 가장 적합한 사람이라고 판단한다.

류성룡이 낸 둔전 아이디어를 그가 적극 추진했다고 보는 사람들도 있지만, 실제 자신의 삶과 군생활의 경험을 통해 얻은 둔전의 중요성을 이미 인식하고 있었기 때문에 스스로 적극적으로 추진했다.

그리고 앞에서도 언급했지만, 이순신으로서는 군량미 확보를 위해서 당시로서는 그 방법 이외에는 다른 대안을 생각할 수 없었다. 그러나 그는 전라좌수사 겸 삼도수군통제사의 주요 임무는 전쟁에서 승리하는 것이다. 이런 중요한 임무를 완수하기 위해서는 누군가가 자기 일처럼 사명감을 가지고 둔전을 경영해 줄 사람이 필요했다. 바로 이런 일을 헌신적으로 해준 사람이 반곡(盤曲) 정경달(丁慶達)이다.

정경달은 전남 장흥 출신으로 임진왜란이 일어나기 한 해 전인 1591년 선산부사가 되었다가 명군이 주둔했을 때 비축해 두었던 군량미를 풀어 그 공로를 인정받았다. 1593년 가을에 신병치료차 고향인 장흥에 머물다가 초대 삼도수군통제사가 된 이순신이 그를 초대 통제사 종사관으로 지목한다.

그는 이순신보다 나이도 많고, 문관 출신으로 그동안 역임한 관직만 보더라도 삼도수군통제관의 종사관이 되기에는 서로 불편할 수도 있었지만, 두 사람은 짧은 시간에 서로 의기투합한다. 이순신이 진중을 비우고 전장에 나가 있을 때는 그가 원하는 행정지원, 병력충원, 군량확보 등에서 큰 역할을 했으며, 특히 둔전경영을 맡아 군량을 조달하는 데 크게 기여했다.

이순신의 《난중일기》에는 둔전을 운용했다는 기록이 자주 등장하며, 1596년 윤 8월에는 전쟁을 총괄했던 체찰사 이원익이 둔전을 둘러보고 기뻐했다는 기록 등을 볼 수 있다. 이러한 수군의 둔전 운용은 안정적인 군량미 확보에도 도움이 되어 삼도수군들의 군량 확보뿐만 아니라, 수군 진영에 속한 지역 주민들과 피난민들의 식량문제에도 도움을 주었던 것으로 보인다. 이때 조성된 둔전은 임진왜란 이후 100여 년 넘게 조선 후기 수군통제영 운용의 주요 재원 가운데 하나가 되었다고 한다.

임진왜란 당시 조선과 일본 두 나라 모두 호남의 중요성을 인식하고 있었다. 이 곡창지대를 손에 쥔 쪽이 승전국이었다. 결과적으로 일본은 군량미 확보에 실패해 퇴각했고, 조선은 살아남았다. 그리고 호남의 곡창지대를 사수한 사람은 이순신과 조선수군이었다.

〈백성을 보살핀 이순신〉

1589년 이순신은 하급 장교에서 정5품인 정읍현감으로 부임한다. 조선 중기는 고을 현감은 주로 문관출신들이 독차지하고 있었던 시기였고, 무관출신인 그가 고을 현감으로 가는 것에 대해 많은 대신들의 반대가 있었다.

당시 고을현감의 직무는 행정업무부터 시작해서 치안업무까지 모든 업무를 문관들이 독식하던 직책으로 하급무관 출신을 보직 시킨다고 하니 반대가 더 심했을 것이다. 그러나 그는 부임 후 고을 실정을 청취하기 위해 현장에 직접 나가 사실과 다름없는지를 확인하고, 아전과 이방들로부터 실정을 확인하고 그들의 하소연을 귀담아듣고 후속조치를 해주었다.

암행어사가 모든 지방관아를 둘러보고 백성들의 여론을 수렴한 결과 가장 뛰어난 현감으로 평가받았다. 이 보고를 받은 조정대신들은 그를 추천한 류성룡뿐만 아니라 발탁 당시 반대자들까지도 칭찬을 아끼지 않았다고 하며, 인접 현인 태인 현감 직책이 공석으로 있었는데, 태인 백성들은 이순신을 태인 현감까지 겸하게 해달라고 암행어사에게 청했다고 한다.

《충경》 제9장 관풍(觀風)에, "듣는 것이 분명하면 일을 자세히 파악하게 되고, 보는 것이 똑똑하면 이치를 잘 분별하게 된다."고 하였다. 이순신 역시 백성들의 애환을 잘 듣고 현장에 가서 그들의 실상을 똑똑히 파악해 보고 백성들의 입장에서 애로사항을 해결해 주면서 현감의 직책을 수행하였던 것이다. 이렇듯 공직자의 올바른 근무 자세는 400년 전이나 오늘날이나 시대를 초월해서 동일하다는 생각이 든다.

삼도수군통제사에서 파직되었다가 다시 재임명된 그는 정유년 (1597) 9월 16일 명량해전을 승리로 이끈 후 그 해 10월에는 임시 통제영을 보화도(寶花島, 고하도高下島)로 옮겼다가 전쟁 마지막

해인 무술년(1598) 2월 17일 보화도에서 고금도(古今島)로 통제영을 옮겼다. 통제영을 새로 옮긴 고금도에 대해 그가 직접 조정에 보고한 내용을 통해서 고금도의 위세와 함께 그를 의지하는 백성들의 모습을 한번 살펴보자.

"고금도는 호남 좌우도의 내외양(內外洋)을 제어할 수 있는 요충지로 산봉우리가 중첩되어 있고, 망볼 곳도 잇달아 있어서 형세가 한산도보다 배나 좋습니다. 남쪽에는 지도(智島)가 있고 동쪽에는 조약도(助藥島)가 있으며, 농장 또한 많고, 이미 들어와 거주하고 있는 인구도 거의 1,500여 호나 되기에 그들로 하여금 농사를 짓게 하였습니다. 흥양과 광양은 계사년(1593)부터 둔전을 하던 곳으로 군민(軍民)을 불러 모아 경작할 생각을 하고 있습니다,"

— 《선조실록》 권 98 선조 31년(1598) 3월 —

이순신이 최종적으로 삼도수군통제영을 옮긴 고금도는 우리나라 섬들 중에서 열일곱 번째로 큰 섬으로 이 섬에서 생산된 곡물만으로도 완도군은 자급할 수 있을 정도로 농경지가 매우 비옥한 섬이었다. 또한 섬의 위치가 서해와 남해바다를 통제하기 좋은 중간 지점이고, 섬의 4면에는 바다를 관망하기 좋은 70미터에서 246미터의 산들이 산재해 있었고, 주변에는 높은 산들이 없어 적을 관망하기에도 좋았다.

이순신으로서는 군사적인 요충지이고, 농사지을 땅도 넓고 하여 군량을 확보하기에 용이한 지형이란 것도 매우 마음에 들었을 것이다. 고금도에 통제영을 설치하고 몇 달이 지난 시점에 류성룡이 《징비록》에서 언급한 내용을 살펴보면 이미 고금도의 조선수군이 8,000명에 이르러 군량을 걱정했다는 기록이 나온다.

이러한 기록들을 살펴보면 고금도는 통제영이 설치된 이후 짧은 기간 안에 인구가 증가하고 농산물 생산도 증가하였을 뿐만 아니라, 수군 병력도 증가하여 과거 한산도의 위용을 되찾아가고 있었던 것 같다. 이를 뒷받침 해줄 수 있는 자료를 이순신의 조카 이분(李芬)의 〈행록(行錄)〉을 통해 한번 살펴보자.

"지세가 기이하고 또 그 곁에 농장이 있어 편리하므로 공(이순신)은 백성들을 모아 농사를 짓게 하고 거기서 군량을 공급받았다. 그리하여 군대의 위세가 이미 강성해져서 남도의 백성들 가운데 공을 의지해 사는 자들이 수만 호(戶)에 이르렀고 군대의 장엄함도 한산진(閑山鎭)보다 열 배나 더했다."

조카 이분(李芬)이 기록한 내용 중에서 군대의 장엄함이 열 배나 더했고, 주민 수가 수만 호가 넘었다는 것은 조금 과장된 부분도 있겠지만, 실제 이 시기에 고금도의 주민이 증가했고, 이는 수군 병력의 증가로 이어졌을 것으로 추정해 볼 수 있다. 그가 통제영을 고금도에 설치한 이후로 호남 백성들이 많이 모여들었던 것은 사실이다. 이순신이 근무했던 전라좌수사 시절의 여수 돌산도,

초대 통제사 시절의 한산도, 3대통제사 시절의 고금도는 이처럼 백성으로 넘쳐났다. 이순신 가까이 있으면 살 수 있다는 기대감 때문이었다.

이순신 장군의 비장함이 곳곳에 깊게 스며있는 고금도(완도군청 제공)

그리고 이러한 현상은 그동안 이순신이 전라좌수사의 직책과 삼도수군통제사로서 5년 동안 백성들에 대한 배려와 자상한 보살핌의 마음과 행동들이 백성들에게 그대로 전해졌기 때문일 것이다.

4. 백성들의 환영

정유년(1587) 8월 3일 삼도수군통제사로 재임명 받은 그는 병력, 전함 한 척도 인계받지 못하고 조선수군을 재건하기 위해 남해안의 연안 내륙을 따라 이동하였다. 앞서 본문 가운데서도 서술했지만, 군관 9명과 병사 6명을 데리고 전라우수영이 있는 해남지역으로 이동하면서 조선수군의 잔존세력과 살아남은 전투함, 그리고 군량 확보와 함께 장졸의 모집과 전장에서 싸울 병장기까지 수습하면서 고달픈 길을 가고 있었다.

"맑음. 아침 식사 후에 길을 따라 옥과 경계에 이르니 순천과 낙안의 피난민들이 길을 가득 메우며 남녀가 서로 부축하며 가고 있었다. 그 참혹한 모습은 차마 볼 수가 없었다. 그들은 서로 울부짖고 곡하며 말하기를 '사또가 다시 오셨으니 이제 우리는 살았다.'고 하였다."
— 《난중일기》 1597(정유년). 8. 6. —

8월 6일이면 인접 경상도 해역인 칠천량에서 조선수군이 대패한 지 약 20일이 지난 시점이다. 임진왜란이 발발한 지 6년이란 시간이 지났지만, 그동안 이순신과 조선수군이 지킨 남해바다와 호남은 일본군의 침략도 없이 일상생활을 유지하면서 생활하고 있었다.

그런데 그동안 믿고 의지했던 조선수군이 괴멸되어 버리고, 일본군이 해안지역을 약탈하고 사람들을 모두 쳐 죽인다고 하니 정들었던 고향마을과 삶의 터전을 버리고 일본군의 무자비한 살육을 피해 모두들 피난을 떠나고 있었다.

그들 앞에 그동안 그들을 지켜주고 조선수군을 통솔했던 이순신이 다시 나타났으니, 백성들로서는 그들을 살려주고 보살펴줄 믿고 의지할 유일한 구세주가 다시 나타난 것으로 보고 울부짖으면서 "사또가 오셨으니 이제는 우리가 살았다."는 백성들의 외침은 시대를 초월해 정치 지도자들에게 던지는 화두는 지금도 유효하다는 생각이 든다.

그동안 나라와 백성을 안전하게 지켜준 유일한 구세주인 이순신을 파직시켜 죽이려고 했던 장본인이 조선의 국왕 선조였다. 그러나 그 국왕은 6년 동안 죽음을 불사하고 연전연승하면서 남해의 제해권을 장악하고 호남을 지켜내어 전쟁의 흐름을 바꿔준 공로조차 인정해 주지 않았다. 그리고 조정의 아무런 지원도 받지 못하고 부하들과 함께 그동안 열정과 피로 건설한 180여 척의 조선수군의 모든 전함을 함량미달인 장수에게 맡겨 하룻밤에 일본수군에게 제물로 바친 이 처참하고 통분할 책임은 누가 져야 할까?

선조가 올바른 군주였다면 자신의 책임을 통감하고 백성들과 역사 앞에 사죄하고 자결하든지 옥좌에서 물러났어야 했다. 그래야만 조선이 올바른 나라, 나라다운 나라가 되었을 것이다.

"맑음. 일찍 출발하여 낙안군에 도착하였더니 관사와 창고의 곡식과 병기가 모두 불타 사라져버렸다. 관리와 촌민들도 눈물 흘리며 말하지 않는 이가 없었다. 얼마 뒤 순천부사 우치적, 김제군수 고봉상이

산골에서 내려와, 병사(兵使)의 전도된 행태를 자세히 전하면서, '그가 하는 짓을 미루어 보면 패망할 것을 알 수 있다.'고 했다. 점심식사 후에 길에 올라 십리쯤 되는 곳에 이르니 길가에 노인들이 줄지어 늘어서서 다투어 술병을 바치는데, 받지 않으면 울면서 억지로 권했다." ─《난중일기》1597(정유년). 8. 9. ─

8월 9일 낙안에 이르렀을 때 관사와 창고가 모두 불타버리고, 그동안 전시에 사용하려고 비축해둔 군량과 병기마저 모두 불타버렸으니 이순신으로서는 참으로 허탈하고 맥이 빠졌으리라. 적이 들어와서 불태워버린 것도 아니고 그것들을 지키고 관리하라고 임명해 준 지방관리가 제 스스로 한 짓이니 참으로 기가 막힐 노릇이었다. 이런 행위는 청야전술*이라는 미명하에 임진왜란 당시 지방관들이 저지른 안타까운 소행이었다.

왜란 발발 시 이부 지방 방백과 수령들은 적이 온다는 말만 듣고는 제 한 몸 살기 위해 도망가기 바빴으며, 그들이 한 유일한 업무는 적이 사용하지 못하게 한다고 불태워 버리는 것밖에 한 일이 없었다. 적에게 탈취당하지 않게 은닉하여 훗날을 기약하거나, 아니면 백성들에게라도 나누어주었다면 얼마간이라도 굶주린 백성들을 구제할 수 있었을 것이다.

아무리 훌륭한 작전이고 전통이라 하더라도 때와 장소가 있고, 먼저 해야 할 일이 있고 나중에 해야 할 일이 있다. 창고에 불 지르고 도망가는 것이 우선이 아니고, 부하들과 함께 자기 지역을 수호하는 것이 우선이 되어야 하지 않을까?

그는 전라병사 이복남(李福男)은 '병사(兵使)의 전도된 행태'에 대해 통분하고 있다. 비단 이런 사례는 이곳에서만 발생한 것이 아니고, 개전 초 일본군의 공격 소식에 스스로 수군전함을 불태워버리거나, 일부는 가라앉혀 버리고 수군을 해산시켜 버린 경상우수사 원균(元均), 방어준비는 하지 않고 적의 침입에 대비하지도 않고 후퇴한다는 미명하에 도망가 버린 경상좌병사 이각(李珏), 조정에 적의 침입을 보고한다고 도주한 경상좌수사 박홍(朴泓) 등의 행태가 당시 관리들의 모습이다.

이들의 이런 모습은 조선 최고사령관이자 국왕인 선조부터 앞장서서 보였으니, 그 누구도 그들의 이런 행태를 대놓고 벌주거나 성토할 수 없는 세태가 되고 말았다.

그러나 당시의 상황을 비판하고 안타까워하면서도 과연 이 시대는 이런 모습에서 자유로울 수 있을지 모르겠다.

*청야전술(淸野戰術) ; 견벽청야(堅壁淸野)라고도 한다. 중국에서 고대로부터 근세에 이르기까지 널리 사용해온 방어전술의 하나이다. 해자(垓子)를 깊이 파고 성벽의 수비를 견고히 하는 한편, 들어 있는 모든 곡식을 모조리 성내로 거두어들여 공격해 오는 적의 군량미 조달에 타격을 입히는 전법으로, 이러한 전법은 우세한 적에 대한 수단으로 흔히 약자가 사용한다.

벌교를 지날 때는 노인들이 술을 가져와 이순신에게 억지로 먹게 하면서, "우리는 이제 대감님이 오셨으니 모두 살 수 있다."

고 외쳤다.

앞에서도 얘기했지만 임진란이 일어나고 6년 동안 호남은 적에게 그 어떤 피해도 입지 않고 안전한 지역이었으나, 수군이 패하고 적이 호남지역까지 공격해 들어오니 피난을 가지 않을 수 없는 상황에서 그동안 자기들을 지켜준 이순신이 왔으니 이제는 모두 살 수 있다고 환호하며 술을 바치고 있는 모습이다.

재임명 받고 불과 40여 일 만에 궤멸되어 버린 조선수군을 수습하여, 단 13척의 전선으로 330여 척의 적 함대와 싸워 명량해전에서 승리를 거둔다. 그 승리의 요인에는 여러 가지 요소가 작용했겠지만, 백성들의 자발적이고 전폭적인 지지도 크게 한몫 했다고 본다.

우선 100여 척의 피난민 선박들이 13척의 조선수군 뒤에 전열을 갖추고 전투에 임한 것은 그 어떤 함대보다 강한 백성들의 강력한 지지의 모습이고, 성원의 힘으로 조선수군의 전투의지를 고양시켰을 것이다. 그리고 그날 동참한 사람 중에 대표적인 사례로 마하수(馬河秀)* 일가의 죽음을 두려워하지 않은 나라사랑 모습과 그들 일가족의 장렬한 전사를 들 수 있다.

*마하수(馬河秀) ; 임진왜란 때 선공주부(繕工主簿)로서 거북선 건조에 참여, 통제사 이순신을 도왔다. 이순신이 투옥되자 사직하였다가 이순신이 풀려나 다시 군사를 지휘할 때 향선(鄕船) 10여 척을 거느리고 명량해전에 자원 참전, 적선에 포위되어 고전하던 중 적탄을 맞고 전사하였다. 이때 아들 성룡(成龍)·위룡(爲龍) 형제도 용감하게 싸워 승전하였다.

민초들의 정유재란 순절 묘역(진도군청 제공)

진도군 고군면 도평리의 정유재란 순절묘역에 있는 200여 기 이상의 묘들을 통해 볼 때 그날 명량해전의 현장 주변에는 이름 없는 민초들이 우리 수군과 함께 목숨을 초개와 같이 버리고 싸웠 다는 것을 알 수 있다. 그리고 명량 주변에 산재해 있었던 피난선 단의 지도자 역할을 했던 오익창(吳益昌) 등은 의곡(義穀)을 모아 군량을 조달했고, 전투 당일에는 조선수군의 배후에서 위장선단 으로 역할을 수행했던 이러한 이들의 모습은 이순신은 승리할 것 이라는 강한 신뢰감과 함께 적을 물리쳐야 한다는 적개심이 그들 의 가슴에 요동쳤을 것이다.

명량해전이 끝나고 보하도에 임시 통제영 본부를 설치할 때에 도 지역의 유력자들이 스스로 군량을 바치는 경우가 적지 않았다. 예를 들면, 1597년 11월 7일에는 전 홍산현감 윤영현(尹英賢)과 생원 최집(崔潗) 등이 군량에 쓸 벼 40섬과 쌀 8섬을 바쳤고, 28일에는 무안의 진사 김덕수(金德秀)가 군량에 쓸 벼 15섬을 바쳤다. 그리고 지방관들 중에서도 군량을 준비했다가 이순신에게 바치는 경우가 많았다고 한다. 영암군수 이종성(李宗誠)은 11월 15일에 집 짓는 곳에서 밥을 30말이나 지어 일꾼들을 먹이고, 군량 200섬과 중조(中租) 700섬을 마련했다는 기록이 보인다.

〈승려들의 보살핌과 지지〉

이순신은 조선시대 '숭유억불(崇儒抑佛)정책'으로 천대받던 승려들을 보살피고 그들과의 교감도 남달랐다. 그가 통제사에서 파직되고 옥고를 치르다 방면되어 도원수 권율 밑에서 백의종군하러 가는 도중인 정유년(1597) 5월 7일 정혜사의 승려 덕수(德修)가 와서 이순신에게 짚신 한 켤레를 바쳤으며, 이튿날인 5월 8일에는 승장(僧將) 수인(守仁)이 밥 지을 승려 두우(杜宇)를 데리고 왔다는 기록도 일기에 남아있다.

다시 통제사로 임명된 직후인 정유년 8월 8일에는 혜희(惠熙)라는 승려가 그를 찾아왔다. 그러자 그는 즉석에서 의병장의 사령장을 만들어주고 임무를 부여했다. 이순신과 승려들 사이에 돈독한 신뢰와 공감을 확인할 수 있는 자료들이다.

이처럼 삼도수군통제사로 힘겹게 수군을 재건하는 과정과 명량, 노량해전을 치르는 그의 주변에서 보여준 전폭적인 백성들의 지지와 지원은 그 어떤 성원보다 큰 힘이 되었을 것이며, 이러한 성원 덕분에 조선수군은 빠르게 재건되었고, 강력한 수군으로 거듭나게 되었다. 백성들의 마음은 평소 그에 대한 신뢰와 존경심이 자발적인 마음에서 우러나온 결과로 보인다.

5. 천군

선조는 왜군이 정유년(1597) 1월 14일 선발대를 부산 다대포에 상륙시켜 정유재란이 일어난 위급한 와중인 1월 27일 이순신의 구속을 결정한다. 조선의 별 볼일 없는 수군 정도는 없어도 조선을 구원해줄 천군(天軍)인 명나라가 버티고 있다며 이러한 조치를 취했는지는 모르겠지만……

임진왜란이 일어난 직후부터 선조의 권위는 이미 땅에 떨어졌다. 온 나라가 적의 말발굽에 짓밟히고 죄 없는 백성들이 칼날에 죽어가고 있는데, 나라와 백성을 구할 아무런 대책이나 지도력도 보여주지 못하고 오로지 자기 한 목숨 구하기에만 급급했다. 이런 상황에서 선조의 피난길은 치욕의 연속이었다. 백성들은 선조가 도망간 궁궐을 불태워버리고, 왕과 정부의 무능함을 성토하며 폭동을 일으켰다.

심지어는 선조의 도망간 곳을 알려주기 위해 선조의 행적을 마을과 길목에 낙서하여 표식하기도 하고, 유생 가운데는 선조의 면전에 대고 왕위에서 물러나라고 외치는 사람들도 있었다. 선조를 위협했던 적은 둘이었다. 하나는 선조를 잡기 위해 추격해오는 외부의 적인 일본군과 다른 또 하나는 선조에게 등을 돌린 내부의 험악한 민심이었다.

임진왜란이 끝나고 난 3년 후인 선조 31년(1601), 활약했던 공신들을 선정하는 논공행상 과정에서도 선조의 태도는 바뀌지 않았다. 그는 죽음으로써 임진왜란을 종결한 이순신을 으뜸공신으로 인정하지 않았다. 선무공신으로 포함시키기는 했지만, 원균, 권율과 동등한 자리에 배치했다. 그러면서 "나라가 보전된 것은 오로지 명군(明軍) 덕분"이고, "조선 장수들은 적의 머리 하나를 베지 못하고, 적진 하나도 함락시키지 못했다."고 평가절하했다.

이때 우리는 선조의 비열하고 치졸한 모습을 눈여겨볼 필요가 있다. "나라가 보전된 것이 오로지 명군 덕분"이라고 한 순간, 이순신의 역할은 비겁한 조선의 장수로 격하되고, 명군을 불러들인 선조는 조선을 구한 최고의 공로자가 되는 것이다. 그리고 자신이 최고의 공을 세우도록 자신을 의주까지 수행한 신료들을 최고의 공로자들로 인정한다.

실제 전투에서 목숨 바쳐 싸운 선무공신(宣武功臣)은 18명에 불과한데, 자신의 말고삐를 잡았던 인물들을 호성공신(扈聖功臣)으로 86명이나 포함시킨다. 호성공신 86명에는 마구간지기와 내시와 심부름꾼도 포함되어 있었다. 그러나 백성들과 함께 싸운 의병장 곽재우, 정인홍, 조헌 같은 이들은 아예 공신반열에 넣어주지도 않았고, 오히려 전란이 끝난 후 조정의 견제를 받아 쓸쓸한 최후를 맞이한 경우가 많았다.

전란 중에는 적을 물리치기 위해서 자신의 생명이 가장 큰 무기였으나, 전란 후에는 죽지 않고 살아있는 자신의 생명이 가장 큰 걸림돌이자 적이 되고 말았던 것이다. 또다시 나라가 전란에 휩싸인다면 과연 누가 목숨 걸고 백성들과 함께 싸운다고 나설까?

결과적으로 선조는 "내가 의주까지 파천해 명군을 불러들여 나라를 살릴 수 있었다."는 자신만의 옹졸하고 치졸한 논리를 만들어낸 것이다.

조선 장수들은 적의 머리 하나 베지 못했다고 평가절하하고 있지만 이순신이 싸운 전투만 해도 23회나 되고, 파괴되어 수장된 적의 전함과 함께 물귀신이 된 적의 숫자만 해도 12만여 명은 족히 될 것이다. 선조는 이처럼 이순신에게 몹시 가혹했고, 그의 존재를 인정하고 싶지 않았다.

단 한 번의 전투에 출전해 아군을 몰살시킨 원균과 같은 동급으로 평가했으며, 명량대첩 후에도 승리를 치하해 주지도 않고 있다가 명나라에서 먼저 승리를 축하해 주자 마지못해 명량해전이 끝난 지 두 달 후에 은자 20냥을 상금으로 내려준 게 전부였다. 그리고 왜란 발발 이후 바다에서 연전연승한 수군 최고지휘관인 이순신이 모친상을 당했을 때도 선조는 아무런 조치도 취하지 않았다.

그리고 원균이 칠천량에서 패하고 조선수군이 궤멸되자 선조는 이순신에게 이런 유서를 내린다. "근자에 경을 직책에서 물러나게 하고, 죄를 지은 채 처벌하도록 한 것은 사람(선조)의 꾀가 두텁지 못한 데서 비롯된 일"이라고 사과한다. 그리고는 "특별히 경을 상중(喪中)임에도 일으켜 세운다."고 강조한다.

선조가 이런 말을 포함시킨 이유는 이순신이 모친상을 이유로 삼도수군통제사의 직첩을 받아들이지 않을 수도 있었기 때문이다. 예를 숭상하는 성리학의 나라 조선에서는 관리들이 부모상을 당하면 벼슬을 내려놓고 3년간 시묘살이를 하였다. 이는 당시의 관례이자 원칙처럼 준수되었고, 이를 준수하지 않는 사람은 주위 사람들로부터 손가락질 받고, 때로는 이를 빌미로 탄핵의 대상이 되기도 했다. 설령 임금이 관직을 제수해도 당당하게 거절할 수 있었고, 임금도 이를 강요하지 못했다.

선조는 이순신에 대해서 이처럼 가혹했고, 그를 죽이려고 하다가 마지못해 백의종군으로 풀어주었다가 이순신이 노량해전에서 전사하고, 전쟁이 끝난 후 논공행상을 통해 또 다시 그를 죽인 것이다. 자신의 무능함과 비겁함에서 비롯된 권위의 실추를 만회하기 위해 구국의 모든 공을 천군(天君)인 명나라 군에게 돌리고 이순신의 공적을 이처럼 폄하한 것이다.

임진왜란의 기억을 모아놓은 진주박물관은 진주성 안에 있다. 박물관 수장고에는 〈태평회맹도(太平會盟圖)〉라는 병풍이 있는데 보물 제668호로 임진왜란, 정유재란이 끝나고 1604년 10월 27일 밤 선조가 전쟁에서 공을 세운 공신들을 불러 '공신회맹제(功臣會盟祭)'라는 잔치를 벌이고 만든 그림이다.

태평회맹도(한국향토문화전자대전 제공)

훗날 참가자들에게 기념사진 격으로 나눠준 병풍에는 참석자 명단과 풍경이 보인다. 초청 대상은 그 때까지 살아있는 공신 63명이었으나, 실제 참석자는 58명으로 불참자는 5명이었다. 불참자는 류성룡, 정탁, 이운룡, 이산해, 남절이다.

류성룡은 늙어서, 아파서, 상중(喪中)이라고 변명하면서 참석하지 않았고, 자신의 녹훈을 취소해 달라고 한다. 옥에 갇힌 이순신을 구하기 위해 직언을 서슴지 않았던 정탁도 불참했고, 이순신과 7년 동안 함께 싸운 이운룡도 참석하지 않았다.

호성공신 1등으로 선정된 영의정 이항복은 "장수들이 전쟁터에서 싸운 공에 비해 무척 부끄럽다."며 공을 취소해 달라고 요구하였다. 또한 이덕형은 "의병을 일으키고, 절개를 지키다가 죽은 사람들이 있는데, 무슨 마음으로 내가 끼겠는가." 하고 공신책봉을 고사했다.

결국 선조는 자기 몸을 살려준 사람들에게 온정을 베풀었고, 나라를 도탄에 빠뜨린 자신의 무능함을 숨기기 위해 목숨 걸고 싸운 무장들과 의병장들의 공을 지워버린 것이다.

공신명단이 발표된 날 사관은 이렇게 기록한다.

"훈장제도를 만든 이유가 어찌 이처럼 구차한 데 쓰려고 한 것이겠는가(丹書鐵券之設初豈若此之苟也)."

— 《선조실록》 선조 37년(1601) 6월 25일 —

이러한 선조의 행태를 살펴볼 때 그의 그릇은 조선시대 임금이 쓰고 있던 익선관(翼蟬冠)에 새겨진 매미의 5덕인 '문(文)·청(淸)·염(廉)·검(儉)·신(信)'에 많이 부족했던 군주로 평가될 수밖에 없을 것 같다.

옛말에 "문신(文臣)은 돈을 밝히지 않고, 무신(武臣)이 죽음을 두려워하지 않으면 나라가 편안하다."고 했다. 그러나 죽음을 두려워하지 않은 이순신은 나라를 구했지만, 그가 속한 국가는 무책임했고. 임금은 무능하고 치졸했으며, 시대는 군자를 찾기 어려웠고, 소인배들만 득실대고 있었다.

공자는 《주역》 계사 하편에서, "덕(德)이 박한데 지위가 높고, 아는 것이 적으면서 꾀하는 것이 크며, 힘이 부족한데 직책이 무거우면 재앙이 미치지 않는 경우가 드물다."고 했다.

또한 송(宋)나라 때 호굉(胡宏)*은, "덕이 있으면서 부귀한 사람은 부귀의 권세를 이용해 세상을 이롭게 하고, 덕이 없으면서 부귀한 사람은 부귀의 권세에 올라타 제 몸을 해친다.”고 했다.

한 마디로 그릇이 부족하면 자신뿐만 아니라 주위, 그리고 나라까지도 불행하게 만든다는 뜻이다. 작은 조직부터 한 나라를 경영하는 일까지 조직의 리더는 덕과 역량이 갖춰졌을 때만이 그 조직은 살아날 수 있고, 번영을 구가할 수 있을 것이다.

그리고 《회남자(淮南子)》 인간훈(人間訓)에, “천하에 세 가지 위태로운 것이 있다(天下有三危). 덕(德)이 부족한데 총애를 많이 입는 것이 첫째 위태로움이요(少德而多寵 一危也), 재주는 낮은데 지위가 높은 것이 둘째 위태로움이며(才下而位高而危也), 일신에 큰 공이 없는데 두터운 녹을 받는 것이 셋째 위태로움이다(身無大功而有厚祿三危也).”라고 했다. 회남자는 쌓은 덕(德)이 없이 부귀의 지위에 있는 것은 큰 불행이라고 얘기하고 있는 것이다. 비단 조선시대에만 국한된 사례는 아닐 것이다.

*호굉(胡宏) ; 주희(朱熹) 이전에 유학의 큰 흐름을 이루었던 호상학파(湖湘學派)의 영수였다. 과거 유학의 경전을 통해 인간 심성의 원리를 깨닫고 이상적인 사회제도를 찾고자 했다. 성(性)을 가장 중요한 만물의 이치이자 천하의 근본이며 이(理)와 기(氣)의 근원이라고 생각했다. 그의 이러한 사상은 후일 주희에게 많은 영향을 주었지만, 비판이 되기도 하였다.

그러나 선조는, “조선은 천군(天軍)이 지켜준다.”는 확고한 믿음을 갖고 있었다. 임진왜란 때는 천군인 명나라가 조선을 도와 지켜주었다. 일제 36년의 잔혹한 통치를 천군인 연합군이 대한민국을 해방시켜 주었다. 동족상잔의 6.25 또한 마찬가지다. 그러나 자국의 안보를 외부에 맡긴 국가치고, 지금까지 단 한 나라도 세계지도에 남아있는 국가가 없다. 천년의 역사를 이어가며 팍스로마나*의 영화를 누렸던 로마도 국가안보를 용병에게 맡겼다가 지구상에서 사라지고 만다.

> *팍스 로마나(Pax Romana) ; 로마제국이 전쟁을 통한 영토 확장을 최소화하면서 오랜 평화를 누렸던 1세기와 2세기경의 시기를 말한다. 역사가들은 '팍스 로마나'라는 개념을 사용하여, 강대국의 폭력에 의한 가짜 평화가 등장할 때에 신조어를 만들어낸다. 팍스 아메리카나(Pax Americana) 등으로.

정유재란이 발발한 가운데 천군(天軍)인 명나라만 믿고 조선의 최고 비밀병기인 이순신을 체포하여 구속하고 조선수군을 궤멸시킨 선조의 죄는 결코 용서될 수 없다. 언제까지 우리는 천군만 바라보고 살아야 하나? 우리 손으로 한반도를 지킬 힘을 키우지 못하면 비극의 역사는 또 다시 반복될 것이다.

6. 배려의 리더십

배려(配慮)'를 사전에서 찾아보면 '도와주거나 보살펴 주려고 마음을 씀"이라고 기술되어 있다. 그리고 《아메리칸 제너럴십(American Generalship)》(Edgar F. Puryear)에서는 리더십의 기본을 '인격'이라고 정의하고 있다. 《배려》의 저자 지동직은 '배려는 인격이 입는 옷'이라고 표현하면서 "인격은 재물이나 권력에서 나오는 것이 아니고, 주변 사람들과의 관계에서 나온다."고 했다. 아무리 능력이나 겉모습이 훌륭하다고 해도 그의 인품이 외부로 드러나지 않는다면 아무도 그가 인격자인지 아닌지를 구별할 수가 없다.

결국 그의 인격은 상대에게 보여주는 "배려의 한마디, 섬세하게 보살펴주려는 행동, 자상한 관심과 격려 등을 통해서만 알 수 있다." 이와 같이 배려란 그 사람의 인격과 품성을 밖으로 드러나게 하는 통로와 같은 역할을 한다.

이순신은 사천, 당포해전에서 적선을 완전 소멸시켜버릴 수도 있었지만, 그렇게 되면 적의 잔여세력들이 그 지역의 백성들에게 피해를 줄 수 있다고 생각하여 최소한 그 지역을 탈출할 수 있는 여력은 남겨두고 전투를 종결하였다.

또한 2차 출전 때에는 주변의 지방관들에게 연해안의 백성들을 잘 돌보도록 편지를 보내고, 1차 출동 시 적으로부터 노획한 쌀과 포목 등의 생필품들을 골고루 나눠주었다. 이렇게 되자 해안에 거주하고 있던 귀화인이나 피난민들이 가족과 함께 좌수영 영내로 들어오는 자들도 많았다고 한다. 이순신은 이들을 본영에서 가까운 돌산도나 장생포 등 생활 여건이 좋은 곳으로 살 수 있도록 배려했다.

그리고 삼도수군통제사로 재 보직 받고 임지로 가는 도중에는 피난민들과 옛 부하들을 만나면 말에서 내려 마주보면서 그들의 손목을 잡고 노고를 격려하며 수군 재건을 위한 협조와 당부를 부탁했다. 그 결과 부임 도중에 1천여 명의 수군을 확보하여 배마다 90여 명에 불과했던 탑승인원을 170여 명까지 늘릴 수 있었다.

배려는 상대가 원하는 것을 주는 것이다. 이처럼 배려는 받기 전에 먼저 주는 것이다. 우리 선조들이 즐겨 사용하던 말 가운데, "남에게 대접받기를 원한다면 먼저 남을 대접하라."는 문구가 새삼 뇌리를 스친다.

이렇듯 배려는 사소한 것이지만 실로 위대한 것이다. 배려는 사소한 것으로부터 날마다 노력해야 한다. 스스로를 위해서는 솔직해져야 하고, 상대방의 관점에서 봐줘야 하며, 통찰력을 가져야 한다. 이순신의 부하들과 백성들에 대한 배려는 결국 그들의 마음을 움직이게 한 것이다.

한밤중에 장님이 길을 가고 있었다. 머리에는 물동이를 이고, 한 손에는 등불을 들고 가다가 어떤 사람을 만났다. 그와 마주친 사람이 "당신은 정말 어리석군요! 앞을 보지도 못하면서 등불은 왜 들고 다닙니까?" 하고 물었다. 그러자 머리에 물통을 이고 가던 장님이 대답했다. "당신이 나와 부딪치지 않게 하려고 등불을 들고 다닙니다. 이 등불은 나를 위한 것이 아니라 당신을 위한 것입니다." 누가 과연 어리석은 사람일까요? 배려는 인격이 입는 옷이라고 한다. 인격은 권력이나 재력에서 나온 것이 아니라 배려에서 나온다.

이러한 그의 리더십은 동시대를 살았던 상급자들과 동료들, 그리고 그의 추종자들과 백성들에게까지 베푼 '배려의 리더십'이 거둔 결실이라고 본다.

전함 12

제4장. 하나뿐인 목숨

"반드시 죽고자 하면 살고, 살려고 하면 죽는다(必死則生 必生
則死)."
— 《오자병법(吳子兵法)》 —

1. 선조의 선택

보성은 이순신의 장인이자 무예 스승인 방진(方震)이 한때 군수로 근무했던 곳이다. 8월 3일 삼도수군통제사의 임명교지를 받고 지금까지 약 2주간의 시간이 흘렀지만, 수군재건에 대한 확실한 성과가 없었다. 게다가 남해안을 따라오면서 보았던 지방 관아들의 전쟁대비 태세는 어느 곳 하나 제대로 준비되지 못하고 있었고, 백성들은 모두 피난을 떠나버려 마을은 황량한 폐허로 변해버렸으니 참으로 답답하고 안타까웠을 것이다.

이런 시점에서 군왕 선조가 보낸 유서(諭書)를 보니 그 내용이 "수군을 폐지하고 육군에 편입해서 싸우라."는 것이었다. 수군재건을 위해 지금까지 동분서주하는 통제사에게 힘을 보태주지는 못할망정 수군을 폐지하라는 선조의 지시는 그에게는 참으로 가슴 아프고 가혹한 지시였을 것이다.

"비가 오다가 늦게 활짝 갰다. 밥을 먹은 뒤에 열선루(列仙樓)에 나가 앉아 있으니, 선전관 박천봉(朴天鳳)이 임금의 유지(諭旨)를 가지고 왔다. 그것은 8월 7일자 관인이 찍힌 공문이었다. 영상(류성룡)은 경기지방을 순행중이라고 하니, 곧바로 잘 받았다는 장계를 썼다. 보성의 군기(軍器)를 검열하여 네 마리 말에 모두 나누어 실었다. 저녁에 밝은 달이 수루 위를 비추니 심회가 편치 않았다."

— 《난중일기》 1597(정유년). 8. 15. —

이순신은 왜군이 남해안에 들어오기 전에 수군을 재건해야 한다는 강박감과 함께 모든 역량을 수군 재건에 집중하고 있었다. 그러나 해안지역을 둘러본 실태와 관아의 대비태세 등은 그에게 아무런 희망이나 대책을 강구할 수 없는 최악의 상태였다. 어디서부터 조치해야 할지 대안이 나오지 않는 상태에서 본인의 힘든 속내와 근심을 표현하고 있다.

이때 군왕 선조로부터 수군을 폐지하고 육군에 편입해 싸우라는 지시는 참으로 기가 막힌 심정이었으리라. 일기에 적은 대로 밝은 달이 수루에 비치니 심회가 매우 편치 않았다는 속내를 기록하고 있다.

2. 금신전선 상유십이(今臣 戰船 尙有十二)

이순신은 조정에서 수군에 대한 인식이 부족한 것과 함께 수군 재건을 위해 그동안 힘써왔던 것들에 대한 자신의 마음을 추스르고 답서를 작성해 올린다.

"저 임진년으로부터 5, 6년 동안에 적이 감히 충청·전라를 바로 찌르지 못한 것은 우리 수군이 그 길목을 누르고 있었던 때문입니다. 지금 신에게는 전선이 아직 12척이 있습니다(今臣 戰船 尙有十二). 죽을힘을 내어 항거해 싸우면 오히려 할 수 있는 일입니다. 이제 만일 수군을 전폐한다는 것은 적이 만 번 다행으로 여기는 일일 뿐만 아니라 충청도를 거쳐 한강까지 갈 것이니, 그것이 신이 걱정하는 바입니다. 그리고 또 전선은 비록 적지만 신이 죽지 않는 한 적이 우리를 업신여기지는 못할 것입니다."

— 《이충무공전서》 권9 〈행록〉 —

이러한 그의 장계는 그동안 수군에 대한 중요성을 몰라주는 선조와 조정에 대한 아쉬움과 함께 자기 자신의 승리에 대한 다짐과 각오도 함께 포함된 것으로 보인다. 그는 보성에서 9일간 머무르면서 군수물자를 수습한다.

"……저물 무렵 순천부에 이르니 관사와 창고는 그대로였지만, 병기 등은 병사가 처리하지 않은 채 후퇴해 달아나 버렸으니 참으로 놀라운 일이다. (중략) 병기 중에 장전(長箭)과 편전(片箭)은 군관들에게 져 나르도록 하고, 총통같이 운반하기 어렵고 잡다한 것들은 깊게 묻고 표를 세워두라고 했다." — 《난중일기》 1597(정유년). 8. 8. —

"……저녁에 보성 조양창에 이르니 사람은 한 명도 없고 창고의 곡식은 봉해둔 채 그대로 있었다. 군관 4명에게 지키도록 책임을 부여하고 나는 김안도의 집에 묵었다. 집 주인은 이미 피난가고 없었다." — 《난중일기》 1597(정유년). 8. 9. —

"거제현령 안위와 발포만호 소계남이 아뢰고 돌아갔다. 우후 이몽구가 전령을 받고 들어왔는데, 본영의 군기(軍器)와 군량을 하나도 옮겨 싣지 않아 곤장 80대를 쳐서 보냈다."

— 《난중일기》 1597(정유년). 8. 15. —

"……보성의 군기(軍器)를 점고하여 네 마리 말에 나누어 실었다. 저녁에 밝은 달이 수루 위에 비추니 마음이 몹시 편치 않았다."

— 《난중일기》 1597(정유년). 8. 15. —

"맑음, 아침 일찍 식사 후에 곧장 장흥 땅 백사정(白沙汀)에 이르렀다. 점심을 먹고 군영구미(軍營仇未)로 가니, 그 지역은 이미 온 경내가 이미 폐허가 되었다. 수사 배설(裵楔)은 내가 탈 배를 보내주지 않았다. 장흥의 군량을 감독하는 감관이 군량을 모두 훔쳐 관리들이 나누어 가져갈 때에 마침 붙잡아서 곤장으로 엄히 다스렸다. 그대로 여기서 잤다."

— 《난중일기》 1597(정유년). 8. 17. —

이처럼 《난중일기》에 나타난 기록을 살펴보면 그는 순천부에 도착한 8월 8일부터 본격적으로 군수물자를 수습한다. 전선 수습과 함께 병력충원을 동시에 실시하면서 총포와 군수물자를 확보하는 데 총력을 기울인다. 경상도 지역은 이미 왜군의 침입으로 관아의 군수품과 총포 등이 모두 소실되고 추가 획득이 어려운 반면 아직까지 왜군의 침입이 이루어지지 않은 전라도 지역은 가능했던 것이다.

순천과 보성 등 지방 관아에 군수품을 확보함과 동시에 전라좌수영에 비축하고 있던 군기와 군량을 망라하여 수군 재건에 필요한 물자를 확보한다. 그리고 순천과 보성을 거치면서 모집한 군사와 군량과 군기는 회령포에 집산시켜 8월 18일 배설이 이끌고 온 12척의 전선에 탑재하였다.

그는 삼도수군통제사로 임명된 지 보름 만에 비로소 전선과 병력을 보유한 실질적인 통제사로서 위용을 갖추게 되며, 한산도에서의 위용에 비

《이충무공전서》

할 바는 아니지만, 수군부대로서 최소한의 기본은 갖추게 된 것이다. 실제 그가 회수한 전선은 김억추가 8월 26일 부임해 오면서 한 척이 추가되어 13척으로 늘어난다. 그리고 조선수군이 벽파진에 수군 군영을 설치한 8월 29일부터는 실질적으로 전쟁을 지도하는 비변사와 어느 정도 유기적인 관계정립이 이루어진 것으로 보인다.

이처럼 《난중일기》에서 나타나듯이 삼도수군통제사로 임명받은 지 약 35일 만에 비로소 통제영이 수습한 전선과 새로 모집한 병력들을 갖추어 통제영으로서 제 구실을 할 수 있는 체계가 갖추어진 것이다.

3. 일본군 전략

이순신이 최초 임금의 교서를 받고 출발할 당시에는 전선의 모습이나 병력의 실체를 볼 수 없는 상태였고, 단지 배설이 지휘해 전장을 탈출한 10여 척의 전선만 남아 있다고 보고를 받았을 것이다. 그러나 더 이상 어느 한 곳에 지체해서 부대를 수습하고 정비할 시간과 장소와 여건이 전혀 형성되지 못한 상태였다. 이미 조선수군이 궤멸된 상태에서 일본수군이 바닷길로 진출한다면 전라도 지역과 충청도 지역까지 그 누구도 막을 수 있는 대책이 없었다.

일본수군이 한강까지 아무런 제지도 받지 않고 진출해 들어올 수 있는 상황이 조성되고 있는 가운데 그들보다 한 발 먼저 이동하면서 아직 남아 있는 전선을 수습하고 흩어진 병력을 모으면서 부대를 재편성할 시간이 필요했다.

그나마 조선이 살아남을 수 있었고, 조선수군을 재정비할 시간을 가질 수 있었던 것은 조선과 일본군의 전략이 서로 달랐기 때문이다. 8월 4일 새벽 이순신이 섬진강을 건넜을 때 일본수군은 섬진강 하구에, 육군은 하동지방에 도달하고 있었다. 다행인 것은 그가 삼도수군통제사로 재임명되자마자 전라도 내륙으로 향하면서 조선수군의 재건에 나선 반면, 일본수군은 같은 시기에 남해를 비운 채 남원성을 공격하기 위해 섬진강을 따라 북상하고 있었다.

일본수군은 칠천량 해전에서 승리하고 나서 약 보름간 승리에 도취해 있었다. 본국에 승전을 보고하고 논공행상을 하는 데 시간을 허비하면서 조선수군의 잔여세력을 소탕하지 않고, 주변 육상 지역의 약탈에 많은 시간을 허비하고 있었다. 이순신과 조선수군으로서는 그 시간은 수군이 재기할 수 있는 천재일우의 기회였고 매우 소중한 시간이었다.

전 평시를 막론하고 시간의 소중함을 누구나 느끼지만, 특히 전쟁 중의 시간은 어떻게 활용하느냐에 따라 전쟁의 승패가 갈린다. 그때 일본군이 허비한 시간은 조선수군과 이순신을 부활시켜 명량해전을 승리로 이끌 수 있게 된다.

만약 일본수군이 서해로 북상하여 한강으로 진입해 한양을 점령하고 임금을 생포했다면 일본과 조선의 역사는 달라졌을 것이다. 이처럼 전쟁에서의 결정적인 시간은 때로는 그 전쟁의 승패를 갈라놓기도 한다.

4. 죽음을 불사한 전투의지

이순신은 명량해전 하루 전날인 9월 15일 수군 진영을 벽파진에서 우수영으로 옮긴 뒤 휘하 장수들을 소집하여 작전회의를 개최한 후 장수들에게 정신무장의 중요성을 강조한다. 일기에 기록된 이순신의 정신훈화 내용을 살펴보자.

"……병법에 이르기를 '반드시 죽고자 하면 살고, 살려고 하면 죽는다(必死則生 必生則死).'고 하였고, 또 '한 사람이 길목을 지키면, 천명도 두렵게 할 수 있다(一夫當逕 足懼千夫).'는 말이 있는데, 이는 모두 오늘의 우리를 두고 한 말이다. 너희 여러 장수들이 조금이라도 명령을 어기는 일이 있다면 즉시 군율을 적용하여 작은 일이라도 조금도 용서하지 않을 것이다.'라고 하며 엄히 다짐을 받았다."

— 《난중일기》 1597(정유년). 9. 15. —

필사즉생 필생즉사

그는 장수들이 칠천량 해전 패배 후 적을 두려워하고 있다는 것을 알고 있었고, 적과 싸울 방법과 장소, 그리고 시간까지도 고려해서 전장상황을 설명하고 반드시 이길 수 있다는 자신감을 불어넣어 주었다. 그들에게 싸워 이길 수 있는 방법으로 하나뿐인 목숨을 요구한 것이다. 죽기를 각오하고 싸운다면 결코 두려울 것이 없다는 전투의지를 고양시킨다. 아마 이순신 자신도 이미 죽기를 각오하고 명량해전을 준비하고 있었을 것이다.

불과 40여 일 만에 모아진 병력들 중 이미 수군병사로 전투에 참가해 본 장졸들은 칠천량 해전의 패배를 기억하고 있었을 것이고, 새로 선발한 병사들은 전투경험이 없으니 참으로 이순신으로서는 난감했을 것이며, 장졸들의 사기고양과 함께 싸워 이길 수 있다는 자신감을 갖게 하는 것은 무엇보다 중요했다. 그리고 적개심을 고양시켜 이길 수 있다는 자신감과 귀한 생명을 초개와 같이 버릴 수 있는 각오로 전 장졸들이 마음을 굳게 다진다면 무적의 군대가 될 수 있을 것이다. 이처럼 목숨을 버릴 각오로 싸우는 군대는 그 어떤 적과도 싸워 이길 수 있기 때문이다.

정유년(1597) 2월 17일 이순신은 삼도수군통제사의 진영을 고금도로 옮긴다. 그리고 그 해 7월 16일 명나라 진린(陣璘) 도독이 수군 5천 명을 이끌고 고금도 진영으로 와서 합류한다. 그는 진린 도독과 절이도(折爾島, 지금의 거금도居金島) 해전을 치르고 여수 근해에서 함께 전투를 하는 등 노량해전을 치르기까지 1년 이상을 함께 지내며 서로에 대해 잘 알게 되고, 상대방에 대한 조언과 위로를 보내는 등 국적은 달랐지만 수군지휘관으로서 끈끈한 전우애가 싹텄다. 특히 진린은 이순신이 그동안 세운 무훈과 인품, 근무 자세와 리더십 등에서 큰 감동을 받는다.

노량해전 직전 순천에서 해상 봉쇄를 담당하고 있던 조명 연합함대 사령관격인 명나라 수군제독 진린에게 일본의 고니시 유키나가는 뇌물을 보내 회유하려고 했다. 마음이 흔들린 진린이 고니시 유키나가의 부대를 놓아주려고 하자 이순신이 이를 따진다.

"이 적들은 우리나라에는 이미 한 하늘 밑에서 살 수 없는 원수요, 또 명나라에 있어서도 죽여야 할 죄를 지었는데 도독은 도리어 뇌물을 받고 화의를 하려 하오?"

이순신이 논리정연하게 따지자 진린도 결국 마음을 바꾼다. 그와 의기투합한 진린은 뇌물을 받고 고니시 유키나가와의 전투를 회피하고 있던 육지의 명나라 장수 유정(劉綎)을 향해 큰 소리로 외쳤다.

"나는 차라리 순천의 귀신이 될망정 의리(義理)상 적을 놓아 보낼 수 없다."

그리고 일본군을 응징하는 데 이순신과 끝까지 최선을 다한다.

청산도(靑山島)에 있는 진린의 묘비문에는 이순신을 중국의 제갈공명에 비유한 진린의 심경이 잘 나타나 있다.

"내가 밤이면 천문을 보고 낮이면 인사를 살폈는데, 동방에 대장별이 희미해 가니 멀지 않아 공에게 화가 미칠 것이오. 공이 어찌 일을 모른다 하겠소. 어찌하여 무후(武侯, 제갈공명)의 예방하는 법을 쓰지 않습니까?" 하였다.

그러자 이순신은 "나는 충성심이 무후만 못하고, 덕망이 무후만 못하고, 재주가 무후만 못하니 비록 무후의 법을 쓴다 한들 하늘이 어찌 들어줄 리가 있겠습니까?" 라고 하였는데, 이튿날 과연 큰 별이 바다에 떨어지는 일이 있었다.」

《난중일기》를 읽어보면, 이순신은 《주역》을 공부해 큰 전투를 앞에 두고 있거나 어떤 일이 있을 때 그 날의 운세를 점쳐보는 일들을 자주 한다. 이로 미루어볼 때 이순신은 천문지리에도 어느 정도 해박한 지식을 가지고 있었을 것이고, 진린이 제갈공명의 예를 들면서 생명을 연장할 수 있는 방안을 이야기하는데도 듣지 않았다.

그의 겸손한 모습을 보면서, 이미 죽음에 대한 초연한 모습을 엿볼 수 있고, 노량해전에 임하는 그의 자세와 각오를 살펴볼 수 있다. 바로 이러한 자세와 마음이 필사즉생(必死則生)의 삶을 만들어 간 것이다. 운명에 순응하면서 주어진 삶을 치열하게 살다 간 이순신의 후회 없는 삶의 모습이 더 큰 울림으로 우리에게 다가온다.

5. 불멸의 영웅

자신의 삶의 자세에 대해서 이순신은 이렇게 말하고 있다.

"사람이 이 세상에 태어나서 벼슬을 얻게 되면 나아가 충성을 다하고, 벼슬을 얻지 못하면 농사를 지으면 되지 헛되이 명예를 구해서 기웃거리는 것은 장부가 할 일이 아니다."

그러면서 그는 수많은 역경과 고난을 극복하고 전라좌수사로 명받은 후 나라에 충성할 기회를 얻게 된 것이다.

임진왜란이 발발한 조선 중기는 재래식 무기에서 화약무기로 교체되는 일대 전환의 시대였다. 다행히 이순신은 첨단전술인 총통 포격전술과 재래식 전술인 활에 의한 공격과 화공술(火攻術)을 적절히 조화해 조선수군을 당대 최고의 전투력을 지닌 막강한 조선수군으로 변모시켜 놓았다. 전라좌수영의 전투준비를 모두 마치고 임진왜란을 맞이한 그의 전투의지와 사생관을 알아볼 수 있는 사례를 한번 살펴보자.

임진왜란이 일어나자, 경상우수사 원균은 4월 14일 저녁 전라좌수사인 이순신에게 도움을 요청하였다. 이순신은 부하 장수들을 불러 모아 이 문제를 토론하였다. 많은 장수들이 전라도의 수군은 전라도를 지키는 것이 마땅하며, 굳이 경상도 해역으로 출동할 이유가 없다고 주장하였다.

이때 군관 송희립이 나섰다.

"큰 적들이 국경을 치고 들어와서 그 형세가 마구 뻗쳤는데 가만히 앉아서 외로운 섬만 지킨다고 혼자 보전될 리도 없으니 나가 싸우는 것만 같지 못합니다." ―〈행록(行錄)〉―

또 녹도만호 정운이 송희립의 주장을 거들었다.

"신하로서 평소에 국은(國恩)을 입고 국록(國祿)을 먹다가 이런 때에 죽지 않고 앉아서 보고만 있을 것이오!" ―〈행록〉―

부하 장수들의 갑론을박하는 모습을 조용히 지켜보고 있던 이순신이 녹도만호 정운의 말을 듣고는 매우 기뻐하며 큰 소리로 말했다.

"국가가 위급하게 된 이때 어찌 다른 도의 장수라고 핑계하고서 물러나 제 경계만 지키고 있을 것인가? 내가 토론해 보라 한 것은, 우선 여러 장수들의 의견을 들어보자는 것이었다. 오늘 우리가 할 일은 다만 나가서 싸우다가 죽음을 각오하고 싸우는 길밖에 없는 것이다." ―〈행록〉―

경상도 해역으로 출동하는 최초 전투에서 이미 죽기를 각오한 그의 전투의지와 확고한 사생관을 읽을 수 있다.

정유년(1597) 7월 16일은 선조나 이순신에게는 참으로 가슴 아프고 안타까운 날이 되었을 것이다. 선조로서는 그동안 조선수군이 연전연승해 전쟁의 판도를 바꿔 놓았기 때문에 어떤 부대보다 수군을 신뢰했다. 그리고 자신이 믿고 적극 추천했던 원균이 조선수군을 맡고 나서 벌어진 사태라 더욱 더 그 충격이 컸을 것이다. 선조로서는 조선수군의 괴멸보다 주변 신하들의 반대를 무릅쓰고 자신이 주장해 기용한 원균의 실패에 대한 책임이 자신에게로 향할 것이라는 사실이 더욱 참기 힘들었을 것이다.

반면 이순신으로서는 5년간 부하들과 땀과 피로 이룩한 무적함대 조선수군이 완전히 괴멸되어 버렸다는 사실이 믿기 어려웠을 것이다. 특히 임진왜란 발발 후 단 한 번도 패하지 않은 조선수군의 불패신화가 깨졌을 뿐만 아니라, 부하들과 함께 목숨을 걸고 지킨 남해바다와 호남이 적에게 유린되고 있으니 참으로 하늘이 무너지고 피가 거꾸로 솟는 분노와 함께 좌절감이 가슴을 쳤을 것이다.

그리고 정유년(1597) 8월 3일 선조로부터 삼도수군통제사로 재임명 교지를 받고 수군 재건을 위해 동분서주하고 있던 8월 15일, "수군재건이 어려우면 수군을 폐하고 육전에서 싸우라!"는 청천벽력 같은 교지를 받은 후 선조에게 수군 폐지의 불가함을 장계로 올린다.

"임진년부터 5, 6년간, 적이 감히 충청도와 전라도를 곧바로 공격하지 못한 것은 수군이 그 길목을 막고 있었기 때문입니다. 아직도 신에게는 열두 척의 전선이 있으니, 죽을힘을 다해 싸우면 능히 막아낼 수 있을 것입니다. 만약 수군이 폐지된다면 적은 기뻐할 것이고, 적은 충청도를 거쳐 한강에 도달할 것입니다."

그리고 일본군의 서해 진출 차단의 의미를 조목조목 들어서 제기하고 있다.

"첫째, 호남과 충청을 보존할 수 있으며, 군량미를 확보하여 장기전이 가능합니다. 둘째, 부산에서 남해 서해를 따라 올라가는 일본군의 군수물자 및 병력지원 차단이 가능합니다. 셋째, 견내량의 길목을 맡고 있다가 틈을 보아 대마도와 부산을 오가는 왜의 바닷길에 대한 공격 가능성을 열어놓아, 왜의 후방을 교란하기 위함입니다."

이순신은 조정의 지시대로 육전에 합류했을 때, 수군건설의 책임에서 벗어날 수 있고, 그로 인해 야기되는 자신의 안위와 군 생활도 보장받을 수 있었을 것이지만, 자신의 안위나 이익보다는 국가의 이익과 대의를 위해 수군 유지의 불가피성을 건의하고, 힘든 수군재건의 길로 들어선다.

그리고 명량해전 하루 전날 장수들을 모아놓고 "필사즉생(必死則生)의 정신자세를 강조하며 본인도 적의 규모와 조선수군의 열세함을 누구보다 잘 알고 있었기 때문에 승리할 수 있는 작전계획을 수립했더라도 전력 차가 워낙 커서 승리에 대한 확신이 서지 않았을 것이고, 장수들에게 필사즉생의 정신자세를 요구하면서 본인 스스로도 죽음을 각오하고 치러야 할 전투라고 인지하고 있었다.

그가 삼도 수군을 장악하기 위해 전라도 회령포에 도착했을 때 남은 전선은 고작 10여 척에 불과했으며, 여러 장수들은 전투의지를 잃고 회피할 꾀만 내고 있었다. 그는 장수들을 불러 모아 말했다.

"우리들이 임금의 명령을 함께 받들었으니, 의리상 죽는 것이 마땅하다. 그런데 사태가 여기까지 이른 다음에야 한 번 죽음으로써 나라의 은혜에 보답하는 것이 무엇이 그리 아까울 것이냐."

— 〈행록〉 —

이순신의 말을 들은 부하장수들은 모두 감동한다. 부하들의 마음을 다잡은 그는 명량의 좁은 물목을 전투 장소로 택하고 일본수군과의 일전을 준비한다. 명량해전은 절대 열세의 해전이었다. 그렇다고 회피할 수도 없는 해전이었다.

만약 명량이 뚫릴 경우, 서해로 이어지는 일본군의 보급로가 확보되어 조선은 더 이상 버틸 수가 없는 상황이 되기 때문이다.

이러한 각오는 선조에게 올린 장계에 "죽을힘을 다해 싸우면 능히 막아낼 수 있을 것입니다." 하는 대목에서도 이미 그의 죽음을 각오한 모습을 엿볼 수 있다. 그리고 죽음을 각오한 조선수군은 9월 16일 명량해전을 승리로 종결한다.

조선수군은 무술년(1598) 3월 삼도수군통제영을 강진 땅 고금도로 옮기며 명나라 수군도독 진린의 5천여 명의 수군과 합류한다. 그는 11월 18일 자정에 배 위에서 향을 피우며, "원수를 무찌른다면 죽어도 여한이 없겠나이다(此讐若除 死則無憾)." 하며 기도한다.

이순신과 진린의 조명(朝明) 연합수군은 11월 18일 오후에 예교성에 대한 봉쇄를 풀고, 고니시 유키나가를 구하기 위해 일본의 구원군이 오고 있는 노량해협 방향으로 이동했다. 이날 명량해협에 나타난 일본수군은 사천에 주둔하고 있던 시마즈 요시히로(島津義弘)와 남해에 주둔하고 있던 소 요시토시(宗義智), 다치바나 무네시게(立花宗茂), 그리고 부산과 그 인근에 주둔하고 있던 데

라자와 마사나리(寺澤政成), 다카하시 무네마스(高橋統增) 등 500여 척의 대규모 함대였다.

그리고 이들과 교전할 조명 연합함대는 이순신이 거느린 80여 척의 조선함대와 진린이 거느린 명나라 수군 200여 척으로 규모 면에서 일본 수군이 두 배가 많았다. 특히 일본수군은 정유재란 이후 함대를 대형선박인 아타케부네(安宅船) 위주로 편성하여 재침을 하였고, 함대 규모와 선박 크기 면에서도 일본이 조명연합 수군을 압도하고 있었다.

전투는 진린의 명나라 함대는 노량해협의 좌측인 곤양(昆陽)의 죽도(竹島) 쪽에서 진을 펼치고 대기하고 있었고, 이순신의 조선함대는 노량해협의 우측 관음포(觀音浦) 위쪽에서 진을 펼치고 대기하고 있었다. 전투는 11월 19일 여명(黎明)에 벌어졌다. 조명 연합수군은 계절풍인 강한 북서풍을 등에 지고 유리한 지점을 선점하였기 때문에 함대 이동도 용이했고, 화공을 펼치기에도 유리했다.

함포사격의 유효사거리까지 기다리고 있던 조명 연합수군의 화포는 일제히 일본군의 함대를 향해 발사한다. 일본군도 대응사격을 개시하였으나 화승총의 사거리나 화력은 소리만 요란할 뿐 아군함대에 큰 위협이 되지 못했다. 아군의 함포세려와 불화살의 화공작전에 적의 함대는 속수무책으로 당할 수밖에 없었고, 게다가 강한 북서풍은 아군에게는 천군만마로, 적에게는 화마로 변해 전투의 승패는 쉽게 판가름 났다.

화공에 큰 피해를 입은 일본함대는 조명 연합수군을 피해 남해도로 돌아나가는 방향을 잘못 판단하여 관음포 쪽으로 기동한다. 결국 그들이 남해로 빠져나가려고 택한 수로는 조선수군이 기다리고 있던 곳으로 관음포는 결국 전쟁의 주전장이 되었다.

관음포 포구에 갇힌 일본군의 일부는 섬에 상륙해 도주하거나 포위망을 뚫기 위해 결사 항전하는 방법밖에 도리가 없었다. 이 때문에 노량해전은 임진왜란의 모든 해전 가운데 가장 치열하게 전개된 전투였다.

이렇듯 치열한 교전 속에서 이순신은 적의 유탄에 맞아 장렬하게 전사한다. 조카 이분(李芬)의 〈행록(行錄)〉에 따르면, 19일 여명(黎明) 무렵 날아온 탄환에 맞은 이순신은 말한다.

"전투가 한창 급하니, 내가 죽었다는 말을 내지 마라(戰方急愼 勿言我死)."

결국 이 말은 유언이 되고 이순신은 곧 세상을 떠난다. 파란만장한 삶을 국가와 백성들의 제단에 바치고 태산같이 무거운 죽음을 깃털같이 가볍게 받아들이면서 삶을 마감한다.

그리고 새벽부터 치열하게 시작된 노량해전은 남해의 햇살이 하늘 중천에 떠오른 정오경에 적선 200여 척을 격침시키는 조명 연합군의 대승으로 끝난다. 그리고 마침내 7년간의 긴 전쟁은 막을 내린다.

노량해전(십경도 현충사 제공)

'정성(精誠)'이라는 단어는 우리의 전통적인 정서에 가장 부합하는 덕목이다. 우리의 어머니들이 이른 새벽 장독대에 정한수를 떠놓고 자식들의 무탈과 가족의 무병장수, 출세를 기원하는 그 마음이 바로 정성이다.

　유학에서는 정성을 '진실되고 거짓됨이 없는 것', '하늘의 이치', '본래의 모습'이라고 설명한다. 이른바 유학에서는 아무런 사심(私心) 없이 언제나 일정하게 운동, 변화하지 않는 자연의 이치부터 진실 되고 거짓됨이 없는 성(誠)이란 개념을 도출해 냈다. 그래서 《중용(中庸)》에서, "성(誠)은 하늘의 도(道)요, 성(誠)에 도달하려고 노력하는 것은 사람의 도(道)다(誠者天地道 成之者人之道)."라고 하였다.

　노량해전 전날 밤 자정, "원수를 무찌른다면 죽어도 여한이 없겠나이다(此讐若除 死則無憾)."라고 기도한 정성이 하늘에 가 닿은 것이다.

　이순신은 죽음을 통해 국가와 백성들에게 7년간의 긴 전쟁을 마무리하고, 함께 싸우고 장렬하게 전사한 부하들과 전우들 곁으로 돌아갔다. 그러나 선조와 조정 대신들은 살아남았다. 그리고 그 날 조정에서는 7년간의 임진왜란을 수습하기 위해 좌의정, 우의정, 이조판서, 병조판서 등을 겸직하면서 조정의 모든 힘든 일을 도맡아 책임지고, 명나라군의 군량조달에도 온 힘을 다했던 영의정 류성룡이 북인들의 탄핵으로 파직당하고 모든 관작을 삭탈

당한다.

노량해전의 대승과 이순신의 죽음을 맞이한 조선 조정의 행보는 참으로 이상했다. 그의 전사로 인해 승리의 장계도 제대로 보고되지 않아 실록에 나타난 기록은 조선수군에서 올린 장계가 아니라 명나라 총사령부에 올린 보고서를 인용한 것만 실록에 기록되어 있다. 그것도 전투가 끝나고 5일이나 지난 11월 24일 날짜에 기록된 내용을 한번 살펴보자.

"방금 진 도독의 차관이 들어와서 말하기를, '왜적의 배 1백 척을 포획했고, 2백 척을 불태웠으며, 적 수급 5백 급을 참수하였고 180여 명을 생포하였다. 물에 빠져 죽은 자는 아직까지 떠오르지 않아 그 숫자를 알 수 없다. 또 이총병(總兵, 이순신)은 죽은 것이 분명하다.'고 하였습니다. 감히 아룁니다.' 하니, '알았다.'고 전교하였다." ─《선조실록》선조 31년 11월 24일 ─

선조는 노량해전에서 대승과 이순신의 전사 소식을 듣고도 그의 죽음을 애도하거나, 아무런 지시도 없이 "알았다."는 무미건조한 단 한 마디 말로 끝낸다.

그의 죽음이 알려진 11월 23일 한성에 주둔하고 있던 명나라군의 총사령부에서는 총독 형개가 앞장서서 그를 애도하며 명군 진영 안에 빈소를 설치해 총독이 직접 향을 사르고 제사를 지내며 추도 분위기를 만들었다.

그러나 노량해전의 승전 장계도 전쟁이 끝난 지 9일이나 지나서야 조정에 올라온다. 예조에서 명군 사령부가 이순신을 애도하여 제사를 지낸다는 보고를 올리며, 조정에서 조치해야 할 일을 묻자, 선조는 아무런 대답을 하지 않았고, 예조가 알아서 처리하라고 한다. 이를 두고 당시 사관은 이렇게 기록하고 있다.

　　"사신은 논한다. 이순신은 사람됨이 충용(忠勇)하고 재략(才略)도 있었으며, 기율을 밝히고 군졸을 사랑하니 사람들이 모두 즐겨 따랐다. 전일 통제사 원균은 비할 데 없이 탐학(貪虐)하여 크게 군사들의 인심을 잃고 사람들이 모두 그를 배반하여 마침내 정유년 한산(閑山)의 패전을 가져왔다. 원균이 죽은 뒤에 이순신으로 대체하자 순신이 처음 한산에 이르러 남은 군졸들을 수합하고 무기를 준비하며 둔전(屯田)을 개척하고 어염(魚鹽)을 판매하여 군량을 넉넉하게 하니 불과 몇 개월 만에 군대의 명성이 크게 떨쳐 범이 산에 있는 듯한 형세를 지녔다. 지금 예교(曳橋)의 전투에서 육군은 바라보고 전진하지 못하는데, 순신이 중국의 수군과 밤낮으로 혈전하여 많은 왜적을 참획(斬獲)하였다. 어느 날 저녁, 왜적 4명이 배를 타고 나갔는데, 순신이 진린(陳璘)에게 고하기를 '이는 반드시 구원병을 요청하려고 나간 왜적일 것이다. 나간 지가 벌써 4일이 되었으니 내일쯤은 많은 군사가 반드시 이를 것이다. 우리 군사가 먼저 나아가 맞이해 싸우면 아마도 성공할 것이다.' 하니, 진린이 처음에는 허락하지 않다가 순신이 눈물을 흘리며 굳이 청하자 진린이 허락하였다. 그래서 중국군과 노를 저어 밤새도록 나아가 날이 밝기 전에 노량(露梁)에 도착하니 과연 많은 왜적이 이르렀다. 불의에 진격하여 한참 혈전을 하던 중 순신이 몸소 왜적에게 활을 쏘다가 왜적의 탄환에 가슴을 맞아 선상(船上)에 쓰러지니 순신의 아들이 울려고 하고 군사들은 당황하였다. 이문욱(李文彧)이 곁에 있다가 울음을 멈추게 하고 옷으로 시신을 가려놓은 다음 북을 치며 진격하니 모든 군사들이 순신은 죽지 않았다고 여겨 용기를 내어 공격하였다. 왜적이 마침내 대패하니 사람들은 모두 '죽은 순신이 산 왜적을 물리쳤다.'고 하였다. 부음(訃音)이 전파되자 호남(湖南) 일도(一道)의 사람들이 모두 통곡하여 노파와 아이들까지도 슬피 울지 않는 자가 없었다. 국가를 위하는 충성과 몸을 잊고 전사한 의리(義理)는 비록 옛날의 어진 장수라 하더라도 이보다 더할 수 없다. 조정에서 사람을 잘못 써서 순신으로 하여금 그 재능을 다 펴지 못하게 한 것이 참으로 애석하다. 만약 순신을 병신년(1596)과 정유(1957) 연간에 통제사에서 체직시키지 않았더라면 어찌 한산의 패전을 가져왔겠으며, 양호(兩湖)가 왜적의 소굴이 되겠는가. 아, 애석하다!

　　　　　　　　　　— 《선조실록》 선조 31년 11월 27일 —

　이순신은 살아서도 선조의 멸시와 핍박을 받았지만, 죽어서도 이처럼 선조의 홀대를 받은 것이다. 선조의 포용력과 판단력은 일개 사관보다 못한 수준이었다.

이순신이 전사한 뒤 남해 연안을 순시하던 좌의정 이덕형(李德馨)은 다음과 같은 보고서를 조정에 올린다.

"…… 첩보가 있던 날, 군량을 운반하던 인부들이 이순신의 전사 소식을 듣고서 무지한 노약자라 할지라도 대부분 눈물을 흘리며 서로 조문하기까지 하였으며, 이처럼 사람을 감복시킬 수 있었던 것이 어찌 우연한 것이었겠습니까? 이순신이 나라를 위해 순직한 정상은 옛날의 명장에게도 부끄러울 것이 없었습니다."

— 《선조실록》 선조 31년 12월 7일 —

무엇이 이처럼 무지한 백성들까지 모두가 슬퍼하고 서로 조문하면서 이순신의 명복을 빌게 하였을까? 그것은 그의 삶이 자신만의 이(利)를 추구한 삶이 아닌 나라와 백성을 위한 대의(大義)를 추구한 숭고한 삶에 대한 백성들의 반응이었을 것이다.

그리고 그와 함께 전쟁을 치렀던 승려들의 이순신 사랑은 순국 후에도 계속되었다. 순천 마래산 아래에 있는 충민사(忠愍祠)에 있는 승려 옥형(玉洞)의 일화가 전해진다.

옥형은 본래 충무공 이순신이 직접 지휘하는 배에 타고 함께 전투에 참여한 인물로 언제나 공(公)의 곁을 지켰는데, 공이 순국한 이후에도 충민사 사당 옆에 작은 암자를 짓고 아침저녁으로 제사를 지냈다. "주변 해상에 변고가 생길 때마다 통제공께서 반드시 먼저 꿈에 나타나 기미를 보인다. 공(公)의 나라에 대한 충혼이

죽어서도 이와 같도다." 하여 80살이 넘어 죽는 날까지 숭배했다
고 한다고 말했다.　　　　　　　　　— 이수광 《승평지(昇平志)》 —

이충무공 묘소(현충사 제공)

칠천량 해전 후 삼도수군통제사로 재임명된 이순신을 도와 수
군 재건에 핵심 역할을 했던 최희량(崔希亮, 1560~1651)은 임진왜
란이 일어난 뒤 1594년 그의 나이 35세 때 진중 무과시험을 치르는
과정에서 도요토미 히데요시의 화상을 걸고 활을 쏘게 하여 그 이
마를 정통으로 맞히자 크게 기뻐하여 흥양현감으로 제수하였다.

이순신의 수하로 들어와 선박 건조와 병기를 정비하는 일에 힘
을 쓰다가, 명량해전 이후 크고 작은 전투에 12번 싸워 모두 크게
이겼으며, 왜군의 머리를 벤 것만 230여 급이고, 조선의 포로도
700여 명을 구출하고, 적으로부터 군량미 500여 섬을 빼앗은 등
혁혁한 공을 세운 보기 드문 용장이었다. 이 같은 많은 전공을 세

있는데도 모략을 받아 파직되자, 이순신이 그대로 진중에 남아 있게 하여 그의 군관으로 삼았다.

노량해전에서 이순신이 적의 탄환에 맞아 전사하자, 최희량은 통곡하며 고향으로 돌아가 귀거래사 같은 시를 읊으며 문을 닫고 세상에 나오지 않았다.

"난리 속에 세상일이 변해만 가네. 고향으로 돌아가 이름 숨기고 살아가리라(亂中人事變 歸臥欲藏名)."

이충무공 묘비(현충사 제공)

이순신은 사후 6년 후인 1604년 7월 좌의정을 겸하여 덕풍부원군에 봉해진다. 그리고 10월에는 선무1등공신 1위로 녹훈된다. 45년이 지난 인조 21년(1643) 3월에 임금이 시호 '충무'를 내린다. 그리고 108년이 지난 1706년 충청도 유생들의 건의로 아산에 현충사를 세운다.

194년이 지난 정조 15년(1792) 8월 정조대왕은 《이충무공전서》 편찬을 지시해 3년 후인 1795년 9월에 발간한다. 그리고 195년이 지난 1793년 7월에 영의정으로 추증된다.

361년이 지난 1959년 1월에 《난중일기》, 《임진장초》, 《서간첩》을 국보 76호로 지정한다. 그리고 368년이 지난 1966년 4월에 문공부에서 현충사 성역화사업에 착수하여 이듬해인 1967년 3월에 현충사를 사적 155호로 지정한다.

370년 후인 1968년 4월 애국선열조상 건립위원회와 서울신문사가 주관하여 광화문에 충무공 이순신 동상을 세운다.

덕풍부원군 충무공 이순신 어제신도비(御製神道碑) (현충사 제공)

1978년 대한민국 근대화의 상징인 경부고속도로의 길이를 이순신 탄신일을 기념하기 위해 428Km로 건설한다. 2013년 광양과 여수를 잇는 이순신대교를 이순신 탄신 해인 1545년을 기념하기 위해 1,545m의 길이로 건설한다. 이순신대교 건설 경력으로 터키와 발칸을 잇는 보스포러스 해협 대교 공개입찰에서 일본을 제치고 대한민국이 공사를 수주한다. 그리고 그 해 《난중일기》가 세계 기록 문화유산으로 등재되었다.

2014년 미 해군연구소(USNI)가 선정한 세계해군사에 가장 큰 영향을 미친 7대 전함에 조선의 '거북선'이 선정되었다. 2014년 7월 30일 개봉한 영화 《명량》은 대한민국 방화사상 1,761만 명을 동원한 최고 흥행기록을 세웠다.

6. 필사즉생의 리더십

필사즉생의 리더십은 한 마디로 용기의 리더십이다. 전장에 나가서 싸우다가 죽는 장렬하게 전사하는 것이 군인정신이다. 이처럼 군인정신은 용기가 수반되지 않으면 결코 얻어질 수 없는 덕목이다.

'씩씩한 의기, 사물을 겁내지 않은 기개'를 '용기'라고 한다. 공자는, "군자가 용기만 있고 의(義)가 없으면 반란의 수괴가 되고, 소인이 용기만 있고 의(義)가 없으면 도적이 된다."고 하였다. 용기가 있되 그 용기는 반드시 의(義)가 수반되어야 한다. 군인의 용기는 나라를 구하는 의로운 용기이기 때문에 의가 수반되어 있는 용기인 것이다. 그리고 죽음을 각오한 용기를 가져야만 필사즉생의 리더십을 구비할 수 있을 것이다.

정유년(1597) 7월 23일 이순신이 삼도수군통제사로 재임명된 직후, "나는 다시 충청, 전라, 경상의 수군통제사였다. 그리고 나는 통제할 수군이 없는 수군 통제사였다."고 술회하고 있다.

칠천량 해전에서 조선수군을 격파한 일본수군은 조선수군을 모두 섬멸하고 서해로 북상하기 위해 남해안으로 진입을 시도하고 있었다.

이순신으로서는 하루빨리 수군을 재건하고 뒤를 쫓는 일본수군의 예봉을 꺾어 조선수군의 건재를 알리고 서해 진출을 차단해야 하는 절체절명의 순간에 봉착하게 된 것이다. 어렵게 수습한 조선수군의 전함 13척에는 수군 병력이라고 해봐야 고작 1,500~2,000여 명 정도의 수준이었을 것이다. 그러나 힘들게 모집한 병력들은 칠천량 해전의 패배에 대한 악몽이 채 가시지 않은 상태에서 적이 300여 척이 넘는 대규모 함선이라는 소문에 장수와 병졸들은 모두 다 공포감과 함께 승리에 대한 확신보다 패배에 대한 두려움과 죽음에 대한 공포감이 엄습하고 있었다.

명량해전 하루 전날인 9월 15일 모든 장졸들에게 필사즉생의 정신자세를 강조한다. 그리고 이순신 자신도 300여 척의 일본수군의 대선단과의 전투를 준비하면서 이미 목숨을 초월한 각오를 하였을 것이다. 사람이 인생을 살아가면서 목숨마저 내던졌을 때는 아무것도 두려울 것이 없는 법이다. 바로 이것이 '필사즉생의 리더십'의 요체인 것이다. 이러한 필사즉생의 리더십의 결과가 명량해전에서 대승을 거두고 일본수군의 서해 진출을 차단하였던 것이다. 필사즉생의 이순신의 리더십은 13척의 전함에 타고 있던 조선수군의 전투력을 일당백으로 승화시켰다.

필사즉생(必死則生)의 이순신의 삶은 420년이 지난 지금도 현재진행형으로 살아있는 역사가 되고 있다. 그는 죽었지만 아직도 우리 역사에 살아 숨 쉬고 있다.

에필로그

임진왜란의 처절하고 잔인한 시대를 이순신과 함께 살다 간 서애(西厓) 류성룡은 후손들을 위해 《징비록》의 교훈을 남기고 갔다. 그는 임진왜란과 같은 참혹한 비극을 또다시 겪지 않으려면 다음과 같은 세 가지 교훈을 잊지 말라고 충고한다.

첫째, 지도자가 정세를 잘못 판단하면 천하의 큰일을 그르칠 수
있다.
둘째, 최고 지도자가 국방을 다룰 줄 모르면 나라를 적에게 넘
겨주는 것과 같다.
셋째, 전쟁 같은 큰일이 닥쳤을 때는 반드시 나라를 도와줄 만
한 후원국이 있어야 한다.

조선왕조 500년 역사 속에서 외침에 의해 전 국토가 유린되고 그 현장 속에서 무책임한 지도자와 자기 당파의 이익에만 매달린 조정 대신들의 틈바구니에서 나라를 살려보겠다고 몸부림치던 노재상의 피맺힌 절규다.

지도자가 세상을 제대로 꿰뚫어보는 안목과 정세 파악, 그리고 생존의 최우선인 국방에 대한 확고한 철학과 추진력, 그리고 외침과 국난에 봉착했을 때 든든한 동맹국이 있어야 한다는 그의 지론

은 시대를 초월해 지금 시대에도 유효한 교훈이고 가르침이라 생각된다. 후손들에게 다시는 똑같은 잘못을 저지르지 말라는 뜻으로 쓴 《징비록》과 이순신의 《난중일기》가 우리를 침략했던 일본에서 우리보다 먼저 일본어로 번역되어 읽혀지고 있었다는 사실에 다시 한 번 충격과 자괴감을 느꼈다.

고대 동아시아의 패자 고구려의 멸망이나, 천년제국 로마의 멸망도 지배층의 분열과 함께 상무정신의 쇠퇴가 불러온 비극의 결과였으며, 프로이센의 전략가 클라우제비츠는, "정부, 군, 국민이 삼위일체가 되었을 때 국가는 전쟁에서 승리할 수 있다."고 했다.

국론이 분열되고, 군대기강이 해이해지고, 국민의 상무정신이 쇠퇴하여 사치와 무사안일에 젖게 되면 그 나라의 미래는 없는 것이다. 현재의 부나 국가 경제력의 크기만 가지고 전쟁의 승패를 장담할 수 없다.

기원전 5세기 아테네는 스파르타에 비해 영토는 약 4배, 인구는 3배 이상 많았으며, 해상무역을 통해 막대한 전쟁자금을 확보해 군사력도 우위를 점하고 있었다. 그러나 27년 동안 장기간 치러진 전쟁 결과 아테네는 스파르타에 종속되고 말았다.

송(宋)나라는 당 제국 멸망 후 중국대륙을 통일했다. 인구는 1억 명 이상으로 증가했고, 중국의 3대 발명품인 화약, 나침반, 인쇄술이 모두 이때 등장한다. 그러나 송은 북방 유목민족인 거란에게 두 차례나 패하고, 결국 금나라와 몽골족에게 멸망당했다. 당시 송은 거란에 비해 인구는 15배나 많았고, 영토는 6배나 컸으며 세계 최대 경제대국이었다.

17세기 초반 명나라는 인구 1억 5,000만 명으로 세계인구의 23%를 차지하고, 경제 규모도 세계 총생산의 25%를 점유하는 대국이었다. 그러나 북방 이민족과의 잦은 전쟁, 농민반란 등으로 쇠퇴의 길로 접어들고 결국 16세기 말 건주여진(建州女眞)의 후예인 만주족이 세운 정복 왕조인 청(淸)에 의해 멸망한다.

당시 명(明)은 청(淸)에 비해 영토는 약 9배, 인구는 무려 300배, 경제력과 군사력도 약 30배 이상 월등한 우세를 점하고 있었다. 그러나 후금(後金) 건국 이래 약 30년에 걸친 명과 청의 전쟁은 청나라의 승리로 귀결되고 명나라는 패망한다.

이들 세 나라의 패망 원인을 살펴보면, 아테네는 내부의 정치적 혼란으로 국론이 분열되고 전쟁수행 능력이 약화되었고, 송나라는 문을 숭상하고 무를 천시하는 풍조가 만연했으며, 당쟁과 지도 충의 분열이 심각했고, 그들은 나라를 지킬 힘이 충분했는데도 평화를 돈으로 구걸했다.

　명나라는 군사제도 붕괴와 군 내부의 부정부패 만연으로 인해 붕괴되었다. 놀랍게도 이들의 붕괴 원인이 모두 임진왜란 시 조선의 모습과 너무나 닮아 있었다.

　지금도 임진왜란의 7년전쟁을 돌이켜보면 안타깝고 아쉬운 마음이 가슴을 친다. 그리고 이런 4가지 의문점이 생긴다.

　첫째, 왜 조선은 전쟁에 대비하지 않았을까?
　둘째, 왜 조선의 군대는 적이 육지에 상륙하기 전에 바다에서 물리치지 못했을까?
　셋째, 왜 적이 전 국토를 7년 동안이나 유린하고 있을 때 조선은 이를 방치하고 있었을까?
　넷째, 적이 물러날 때 조선은 그들을 완전히 괴멸시키고 전쟁배상금을 요구하지 못했을까?

　과연 이 모든 책임은 누구에게 있단 말인가?
　200년간 지속된 조선의 평화는 전쟁대비보다 평화에 길들여진지도자들의 눈과 귀를 막았고, 그들의 관심은 오로지 자신들의 안락과 안위, 권력추구에만 혈안이 되어있는 소인배들만 양산해 내고 있었다. 군대는 정치권력에 빌붙어 국가안위나 전쟁대비보다는 자신의 자리보존과 출세에만 눈이 멀어 있었던 것이다.

그리고 7년전쟁 동안 조선의 모든 물질적, 정신적 문화유산은 바다 건너 일본 땅으로 탈취당해 바닷길로 실려 나가고 있었는데도 무능한 조선 조정은 자구책을 강구하지 않고, 천군(天軍)이라는 명나라의 눈치만 살피고 시간을 낭비하고 있었다. 노량해전의 승리는 이순신의 승리였지 결코 조선의 승리는 아니었다.

온 세상이 찬란한 봄이다. 복수초(福壽草), 개나리, 진달래, 철쭉, 벚꽃도 피었지만, 그 속에는 보라색을 띤 오랑캐꽃이라 불리는 제비꽃도 함께 피어나기 시작하였다. 제비꽃이 피어나기 시작하면 오랑캐들이 쳐들어왔다는 과거 역사 때문에 오랑캐꽃으로 불리는 제비꽃! 그들에게 당한 힘없는 백성들의 고통과 고난에 가슴이 먹먹해진다. 오랑캐꽃이 본래의 제 이름을 찾고, 백성들이 태평성대를 구가할 세상을 만들어줄 가슴 따뜻하고 능력 있는 지도자를 기다리며……

오늘도 광야에서 초인(超人)을 목 놓아 불러본다!

무제(無題) 1

이순신(李舜臣) 사공 삼고
을지문덕(乙支文德) 마부 삼아
파사검(破邪劍) 높이 들고
남선북마(南船北馬) 하여 볼까
아마도 님 찾는 길은
그뿐인가 하노라.

— 한용운

조선을 구한 **이순신**

전함 12척의 비밀

☆

초판 발행일 / 2018년 8월 27일

2쇄 발행일 / 2019년 7월 20일

☆

지은이 / 박영희

펴낸이 / 김동구

펴낸데 / 明文堂 (창립 1923년 10월 1일)

　　서울특별시 종로구 윤보선길 61(안국동)

　　우체국 010579-01-000682

　　☎ (영업) 733-3039, 734-4798

　　　(편집) 733-4748

　　　fax.　　734-9209

　　　e-mail : mmdbook1@hanmail.net

　　　등록 1977. 11. 19. 제 1-148호

☆

ISBN　979-11-88020-64-5　03810

☆

값 **18,000** 원